BASTEI
LÜBBE
TASCHENBUCH

Weitere Titel der Autorin:

Weihnachten am Siljansee

Titel auch als E-Book erhältlich

Über die Autorin:

Linnea Holmström liebt die Weite und die Vielfalt Schwedens. Sie ist gleichermaßen begeistert von den verschneiten Wäldern im Winter und von den langen Sommerabenden, an denen die Sonne niemals unterzugehen scheint. Während ihr erster Roman *Weihnachten am Siljansee* in der dunklen Jahreszeit spielt, ist ihr zweiter Roman *Sommerglück auf Reisen* eine Liebeserklärung an den schwedischen Sommer – und an die schwedische Küche.

Linnea Holmström

SOMMERGLÜCK AUF REISEN

Roman

BASTEI LÜBBE TASCHENBUCH

BASTEI LÜBBE TASCHENBUCH
Band 16893

1. Auflage: März 2014

Dieser Titel ist auch als E-Book erschienen

MIX
Papier aus verantwortungsvollen Quellen
FSC® C014496
www.fsc.org

Originalausgabe

Titelillustration: © shutterstock/BigganVi
Umschlaggestaltung: Tanja Østlyngen
Landkarte: Reinhard Borner
Satz: Urban SatzKonzept, Düsseldorf
Gesetzt aus der Goudy
Druck und Verarbeitung: GGP Media GmbH, Pößneck
Printed in Germany
ISBN 978-3-404-16893-4

Sie finden uns im Internet unter
www.luebbe.de
Bitte beachten Sie auch: www.lesejury.de

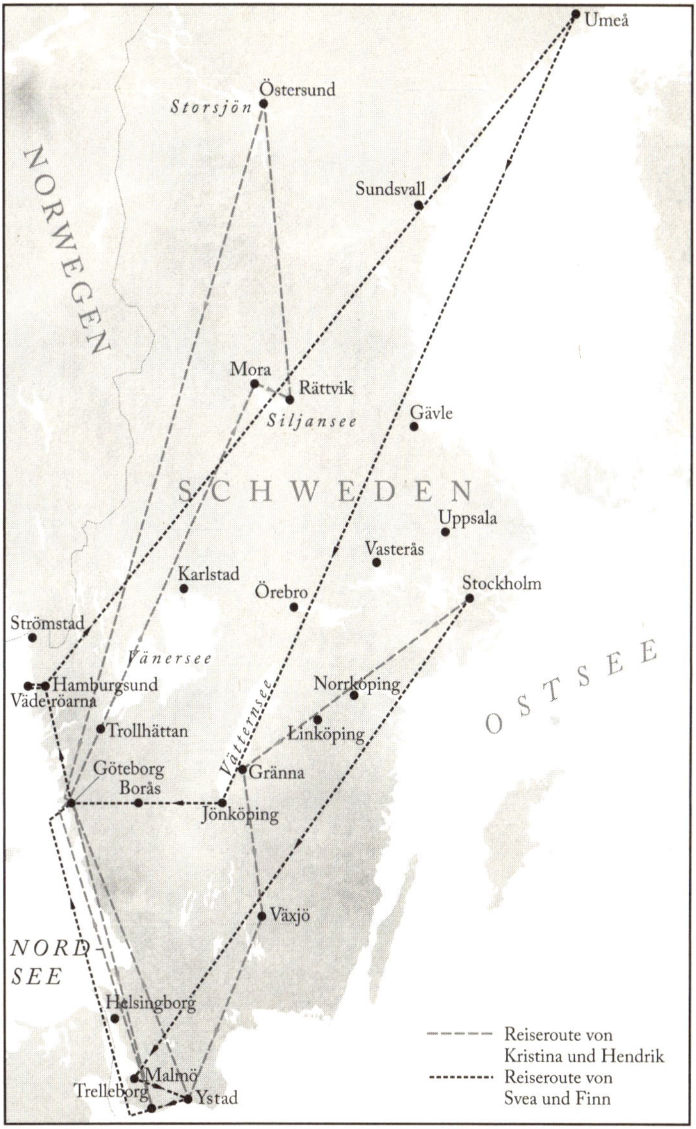
Umeå
Östersund
Storsjön
NORWEGEN
Sundsvall
Mora
Rättvik
Siljansee
Gävle
SCHWEDEN
Uppsala
Vasterås
Karlstad
Örebro
Stockholm
Strömstad
Vänersee
Hamburgsund
Väderöarna
Trollhättan
Norrköping
Linköping
OSTSEE
Vätternsee
Gränna
Göteborg
Borås
Jönköping
Växjö
NORD-
SEE
Helsingborg
Malmö
Trelleborg
Ystad
Reiseroute von
Kristina und Hendrik
Reiseroute von
Svea und Finn

Selmas Welt

Es gibt viele Themen, über die ich schreiben könnte, aber heute muss auch bei mir das Wetter herhalten.

Der Winter war lang, kalt und dunkel. Okay, liebe Leser, ich erzähle euch da nichts Neues, und ihr wisst auch, dass wegen der schweren Regenfälle in der Walpurgisnacht die Freudenfeuer zur Begrüßung des Frühjahrs nicht entzündet werden konnten. Die Rache des Frühjahrs folgte prompt – mit weiteren Regenfällen.

Aber habt ihr mal aus dem Fenster gesehen? Seit gestern scheint die Sonne über Stockholm, der Himmel ist tiefblau, und wenn einer von euch insgeheim mit dem Gedanken spielte, Noah Konkurrenz zu machen, und den Bau einer Arche plante, dann sollte er es ganz schnell vergessen . . .

»Deadline!«

Selma Anders sah hoch, die Augenbrauen missmutig zusammengezogen. Ihr Chefredakteur Erik Asmussen stand vor ihrem Schreibtisch und tippte auf seine Armbanduhr.

»Ja, gleich.« Selma wedelte mit der Hand, starrte wieder auf den Monitor ihres Computers und las ihren Text noch einmal durch. Der Hit war das nicht gerade, was sie da verfasst hatte.

. . . Wir haben uns einen schönen Sommer verdient – und ganz besonders Sören Sundloff, der an Midsommar im Rålambshovs-

parken auftritt. Ein junger Rocksänger, dessen Namen ihr euch unbedingt merken solltet. Ich werde jedenfalls da sein, und ich würde mich freuen, den einen oder anderen von euch dort ebenfalls zu treffen.

»Selma, sofort!« Eriks Stimme klang unerbittlich.

In Gedanken zeigte Selma ihm den ausgestreckten Mittelfinger, während sie die letzten Worte tippte:

Wir lesen uns morgen wieder!

Sie klickte auf »Drucken« und grinste Erik an. Der Chefredakteur zog bereits das Blatt aus dem Drucker und überflog den Text.

»Ist das alles?«, fragte er unzufrieden. »Dafür hast du so lange gebraucht?«

Selma wusste, dass sie keine Meisterleistung vollbracht hatte. Es war nichts Spektakuläres passiert, nicht einmal das Königshaus produzierte derzeit Schlagzeilen.

»Sommerzeit«, sagte sie lakonisch.

»Das ist keine Entschuldigung«, sagte Erik mit gerunzelter Stirn.

»Was schlägst du vor?«, fragte Selma. »Soll ich nackt über die Västerbron laufen und damit selber einen Skandal produzieren?«

Erik Asmussen deutete ein knappes Grinsen an, wobei sein Blick über ihre üppigen Kurven wanderte. »Ist mir egal, was du machst, so etwas nehme ich jedenfalls nicht noch einmal ab. Eher nehme ich deine Kolumne ganz aus dem Programm.«

Selma presste verärgert die Lippen aufeinander. Als Reporterin des *Morgonbladet* durfte sie über so aufregende Dinge wie die Sitzung eines Kaninchenzuchtvereins oder das jährliche Treffen eines Veteranenvereins berichten. Beim letzten Treffen hatte der Vorsitzende der Veteranen sein Gebiss vergessen. Die Rede war ein einziges Genuschel gewesen, und Selma hatte nur die Hälfte des langweiligen Vortrags verstanden. Die andere Hälfte hatte sie sich zusammengereimt, in der Gewissheit, dass es eigentlich völlig egal war, was sie schrieb. Außer den Veteranen selbst würde kaum jemand diesen Artikel lesen.

Irgendwann – Selma konnte sich selbst nicht mehr genau daran erinnern, wann das gewesen war – hatte sie geglaubt, das Leben einer Reporterin sei aufregend. Immer auf der Suche nach neuen Sensationen, von Termin zu Termin hetzen und zwischendurch Berichte schreiben, für die sie bewundert würde.

Die Realität war ernüchternd, und ihre Kolumne, für die sie so sehr gekämpft hatte, war das Einzige, was ihr in ihrem Berufsleben wirklich Freude bereitete. Diese Kolumne würde sie nicht kampflos aufgeben. Sie brauchte nur endlich eine Idee, einen zündenden Funken!

— 1 —

Ich habe auch schon bessere Kolumnen gelesen«, murmelte Kristina Ljungström am nächsten Morgen. Sie schlug die Zeitung zu und legte sie neben ihren Teller auf den gedeckten Frühstückstisch.

»Was hast du gesagt?«

Mit verstrubbeltem Haar schlurfte Finn in die Küche und ließ sich auf die Bank fallen. Er stützte die Ellbogen auf den Tisch, legte das Gesicht in beide Hände und schien seine Frage bereits vergessen zu haben. »Ich habe keine Lust auf Schule«, murrte er.

»Nächste Woche hast du Ferien«, sagte Kristina. »Kaffee?«

Ihr Sohn brummte etwas Unverständliches, was Kristina als Zustimmung deutete. Sie stand auf und ging zur Küchenzeile, die direkt an den Essbereich anschloss. Die Kanne in der Kaffeemaschine war noch halbvoll. Kristina füllte eine Tasse für Finn und goss auch ihre eigene Tasse noch einmal voll.

Finn bedankte sich knapp. Um diese Zeit war er nie besonders gesprächig.

Kristina räusperte sich. »Wegen der Ferien müsste ich noch etwas mit dir besprechen.«

»Mhm.« Finn nippte an seinem Kaffee. Er schaute sie über den Rand der Tasse an und wirkte plötzlich nicht mehr müde, sondern angespannt.

Ob er ahnte, was sie ihm sagen wollte?

Innerlich wappnete Kristina sich, weil sie mit heftigem

Protest rechnete. Sie holte tief Luft, bevor sie mit der schlechten Nachricht herausplatzte: »Ich kann diesen Sommer nicht verreisen.«

»Mhm« war auch diesmal alles, was Finn von sich gab.

»Es tut mir leid, Finn.« Sie hob entschuldigend die Hände. »Ich kann mir keinen Urlaub leisten. Nicht nur aus finanziellen Gründen. Ich habe das Restaurant gerade erst eröffnet, da kann ich es nicht für zwei Wochen schließen. Mal abgesehen davon, dass ich gerade in den Sommermonaten einiges an Umsatz erwarte.«

Völlig überraschend hatte Kristina im vergangenen Jahr von ihrem ehemaligen Ausbilder Geld geerbt. Der gute Gustav, der ihr die Kunst des Kochens und vor allem die Liebe zum Essen nahegebracht hatte, hatte sie in seinem Testament als Haupterbin eingesetzt.

Kristina wünschte sich, sie hätte sich mehr um den einsamen alten Mann gekümmert. Er hatte sie behandelt wie seine eigene Tochter, er war für sie da gewesen in den schwersten Stunden ihres Lebens. Aber nachdem sie nach Stockholm gegangen war, hatte sie ihn aus den Augen verloren. Eine Karte zu Feiertagen, hin und wieder mal ein Anruf, mehr Kontakt hatte es zwischen ihnen nicht mehr gegeben. Sie wollte zwar selbst nicht nach Göteborg fahren, wo er bis zu seinem Tod gelebt hatte, aber sie hätte ihn zu sich einladen können.

Es war zu spät!

Wie sich nach seinem Tod herausstellte, hatte Gustav sie nicht vergessen. Nur ihm hatte sie es zu verdanken, dass sie ihren Traum von einem eigenen Restaurant wahrmachen konnte. Für einen Edelschuppen am Strandvägen hatte es nicht gereicht, aber das hätte sowieso nicht zu ihr gepasst.

Kristina war stolz auf ihr *Kristinas*. Das Restaurant lag im

Rålambshovsparken, direkt am Wasser, mit einer eigenen Anlegestelle. Sie war gerade dabei, sich einen Namen zu machen durch schmackhafte und bezahlbare Gerichte. Besonders beliebt war ihr tägliches Dagens Rätt, ein Mittagsmenü, das aus einem warmen Gericht, einem Salatbüfett, Mineralwasser und Lättöl, dem schwedischen Leichtbier, bestand. Abgerundet wurde die Mahlzeit von einer Tasse Kaffee, die ebenfalls im Gesamtpreis enthalten war. Das Angebot wurde vor allem von Angestellten und Arbeitern gerne angenommen. Es kamen aber auch immer mehr Touristen zu ihr, und inzwischen hatte sich ihr Konto ein bisschen erholt. Trotzdem brauchte sie Rücklagen und konnte das Geld nicht für einen Urlaub ausgeben.

»Mhm«, machte Finn zum dritten Mal. Kein Protest, er wirkte nicht mal enttäuscht. Vielleicht hatte sie ihn unterschätzt, und er war mit seinen fünfzehn Jahren verständig genug, um ihre Gründe zu verstehen.

»Das ist also okay für dich?«, hakte Kristina vorsichtig nach.

Finn hatte seine Kaffeetasse inzwischen zur Hälfte geleert. Offensichtlich reichte diese Dosis, um seine Gesprächsbereitschaft in Schwung zu bringen.

»Ich wollte dieses Jahr sowieso nicht mit dir in Urlaub fahren«, verkündete er. »Ich bin ja kein Kind mehr.«

»Aha!«

Kristina hatte diese Information noch nicht ganz verdaut, als Finn ergänzte: »Ich fahre mit Svea in die Ferien.«

Finn wollte mit seiner Freundin verreisen?

Kristina wusste im ersten Moment nicht, was sie dazu sagen sollte. Sie wollte nicht spießig sein, aber war ihr Sohn wirklich alt genug, um alleine auf Reisen zu gehen? Und dann auch noch mit einem Mädchen, von dem er erst seit Kurzem sprach und das er als seine Freundin bezeichnete? DIE Freundin, oder nur irgendeine Freundin?

Es war einer dieser Momente, in denen die ganze Last einer alleinerziehenden Mutter auf Kristinas Schultern ruhte. Mit allen Sorgen und Problemen musste sie alleine fertig werden. Immer schon. Und trotzdem war Dag der Supervater, der über allem stand. Zumindest für ihren Sohn.

Finn vergötterte seinen Vater, weil der ihm alles erlaubte. Kristina hatte ihrem Sohn nie gesagt, warum sie sich schon vor seiner Geburt von seinem Vater getrennt hatte. Sie bereute diesen Entschluss nicht, auch wenn sie oft Bitterkeit verspürte, wenn Finn seinen Vater verherrlichte – und das war immer so, wenn er von einem Wochenendausflug oder den Ferien aus Ystad zurückkehrte.

»Du sagst ja gar nichts«, beschwerte sich Finn.

Kristina, tief in Gedanken versunken, bemerkte erst jetzt, dass ihr Sohn auf eine Reaktion von ihr wartete. »Ich weiß nicht, was ich dazu sagen soll«, erwiderte sie ehrlich. »Ich kenne diese Svea nicht einmal. Wohin wollt ihr überhaupt fahren?«

Auf ihre Bemerkung über Svea ging Finn gar nicht erst ein. »Wir haben kein festes Ziel«, sagte er. »Wir fahren einfach kreuz und quer durch Schweden, und da, wo es uns gefällt, bleiben wir ein paar Tage. Wir haben mal durchgerechnet, wie viel das ungefähr kostet.«

Er nannte eine Summe, die ihr kurz die Sprache verschlug. Für diesen Betrag könnte sie sich zusammen mit ihrem Sohn eine zweiwöchige Karibikreise leisten. Okay, nur ein Drei-Sterne-Hotel, aber die Summe sprengte alles, was ihr möglich war.

»Das geht nicht, Finn.« Kristina schüttelte den Kopf. »Das kann ich mir nicht leisten.«

Finn zuckte mit den Schultern. »Dann frage ich eben Papa.«

Im Grunde konnte Kristina die Urlaubspläne ihres Sohnes abhaken. Dag zahlte zwar regelmäßig Unterhalt für Finn, aber mit Reichtümern war auch er nicht gesegnet. Sobald er etwas Geld übrig hatte, zog es ihn mit seinem Surfbrett hinaus in die Welt. Wie alle fanatischen Surfer war er immer auf der Suche nach der perfekten Welle und nahm an zahlreichen Meisterschaften teil. In den Sommermonaten lebte er in seinem kleinen Reihenhaus in Ystad, gab Surfunterricht und genoss ansonsten einfach das Leben. »Alles kommt, wie es kommen muss«, war immer schon sein Motto gewesen, und daran würde sich wahrscheinlich auch nie etwas ändern.

Kristina wusste, dass Dag bis heute kein Verständnis dafür aufbringen konnte, dass sie sich von ihm getrennt hatte. »Ich habe mich doch entschuldigt«, hatte er stets gesagt und einfach nicht begreifen wollen, dass die Enttäuschung und der Schmerz bei ihr so tief saßen, dass sie mit einer Entschuldigung nicht aus der Welt zu schaffen waren.

Verständlicherweise verschwieg Dag seinem Sohn, wieso er und Kristina nicht mehr zusammen waren, schien ihm gegenüber aber gleichzeitig durchblicken zu lassen, dass es Kristina war, die ihn verlassen hatte. Immer wenn Finn aus Ystad nach Hause kam, spürte Kristina, dass er ihr die Schuld daran gab, dass er nicht ständig mit seinem Vater zusammen sein konnte. Es waren keine direkten Angriffe, sondern kleine, unterschwellige Anspielungen. Nichts, was sie greifen und Dag vorwerfen konnte.

Kristina drohte ihm zwar damit, Finn die Wahrheit zu sagen, aber Dag wusste wahrscheinlich nur zu gut, dass sie diese Drohung nicht wahrmachen würde. Nicht um Dag zu schützen, sondern weil sie genau wusste, wie sehr es Finn verletzen würde, wenn er erfuhr, dass sein Vater keineswegs unfehlbar war.

Die Zeit ihrer Schwangerschaft war für Kristina nicht einfach gewesen. Sie hatte nicht nur den Vater ihres ungeborenen Kindes verloren, sondern auch ihre Familie. Unmittelbar nachdem sie die Wahrheit erfahren hatte, war sie von Göteborg nach Stockholm gezogen.

Trotz ihrer Schwangerschaft fand sie eine Stelle in einem Restaurant und lebte anfangs zur Untermiete bei Anna und Nils, die damals gerade ihr erstes Kind bekommen hatten. Für Anna und Kristina war das ganz praktisch, weil sie sich mit der Betreuung der Kinder abwechseln konnten. Anna arbeitete tagsüber in einem Reisebüro, und Kristina arbeitete nach Finns Geburt überwiegend abends.

Kristina hatte ihr Leben wieder in den Griff bekommen. Nur eines hatte sie nie geschafft: nach Göteborg zurückzukehren. Nicht einmal zur Beerdigung ihres Vaters hatte sie sich dazu überwinden können.

»Du sagst ja schon wieder nichts.« Finns Stimme klang ungeduldig. »Normalerweise passt es dir doch nicht, wenn ich Papa um Geld bitte.«

»Da muss ich mir keine Sorgen machen«, erwiderte Kristina trocken. »Die Summe, die du für deine Ferien eingeplant hast, wird dein Vater ohnehin nicht zur Verfügung haben. Was habt ihr vor, du und deine Freundin? Eine Exkursion durch schwedische Luxushotels?«

»Wir haben uns im Internet Hotelpreise angesehen«, sagte Finn ein wenig kleinlaut. »Svea hat die Hotels ausgesucht. Ich kenne mich da nicht so aus.«

Natürlich nicht! In den vergangenen Sommerferien waren sie immer zwei Wochen in einem preiswerten Ferienhaus irgendwo draußen auf den Schären gewesen, die restliche schulfreie Zeit hatte Finn stets bei seinem Vater verbracht. Offensichtlich war die Freundin ihres Sohnes ein ziemlich verwöhntes Mädchen, wenn sie Hotels in dieser Preisklasse aussuchte.

Kristina hielt sich mit einer entsprechenden Bemerkung zurück und fragte stattdessen: »Was sagen eigentlich Sveas Eltern zu euren Urlaubsplänen?«

»Svea lebt bei ihrem Vater.« Finn zuckte mit den Schultern. »Und was der dazu sagt, weiß ich nicht. Ich kümmere mich um dich, und Svea kümmert sich um ihren Vater.« Finn grinste sie frech an.

Kristina grinste zurück. »Lass uns später noch einmal über deine Pläne reden. Ich muss darüber nachdenken. Aber bei dem Kostenplan, das sage ich dir gleich, kannst du das Ganze vergessen.«

Finn zog eine Grimasse, nickte aber. Wahrscheinlich war er froh, dass sie seine Urlaubsplanung nicht rundweg ablehnte.

»Ich möchte Svea natürlich vorher kennenlernen«, stellte Kristina energisch klar. »Und ich will mit ihrem Vater reden und wissen, wie er dazu steht.«

Finn stöhnte laut auf. »Wusste ich es doch. Bisher war alles ganz einfach. Sobald man den Eltern davon erzählt, wird es kompliziert.«

»Ja, so sind wir Alten«, konterte Kristina. »Übrigens solltest du mal einen Zahn zulegen, wenn du pünktlich zur Schule kommen willst.«

Finn, der gerade sein Milchbrötchen in den Kaffee tunkte, folgte dem Blick seiner Mutter zur Küchenuhr. Er stieß einen lauten Fluch aus und warf das angebissene Brötchen auf den Teller. In den nächsten Minuten entwickelte er eine Hektik, die sich auf Kristina übertrug. Er suchte seine Schulbücher zusammen und ignorierte wie jeden Morgen den Hinweis seiner Mutter, dass er das auch schon abends hätte erledigen können. Natürlich fand er kein sauberes T-Shirt, und der linke Schuh hatte sich über Nacht von seinem rechten Gegenstück entfernt und sich irgendwo in der Wohnung versteckt.

Kristina atmete erleichtert auf, als ihr Sohn endlich auf dem Weg zur Schule war. Sie räumte die Küche auf, stellte das Geschirr in die Spülmaschine und wollte gerade aus dem Haus, als das Telefon klingelte.

»Hej Kristina!« Die Stimme am anderen Ende klang fröhlich, nicht wie die einer gestressten Mutter von zwei Kindern, die nebenher auch noch ein Reisebüro leitete.

»Hej Anna!« Kristina freute sich sehr über den Anruf ihrer besten Freundin. Sie vermisste Anna schmerzlich, seit sie vor knapp zwei Jahren mit ihrer Familie nach Ronneby gezogen war. Annas Mann Nils hatte dort eine Zweigstelle seiner Firma übernommen.

Kristina bewunderte ihre Freundin, die sich nie unterkriegen ließ. Sie wusste, dass es Anna nicht leichtgefallen war, Stockholm zu verlassen. Aber sie hatte einfach die Ärmel hochgekrempelt und den Umzug fast allein gestemmt, weil Nils schon vor ihr in die neue Filiale musste. Kaum angekommen, hatte sie die Leitung eines Reisebüros übernommen, das bis dahin nur geringen Umsatz gemacht hatte. Dabei war Nachzüglerin Inga erst zwei Jahre alt gewesen.

Anna organisierte Reisen durch ganz Schweden, und davon profitierte auch Kristina. Bei allen Touren, die Stockholm zum Ziel hatten, führte kein Weg am *Kristinas* vorbei, dafür sorgte Anna.

»Alles klar bei euch?«, wollte Anna wissen.

»Bestens«, erwiderte Kristina und berichtete gleich darauf von Finns Urlaubsplänen.

Anna lachte. »Erik hat sich zum Glück für ein Feriencamp mit seinen Freunden entschieden, und eine Freundin hat er meines Wissens noch nicht. Obwohl mein Sohn mir inzwischen auch nicht mehr alles erzählt.«

Annas und Nils' Sohn Erik war nur wenig älter als Finn. Die beiden Jungs waren eng miteinander befreundet gewesen, aber seit Anna mit ihrer Familie aus Stockholm weggezogen war, hatten sie, ganz im Gegensatz zu ihren Müttern, keinen Kontakt mehr.

»Finn kann sich doch mal bei mir melden«, schlug Anna vor. »Ich finde bestimmt eine tolle Rundreise für ihn und seine Freundin und mache den beiden einen Sonderpreis.«

»Die beiden scheinen sich auf eine Rundreise durch schwedische Luxushotels zu konzentrieren«, sagte Kristina. »Aber danke für dein Angebot, ich werde es Finn ausrichten.«

»Er muss sich allerdings beeilen«, sagte Anna. »Nächste Woche beginnen die Sommerferien, und diesmal nutzen Nils und ich die Zeit für unsere zweiten Flitterwochen. Wir beide auf einer Karibikinsel. Palmen, Strand, faulenzen, lesen, Cocktails schlürfen ...«

»Hast du es gut«, seufzte Kristina. Sie sah all das vor sich: den Strand, die Palmen, das blaue Meer, den weiten wolkenlosen Himmel. Das alles war traumhaft genug, aber es zusammen mit einem Partner zu genießen, kam ihrer Vorstellung vom Paradies ziemlich nahe.

Kristina gönnte ihrer Freundin diese Ferien von ganzem Herzen, und das sagte sie ihr auch. »Trotzdem bin ich ein bisschen neidisch«, gestand sie freimütig. »Kommen die Kinder mit?«

»Eriks Jugendcamp fällt genau in diesen Zeitraum«, sagte

Anna, »und meine Mutter freut sich, Inga einmal ganz für sich zu haben. Ich werde ihr die Illusion von zwei schönen Wochen mit ihrem vierjährigen Enkelkind nicht nehmen.«

»Das musst du auch nicht, das erledigt sich ganz von selbst.« Kristina lachte. »Obwohl deine Mutter es eigentlich besser wissen müsste. Schließlich hat sie diese Zeit mit dir und deinen Schwestern selbst durchgemacht.«

»Wahrscheinlich ist das schon zu lange her, als dass sie sich an die vielen unangenehmen Details erinnern könnte.« Auch Anna musste lachen, wurde aber gleich darauf wieder ernst. »Unser Reisebüro ist in dieser Zeit allerdings auch geschlossen. Das heißt, keine Reisegruppen fürs *Kristinas* in den ersten beiden Ferienwochen.«

Kristina schluckte. Diese Reisegruppen machten schließlich einen Großteil ihres Umsatzes aus.

»Dafür schicke ich dir hinterher einige Fuhren mehr«, sagte Anna am anderen Ende der Leitung schnell. »Wir haben ganz viele Voranmeldungen für Rundreisen nach und durch Stockholm. Heerscharen von Touristen, die gefüttert werden wollen. Am besten nutzt du die Zeit bis dahin selbst für eine kurze Erholungspause.«

»Urlaub ist bei mir dieses Jahr nicht drin«, wiederholte Kristina, was sie eben schon ihrem Sohn gesagt hatte.

»Ich weiß, wie sehr du dein Restaurant liebst«, sagte Anna. »Ich weiß auch, dass es gerade finanziell ziemlich knapp ist bei dir. Trotzdem würde ich mir für dich wünschen, dass du mal wieder rauskommst und etwas anderes siehst als immer nur deine Küche. Ich wünschte, du würdest mal wieder einen netten Mann kennenlernen, dich verlieben ...«

»Stopp!«, fiel Kristina ihrer Freundin lachend ins Wort. »Das wünsche ich mir auch, aber es wird nicht besser, wenn du jetzt alles aufzählst, was ich nicht habe.«

»Entschuldige bitte«, sagte Anna kleinlaut. »Du weißt, ich würde dir gerne …«

»Auf keinen Fall«, unterbrach Kristina ihre Freundin abermals. »Ich leihe mir kein Geld von dir, um ein Reise zu machen.« Darüber hatten sie vor Kurzem schon einmal diskutiert, und dabei hatte Anna ihr dieses Angebot gemacht. Damals wie heute wollte Kristina nichts davon wissen.

»Ich bin zufrieden mit meinem Leben«, versicherte sie.

»Du weißt, ich bin immer für dich da, wenn du mich brauchst.«

»Und ich für dich«, erwiderte Kristina herzlich. »Das bedeutet mir sehr viel. Ich wünsche dir und Nils wunderschöne Tage in der Karibik! Grüß deine Familie von mir.«

Das Gespräch hatte Kristina aufgehalten, aber mit einem Blick auf die Uhr stellte sie fest, dass sie immer noch früh genug im Restaurant eintreffen würde.

Kristina und Finn hatten eine Wohnung im zentralen Stadtviertel Södermalm. Mit dem Auto war sie von dort aus in einer Viertelstunde am Restaurant – vorausgesetzt, auf der Centralbron war kein Stau. Doch auf der Brücke, die Södermalm mit dem Stadtteil Norrmalm verband, staute sich auch heute der Verkehr. Kristina schaltete das Radio ein und hörte die neuesten Nachrichten, während es im Schritttempo weiterging.

Kurz vor dem Ende der Brücke löste sich der Verkehr auf. Kristina gab Gas und fädelte sich in die Blekholmsgatan ein. Ein paar Minuten später hatte sie ihr Restaurant erreicht.

Kristina stieg aus dem Wagen und schaute zu dem Gebäude, das wie ein riesiger Wintergarten anmutete. Durch die großen Glasflächen wurde ein fließender Übergang zur Natur geschaffen. Hohe Bäume spiegelten sich in den Scheiben. Die Türen zur Wasserseite waren im Sommer weit geöffnet, und auf der Terrasse standen Tische und Stühle für die Gäste bereit. Über den Riddarfjärden hinweg bot sich ein traumhafter Ausblick auf Gamla Stan, die Altstadt Stockholms.

Dieses Stück Natur inmitten der Großstadt faszinierte Kristina immer wieder aufs Neue. Sie liebte ihr Restaurant, und sie liebte diesen Standort. Im Park fanden regelmäßig Veranstaltungen statt, und er war ein beliebter Treffpunkt für Sportler. Durch die Parkbesucher erhielt Kristinas Restaurant regen Zulauf.

»Ich habe allen Grund, glücklich zu sein«, sagte Kristina leise zu sich selbst. Aber war sie das auch? War sie wirklich glücklich? Und wieso stellte sie sich ausgerechnet jetzt diese Frage?

Kristina schüttelte den Kopf, um diese unnützen Gedanken abzuschütteln. Sie war zufrieden, und das war mehr, als die meisten Menschen von sich behaupten konnten.

Sie überquerte den Parkplatz und schloss die Eingangstür auf. Sie war wie immer die Erste. Mikael, der zusammen mit ihr kochte, und die beiden Kellnerinnen Elin und Maj würden auch gleich kommen.

Kristina durchquerte das Restaurant, um in die Küche zu gelangen. Sie liebte diesen ganz besonderen Moment am Morgen. Die Stille, die sie umgab, während das Restaurant auf den ersten Ansturm zu warten schien. Die Stühle standen noch mit der Sitzfläche nach unten auf den Tischen, damit der Boden besser geputzt werden und über Nacht trocknen konnte. Durch die hohen Glasscheiben schien die Sonne, das Licht war grün gefiltert durch die Natur ringsum.

Einen Moment lang ließ Kristina die Stille im Gastraum auf sich wirken. Ein liebgewordenes tägliches Ritual. Dazu gehörten auch ihr erster Gang in die Küche und das Einschalten des Lichts, das sich in den sauberen Edelstahltöpfen und den weißen Kacheln spiegelte.

Kristina lächelte, drückte den Lichtschalter – aber alles blieb dunkel.

Automatisch drückte sie den Lichtschalter noch einmal. Es blieb dunkel.

»Na toll!«, murmelte sie genervt und dachte voller Sorge an das ganze Hackfleisch in der Tiefkühltruhe, das Mikael gestern so günstig erstanden hatte.

Durch die schmalen Lichtschächte an der Decke kam genug Licht in die Küche, um den Weg zum Lager zu finden. Der Sicherungskasten war gleich hinter der Tür, und der Schalter der Hauptsicherung war nach unten gekippt. Kristina drückte ihn hoch – und schrie erschrocken auf, als er mit einem lauten Knall wieder nach unten schnellte.

»Probleme?«

Die Hände in den Taschen seiner Jeans vergraben, stand Mikael auf einmal neben ihr. Ein buntes Tuch hatte er nach Piratenmanier um seinen Kopf gebunden. Sein raspelkurzes Haar, das an den Seiten hervorschaute, war ebenso blond wie sein Dreitagebart.

»Die verdammte Sicherung springt immer wieder raus«, sagte Kristina hilflos.

»Oh nein!« Mikael verschränkte die Arme vor der Brust und starrte in den offenen Sicherungskasten. »Ohne Strom kann ich nicht kochen.«

Toller Hinweis, darauf war sie auch schon selbst gekommen. Kristina verschluckte sich fast an der unfreundlichen Antwort, die ihr auf der Zunge lag. Mikael war nicht nur ein hervorragender Koch, er war auch eine ziemliche Mimose.

»Ole, der Schwager der Schwester meines besten Freundes,

ist Elektriker«, sagte Mikael nach kurzem Nachdenken. »Soll ich den mal anrufen?«

Kristina versuchte erst gar nicht, die Verwandtschaftsverhältnisse in ihrem Kopf zu sortieren. »Ruf ihn an«, sagte sie nur und fügte kleinlaut hinzu: »Hoffentlich wird das nicht zu teuer.«

Mikael tätschelte mitfühlend ihre Schulter und zog gleichzeitig mit der anderen Hand sein Handy aus seiner Gesäßtasche. Er telefonierte eine Weile und schaffte es tatsächlich, dem Elektriker das Versprechen abzuringen, in der nächsten Stunde vorbeizukommen.

Kristina wurde trotzdem immer nervöser. Sie hätten längst mit den Vorbereitungen für das Mittagessen anfangen müssen. In der Kühltruhe bildeten sich bereits Wassertropfen.

Ole Håkansson ließ sich dann doch noch fast zwei Stunden Zeit, aber selbst das war erstaunlich schnell für einen Handwerker in Schweden. Eine weitere Stunde benötigte er für die Begutachtung, bevor er Kristina seine Diagnose mitteilte.

Inzwischen hatte Kristina bereits beschlossen, das Restaurant heute geschlossen zu lassen, und ein Schild an die Tür gehängt mit dem Hinweis: *Heute wegen technischer Probleme geschlossen*. Nicht nur der finanzielle Ausfall bereitete ihr Sorgen, sie hatte auch Angst, Stammkunden wegen der Schließung zu verlieren. Immer wieder öffnete sie die Kühltruhe mit den eingefrorenen Fleischvorräten.

»Geht es dir nicht schnell genug, bis alles aufgetaut ist?«, fragte Mikael.

Kristina arbeitete gerne mit ihm zusammen. Er behielt die Ruhe, egal, wie hektisch es im Restaurant wurde. Genau diese zur Schau gestellte Ruhe ging ihr jetzt aber auf die Nerven.

»Ich muss mal an die frische Luft«, murmelte sie und verließ beinahe fluchtartig das *Kristinas*. Draußen standen Elin und Maj zusammen. Maj versteckte ihre rechte Hand ganz schnell hinter ihrem Rücken, als Kristina nach draußen kam.

Kristina zog die Augenbrauen zusammen, sagte aber nichts, obwohl sie ausdrücklich verboten hatte, vor dem Restaurant zu rauchen. Sie fand, dass es einen schlechten Eindruck machte, wenn ihr Personal rauchend vor der Tür stand. Drinnen war es ohnehin durch den Gesetzgeber verboten.

»Müssen wir eigentlich noch bleiben, obwohl der Laden geschlossen ist?«, fragte Maj und ließ die brennende Zigarette hinter ihrem Rücken auf den Boden fallen.

Kristina beobachtete aus dem Augenwinkel den Versuch der jungen Kellnerin, schnell den Fuß auf den qualmenden Glimmstängel zu stellen. Sie schüttelte den Kopf. »Von mir aus könnt ihr nach Hause gehen.«

»Und was ist morgen? Lohnt es sich überhaupt, zu kommen?«

»Das hoffe ich doch sehr«, erwiderte Kristina scharf. Die Vorstellung, dass sie das *Kristinas* länger schließen musste, machte ihr Angst.

Elin stieß ihre Kollegin an. Sie war eine nette junge Frau, erst seit Kurzem verheiratet und sehr beliebt bei den Gästen.

»Ich frag ja nur.« Maj zog eine Schnute. Wie üblich trug sie einen viel zu kurzen Rock. Ihr enges Shirt zierte ein Totenkopf mit aufgeklebten Glitzersteinen. Ihre langen dunklen Haare fielen offen über ihre Schultern, und unter ihren Augen lagen dunkle Schatten, weil sie nachts oft durch die Clubs zog und zu wenig schlief. Ihre Arbeit war sehr stark von ihrer jeweiligen Laune abhängig. Ein Gefühl für Diplomatie, wie es besonders im Servicebereich erforderlich war, fehlte ihr völlig.

Kristina hatte Maj mehrfach ermahnen müssen, auch zu

den weniger netten Kunden freundlich zu sein. Doch obwohl Maj sich so manche Frechheit herausnahm, mochte Kristina das Mädchen. Sie mochte Majs direkte Art, wenn auch nicht unbedingt im Umgang mit den Gästen. Sie war, wie Mikael es nannte, »brutal ehrlich« und nahm kein Blatt vor den Mund.

»Warten wir mal, was der Elektriker sagt.« Kristina brachte mühsam ein Lächeln zustande und hätte Maj am liebsten um eine Zigarette gebeten, obwohl sie ihre letzte Zigarette an dem Tag geraucht hatte, als Dag und sie geschieden worden waren.

Mikael erschien in der Tür. Ungewohnt ernst schaute er sie an. »Kristina, kommst du mal?«

Ole Håkansson schrieb gerade etwas auf ein Blatt Papier, das auf einem Klemmbrett befestigt war. Er hob den Kopf, als sie sich räusperte.

»Da muss einiges gemacht werden«, kam er gleich auf den Punkt. »Du kannst froh sein, dass bis heute alles gut gegangen ist.«

»Ich freue mich später darüber«, sagte Kristina trocken.

Ole kratzte sich mit dem Kugelschreiber den schmalen Haarkranz, der seinen ansonsten kahlen Schädel säumte. »Die Leitungen sind marode, die Sicherungen völlig veraltet. Ihr habt ja nicht einmal einen Fehlerstromschutzschalter, und einige Leitungen sind echt abenteuerlich ...«

»Wie viel?«, fiel Kristina ihm ins Wort.

»Ich muss das noch genau durchrechnen, aber billig wird es nicht«, prophezeite Ole Håkansson.

Kristina ließ nicht locker, bis er ihr schließlich eine ungefähre Summe nannte, mit der sie rechnen musste. Für die Arbeit würde er einige Tage benötigen. Tage, an denen das *Kristinas* geschlossen bleiben musste.

Ole Håkansson versprach, ihr spätestens morgen eine

genaue Kostenaufstellung vorzulegen, und riet ihr, einige der Geräte vom Strom zu nehmen, besonders den großen Herd, der das Stromnetz extrem belastete. Gut wäre es, wenn sie auch die große Kühltruhe ausschalten würde.

Kristina nickte völlig erledigt. Sie war außerstande, jetzt noch etwas zu sagen, und überließ es Mikael, Ole Håkansson zur Tür zu bringen.

»Ausgerechnet heute«, stöhnte sie, als Mikael zusammen mit Elin zurück zu ihr in die Küche kam. »Morgen kommt die deutsche Reisegruppe, und was sollen wir mit dem ganzen Hackfleisch machen, das in der großen Truhe ist?«

»Köttbullar«, antworteten Elin und Mikael synchron. Die beiden schauten sich an und lachten, was Kristina in ihrer augenblicklichen Stimmung als unpassend empfand.

»Komm schon!« Mikael stieß sie leicht an. »Wo bleibt dein Optimismus? Du bist es doch, die sonst immer sagt, dass alles wieder gut wird.«

Kristina fuhr sich mit beiden Händen durch das lange blonde Haar. »Im Moment kann ich das nicht glauben«, sagte sie leise. »Ich habe immer gewusst, dass es ein Risiko ist, sich selbstständig zu machen. Ich habe befürchtet, dass Gäste ausbleiben, weil sie unsere Küche nicht mögen, dass ich mich verkalkuliert habe und vielleicht doch nicht alles so funktioniert, wie ich es mir ausgemalt hatte. Mit einer solchen Katastrophe habe ich allerdings nicht gerechnet.«

»Kannst du das Geld für die erforderliche Reparatur überhaupt aufbringen?«, fragte Elin besorgt.

Kristina zuckte mit den Schultern, nickte aber gleich darauf. »Ich hoffe, dass die Bank mir einen Kredit gewährt«, sagte sie, »aber dann darf wirklich nichts mehr passieren.«

»Nicht über so etwas nachdenken«, riet Mikael. »Lasst uns einfach mit den Vorbereitungen für morgen beginnen.«

Kristina seufzte tief auf.

Mikael schloss sie in die Arme. »Alles wird gut«, sagte er.

Elin kam dazu, schlang ihre Arme um sie und Mikael. »Ja, daran glaube ich auch ganz fest«, sagte sie. »Alles wird gut.«

Plötzlich war auch Maj wieder da, drängte sich in den kleinen Kreis.

»Wolltest du nicht nach Hause gehen?«, fragte Kristina überrascht.

»Ja«, sagte Maj und senkte beschämt den Kopf. »Aber dann hatte ich das Gefühl, dass ich euch im Stich lasse, und deshalb bin ich wieder zurückgekommen.«

Genau das war der Grund, weshalb Kristina ihr die ganze Schnoddrigkeit, das flippige Äußere und das freche Mundwerk nachsah. Weil sich dahinter ein mitfühlendes, liebenswertes Mädchen verbarg, auf das sie sich im Notfall verlassen konnte. Ebenso wie auf Mikael und Elin. Ihr Team hatte es verdient, dass sie sich nicht einfach hängen ließ, sondern um den Erhalt des *Kristinas* kämpfte. Die drei waren darauf ebenso angewiesen wie sie selbst.

Kristina schüttelte ihre Mutlosigkeit ab. »Also gibt es morgen nur ein Menü?« Fragend schaute sie Mikael an.

Der nickte. »Zuerst eine Tomaten-Orangen-Suppe, als Hauptgericht Köttbullar mit brauner Soße, Preiselbeeren und Kartoffelpüree und zum Dessert eine Johannisbeerpaj mit Vanillesoße. Wir erklären den Leuten, dass wir wegen technischer Probleme nur ein Gericht anbieten können, das aber zu einem besonders günstigen Preis.«

»Und du glaubst, unsere Gäste lassen sich darauf ein?«

Mikael warf sich in Positur. »Meine Köttbullar mögen alle.«

Das stimmte. Mikael war ein ausgezeichneter Koch, obwohl er keine richtige Ausbildung besaß. Er legte großen

Wert auf die Feststellung, dass er Autodidakt war, und fügte ganz gerne hinzu, dass er seine Erfahrungen vor allem auf einem Kreuzfahrtschiff gesammelt hatte.

Kristina selbst hatte eine Ausbildung bei Gustav, dem ehemaligen Küchenchef im Hotel ihres Schwagers, gemacht. Kurz vor ihrem Abschluss war Dag in ihr Leben getreten. Stürmisch und überwältigend wie ein Naturereignis. Als sie dann auch noch feststellte, dass sie schwanger war, hatte sie geglaubt, der glücklichste Mensch auf der Welt zu sein – und dann war ihre ganze Welt eingestürzt. Von einem Tag auf den anderen.

Kristina schüttelte den Kopf. Das war alles so lange her. Warum konnte sie mit diesen alten Geschichten nicht endgültig abschließen? Die Erinnerung daran tat nicht einmal mehr weh. Der Schmerz war schon lange weg, und die Wut, die immer noch irgendwo tief in ihr brodelte, konnte sie gut kontrollieren.

Mikael hatte inzwischen seine Kochschürze umgebunden, Elin und Maj machten sich Gedanken über den Aushang vor der Tür, der den Gästen mitteilen sollte, dass es morgen nur ein Menü geben würde.

Kristina war gerührt. Sie hatte die besten Mitarbeiter, die sich eine Restaurantbesitzerin wünschen konnte. Sie streifte ebenfalls ihre Schürze über. Der große Herd blieb heute aus, damit die Sicherung nicht wieder raussprang. Zum Kochen und Backen hatten sie nur den kleinen Herd neben der Spüle, der sonst nur in Stoßzeiten als zusätzliche Kochstelle genutzt wurde. Die Kühlung im Kühlraum neben der Küche hatte Ole Håkansson bereits ausgeschaltet, ebenso wie die große Kühltruhe, in der das Hackfleisch lagerte.

Ein Restaurant mit einem Miniherd und ohne Kühlung?

Erneut ergriff die Panik Besitz von Kristina, bis Mikael

seine Hand auf ihre Schulter legte. »Nicht denken«, sagte er, »handeln.«

Kristina nickte zögernd. »Alles klar«, sagte sie, »legen wir los.« Gemeinsam begannen sie mit den Vorbereitungen für den nächsten Tag.

Tomaten-Orangen-Suppe

600 g Tomaten
400 g Karotten
250 g Kartoffeln
1 große rote Paprika
1 Zwiebel
1 unbehandelte Orange
2 EL Rapsöl
1,5 l Gemüsebrühe
2 TL Honig
2 Lorbeerblätter
Salz
Pfeffer
Muskatnuss
100 ml Schlagsahne
Schnittlauchröllchen

Die Tomaten waschen und vierteln. Karotten und Kartoffeln schälen und würfeln. Die Paprika waschen und ebenfalls würfeln.

Die Zwiebel schälen, fein hacken und in 2 EL Rapsöl glasig dünsten. Das Gemüse und die Kartoffeln dazugeben und mit der Brühe auffüllen.

Die Orange waschen und etwas Schale abreiben. Den Saft auspressen und etwa die Hälfte davon in die Suppe geben. Lorbeerblätter und Honig hinzufügen. Etwa 10 Minuten köcheln lassen. Die Lorbeerblätter entfernen und die Suppe pürieren.

Den restlichen Orangensaft und etwas abgeriebene Orangenschale hinzufügen. Mit Salz, Pfeffer und Muskatnuss pikant abschmecken.

Vor dem Servieren mit der geschlagenen Sahne und dem Schnittlauch verfeinern.

Köttbullar mit brauner Soße

750 g gemischtes Hackfleisch
2 Pellkartoffeln
1 Zwiebel
etwas Butter
200 ml Sahne
1 Brötchen
1 TL scharfer Senf
2 Eier
Salz
Pfeffer
250 ml Rotwein
300 ml Kalbsfond
½ Zwiebel
1 TL Weinessig
100 ml Sahne
2 EL Tomatenpüree
Dunkler Soßenbinder

Kartoffeln kochen, pellen und fein zerstampfen. Die Kartoffelmasse mit dem Hackfleisch vermischen.

Die Zwiebel ganz fein hacken, in Butter glasig andünsten, zur Kartoffel-Hack-Masse geben. Brötchen in der Sahne aufweichen, zur Hackmasse geben, die restliche Sahne, die Eier, den Senf und die Gewürze hinzufügen gut durchmengen, abschmecken und Bällchen formen.

Köttbullar von allen Seiten scharf anbraten und 30 Minuten im vorgeheizten Backofen bei 180 °C gar backen.

Für die Soße die Zwiebel klein hacken, glasig anbraten, mit dem Rotwein und einem Schuss Weinessig ablöschen, kurz kochen lassen und den Kalbsfond dazugeben.

10 bis 15 Minuten sprudelnd kochen lassen, um die Soße zu reduzieren. Sahne zufügen, das Tomatenpüree unterrühren und mit Soßenbinder eindicken, abschmecken und eventuell noch nachwürzen.

Dazu schmecken Kartoffelpüree und Preiselbeergelee.

Johannisbeerpaj (mit Vanillesoße oder Vanilleeis)

Für den Teig:
400 g Weizenmehl
100 g Speiseöl
250 ml Milch
½ TL Salz

Für die Füllung:
Rote Johannisbeeren
100 g Zucker
5 EL Weizenmehl
½ TL Salz
1 EL Zitronensaft
2 EL Butter
1 Ei

Für den Teig:

Alle Zutaten in eine Rührschüssel geben und kurz vermengen.

Die Hälfte des Teigs zwischen zwei Backpapieren bis zu einer Dicke von 1,5 cm ausrollen. Anschließend das obere Papier entfernen und den Teig mithilfe des unteren Papiers in eine Quicheform heben. Danach mit dem restlichen Teig und zwei Backpapieren eine weitere Platte als Deckel ausrollen.

Die Form muss nicht zusätzlich gefettet werden. Der Teig mag vielleicht sehr locker erscheinen, hält aber ausgezeichnet.

Für die Füllung:

Zucker, Mehl und Salz vermischen. Die Hälfte der Mischung auf den Teigboden in der Form füllen. Anschließend die Johannisbeeren daraufgeben, darauf dann die restliche Zucker-Mehl-Mischung. Einige Zitronenspritzer darübergeben und Butterflocken darauf verteilen.

Mit dem Teigdeckel bedecken, die Ränder gut zusammendrücken. Mit einem scharfen Messer an einigen Stellen den Teigdeckel einstechen und die gesamte Oberfläche mit gequirltem Ei bestreichen. Bei 250 °C im vorgeheizten Ofen ca. 30 Minuten backen.

Warm oder kalt mit Vanilleeis oder Vanillesoße servieren.

— 2 —

Wenn mein Vater das erfährt, gibt es Ärger«, sagte Svea besorgt.

Finn griff nach ihrer Hand. »Er wird es schon nicht erfahren«, erwiderte er.

»Und wenn doch?« Svea schmiegte sich an ihn. »Ich wollte heute mit ihm über unsere Urlaubspläne reden, aber wenn er hört, dass ich die Schule geschwänzt habe, gibt er nie seine Einwilligung dazu.«

Es war ein spontaner und gemeinschaftlicher Entschluss der Klasse gewesen. Eine Lehrerin war erkrankt, dadurch ergaben sich zwei Freistunden bis zur letzten Stunde. Geschichte bei Herrn Wallin!

Gustav Wallin verstand es, selbst spannende geschichtliche Ereignisse in langweilige Fakten zu verwandeln, die er monoton herunterleierte. Sein Unterricht war bei den Schülern sogar noch unbeliebter als der Mathematikunterricht bei dem cholerischen Herrn Björk.

Die Schüler hatten sich getrennt, weil sie einzeln unauffälliger vom Schulgelände verschwinden konnten, und wollten sich auf der Plattan wieder treffen.

»Hast du schon mit deiner Mutter gesprochen?«, fragte Svea, als sie an der Klara Kyrkan vorbeischlenderten. Die alte Kirche mit dem Friedhof aus dem siebzehnten Jahrhundert wirkte immer noch imposant, trotz der hohen, modernen Gebäude, die sie säumten.

»Heute morgen«, sagte Finn. »Begeistert war sie nicht, sie

hat aber auch nicht direkt Nein gesagt, mal abgesehen von ...« Er brach ab, wirkte verlegen.

»Abgesehen von?«, hakte Svea nach.

»Sie kann mir das Geld nicht geben«, sagte Finn leise. Es war ihm anzusehen, wie peinlich ihm das war. »Jedenfalls nicht die Summe, die wir ausgerechnet haben.«

Svea drückte ganz fest seine Hand. Sie selbst verfügte über weitaus mehr Taschengeld als er, und ihr Vater erfüllte ihr so manchen kostspieligen Wunsch. Er konnte es sich leisten, im Gegensatz zu Finns Mutter. Für Svea spielte das keine Rolle. Geld, so fand sie, war völlig unwichtig, wenn zwei Menschen sich wirklich liebten – und ja, sie glaubte fest daran, dass es die große Liebe auch in ihrem Alter schon gab.

»Vielleicht bringe ich meinen Vater ja dazu, dass er für uns beide bezahlt«, sagte sie, verschwieg aber, dass sie überhaupt Zweifel daran hatte, die Zustimmung ihres Vaters zu der geplanten Reise zu bekommen.

»Nein, das will ich nicht.« Finn schüttelte den Kopf. »Wir müssen das noch mal alles durchrechnen. Bestimmt geht es auch billiger. Aber zuerst musst du deinen Vater fragen.

»Heute«, versprach sie. »Heute rede ich ganz bestimmt mit ihm.«

In den letzten Wochen war ihr Vater ziemlich im Stress gewesen. Je länger er den Abgabetermin seines neuen Buches überzog, desto mehr verschlechterte sich seine Laune. Außerdem war er durch diverse öffentliche Auftritte zusätzlich in Zeitdruck gewesen. Daran hatte sich eigentlich noch nichts geändert, mal abgesehen davon, dass der Abgabetermin für sein Buch ein paar Wochen nach hinten verschoben worden war. Aber das verbesserte seine Laune auch nicht gerade.

»Wir müssen doch nicht unbedingt in Hotels wohnen«, sagte Finn in ihre Gedanken hinein. »Es gibt Jugendherbergen, die sind viel preiswerter, und bestimmt ist es da auch lustiger, weil wir da eher Leute in unserm Alter treffen als in so einem steifen Hotel.«

Svea nickte, obwohl sie sich das nicht wirklich vorstellen konnte. Sie hatte noch nie in einer Jugendherberge übernachtet, sondern auf Reisen mit ihrem Vater stets in den besten Hotels gewohnt, meistens auf Einladung seines Verlages.

Na und, dachte sie. Eigentlich war es doch egal, wo sie übernachteten. Hauptsache, sie konnte die Ferien mit Finn verbringen.

Inzwischen hatten sie die Plattan, den niedriger gelegenen Fußgängerbereich am Sergelstorg, erreicht. Niemand in der Stadt fand diesen Platz besonders schön, obwohl sich hier Kultur und Wissen versammelten, mit dem Kulturhuset an der Stirnseite des Platzes sowie einem Theater und einer Bibliothek. Straßenmusiker und Kleinkünstler nutzten den Platz als Bühne.

Aber hier war auch die andere, weniger schöne Seite von Stockholm zu finden: Obdachlose, die nachts in den überdachten Eingängen der Geschäfte Schutz suchten und tagsüber in der nahen Suppenküche eine warme Mahlzeit bekamen; Dealer und Schwarzhändler, die in den dunklen Ecken ihre Geschäfte abwickelten. Ein Mikrokosmos der schwedischen Gesellschaft gab sich hier ein Stelldichein, und obwohl niemand diesen Platz besonders attraktiv fand, war er ein beliebter Treffpunkt für alle Gesellschaftsschichten.

Svea und Finn wurden von den anderen mit lautem Hallo begrüßt. Einer der Straßenmusikanten spielte bekannte Popsongs. Die Schüler sangen mit, begannen zu tanzen. Die Sonne schien vom Himmel, und zumindest für die nächsten beiden Stunden verdrängte Svea den Gedanken an das bevorstehende Gespräch mit ihrem Vater. So ganz ließ der Gedanke sie aber nicht los, er lauerte die ganze Zeit in ihrem Hinterkopf, bis sie sich auf den Heimweg machte.

Als Svea die Haustür öffnete, kam ihr Vater ihr schon auf dem Flur entgegen, die Brauen ärgerlich zusammengezogen.

»Hallo, Papa«, sagte sie kleinlaut.

Hendrik Lundgren ignorierte ihren Gruß. »Wo kommst du her?«, verlangte er zu wissen.

Svea hatte das dumpfe Gefühl, dass er bereits Bescheid wusste. Lügen oder lieber gleich die Wahrheit sagen?

Sie starrte ihrem Vater ins Gesicht, versuchte in seiner Miene zu lesen, sah aber nichts als Ärger und schlechte Laune.

»Und?«, fragte er laut.

»Ja, gut«, stieß sie hervor. »Ich habe eine Stunde geschwänzt. Aber nur den Geschichtsunterricht bei dem langweiligen Herrn Wallin, die anderen sind ausgefallen.«

Die Miene ihres Vaters war plötzlich nicht mehr ganz so finster. »Dein Glück, dass du mich nicht angelogen hast«, brummte er. »Dieser langweilige Herr Wallin hat nämlich angerufen und sich beschwert.«

»Dann hat er wahrscheinlich alle Eltern angerufen.«

Svea dachte an Finn. Hoffentlich bekam er keinen Ärger mit seiner Mutter, und hoffentlich hatte ihr Schwänzen keine Auswirkungen auf ihre Ferienplanung. Dieser Gedanke erinnerte sie wieder an das Gespräch, dass sie mit ihrem Vater führen musste.

Svea stellte ihre Tasche auf den Stuhl neben der Garderobe, ging zu ihrem Vater und hängte sich bei ihm ein. »Bist du böse, weil ich die Schule geschwänzt habe?«

»Sollte ich wohl«, brummelte er, aber sie sah, dass es um seine Mundwinkel verdächtig zuckte.

»Jetzt sei doch nicht so.« Svea bedachte ihren Vater mit diesem ganz besonderen Blick, der ihn immer weich werden ließ. Auch diesmal verfehlte er seinen Zweck nicht.

»Ich hab früher auch die Schule geschwänzt«, knickte Hendrik ein, »und du hast ja durchweg gute Noten.« Er hob mahnend den Zeigefinger. »Mach es dir aber nicht zur Gewohnheit.«

»Bestimmt nicht, Papa«, versprach Svea schnell und beschloss, die verbesserte Stimmung gleich auszunutzen. Sie ließ den Arm ihres Vaters nicht los, als sie gemeinsam ins Wohnzimmer gingen.

»Papa, ich muss dich was fragen. Versprich mir, dass du nicht gleich Nein sagst, sondern erst mal darüber nachdenkst.«

Sofort zogen sich die Brauen ihres Vaters wieder zusammen. Er sagte kein Wort, wartete nur ab, und das machte es Svea nicht leicht, ihre Bitte vorzubringen.

»Du kennst doch Finn«, sagte sie vorsichtig.

»Nein!« Hendrik schüttelte den Kopf.

»Ach, Papa, ich hab dir doch schon so oft von ihm erzählt.«

»Ja«, nickte er, »ich habe von ihm gehört, aber ich kenne ihn nicht.«

Es war schwieriger, als sie befürchtet hatte. Wenn es um Geld gegangen wäre, um ein kostspieliges Kleidungsstück oder etwas Ähnliches, hätte sie ihren Vater ohne Bedenken fragen können, aber gleichaltrige Jungs waren für ihn ein Reizthema, ohne dass er es zugegeben hätte.

»Selber schuld«, maulte sie. »Ich hätte dir Finn längst vorgestellt, wenn du im letzten Jahr nicht so komisch zu Jesper gewesen wärst.«

Svea wurde jetzt noch heiß und kalt, wenn sie an die Szene dachte. Jesper war ebenfalls ein Mitschüler, den Svea sehr mochte. Mehr als ein guter Freund war er nicht, selbst heute noch, obwohl ihr Vater sich ihm gegenüber unmöglich benommen hatte. Er hatte mit ihr für eine bevorstehende Mathearbeit lernen wollen und war zu ihr gekommen. Offensichtlich hatte ihr Vater nicht so recht an die Nachhilfe geglaubt. Er war so unfreundlich zu Jesper gewesen, dass es ihr heute noch peinlich war. Alle paar Minuten war er in ihr Zimmer geplatzt, ohne anzuklopfen, versteht sich. Es war Svea unmöglich gewesen, sich auf Jespers Erklärungen zu konzentrieren, und die Arbeit hatte sie hinterher gründlich verhauen.

Es wirkte immer noch, wenn sie ihrem Vater das vorhielt. Er blickte schuldbewusst drein, und Svea nutzte sein schlechtes Gewissen für ihre Zwecke.

»Ich möchte mit Finn in die Ferien fahren«, sagte sie rundheraus.

Hendrik befreite sich aus ihrem Griff und trat einen Schritt zur Seite. Streng schaute er sie an. »Ein ganz klares und entschiedenes Nein«, sagte er bestimmt.

»Du hast versprochen, nicht gleich Nein zu sagen und erst einmal darüber nachzudenken«, behauptete Svea, obwohl ihr Vater nichts dergleichen gesagt hatte.

»Ich muss nicht darüber nachdenken.« Hendrik schüttelte den Kopf. »Du bist noch minderjährig und wirst ganz bestimmt nicht mit irgendeinem Schnösel in die Ferien fahren.«

»Finn ist kein Schnösel!« Svea stampfte wütend mit dem Fuß auf. Sie hatte gewusst, dass es nicht leicht sein würde, aber ihr blieb nur noch eine knappe Woche, um ihren Vater umzustimmen.

»Bitte, Papa«, bat sie und trat zu ihm. Sie schlang beide Arme um seinen Hals und sah ihn flehend an. »Willst du Finn nicht erst einmal kennenlernen? Ihn und seine Mutter?«

Hendrik sagte kein Wort, aber Svea wusste, dass sie nur noch ein bisschen betteln musste, um ihn weichzukochen.

»Bitte, Papa«, bat sie noch einmal. »Lerne Finn und seine Mutter kennen, lass uns alle zusammen darüber reden, und wenn du dann immer noch dagegen bist, werde ich nicht mehr versuchen, dich zu überreden.«

»Ein Gespräch mit Finn und seiner Mutter wird nichts an meiner Einstellung ändern«, beharrte Hendrik. »Ich lasse meine fünfzehnjährige Tochter nicht mit irgendeinem Bengel verreisen.«

»Papa, lass uns noch mal darüber reden, wenn du Finn und seine Mutter kennengelernt hast.« Svea gab nicht nach.

Immerhin milderte sich der Gesichtsausdruck ihres Vaters ein wenig.

»Bitte, bitte, mein lieber Papi«, sagte sie in dem Ton, in dem sie als Kleinkind stets ihren Willen bei ihm durchgesetzt hatte. »Darf ich ein Treffen mit Finn und seiner Mutter vereinbaren?«

Hendrik atmete tief durch.

»Bitte, bitte, bitte, bitte ...«

»Schon gut«, fiel Hendrik ihr ins Wort. »Wir werden uns mit Finn und seiner Mutter treffen, aber in Urlaub fährst du nicht mit ihm, und das ist mein letztes Wort.«

»Ja, Papa«, sagte Svea und strahlte ihn an. Sie hatte einen ersten Sieg errungen, und den Rest würde sie auch noch schaffen. Ein bisschen verließ sie sich da auf Finns Mutter, die, wie Finn immer behauptete, total nett und unkompliziert war. Wenn Finn es schaffte, seine Mutter zu überreden, und sie ihren Vater zu dritt bearbeiteten, musste er einfach nachgeben.

Vielleicht wäre ihr Plan sogar aufgegangen, aber manchmal stellt das Schicksal seine eigenen Regeln auf.

Selmas Welt

Stockholm bei Nacht laufend erleben. Der Midnattsloppet ist eine der größten und lustigsten Laufveranstaltungen Schwedens – zumindest für die Zuschauer am Rand der Laufstrecke, zu denen ich mich gesellte.

Wenn jetzt einer von euch erwartet hat, dass ich mich den Läufern anschließe, um über den Midnattsloppet zu berichten, muss ich euch leider enttäuschen, Leute. Ich finde Joggen nämlich so erheiternd wie eine proktologische Untersuchung. Ich laufe nicht mal der Bahn hinterher, wenn ich sie verpasst habe, sondern nehme lieber ein Taxi.

Aber zurück zum Midnattsloppet. Um zweiundzwanzig Uhr ging es los. Es war noch hell, als sich die Läufer versammelten und ihren Spurt quer durch Södermalm begannen. Begleitet von Zurufen, gutgemeinten Ratschlägen und lauter Sambamusik. Es war eine Stimmung wie am Zuckerhut, sogar das Wetter passte dazu. Was soll ich sagen, Leute? Es war heiß, heiß und nochmals heiß, und damit meine ich nicht nur die Außentemperatur. Im nächsten Jahr werde ich ganz bestimmt wieder am Midnattsloppet teilnehmen – am Rande der Strecke zwischen all den anderen Zuschauern, um mit ihnen dieses Event zu feiern. Ich würde mich freuen, wenn ich dann den einen oder anderen von euch dort treffe. Wir sehen uns in einem Jahr, aber wir lesen uns schon morgen wieder!

»Das ist immer noch nicht der Renner, aber auf jeden Fall besser als dein Wetterbericht von gestern«, sagte Erik Asmussen. Er wedelte mit dem frisch ausgedruckten Artikel und grinste sie an. »Es wäre spannender gewesen, wenn du wirklich mitgelaufen wärst.«

Selma tippte sich mit dem Zeigefinger an die Stirn. »Sport ist Mord! Ich hätte nicht mal die ersten fünfhundert Meter überstanden.«

Das Grinsen auf dem Gesicht des Chefredakteurs wurde breiter, als er sie von Kopf bis Fuß musterte. Selma stellte sich vor, was er sah: dauergewellte, blondierte Locken – sie gehörte nämlich leider nicht zu den naturblonden Schwedinnen –, eine runde Nickelbrille auf der Stupsnase, die Lippen im gleichen Korallenrot wie der Nagellack. Ihr schwarzer Rock spannte zu sehr um ihre Hüften, um elegant zu wirken, und die Bluse zog sich wegen ihrer recht üppigen Oberweite an der Knopfleiste ein wenig auseinander.

Gut, sie war ein wenig überproportioniert. Sitzende Tätigkeit, zu wenig Bewegung und das Gefühl, nicht das im Leben erreicht zu haben, was sie sich als junges Mädchen vorgenommen hatte, zollten ihren Tribut. Das gab ihrem Chefredakteur aber noch lange nicht das Recht, sie mit einem derart unverschämten Blick zu mustern. So als wäre er selbst ein Adonis mit wallendem Haar und kein kleiner, dicklicher Mann mit schlecht sitzendem Anzug und schütterem Haar.

Vielleicht sollte ich einmal eine Kolumne über das Selbstbewusstsein der Männer schreiben, schoss es Selma durch den Kopf. Über diese Kerle, die es sich anmaßen, über das Äußere einer Frau zu urteilen, obwohl sie selbst mehr Ähnlichkeit mit Spongebob als mit George Clooney haben.

»Schick mir den Text dann mal rüber«, sagte Erik Asmussen mit einem Wink zu ihrem PC. »Und vielleicht fällt dir morgen ja was richtig Spannendes ein.«

Selma kniff die Augen zusammen. »Ich hab da schon so etwas im Hinterkopf«, sagte sie.

»Gut, das freut mich«, sagte er und verließ ihr Büro.

»Wenn du es liest und dich selbst erkennst, wirst du dich darüber nicht mehr freuen«, murmelte sie.

Schade nur, dass sie sich diese Arbeit sparen konnte, weil sie genau wusste, dass dieser Artikel ungedruckt im Papierkorb verschwinden würde.

Aber sollte ich jemals ein Buch schreiben, tröstete sie sich selbst, bekommt Erik ein Kapitel ganz für sich.

Ein schöner Gedanke, wäre da nicht die ernüchternde Gewissheit, dass von ihrem großartigen Roman nur fantasievolle Fragmente existierten, die wahrscheinlich nie die Augen begeisterter Leser zum Strahlen bringen würden.

Manchmal konnte das Leben richtig deprimierend sein!

— 3 —

Dank der deutschen Reisegruppe war im *Kristinas* die Hölle los. Da war es ganz gut, dass Kristina heute nur ein Menü anbot. Die deutschen Gäste waren laut, fröhlich und restlos zufrieden mit dem Essen. Allerdings war ihnen die schwedische Gepflogenheit fremd, abzuwarten, bis sie vom Personal zu freien Plätzen gebracht wurden. Ungeniert suchten sie sich ihre Plätze selbst aus.

Kristina ließ sie gewähren, zumal eine Verständigung ohnehin äußerst schwierig war. Sie selbst verstand bei ihren deutschen Gästen nur das Wort »Köttbullar«, das sie allerdings mit einem harten »K« anstatt mit »Sch« aussprachen. Vor allem Maj verwirrte das anfangs, bis Kristina ihr klarmachte, was die Deutschen meinten.

»Warum sagen sie das dann nicht?«, maulte Maj, brachte dabei aber das Kunststück fertig, weiter freundlich in die Runde zu lächeln.

Die Deutschen wussten nicht, dass das Trinkgeld in schwedischen Restaurants meist im Preis einkalkuliert ist, und zeigten sich sehr großzügig.

Es klappte alles besser als erwartet – anfangs jedenfalls.

Neben den Deutschen hatten sich auch ein paar ihrer Stammgäste eingefunden, und Kristina, die zwischen Küche und Gastraum hin- und herpendelte, klärte sie über ihr derzeitiges Problem auf. Keiner nahm es ihr übel, alle zeigten sich verständnisvoll.

Dann bemerkte sie den neuen Gast, der an der Tür stand

und ziemlich missmutig dreinblickte. Er gehörte offensichtlich nicht zu der deutschen Reisegruppe, um die Elin und Maj sich gerade kümmerten. Er war auch keiner ihrer Stammgäste. Obwohl Kristina sich sicher war, dass sie ihn noch nie zuvor hier gesehen hatte, kam er ihr irgendwie bekannt vor. Sie ging zu ihm, lächelte und begrüßte ihn freundlich.

Der Mann erwiderte ihr Lächeln nicht. »Muss man immer so lange warten, bis man in diesem Laden einen Platz bekommt?«, knurrte er.

Kristina behielt ihr freundliches Lächeln bei und führte ihn an einen der freien Tische. Er begutachtete das Besteck, bevor er sich setzte. Danach fegte er imaginäre Krümel von der Tischdecke. Kristina begann in Gedanken bis zehn zu zählen. Sie kam bis vier.

»Was stehen Sie da herum?«, fuhr der Mann sie unfreundlich an. »Bringen Sie mir endlich die Karte.«

Er gehörte offensichtlich zu den Kunden, die Kristinas Geduld auf eine harte Probe stellten. Sie wusste, dass in ihrem Job eine gewisse Toleranz vonnöten war, um solche Gäste geduldig aushalten zu können und ein freundliches Gesicht zu zeigen, egal, wie sie sich verhielten. Allerdings kam ihr dabei manchmal ihr überschäumendes Temperament in die Quere. Sie spürte, wie es in ihr zu brodeln begann, aber es gelang ihr, die Beherrschung nicht zu verlieren.

»Es tut mir leid«, entschuldigte sie sich und hatte dabei das Gefühl, das Lächeln auf ihrem Gesicht müsse bereits wie eingefroren wirken. »Wir haben ein paar technische Probleme und können deshalb im Moment nicht unseren gewohnten Service bieten. Es gibt zurzeit keine Gerichte à la carte, sondern nur ein Tagesmenü.«

Insgeheim hoffte Kristina, dass dieser unhöfliche Gast einfach ablehnen und wieder gehen würde. Stattdessen stieß er einen tiefen, genervten Seufzer aus. »Und was servieren Sie als Tagesmenü?«

Kristina überlegte kurz, ob sie nicht einfach behaupten solle, es gäbe überhaupt nichts mehr. Andererseits stand die teure Reparatur bevor, und sie konnte jede Krone brauchen.

»Tomaten-Orangen-Suppe, Köttbullar und zum Dessert Johannisbeerpaj mit Vanillesoße«, zählte sie auf.

Er verzog das Gesicht zu einer schmerzlichen Grimasse und schien ihr Angebot als Zumutung zu betrachten. Trotzdem nickte er. »Dann bringen Sie mir das eben.«

Sie würde wahrscheinlich nie aufhören, sich über sonderbare Gäste zu wundern. Wobei es ihr bei diesem ganz speziellen Gast am liebsten wäre, er würde einfach gehen.

»Sehr wohl.« Kristina nickte und entfernte sich von seinem Tisch. Als sie an Maj vorbeikam, überreichte sie ihr die Bestellung. »Das ist für Tisch sieben«, sagte sie. »Kümmerst du dich bitte darum?«

Maj stöhnte. »Weißt du eigentlich, wie viele Sonderwünsche die Deutschen haben? Und ich verstehe die alle nicht.«

»Ich mach das«, sagte Kristina, »und du hast dafür nur diesen einen Gast an Tisch sieben.«

Maj schaute zu dem Tisch hinüber und fragte misstrauisch: »Wieso? Was ist denn mit dem?«

»Er ist Schwede«, erwiderte Kristina ausweichend. »Du kannst ihn also verstehen.« Noch während sie sprach, fragte sie sich, ob es wirklich eine so gute Idee war, ausgerechnet Maj auf diesen Gast loszulassen.

»Na gut«, maulte Maj. »Aber wenn er mir blöd kommt, kann er was erleben.«

»Maj!«, mahnte Kristina, jetzt mit dem sicheren Wissen, dass es keine gute Idee gewesen war, Maj zu diesem Gast zu schicken.

»Ich weiß, ich weiß«, sagte Maj ungeduldig. »Wenn dir ein Gast in den Hintern tritt, halte ihm auch noch die andere Pobacke hin.«

Kristina musste lachen. »Du bringst es mal wieder perfekt auf den Punkt«, sagte sie und beschloss, den Dingen einfach ihren Lauf zu lassen.

Maj straffte sich und grinste. »Ich nehme diese Herausforderung an, Chefin. Ich bleibe geduldig, höflich und freundlich. So schwer kann das ja nicht sein, und meine Gedanken kann der Typ zum Glück nicht hören.«

Kristina fand sich selbst gemein, weil sie Maj dazu zwang, zu einem Gast freundlich zu sein, der absolut unhöflich war. Andererseits war sie wirklich froh, dass sie sich nicht mehr selbst um diesen Mann kümmern musste. Ihre Lage war im Moment schwierig genug, auch ohne solche Kunden.

Kristina ging zu einem der Tische mit den deutschen Gästen. Die Fröhlichkeit der Reisegruppe war ansteckend. Sie verständigten sich mit den paar Brocken Deutsch, die Kristina verstand, und den wenigen Worten Englisch, die den Deutschen geläufig waren. Ein schwedisches Wort kannten alle Mitglieder der Reisegruppe: »Tack«. Das Wort für »Danke« benutzten sie viel und gern.

Als Kristina einmal zu dem Gast hinüberblickte, den sie Maj aufs Auge gedrückt hatte, löffelte der gerade die Tomaten-Orangen-Suppe und wirkte nicht mehr ganz so unzufrieden.

»Alles wird gut«, sagte Kristina leise zu sich selbst. Allerdings hatte sie sich da zu früh gefreut.

Den deutschen Gästen wurde bereits das Dessert serviert, als Maj mit einem Teller voller Köttbullar an Kristina vorbei zu Tisch sieben ging. Sie stellte den Teller vor dem Gast ab, der knapp nickte, aber auf ein Wort des Dankes verzichtete.

Im Gegensatz zu Kristina bekam er glücklicherweise nicht mit, dass Maj eine abfällige Grimasse zog.

In diesem Augenblick stürmte Mikael aus der Küche und blieb in der Tür wie angewurzelt stehen, als er sah, dass Maj den Teller mit den Köttbullar bereits serviert hatte und der Gast gerade nach Messer und Gabel griff. Mikael streckte die Hand aus, seine Lippen formten Worte, die Kristina aus der Entfernung zwar nicht verstehen, aber als »Oh nein!« deuten konnte. Mit banger Faszination und der Vorahnung, dass das nichts Gutes zu bedeuten hatte, schaute sie zu, wie sich der Gast das erste Fleischbällchen in den Mund schob. Er kaute kurz darauf herum, verzog angewidert das Gesicht und spuckte das durchgekaute Teil zurück auf den Teller. Danach trank er einen Schluck Wasser, bevor er sich wütend umdrehte.

»Hallo!« Befehlend winkte er Maj mit dem Zeigefinger heran. Mikael stand immer noch in der Küchentür, eine Hand auf den Mund gepresst, während er die Szene gebannt beobachtete. Kristina warf einen kurzen Blick in seine Richtung, bevor sie sich wieder auf den Gast und Maj konzentrierte.

»Was ist das denn?«, herrschte der Gast Maj aufgebracht an und wies auf seinen Teller.

Maj stemmte eine Hand in die Hüfte. Auch wenn Kristina das Mädchen nur von hinten sah, wusste sie genau, welchen Gesichtsausdruck Maj dem unfreundlichen Gast gerade zeigte. Trotzig, die Brauen unwillig zusammengezogen. In ihrer Stimme schwang eine eindeutige Warnung mit, als sie kurz angebunden antwortete: »Köttbullar!«

»Und warum sind die noch halb roh?«

Maj ließ ihre Hand sinken. Sie drehte sich um und warf einen hilflosen Blick in Kristinas Richtung.

Kristina kam näher, gleichzeitig mit Mikael, der noch vor ihr am Tisch war.

»Es tut mir sehr leid«, sagte er lächelnd. »Wir haben zurzeit technische Probleme in der Küche.«

Der Mann schaute zwischen ihm und Kristina hin und her. Ironisch zog er eine Augenbraue in die Höhe. »Technische Probleme scheinen in diesem Restaurant die Standardausrede für Unfähigkeit zu sein.«

»Es tut mir sehr leid«, entschuldigte sich Mikael noch einmal und nahm den Teller. »Sie bekommen sofort eine neue Portion. Selbstverständlich auf Kosten des Hauses.«

»Danke«, der Mann schüttelte den Kopf. »Mir ist der Appetit gründlich vergangen.«

»Wie Sie wünschen«, sagte Kristina steif. »Wir werden Ihnen die Suppe selbstverständlich nicht berechnen.«

»Das wäre ja auch noch schöner«, fuhr der Mann sie an und wies auf den Teller in Mikaels Hand. »Sie können froh sein, dass ich Sie nicht verklage. Das da kommt einer Körperverletzung gleich.«

»Es war ein Versehen«, rechtfertigte Mikael sich noch einmal. »Ich habe nicht bemerkt, dass die Sicherung schon wieder rausgesprungen ist. Deshalb sind die Fleischbällchen nicht ganz durch.« Er schaute Kristina an, als er weitersprach. »Ich bin ja gleich hinter Maj her, als ich es bemerkt habe, aber da war es bereits zu spät.«

»Mir wurde gesagt, dieses Restaurant wäre ein Geheimtipp«, mischte sich der Gast ein. »Das sollte es auch besser bleiben, bevor Sie hier noch jemanden ernsthaft vergiften.«

Kristina hatte genug. »Und Sie gehen besser, bevor Sie wirklich einen Grund haben, uns wegen Körperverletzung zu verklagen. Auf Gäste wie Sie können wir gut verzichten.«

Die Augen des Mannes verengten sich. »Sie wissen ganz offensichtlich nicht, wer ich bin«, sagte er leise und mit einem gefährlichen Unterton.

»Zum Glück nicht«, erwiderte Kristina von oben herab, »und dabei würde ich es auch gerne belassen. Auf Wiedersehen – oder lieber nicht.« Sie trat zur Seite und wies auffordernd zur Tür.

Der Mann schenkte ihr im Vorbeigehen ein zynisches Lächeln. »Sie werden noch an mich denken«, prophezeite er.

Kristina versuchte, sein Lächeln zu erwidern und dabei kühl und abgebrüht zu wirken. »Das glaube ich nicht«, erwiderte sie. »Leute wie Sie vergesse ich in dem Moment, in dem die Tür hinter ihnen zufällt.«

Er sagte nichts mehr, schaute sie nicht einmal mehr an, als er hinausstolzierte.

»Den sind wir los«, sagte Kristina erleichtert, als die Tür hinter ihm zufiel.

»Ich weiß nicht.« Mikael sah hinter dem Mann her, dann starrte er auf den Teller in seiner Hand. »Ich habe das Gefühl, der macht uns noch richtig Ärger.«

Kristina schaute ihn an und begann plötzlich zu lachen. »Andere Wahrsager lesen aus dem Kaffeesatz. Das jemand die Zukunft in halbgaren Köttbullar sieht, ist mir neu.«

»Du wirst schon sehen«, orakelte Mikael mit dumpfer Stimme. »Das wird ein Nachspiel haben.«

Kristina zuckte unbekümmert mit den Schultern. »Schlimmer als jetzt kann es kaum noch werden«, sagte sie und ahnte nicht einmal ansatzweise, wie sehr sie sich irrte.

Am nächsten Morgen brachte Ole Håkansson den Kostenvoranschlag. Obwohl Kristina ungefähr wusste, was auf sie zukommen würde, erschrak sie. Die Summe schwarz auf weiß auf zu sehen war etwas anderes, als sie einfach nur zu hören.

Die Rechnung stellte sie vor die vollendete Tatsache, dass

sie das Geld irgendwie aufbringen musste, wenn sie ihr Restaurant, ihren Lebenstraum, erhalten wollte. Sie schluckte und lächelte Ole gequält an.

»Ich werde heute noch mit der Bank reden«, versprach sie. »Sobald die Finanzierung geklärt ist, können wir besprechen, wann die Arbeiten beginnen.«

Ole schüttelte den Kopf. »Da gibt es nichts zu besprechen«, sagte er. »Mein Terminkalender ist ziemlich voll, und es geht nur in den ersten beiden Ferienwochen. Ich brauche das Okay sofort, ich habe nämlich noch eine Anfrage für einen Neubau. Wenn das hier nichts wird, würde ich den anderen Auftrag annehmen.«

Völlig überfordert fuhr Kristina sich mit beiden Händen durch die langen blonden Haare. Sie musste erst einen Kredit bei der Bank beantragen, um Ole den Auftrag erteilen zu können. Wenn sie den Auftrag aber nicht sofort erteilte, würde ihr möglicherweise der einzige so kurzfristig freie Elektriker, von dem sie zumindest vom Hörensagen wusste, dass er gute Arbeit leistete, nicht zur Verfügung stehen. Sie hatte keine Wahl. Wenn die elektrischen Leitungen nicht funktionierten, konnte sie das *Kristinas* auch gleich schließen.

»Okay!« Kristina nickte. »Ich werde das Restaurant nächste Woche schließen. Wie lange werden die Reparaturen dauern?«

»Ich rechne mal mit zwei Wochen«, sagte Ole ungerührt.

Kristina starrte ihn an. Wollte er sie aufziehen oder meinte er das ernst? »Zwei Wochen?«, flüsterte sie entsetzt.

Ole zuckte mit den Schultern. »Sommerferien«, erwiderte er lakonisch. »Die meisten meiner Leute sind in Urlaub. Ich muss die Arbeit selbst machen und habe nur einen Lehrling, der mir hilft. Und es kommt immer mal ein Notfall dazwischen. Wenn es ruhig bleibt, sind wir vielleicht auch früher fertig.«

Kristina war erschüttert. Zwei Wochen keine Einnahmen, stattdessen Ausgaben, die sie in diesem Jahr nicht eingeplant hatte. Zwei Wochen, und das ausgerechnet in der lukrativen Ferienzeit, wenn die Touristen über Stockholm herfielen und im Rålambshovsparken alle möglichen Events stattfanden, die ihr zusätzliche Gäste bescherten.

»Zwei Wochen …«, stöhnte sie erneut.

Ole nickte ungerührt. Ihm konnte es ja egal sein, ihm brachten diese verflixten zwei Wochen eine Menge Geld ein.

Hör auf, ermahnte sie sich selbst, bevor sich die negativen Gedanken in ihr festsetzen konnten. Ihre Mutter hatte früher immer behauptet, dass negative Gedanken auch negative Ereignisse nach sich ziehen würden. Wieso Unerfreuliches passierte, obwohl sie vorher an nichts Böses gedacht hatte, konnte sie ihr allerdings nicht erklären.

»Okay«, sagte Kristina ergeben. »Ab Montag bleibt das *Kristinas* für zwei Wochen geschlossen. Ich kann dann wirklich nach zwei Wochen wieder öffnen? Versprochen?«

»Handwerkerehrenwort!« Ole tippte gegen den Rand seiner Schirmmütze und reichte ihr zur Bekräftigung die Hand.

Kristina atmete tief durch und versuchte die aufsteigende Angst zu unterdrücken. Sie hatte Ole den Auftrag erteilt, ohne zu wissen, ob sie die nötigen Mittel dafür überhaupt aufbringen konnte. Wichtig war jetzt erst einmal das Gespräch mit der Bank. Sie vereinbarte telefonisch einen Termin und war froh, dass der Filialleiter ihrer Bank kurz vor Mittag zwischen zwei anderen Terminen Zeit für sie hatte. Danach informierte sie Mikael, der ihr aber nur mit halbem Ohr zuzuhören schien.

»He!« Kristina stieß ihn leicht an. »Hast du gehört, was ich gesagt habe? Ich muss euch in der Mittagszeit allein lassen, weil ich so kurzfristig keinen anderen Termin bei Frits Viklund bekommen konnte.«

»Kein Problem«, murmelte Mikael und drehte sich abrupt zu ihr um. »Am Wochenende ist doch das Konzert von Sören Sundloff.«

Kristina nickte. Sie kannte den Sänger nur dem Namen nach. Ihr Sohn war ein großer Fan von ihm und freute sich, dass das Konzert ganz in der Nähe des *Kristinas* im Freien stattfand. Natürlich würde er da sein und mit ihm unzählige andere Fans. Alles potenzielle Kunden, die sie jetzt aber vergessen konnte.

»Was hältst du davon, wenn wir draußen eine Art Büfett aufbauen?«, schlug Mikael vor. »Fingerfood, kalte Speisen und alkoholfreie Getränke. Wir verlangen einen Pauschalpreis, und jeder kann sich vom Büfett nehmen, was er will.«

Die Idee war ebenso einfach wie genial. Sie konnten auch Tische und Stühle draußen aufstellen, Laternen in die Bäume und an das Geländer der Terrasse hängen, Kerzen auf die Tische stellen ...

»Du sagst ja gar nichts«, unterbrach Mikael ihre Gedanken.

»Du bist ein Genie!« Kristina schlang ihre Arme um seinen Hals und drückte einen Kuss auf seine Wange. Dazu musste sie sich ein bisschen hinabbeugen, weil Mikael einen halben Kopf kleiner war als sie.

»Gut, dass du es endlich einsiehst.« Frech grinste er sie an. »Während du dem Banker das Geld für die Reparatur aus den Rippen leierst, werde ich mir Gedanken über das Büfett machen. Einer muss hier ja schließlich arbeiten.«

Kristina wollte etwas sagen, kam aber nicht dazu. Laute Musik ließ sie erschrocken zusammenfahren. Zeitgleich mit Mikael drehte sie sich um. Maj stand am Regal gleich neben der Tür und drehte den Lautstärkeregler des uralten Radios herunter, das Kristina zusammen mit dem Restaurant übernommen hatte. Ob der alte Besitzer es vergessen oder einfach nicht mehr gewollt hatte, wusste niemand. Jedenfalls funktionierte das Radio noch einwandfrei und wurde oft und gerne eingeschaltet. Kristina hatte nichts dagegen, solange die Musik nicht so laut war, dass sich die Gäste dadurch gestört fühlen könnten. Wie alle überflüssigen elektrischen Geräte war das Radio aber seit gestern ausgeschaltet geblieben, um Strom zu sparen.

»Die bringen heute ein Interview mit Sören Sundloff.« Maj glaubte offenbar, sich rechtfertigen zu müssen. Wie immer in solchen Situationen schob sich ihre Unterlippe trotzig vor, und ihre Stimme klang rebellisch: »So viel Strom wird so ein kleines Radio ja wohl nicht brauchen.«

»Dein Problem«, sagte Kristina zu Mikael und verließ das Restaurant. Begleitet wurde sie von der rockigen Stimme Sören Sundloffs, der den Verlust seiner großen Liebe betrauerte und versicherte, alles anders zu machen, wenn er noch einmal die Chance dazu bekam. Verflixt, der Typ hatte wirklich eine gute Stimme!

Kristina machte den Fehler, als sie in ihrem Uraltauto saß und den Zündschlüssel umgedreht hatte, sofort das Radio einzuschalten. Sie hätte den Wagen erst starten müssen, alles andere nahm er ihr übel.

»Mist!«, fluchte sie vor sich hin. Sie schaltete das Radio aus und versuchte noch einmal, den Motor zu starten. Ein gurgelndes Geräusch war zu hören, gefolgt von vollkommener Stille, mit der ihr Wagen ihr deutlich zeigte, dass er es ihr verübelte, wenn sie Scheibenwischer, Licht, Heizung oder sonst etwas anmachte, bevor sie den Motor startete. In diesem Fall eben das Radio.

Wider besseren Wissens startete Kristina den Motor ein

drittes Mal, und als hätte das Schicksal beschlossen, ihr endlich einmal hold zu sein, sprang der Wagen ohne weiteres Murren an.

Es war nicht weit von ihrem Restaurant bis zur Hamngatan. Sie kam über den Norr Mälarstrand zügig voran, begleitet von Sören Sundloffs Musik. Wieder beklagte er den Verlust einer großen Liebe, diesmal mit lauten, zornigen Beats, die Kristina automatisch dazu brachten, ein bisschen fester aufs Gaspedal zu treten. Rechts neben ihr fuhr ein Ausflugsdampfer gemächlich den Riddarfjärden entlang. Ein Motorboot ließ die Gischt hoch aufschäumen.

Kristinas Laune verbesserte sich schlagartig, und plötzlich funktionierte alles wie von selbst. Sie fand auf der Hamngatan sofort eine freie Parkbucht und das auch noch direkt vor ihrer Bank.

Frits Viklund erwartete sie bereits, hörte sich ihr Anliegen an und tippte etwas in den PC auf seinem Schreibtisch. Angestrengt starrte er auf den Monitor. Seine Miene war unergründlich. Er ließ sich sehr viel Zeit, gab nur hin und wieder etwas in die Tastatur ein, während Kristinas Zuversicht mehr und mehr schwand. Sie hatte zu wenig Zeit gehabt, sich auf dieses Gespräch vorzubereiten. Sie hätte Unterlagen zusammenstellen können: die Umsatzzahlen, denn die waren in letzter Zeit gar nicht so schlecht gewesen, die positiven Internetbewertungen über ihr Restaurant, die Reservierungen der Reisegesellschaft, mit der sie seit Kurzem zusammenarbeitete. Es hätte so viele Möglichkeiten gegeben, den Bankdirektor von vornherein positiv zu stimmen. Wenn er ihren Kreditantrag jetzt rigoros abschlug …

»Das geht in Ordnung«, sagte Frits Viklund in ihre Gedanken hinein.

»Tut mir leid, aber das kann ich so nicht akzeptieren«, sagte Kristina energisch. »Ich bin seit vielen Jahren Kundin dieser Bank, und mein Restaurant …«

Sie brach ab, als sie die verwunderte Miene des Bankdirektors registrierte, und plötzlich drang in ihr Bewusstsein, was er gesagt hatte.

»Ich bekomme den Kredit?«

Frits Viklund lächelte. »Ich wüsste nicht, was dagegen spricht«, sagte er. »Alle finanziellen Verpflichtungen werden pünktlich erfüllt, und ich sehe ja hier die Einnahmen des Restaurants. Das sieht doch alles sehr erfreulich aus.«

Kristina war so erleichtert, dass sie dem Bankdirektor am liebsten um den Hals gefallen wäre. Sie begnügte sich jedoch mit einem einfachen »Tack« und unterschrieb bereits eine halbe Stunde später den Kreditvertrag, den der Bankdirektor ihr vorlegte. Alles ging so schnell, dass sie ihr Glück immer noch nicht fassen konnte, als sie wieder in ihren Wagen stieg und sich auf den Weg zum Restaurant machte. Heute konnte ihr nichts mehr die Laune verderben!

Die Sonne schien immer noch, und sie hatte Lust auf Musik. Sie schaltete das Radio ein, aber die Musiksendung war vorbei. Stattdessen lief »Zu Gast bei Liv«, und die Moderatorin stellte gerade ihren Studiogast vor.

»Liebe Zuhörer, bei mir ist mal wieder Hendrik Lundgren, der bekannte Gastrokritiker.«

Kristina hatte sich bereits ein wenig vorgebeugt und die Hand nach dem Regler ausgestreckt, um einen Musiksender zu suchen, hielt jedoch kurz inne. Sie kannte den Namen Hendrik Lundgren, hatte hin und wieder einen seiner Berichte in einem Magazin gelesen und wusste, dass seine Bücher Bestseller waren. Gesehen hatte sie diesen Mann noch nie, obwohl er auch schon in diversen Fernsehsendungen aufgetreten war, wie die Radiomoderatorin ihren Zuhörern gerade mitteilte.

»Es ist schön, dich mal wieder hier zu haben«, sagte Liv. »Du hast ein neues Buch geschrieben?«

Was für eine Frage! Kristina fand es ziemlich verlogen, dass die Moderatorin ebenso wie ihr Gast so tat, als wäre das purer Zufall und keine bewusste Werbestrategie des Gastrokritikers, um sein neues Buch vorzustellen.

»*Essen wie Gott in Schweden*«, hörte Kristina ihn antworten. Ihre Lippen verzogen sich zu einem leichten Lächeln. Er hatte eine angenehme Stimme, die ihr sogar irgendwie bekannt vorkam. Sie zermarterte sich das Hirn, konnte der Stimme aber kein Gesicht zuordnen.

»Klasse Titel«, sagte Liv. »Eigentlich heißt es ja *Essen wie Gott in Frankreich*. Dieser Titel passt sehr gut, da du lange in Frankreich gelebt hast. Magst du den Zuhörern und mir etwas über diese Zeit erzählen?«

»Richtig heißt es *Leben wie Gott in Frankreich*«, verbesserte Hendrik Lundgren die Moderatorin mit leichtem Spott in der Stimme, der Kristina wieder zum Lächeln brachte. Sie fand den Gastrokritiker sehr sympathisch, während sie diese Liv überhaupt nicht mochte. Dabei kannte sie diese Frau nicht einmal, hatte auch diese Sendung noch nie gehört. Es war einfach nur ein Gefühl, eine spontane Abneigung, die diese penetrante, ein wenig grelle Stimme in ihr auslöste.

»Und nein«, fuhr Hendrik Lundgren in diesem Moment fort, »ich möchte nicht über meine Zeit in Frankreich reden.«

Das war eine so deutliche Abfuhr, dass es selbst Liv für einen Moment die Sprache verschlug. Sie lachte gekünstelt, und es entstand eine peinliche Gesprächspause.

Die rebellische Antwort des Kritikers machte Kristina erst recht neugierig auf diesen Mann, und sie nahm sich fest vor, noch am Abend seinen Namen zu googeln. Vielleicht würde sie sich auch sein neues Buch zulegen.

Liv schien ihre Sprache wiedergefunden zu haben. »Du schreibst ja für verschiedene Zeitungen und empfiehlst besonders gute Restaurants. Hast du auch schon einmal genau das Gegenteil erlebt? Ein Restaurant, das so schlecht ist, dass du von einem Besuch nur abraten kannst?«

Inzwischen war Kristina wieder vor ihrem Restaurant angekommen und parkte den Wagen auf dem Kiesplatz vor dem Hintereingang. Sie ließ das Radio an, stellte nur den Motor ab und lauschte gespannt. Die Antwort interessierte sie, und sie wollte auch noch ein wenig der angenehmen Stimme Hendrik Lundgrens lauschen.

»Und ob«, hörte sie ihn in diesem Augenblick sagen. »Ich war erst gestern in einem Restaurant im Rålambshovsparken. Ein wirklich netter Laden, so auf den ersten Blick. Aber das Essen kannst du wirklich vergessen, ebenso wie das Personal.«

Kristina spürte, wie sie innerlich erstarrte. Es gab im Rålambshovsparken noch andere Restaurants, aber sie wusste instinktiv, dass dieser Hendrik Lundgren das *Kristinas* meinte, und plötzlich hatte sie auch ein Gesicht vor Augen zu der Stimme, die ihr eben noch so gut gefallen hatte. Wieso hatte sie diese Stimme nicht sofort erkannt?

»Das Restaurant wurde im Internet als Geheimtipp angepriesen.« Hendrik Lundgren lachte hart auf. »Leider stand nicht dabei, dass von dem sehr unfreundlichen Personal nichts anderes serviert wird als halbgare Köttbullar. Ich war schon in vielen schlechten Restaurants, aber das *Kristinas* übertrifft alles.«

Kristina hatte sich ein wenig vorgebeugt. Ihr Herz raste wie wild, hinter ihren Schläfen pochte es. Sie war eine ganze Zeitlang unfähig, sich zu bewegen. Diese vernichtende Kritik in aller Öffentlichkeit kam einem Todesurteil für ihr Restaurant gleich.

Plötzlich spürte sie eine ungeheure Wut in sich aufsteigen. Was fiel diesem Mistkerl ein, ihre Existenz mit wenigen Worten zu zerstören? Dabei hatte sie sich gestern noch alle Mühe gegeben, ihm freundlich und geduldig zu erklären, dass sie nur aufgrund eines technischen Problems ihren normalen Service nicht bieten konnte. Zu gerne würde sie diesem unmöglichen Gastrokritiker ins Gesicht schleudern, was sie von ihm und seiner Recherche hielt.

»Liebe Zuhörer, wenn ihr eine Frage an Hendrik Lundgren habt, könnt ihr jetzt im Sender anrufen«, sagte Liv in diesem Moment. »Mit ein bisschen Glück werdet ihr ins Studio durchgestellt.«

Kristina reagierte sofort. Als Liv die Nummer des Senders durchgab, hatte sie ihr Handy bereits in der Hand und wählte gleich mit. Bereits nach dem zweiten Freizeichen wurde ihr Anruf im Sender angenommen, und eine automatische Ansage bat sie, sich kurz zu gedulden. Es dauerte wirklich nur ganz kurz. So kurz, dass Kristina nicht dazu kam, darüber nachzudenken, was sie hier eigentlich machte, bevor sie Livs Stimme vernahm. Aus dem Radio und aus ihrem Hörer.

»Hallo, hier ist Liv. Sag uns, wer du bist, und dann kannst du deine Frage an Hendrik Lundgren stellen.«

»Ich bin die Besitzerin des Restaurants, in dem Herr Lundgren sich gestern so schlecht behandelt fühlte«, sagte Kristina erbost, »und ich habe keine Frage an ihn, sondern wollte lediglich klarstellen, dass alle unsere Gäste höflich und zuvorkommend bedient werden, sofern sie sich auch so benehmen.«

»Äh ... ja ...«, sagte Liv, und Kristina entnahm der Stimme der Radiomoderatorin, dass diese unerwartete Situation sie völlig überforderte. »Das ist ja dann eine Sache zwischen dir und Hendrik. Vielleicht klärt ihr das besser unter euch.«

»Ich habe kein Problem damit, Ihnen direkt hier und jetzt zu antworten«, klang Hendriks Stimme durch Handy und Radio ebenfalls doppelt an Kristinas Ohr. Seine Stimme klang jetzt gar nicht mehr angenehm, sondern sehr hart, was noch dadurch verstärkt wurde, dass er sie siezte. »Wenn Sie nicht kochen können, sollten Sie kein Restaurant eröffnen!«

Kristina verschlug es sekundenlang die Sprache, und vielleicht wäre es besser gewesen, sie hätte sie nicht so schnell wiedergefunden, sondern einmal kurz nachgedacht, aber dazu war sie viel zu wütend. Sie sagte genau das, was ihr auf der Zunge lag: »Und das muss ich mir ausgerechnet von einem selbstgerechten und selbsternannten Gastrokritiker sagen lassen. Ich frage mich, was Sie überhaupt zu einem solchen Urteil befähigt. Nur weil Sie sich in den Medien prostituieren«, Kristina spie dieses Wort hervor, »um Ihre Werke zu verkaufen, heißt das nicht, dass Sie auch Ahnung von der Materie haben.«

Es war ganz still. Nicht nur in der Leitung, sondern auch im Radio, und das zeigte ihr, dass die Verbindung nicht einfach abgebrochen worden war. Sie hatte es geschafft, den Kritiker mundtot zu machen. Der kurze Moment der Genugtuung war in dem Moment vorbei, als sie ihn leise auflachen hörte. »Angriff ist nicht immer die beste Verteidigung«, sagte er, »vor allem, wenn man im Unrecht ist.«

Kristina holte tief Luft, aber Liv kam ihr zuvor. »An dieser Stelle muss ich das Gespräch unterbrechen«, sagte sie. »Wir haben noch weitere Anrufer in der Leitung, die gerne mit Hendrik Lundgren sprechen wollen.«

Kristina wollte protestieren, aber sie kam nicht mehr dazu.

Das Gespräch wurde unterbrochen, und hilflos musste sie mitanhören, wie Hendrik Lundgren sich über untalentierte Köchinnen lustig machte. Er sprach nicht mehr direkt über sie und ihr Restaurant, aber jeder wusste, wen er meinte, und so sparten auch die nachfolgenden Anrufer nicht mit Häme. Die Erkenntnis, dass alle Anrufer sich auf Hendrik Lundgrens Seite schlugen, traf sie fast noch mehr als seine Kritik. Das war das Ende, und sie hatte selbst dazu beigetragen.

Tränen liefen über Kristinas Wangen, während sie selbstquälerisch der weiteren Sendung zuhörte, bis die Fahrertür plötzlich aufgerissen wurde.

Mikael beugte sich zu ihr in den Wagen. »Dem hast du es aber gegeben«, sagte er. Offensichtlich lief das Radio im *Kristinas* immer noch, und er hatte alles mitbekommen.

Kristina wischte sich die Tränen von den Wangen und schaute ihn misstrauisch an. Machte er sich etwa über sie lustig?

Mikael schien es ganz ernst zu meinen. »Komm schon«, sagte er und griff nach ihrem Arm, um ihr beim Aussteigen zu helfen. »Mach dir nichts draus.«

»Spinnst du?«, rief Kristina unbeherrscht und befreite sich aus seinem Griff. Sie war sehr wohl dazu in der Lage, alleine aus dem Auto zu steigen. »Du hast doch gehört, was dieser Kerl gesagt hat«, schimpfte sie. »Und freundlicherweise hat er gleich den Namen des Restaurants und die Adresse bekannt gegeben, damit sich nur ja kein Gast mehr zu uns verirrt.«

Mikael zeigte wieder seine stoische Ruhe, was Kristina nur noch mehr in Rage versetzte. Sie brauchte jetzt jemanden, der sich gemeinsam mit ihr aufregte. Stattdessen zuckte Mikael ungerührt mit den Schultern. »Ja gut, es war nicht die beste Werbung für uns«, gab er zu, »aber das wäre weitaus weniger schlimm gewesen, wenn du da nicht angerufen hättest.«

Kristina starrte ihn fassungslos an. »Willst du damit sagen, dass es meine Schuld ist?«

Mikael zuckte wieder mit den Schultern, als wäre ihm eine direkte Antwort unangenehm, doch dann nickte er. »Es war nicht nett, dass er von seinem Besuch gestern bei uns berichtet hat«, gab er zu. »Aber es war ja wirklich so, wie er es geschildert hat. Das Essen war nicht richtig durch, und Maj ... Na ja, ich muss dir nichts zu Maj sagen. Wir wissen beide, dass sie nicht immer kundenorientiert arbeitet.« Mikael grinste bei dieser Untertreibung.

Kristina war allerdings nicht nach Lachen zumute. Mit zusammengezogenen Brauen schaute sie Mikael an. »Was genau willst du mir eigentlich sagen, Mikael?«, fragte sie wütend.

»Wir sind gut, Kristina«, sagte er. »Das wissen wir beide, und diese blöde Radiosendung wäre in ein paar Tagen in Vergessenheit geraten ...«

»... wenn ich blöde Kuh nicht da angerufen und eine Riesenshow veranstaltet hätte.« Kristina raufte sich mit beiden Händen die Haare. »Wie bescheuert bin ich eigentlich!«

»Jetzt mach kein Riesendrama draus«, sagte Mikael. »Auch daran denkt in ein paar Tagen kein Mensch mehr, und sobald Ole die neuen Elektroleitungen gelegt hat, machen wir ein riesiges Fest zur Neueröffnung und zeigen den Leuten, wozu wir in der Lage sind. Vielleicht sollten wir dazu auch diesen Hendrik Lundgren ...«

»Bloß nicht«, fiel Kristina ihm erbost ins Wort. »Wenn ich diesen Kerl leibhaftig in die Finger bekomme, geschieht ein Unglück.«

»Du wirst jetzt aber hoffentlich nicht losziehen, um diesem

Kritiker vor dem Radiosender aufzulauern.« Mikael schmunzelte. »Ich hätte da etwas, was dich garantiert wieder aufmuntert.«

»Und das wäre?« Kristina bezweifelte, dass sie heute noch irgendetwas aufmuntern konnte.

»Du brauchst etwas Süßes«, sagte Mikael. »Das wird dir guttun, und gleichzeitig kannst du jetzt mal sehen, wie deine Leute zu dir stehen. Elin hat heute Morgen zu Hause Apfelkuchen gebacken, damit wir ein anderes Dessert anbieten können, ohne die elektrischen Leitungen mit unserem Backofen zu belasten. Du musst diesen Kuchen unbedingt probieren!«

Kristina war gerührt. Was konnte dieser Hendrik Lundgren ihr schon anhaben? Sie hatte den Kredit für die Sanierung der Elektroleitungen bekommen, sie hatte ihre Stammgäste, die wussten, dass es normalerweise im *Kristinas* ausgezeichnet schmeckte, und sie hatte die besten Mitarbeiter der Welt. Alles würde gut werden.

Kristinas Welt sah schon deutlich freundlicher aus, als sie ein Stück von Elins Apfelkuchen probierte.

»Der schmeckt supergut!«, lobte sie.

Elin wurde vor Freude ganz rot. »Und die Zubereitung geht ganz einfach und schnell«, sagte sie.

»Das wäre doch auch was für unsere Speisekarte.« Kristina nahm sich noch ein Stück Kuchen und sagte zu Elin: »Ich hoffe, es handelt sich nicht um ein geheimes Rezept deiner Familie.«

Elin schüttelte lachend den Kopf. »Ich schreibe es dir gleich auf«, versprach sie.

Kristina nickte ihr dankbar zu. Aber sie war nicht nur ihr, sondern vor allem Mikael dankbar. Er hatte recht gehabt, etwas Süßes war jetzt genau richtig. Und wahrscheinlich hatte er auch damit recht, dass diese ganze unerfreuliche Geschichte mit Hendrik Lundgren morgen schon vergessen sein würde. Wer interessierte sich schon für die Nachrichten von gestern?

»Alles wird gut«, flüsterte sie leise vor sich hin und konnte jetzt sogar selbst daran glauben.

Elins Apfelkuchen

6 bis 7 saure Äpfel
200 g Paniermehl
100 g Zucker
3 EL Butter
50 ml Wasser

Die Äpfel schälen, halbieren, entkernen und mit einer Reibe grob raspeln.

Das Paniermehl (am besten aus alten Brötchen selber machen) und den Zucker zugeben und alles gut vermengen. Eine Auflaufform einfetten und die Masse einfüllen.

Die Apfelmasse verteilen und das Wasser darübergießen. Ein paar Butterflocken darauf verteilen und im vorgeheizten Backofen auf mittlerer Schiene bei 200 °C ca. 30 Minuten garen lassen.

Heiß servieren.

— 4 —

Also, ich habe meinen Vater so weit«, sagte Svea am Handy zu Finn.

»Er ist einverstanden, dass wir zusammen durch Schweden reisen?« Finn klang aufgeregt und ungläubig zugleich.

»Nee«, gab Svea daraufhin auch sofort zu. »Er ist damit einverstanden, dich und deine Mutter erst mal kennenzulernen, bevor er eine endgültige Entscheidung trifft.« Sie verschwieg, dass ihr Vater eine Zusage zur gemeinsamen Reise eigentlich schon ausgeschlossen hatte. »Ich hoffe, die beiden verstehen sich«, sagte sie nachdenklich.

»Dein Vater und meine Mutter?«

»Ja, darüber reden wir doch gerade«, erwiderte Svea ungeduldig.

Finn schwieg.

»Bist du noch da?«, fragte Svea.

»Ja, bin ich.« Er klang ein bisschen eingeschnappt.

Svea ahnte, dass es an ihrem Tonfall lag. Sie neigte hin und wieder dazu, schnippisch zu werden, obwohl sie inzwischen wusste, dass Finn damit überhaupt nicht umgehen konnte. »Ich habe Angst«, sagte sie deshalb schnell, um ihn wissen zu lassen, dass es nichts mit ihm zu tun hatte.

»Schon gut«, wiegelte er ab. »Meine Mutter ist ganz okay, das wird schon mit den beiden.«

Finns Zuversicht beruhigte Svea. »Mein Vater ist auch in Ordnung«, sagte sie. »Und eigentlich haben die beiden eine Menge gemeinsam. Deine Mutter kocht, und mein Vater schreibt Bücher übers Kochen. Wir müssen uns also überhaupt keine Sorgen machen.« Trotz ihrer Worte bemerkte Svea, dass ihr Lachen reichlich nervös klang.

»Du hast recht«, bestätigte Finn. »Die beiden haben so viel gemeinsam, die können gar nicht anders, als sich gut zu verstehen.«

Svea schickte Küsschen durchs Telefon und verabschiedete sich von Finn.

Selmas Welt

Liebe Leser, wer hat gestern Radio gehört? Ja, ich meine »Zu Gast bei Liv«.

Ihr habt es nicht gehört? Leute, da habt ihr echt was verpasst!

Eigentlich schien es eine ziemlich langweilige Sendung zu werden. Hendrik Lundgren war zu Gast, ihr wisst schon, dieser Gastrokritiker, der immer wieder mal in den Medien auftaucht, wenn er glaubt, etwas Sensationelles geschrieben zu haben. Er wollte in der Sendung sein neues Buch präsentieren. Natürlich nicht vordergründig, das läuft alles viel subtiler. Dabei erzählte er von einem Restaurant im Rålambshovsparken, das er erst am Vortag aufgesucht hatte und das durch besonders schlechten Service aufgefallen war. Es war eigentlich nicht mehr als das, was wir Zeitungsleute als Randnotiz bezeichnen.

Offensichtlich hat die Besitzerin des Restaurants, eine gewisse Kristina, die Sendung auch gehört, und sie war nicht bereit, diese Kritik ohne Weiteres hinzunehmen. Sie rief also beim Sender an, und was wir dann zu hören bekamen, war ein Streitgespräch vom Feinsten, und das zur besten Radiosendezeit.

Liebe Leser, es war köstlich! Wobei ich mit köstlich eher akustisch als kulinarisch meine. Für die Zuhörer selbstredend, nicht für Kristina, der ich an dieser Stelle mein Beileid aussprechen möchte. Es ist sicher kein Vergnügen, von einem Kritiker wie Hendrik Lundgren derart auseinandergenommen zu werden. Mal sehen, ob wir von dieser Geschichte noch etwas hören. Ich halte euch auf dem Laufenden.

»Das ist doch mal eine gute Geschichte!« Erik Asmussen grinste. »Und ich nehme dich beim Wort. Ich will wissen, wie sie weitergeht.«

»Ich glaube nicht, dass die Besitzerin des *Kristinas* großen Wert darauf legt«, sagte Selma schmunzelnd. »Wahrscheinlich ärgert sie sich jetzt schon über ihren Anruf beim Sender.«

»Wahrscheinlich«, stimmte Erik ihr zu. »Trotzdem könnte sich daraus eine nette Story entwickeln. Am besten siehst du dich selbst mal in diesem Restaurant um.«

Selma verzog das Gesicht. »Solange ich da nichts essen muss. In der Hinsicht vertraue ich ganz auf Hendrik Lundgren.«

»Es ist ja nicht so, dass ich dich zum Heuschreckenessen in ein exotisches Abenteuerrestaurant schicke«, wandte Erik Asmussen ein und machte ihr damit gleich klar, dass mit seinem Auftrag sehr wohl ein Probeessen im *Kristinas* verbunden war.

Selma dachte kurz darüber nach und zuckte schließlich mit den Schultern. »Das geht aber aufs Spesenkonto.«

»Klar«, stimmte Erik Asmussen sofort zu, was bei ihm nur selten vorkam. Er schien wirklich an der Story interessiert zu sein, was Selma sehr erleichterte, nachdem es ihr in den letzten Wochen immer schwerer gefallen war, ein Thema zu finden, das ihm zusagte.

Ich werde mich selbst einmal im Kristinas *umsehen*, schrieb sie unter ihren Artikel.

Ich werde sozusagen persönlich überprüfen, ob das, was der Herr Gastrokritiker da behauptet hat, auch stimmt, und euch natürlich darüber berichten. Wünscht mir einen guten Appetit und einen robusten Magen!

Wir lesen uns morgen wieder!

— 5 —

Auch das noch«, murmelte Kristina genervt und spielte mit dem Gedanken, das Abo des *Morgonbladet* zu kündigen.

»Was denn?«, murmelte Finn, der gerade in die Küche kam und eigentlich in Zeitdruck sein sollte, auch wenn ihm davon nichts anzumerken war. Er setzte sich auf die Bank hinter dem Küchentisch, stützte den Kopf in eine Hand und trank einen Schluck Milchkaffee. Seine ganze Haltung drückte aus, dass er keine Antwort auf seine Frage erwartete.

»Ich soll nächste Woche eine Portion Köttbullar auf den Mond liefern«, sagte Kristina und beobachtete ihren Sohn amüsiert. Wie sie es erwartet hatte, bekam er überhaupt nicht mit, was sie sagte.

»Ach so«, murmelte er desinteressiert.

»Deshalb soll ich diese Woche noch an einer Astronautenausbildung teilnehmen«, fuhr sie fort.

»Mhm«, machte Finn und trank einen weiteren Schluck Kaffee.

»Vorher drehe ich diesem Hendrik Lundgren aber noch den Hals um.«

War es ihr Tonfall, oder hatte sie ein bestimmtes Codewort verwendet, das Finn aus seinem Wachschlaf holte?

Sein Kopf flog hoch, seine Augen waren plötzlich hellwach. »Was hast du gesagt?«

»Dass ich diesem Hendrik Lundgren den Hals umdrehe«, wiederholte Kristina.

»Warum? Was ist denn passiert?« Finn wirkte so aufgeregt,

wie Kristina ihn noch nie zuvor um diese Tageszeit erlebt hatte. »Ist es wegen Svea? Weil wir zusammen in die Ferien fahren wollen?«

Kristina schüttelte verblüfft den Kopf. »Was hat denn deine Freundin mit Hendrik Lundgren zu tun?«

»Er ist ihr Vater«, erwiderte Finn in einem Tonfall, als müsse sie das eigentlich wissen.

»Svea ist die Tochter von diesem Gastrokritiker?!?« Kristina starrte ihren Sohn völlig entgeistert an. »Und das sagst du mir erst jetzt?«

»Ich wusste nicht, dass es für dich wichtig ist.« Finns Augen verengten sich zu schmalen Schlitzen. »Und wieso bist du sauer auf Hendrik Lundgren?«

Kristina erzählte ihrem Sohn die ganze Geschichte und hatte auf einmal seine volle Aufmerksamkeit. Sein Gesicht wurde mit jedem Wort länger. Kristina konnte das verstehen, sie fand das Verhalten von Hendrik Lundgren ebenfalls unglaublich.

»Spinnst du?«, fuhr Finn sie aufgebracht an, als sie fertig war. »Hendrik Lundgren erlaubt es Svea jetzt bestimmt nicht mehr, mit mir zu verreisen.«

Kristina schnappte nach Luft. »Entschuldige bitte, dass ich einen Augenblick lang nicht an dich und deine Urlaubspläne gedacht habe«, erwiderte sie spitz.

Finn sprang wütend auf. »Sieh bloß zu, dass du das wieder in Ordnung bringst!«, schrie er sie an.

Kristina zog die Augenbrauen zusammen. »Was genau erwartest du von mir?«, fragte sie und war sich durchaus bewusst, dass in ihrer Stimme ein drohender Unterton mitschwang.

»Du wirst dich natürlich bei Hendrik Lundgren entschuldigen.«

Kristina lachte böse auf. »Wenn sich jemand zu entschuldigen hat, dann ist das dieser Hendrik Lundgren. Und was deine Ferienpläne betrifft, mein Sohn: Ich werde mir meinerseits gut überlegen, ob die Tochter dieses Mannes der richtige Umgang für dich ist.«

Finn schüttelte den Kopf. »Das kannst du nicht machen!«

»Und ob ich das kann.« Kristina wusste selbst, dass sie im Augenblick ziemlich ungerecht war, weil sie ihre Wut an Finn ausließ. Allerdings war sie ziemlich enttäuscht, dass ihr Sohn nicht zu ihr hielt, sondern ihr sogar noch Vorwürfe machte.

»Du bist minderjährig«, fuhr sie fort, »und ich entscheide, mit wem du deine Zeit verbringst oder in die Ferien fährst.«

»Das werden wir ja noch sehen!« Finn stürmte aus der Küche und knallte die Tür so laut hinter sich zu, dass Kristina erschrocken zusammenzuckte.

Na toll! Jetzt hatte sie auch noch ihren Sohn gegen sich aufgebracht. Kristina überlegte, ob sie ihn aufhalten und noch einmal mit ihm reden sollte. In aller Ruhe, sofern ihnen das in diesem aufgebrachten Zustand überhaupt möglich war. Während sie noch überlegte, wurde die Wohnungstür zugeschlagen. In der gleichen Lautstärke wie eben die Küchentür.

»Prima«, sagte Kristina in einem Anflug von Sarkasmus zu sich selbst. »Zumindest muss er heute nicht rennen, um pünktlich in der Schule zu sein.«

Seufzend erhob sie sich und räumte den Küchentisch ab. Danach machte sie sich selbst fertig. Der Streit mit Finn belastete sie ebenso wie die Angst vor der Zukunft. Sie fragte sich, inwieweit Hendrik Lundgren es geschafft hatte, ihrem Restaurant zu schaden. Morgen würde das Konzert im Park stattfinden, zu dem sie ein Büffet anbieten wollten. Würde nach dieser öffentlichen Auseinandersetzung überhaupt jemand kommen?

Kristina hielt es mit all diesen Fragen und Sorgen allein in der Wohnung nicht mehr aus. Beinahe fluchtartig stürmte sie nach draußen und atmete tief durch, als sie in ihrem Wagen saß. »Alles wird gut«, flüsterte sie vor sich hin. »Es muss einfach alles gut werden.«

Als jemand von außen an ihr Seitenfenster klopfte, zuckte sie zusammen. Neben ihrem Wagen stand eine Frau mit üppigen Formen, die in ein zu enges Kostüm gequetscht waren, und dauergewellten blonden Locken.

Kristina kurbelte das Fenster hinunter. »Ja, bitte?«

»Sind Sie nicht die Besitzerin des *Kristinas?*«

»Doch«, erwiderte Kristina gedehnt.

»Selma Anders vom *Morgonbladet*. Dürfte ich Ihnen ein paar Fragen stellen?«

Die Selma Anders, deren Kolumne sie eben noch gelesen hatte? Die diese ganze unerfreuliche Geschichte in die Zeitung gebracht und damit Kristinas Hoffnung, dass alles ganz schnell in Vergessenheit geraten würde, zunichtegemacht hatte? Sie würde den Teufel tun und irgendwelche Fragen beantworten.

»Lassen Sie mich in Ruhe«, sagte Kristina grob und kurbelte das Fenster wieder hoch.

Leider ließ sich die Pressetante so schnell nicht abwimmeln. Sie klopfte wieder gegen die Seitenscheibe.

Kristina presste die Lippen fest aufeinander, starrte stur geradeaus und drehte den Zündschlüssel herum. Was für ein Glück, ihr Wagen sprang diesmal sofort an. Sie trat so fest aufs Gaspedal, dass die Frau links neben ihr schnell einen Schritt zurücktrat. Im Rückspiegel sah Kristina, dass sie auf der Straße stand und hinter ihr herblickte. Kristina hatte keine

Erfahrung mit Presseleuten, aber das dumpfe Gefühl, dass dies erst der Anfang war, ließ sie nicht los. Eigentlich war es mehr als ein Gefühl, denn Selma hatte in ihrer Kolumne ja schon angedroht, dass sie sich das *Kristinas* genauer ansehen wollte.

»Ausgerechnet die«, sagte sie laut zu sich selbst. »Das fehlt mir gerade noch, dass ich jetzt auch noch in diesen Kolumnen verrissen werde.«

Alles Mögliche schoss ihr durch den Kopf, und zuletzt überlegte sie, ob es sich lohnte, einen Anwalt einzuschalten und jede Berichterstattung über ihr Restaurant verbieten zu lassen. Aber so ein Anwalt, das wusste sie vom Hörensagen und nicht zuletzt durch ihre eigene Scheidung, kostete richtig viel.

»Scheint so, als hätte ich gerade eine tiefschwarze Pechsträhne erwischt«, sprach sie weiter vor sich hin. Plötzlich lachte sie bitter auf. »Kristina, du bist schon viel zu lange alleine. Deshalb hältst du auch ständig Selbstgespräche. Es dauert nicht mehr lange, bis Finn aus dem Haus ist, dann wirst du wahrscheinlich richtig schrullig.«

In Gedanken sah Kristina sich mit ihrem Strickzeug vor einer einsamen Blockhütte sitzen. Irgendwo draußen auf dem Land, weil sie ihr Restaurant längst verloren hatte. Wahrscheinlich strickte sie dann, um mit dem Verkauf bunter Ringelsocken ihre Schulden zu begleichen, und um ihre Einsamkeit zu vertreiben, hatte sie die Katzen. Minky, Pinky und Lottchen …

Kristina parkte ihren Wagen hinter dem Restaurant. »Du wirst nicht schrullig, du bist es bereits«, sagte sie zu sich selbst. Sie konnte sich keine Katzen anschaffen, weil sie auf Katzenhaare allergisch reagierte. Und stricken konnte sie auch nicht. Also würde sie sich etwas anderes einfallen lassen müssen, um nach dem Ruin ihres Restaurants die Schulden zu bezahlen.

Ausnahmsweise war Kristina nicht die Erste im Restaurant. Mikael stand bereits in der Küche und tüftelte an den Büfettideen für den nächsten Tag und dem Menü für heute.

»Was hältst du von gegrillter Wurst mit Kartoffelbrei und Krabbensalat?«, fragte er, schien aber ihr Einverständnis bereits vorausgesetzt zu haben. »Ich habe heute Morgen auf dem Großmarkt verschiedene Wurstsorten gekauft, und wenn wir die draußen grillen, brauchen wir den Ofen nicht. Außerdem lockt der Geruch die Leute an.«

Kristina nickte, war aber in Gedanken noch nicht ganz bei der Sache.

»Und zum Dessert gibt es Frischkäseeis mit Erdbeeren. Da muss ebenfalls nichts gekocht werden.«

Kristina seufzte tief, und jetzt schien auch Mikael zu bemerken, dass mit ihr etwas nicht stimmte. Er sah von den Rezepten, die er durchblätterte, auf. »Was ist?«

»Hast du heute Morgen keine Zeitung gelesen?«

Als Mikael den Kopf schüttelte, berichtete ihm Kristina von der Kolumne und dem anschließenden Treffen mit Selma Anders an ihrem Wagen.

Mikael zuckte mit den Schultern, schien das Ganze nicht allzu tragisch zu finden. Nur eines wunderte ihn offensichtlich. »Wieso hat diese Pressetante dich an deinem Wagen angesprochen? Kannte sie dich?«

»Nein. Ich bin ihr noch nie begegnet.«

»Und wie hat sie dich erkannt?«

»Sie hat mich ja nicht erkannt, sondern gefragt, ob ich die Besitzerin des *Kristinas* bin.«

»Aber sie hat dich gezielt angesprochen.« Mikael wirkte sehr nachdenklich. »Das heißt, sie hat Informationen über dich eingeholt und wahrscheinlich dein Foto auf unsrer Website gesehen.«

»Ja, und?« Kristina zuckte mit den Schultern, wusste nicht, worauf Mikael hinauswollte.

»Du scheinst ihr Interesse geweckt zu haben.« Mikael grinste. »Wenn wir ganz großes Glück haben, taucht sie hier auf, und dann werden wir sie mit unserer Küche und unserem Service total umhauen.«

Kristina schaute ihn zweifelnd an. »Ja, sie hat sogar im *Morgonbladet* angekündigt, dass sie sich selbst einen Eindruck vom *Kristinas* verschaffen will. Aber was soll das bringen?«

»Wir müssen ihr einfach nur zeigen, dass unser Essen und unser Service erstklassig sind«, erklärte Mikael mit wachsender Begeisterung. »Dann kann sie gar nicht anders, als positiv über uns berichten. Eine bessere Werbung als in Selmas Kolumne kann es für uns kaum geben.«

»Ich finde ihre Kolumne grottenschlecht«, sagte Kristina düster.

»Das finden alle, trotzdem wird sie jeden Morgen gelesen«, erwiderte Mikael trocken. »Deshalb sollten wir die Gunst der Stunde nutzen und Selma Anders positiv überraschen, wenn sie hier auftaucht.«

»Das müssen wir vor allem Elin und Maj sagen.« Allmählich konnte sich Kristina für Mikaels Idee erwärmen.

»Beschreib den beiden genau, wie sie aussieht. Vielleicht findest du im Internet ein Foto von ihr«, sagte Mikael und begann zu grinsen. »Und sorg vor allem dafür, dass Maj nicht in die Nähe dieser Zeitungstante kommt.«

Kristina nickte mit düsterer Miene. Sie hatte keine Lust mehr auf Probleme, Sorgen oder andere Dinge, die ihr die Laune verdarben. Es gab nur eines, womit sie sich wirklich ablenken konnte.

»Lass uns kochen«, sagte sie zu Mikael.

Grillwürstchen mit Krabbensalat und Kartoffelbrei

2 Äpfel
2 Schalotten
1 Bund Koriander
1 Eigelb
1 Knoblauchzehe
2 EL Essig
300 ml Öl
300 g Krabben
500 g Kartoffeln
1 Schalotte
Salz
100 ml Milch
200 g Butter
1 Prise Muskatnuss
Grillwürstchen nach Geschmack

Die Äpfel schälen, entkernen und in kleine Stücke schneiden. Die Schalotten schälen und ebenfalls klein schneiden. Den Koriander hacken.

Das Eigelb mit der ausgepressten Knoblauchzehe und dem Essig in einer Schüssel vermischen. Unter Rühren das Öl tröpfchenweise zugeben, bis die Masse eine Mayonnaise-ähnliche Konsistenz hat.

Die Eimasse mit den Äpfeln, den Schalotten und dem Koriander vermischen. Nach Geschmack salzen. Zum Schluss die Krabben dazugeben und den Salat kühl stellen.

Die Kartoffeln waschen, schälen und in Salzwasser kochen. Eine Schalotte schälen und fein hacken. Das Wasser abgießen, Milch, Butter und Schalotte zu den Kartoffeln geben und alles zu einem Brei stampfen. Mit Salz und Muskatnuss abschmecken.

Würstchen grillen, mit dem Kartoffelbrei und dem Krabbensalat servieren.

Frischkäseeis mit Erdbeeren

300 ml Schlagsahne
100 g Frischkäse
3 Eier
150 g Zucker
1 TL Vanillezucker
10 Kekse
500 g frische Erdbeeren

Eier trennen, Eiweiß steif schlagen. Die Sahne mit Vanillezucker ebenfalls steif schlagen.

Eigelbe mit Zucker und Frischkäse schaumig schlagen. Sahne und Eiweißmasse vorsichtig unterheben.

Kekse in einer Plastiktüte zerkrümeln und die Hälfte in eine Form geben. Die Masse darauf verteilen, dann die restlichen Kekskrümel darüberstreuen.

Über Nacht ins Gefrierfach stellen.

Eine Viertelstunde vor dem Servieren aus dem Gefrierfach nehmen. Das Eis mit Erdbeeren (nach Geschmack gezuckert oder auch ohne Zucker) servieren.

— 6 —

Mann, Mann, Mann!« Svea stampfte wütend mit dem Fuß auf. »Deine Mutter spinnt ja wohl.«

Sie zuckte erschrocken zurück, als Finn sie anfuhr: »Geht's noch? Wenn hier einer spinnt, dann ja wohl dein Vater.«

Eben noch hatte er ihr selbst voller Empörung erzählt, was seine Mutter gemacht hatte, und jetzt war er sauer auf sie, weil sie sich auch darüber ärgerte. Sie wiederum nahm ihm die Bemerkung über ihren Vater übel.

»Mein Vater spinnt nicht«, gab sie wütend zurück. »Er ist ein anerkannter Gastrokritiker, und wenn er sagt, dass das Essen im Restaurant deiner Mutter schlecht ist, dann ist das eben so.«

»Du hast doch noch nie im Restaurant meiner Mutter gegessen«, sagte Finn aufgebracht. »Du machst das wohl genauso wie dein Vater: Du bildest dir ein Urteil über etwas, was du nicht kennst.«

Die beiden starrten sich an, und Svea wurde plötzlich bewusst, dass sie ihren ersten richtigen Streit mit Finn hatte. Bis vor einer halben Stunde war sie davon überzeugt gewesen, dass er die Liebe ihres Lebens war, die, wie sie in ihrem jugendlichen Optimismus hoffte, für immer halten würde. Tatsächlich liebte sie ihn gerade ein kleines bisschen weniger als sonst. Oder sogar sehr viel weniger, wenn sie es recht bedachte.

Ob Finn ähnlich dachte wie sie?

Jedenfalls war er es, der plötzlich einlenkte. »Ich finde es nicht gut, dass wir uns wegen unserer Eltern streiten«, sagte er mit zusammengezogenen Brauen, und es klang so, als würde er ihr die Schuld geben.

Sie schob trotzig die Unterlippe vor und schaute auf ihre Schuhspitzen.

»Komm schon, Svea«, bat er, und diesmal hörte es sich versöhnlicher an. »Das ist doof. Sollen unsere Eltern das unter sich klären.«

Svea hob ruckartig den Kopf. »Und unsere Ferien? Du glaubst doch nicht, dass mich mein Vater jetzt noch mit dir verreisen lässt.«

Finn presste kurz die Lippen aufeinander, und es sah so aus, als läge ihm eine heftige Erwiderung auf der Zunge. Er sagte aber nichts.

Svea schluckte ihren Ärger hinunter, jedenfalls so gut es ging, umfasste seinen linken Arm mit beiden Händen und legte ihr Kinn auf seine Schulter. »Wir müssen überlegen, wie wir unsere Eltern miteinander versöhnen können.«

»Super Vorschlag«, brummte Finn. »Weißt du auch, wie das funktionieren soll? Die beiden hassen sich.«

Svea ließ Finn wieder los. Nachdenklich kaute sie auf ihrer Unterlippe herum. »Wir müssen die beiden irgendwie zusammenbringen und ihnen klarmachen, dass alles nur ein riesengroßes Missverständnis war.«

Finn sagte nichts. Das war auch nicht nötig. Die Art, wie er sie ansah und dabei den Kopf schüttelte, sprach für sich. Es wirkte ganz und gar nicht freundlich.

»Bist du sauer auf mich?«, fragte Svea und gab sich keine Mühe, zu verbergen, dass sie sauer auf ihn war.

»Ich bin sauer auf deinen Vater«, brach es aus Finn heraus. »Weil er meine Mutter in der Öffentlichkeit so bloßgestellt hat und sie im Radio beschimpft hat. Und ich ärgere mich über meine Mutter, weil sie dann auch noch bei diesem Radiosender angerufen und den ganzen Mist erst recht hochgepuscht hat.«

Sveas eigener Unmut legte sich, als Finn die ganze Situation wieder in die richtige Relation brachte. Es waren ihre Eltern, die ein Problem miteinander hatten, und sie durften nicht zulassen, dass ihre Liebe dadurch belastet wurde. Sie griff nach Finns Hand und lächelte ihn liebevoll an. »Wir lassen uns etwas einfallen«, sagte sie leise.

»Dann müssen wir uns aber beeilen«, sagte Finn und sah dabei immer noch unzufrieden aus. »Wir haben heute den letzten Schultag, und eigentlich wollen wir nächste Woche losfahren.«

»Ich sorge dafür, dass mein Vater morgen in den Rålambshovsparken kommt«, versprach Svea. »Irgendwie bringen wir ihn dann mit deiner Mutter zusammen und machen den beiden klar, dass wir uns lieben.«

Finn schüttelte den Kopf. »Das geht nicht gut«, prophezeite er.

»Lass es uns wenigstens versuchen«, bat Svea eindringlich.

Finn starrte eine Weile schweigend vor sich hin. Schließlich nickte er. »Okay, aber sag hinterher nicht, ich hätte dich nicht gewarnt.«

»Ich habe meinen Vater ganz gut im Griff«, behauptete Svea. »Es hängt also alles nur davon ab, ob du deine Mutter dazu bringst, nicht gleich wieder auf meinen Vater loszugehen.«

Finn nickte erneut, wirkte aber noch immer nicht überzeugt. Es war ihm deutlich anzusehen, dass er von Sveas Plan nicht viel hielt, und auch Svea war keineswegs so zuversichtlich, wie sie sich nach außen hin gab. Aber etwas Besseres fiel ihr auch nicht ein.

Wenn sie ganz ehrlich war, ahnte Svea bereits, dass sie die Zustimmung ihres Vaters zu der geplanten Reise mit Finn niemals erhalten würde. Sie hatte noch eine andere Idee, eine weitaus drastischere, aber solange Finn so schlecht gelaunt war wie im Augenblick, behielt sie ihren Plan B lieber für sich. Außerdem wollte sie ihrem Vater und auch Finns Mutter eine Chance geben, sich zu versöhnen und ihren Urlaubsplänen doch noch zuzustimmen.

Selmas Welt

Midsommar! Endlich ist es so weit!

Wir Schweden haben da ja unsere ganz eigenen Traditionen, zu denen unbedingt das Schmücken und Aufstellen eines Baumstammes gehört, der Midsommarstången. Wir ziehen uns fein an, essen viel und gut und tanzen zu fortgeschrittener Stunde um den Baum. Einige von uns sind dazu vielleicht nicht mehr in der Lage, weil sie mehr getrunken als gegessen haben, andere verführt der Alkoholgenuss zu Tanzeinlagen, die etwas von einem Regentanz haben. Ich müsste mal die Statistiken kontrollieren, ob es wirklich am Tag nach Midsommar öfter regnet als an anderen Tagen des Jahres.

Aber Leute, wisst ihr, welche Tradition mich am meisten interessiert? Die Tradition der sieben Blumen!

Unverheiratete Mädchen pflücken in der Midsommar-Nacht sieben Sorten Wildblumen von sieben verschiedenen Wiesen, legen sie unter ihr Kopfkissen und träumen dann von dem Mann, den sie einmal heiraten werden.

Aber Achtung, Mädchen, ihr müsst beim Pflücken absolut still sein und dürft niemandem erzählen, von wem ihr geträumt habt, sonst geht der Traum nicht in Erfüllung!

»Das ist dann schon mal nichts für dich«, sagte Erik Asmussen hinter ihr.

Selma fuhr erschrocken herum. Sie hasste es, wenn er sich so leise ins Büro schlich und ihr über die Schulter sah.

»Was meinst du?«, fragte sie stirnrunzelnd.

»Beim Pflücken absolut still sein!« Er grinste. »Ich kann mir nicht vorstellen, dass du es schaffst, so lange den Mund zu halten, bis du über sieben Wiesen gewandelt bist. Mal abgesehen davon, dass du ganz bestimmt auch nicht verheimlichen könntest, wen du im Traum gesehen hast. Du könntest gar nicht anders, als das in deiner nächsten Kolumne zu verbraten.«

Selma schenkte ihm ein verächtliches Lächeln. »Du kennst mich lange nicht so gut, wie du zu glauben scheinst.«

Erik Asmussen ging nicht darauf ein, ihn schien etwas ganz anderes zu beschäftigen und vor allem zu belustigen. »Wäre ja der Hammer, wenn du mit deinen sieben Blumen von sieben verschiedenen Wiesen von mir träumst.«

Ein entsetzlicher Gedanke! »Wenn das passiert«, sagte sie, »erhänge ich mich an der erstbesten Midsommarstången, die ich finden kann.«

»Ich weiß doch, dass du heimlich von mir träumst«, sagte Erik Asmussen, tätschelte ihr die Schulter und zeigte auf den Monitor ihres Computers. »Ich brauche den Text in einer halben Stunde.«

Er verließ Selmas Büro und nahm ihr damit die Möglichkeit, ihm zu sagen, dass er lediglich in ihren Albträumen auftauchte. Ihr ganzer Berufsalltag schien sich zu einem einzigen Albtraum zu entwickeln, und sie hatte keine Ahnung, wie sie das durchhalten würde, wenn sie ihre Kolumne nicht hätte. Ein kleiner Lichtblick im Leben einer gelangweilten Reporterin.

Selma seufzte tief und beendete ihre Kolumne:

Vielleicht treffen wir uns ja heute Nacht auf einer der sieben Wiesen. Ansonsten gilt:

Wir lesen uns morgen wieder!

— 7 —

»Wir haben es geschafft!« Kristina schaute zufrieden über das Büfett. Es war perfekt. »Hoffentlich geht heute alles gut.«

Mikael warf ihr einen finsteren Blick zu. »Kommst du mal langsam wieder von dieser Negativ-Welle runter? Wenn du immer nur Schlechtes erwartest, wird auch nur Schlechtes passieren.«

»Hast du kürzlich mit meiner Mutter telefoniert?«, fragte Kristina. »Du hast ja recht«, gab sie dann zu. »Ich sollte endlich aufhören, mir über das Gedanken zu machen, was passiert ist, und stattdessen wieder nach vorne schauen.«

»Schlimmer kann es ja jetzt auch nicht mehr kommen«, sagte Mikael.

Kristina stieß ihn erschrocken an. »Beschrei es bitte nicht«, bat sie. »Genau das habe ich nach Oles Kostenvoranschlag auch gedacht, und dann kam die Sendung mit diesem blöden Gastrokritiker.«

»Was soll denn jetzt noch großartig passieren?«, fragte Mikael schulterzuckend.

»Keine Ahnung.« Kristina schüttelte mit düsterer Miene den Kopf. »Und ich will auch gar nicht erst versuchen, es mir vorzustellen.«

Maj und Elin kamen dazu. Die beiden hatten Lampions in die Bäume gehängt, die den Platz vor dem *Kristinas* säumten. Die Tische und Stühle aus dem Restaurant hatten sie nach draußen geholt und auf dem Platz und der Wiese aufgestellt. Auf allen Tischen standen kleine Blumensträuße und Kerzen.

Der Wetterbericht hatte eine sternenklare, warme Nacht versprochen. Sören Sundloff spielte nicht weit vom *Kristinas* entfernt. Die Rhythmen und vor allem die Bässe waren nicht nur zu hören, Kristina konnte sie sogar spüren. Sie gingen unter die Haut und beschwingten sie. Oder lag es einfach nur daran, dass sie inzwischen wirklich wieder ein bisschen positiver in die Zukunft blickte?

Viele junge Leute hatten die Anlegestelle des *Kristinas* benutzt, um zum Konzert zu kommen, als Kristina und ihre Leute gerade dabei waren, draußen alles aufzubauen. Kristina hatte mitbekommen, dass einige von ihnen beschlossen hatten, später hier vorbeizukommen, um noch etwas zu essen und zu trinken.

Maj wirkte missmutig. Sie wäre gerne zum Konzert gegangen, und Kristina hätte ihr auch freigegeben, aber Maj hatte keine Karte mehr bekommen. Der Newcomer schien sich bereits einen sehr guten Namen gemacht zu haben, denn sein Konzert war ausverkauft.

Mikael stellte sich vor Maj, presste seine Zeigefinger in ihre Mundwinkel und zog sie nach oben. »Freundlich lächeln, gleich kommen die Gäste.«

Maj blieb stocksteif stehen. Ihre Augen blickten finster, die hochgezogenen Mundwinkel wirkten grotesk.

»Wenn du nicht sofort deine Finger wegnimmst, beiße ich dich«, nuschelte sie.

Mikael zog seine Finger daraufhin ganz schnell weg. Er zweifelte wahrscheinlich ebenso wenig wie Kristina daran, dass Maj ihre Drohung wahrmachen würde. Immerhin hatte Mikael es geschafft, dass Maj nicht mehr ganz so schlechtgelaunt aussah, und als nach dem Konzert die ersten Gäste bei ihnen eintrudelten, lachte sie sogar schon wieder.

Kristina hatte alle Hände voll zu tun. In der Küche, wo sie

mit Mikael zusammen für Nachschub sorgte, und zwischendurch auch im Service, weil Maj und Elin es beim besten Willen nicht mehr allein schafften. Mit einem solchen Ansturm hatte Kristina nach ihrer öffentlichen Auseinandersetzung mit Hendrik Lundgren nicht gerechnet.

Als sie eine der Platten aus der Küche brachte und aufs Büfett stellte, sah sie Finn. Er war nicht allein, ein hübsches Mädchen mit langen dunkelblonden Haaren und einer niedlichen Stupsnase stand neben ihm und starrte zur Anlegestelle. Das musste Svea sein. Kristina fand, dass das Mädchen sehr angespannt wirkte.

Kristina war unsicher, ob sie die beiden begrüßen sollte. Wenn ihr Sohn ihr schon die Schuld an der Auseinandersetzung mit Hendrik Lundgren gab, würde das Mädchen wahrscheinlich erst recht hinter seinem Vater stehen.

Noch während sie dastand und überlegte, schaute Finn in ihre Richtung. Seine Miene verdüsterte sich sekundenlang, entspannte sich jedoch gleich darauf. Kristina sah, wie er etwas zu dem Mädchen sagte, das daraufhin ebenfalls in ihre Richtung blickte.

Kristina blieb einfach stehen und wartete ab. Sie sah, wie Finn nach der Hand des Mädchens griff. Beide kamen jetzt auf sie zu.

»Mama, das ist meine Freundin Svea«, sagte Finn.

Kristina lächelte das Mädchen freundlich an. Es konnte schließlich nichts für seinen unmöglichen Vater. »Schön, dich mal kennenzulernen, Svea«, sagte sie freundlich.

»Ja, ich freue mich auch«, erwiderte Svea mit unverbindlicher Stimme, aber nicht unfreundlich. Kristina hatte nicht das Gefühl, dass sie wütend auf sie war, und das nahm sie für sie ein. Allerdings schaute Svea auch jetzt immer wieder in Richtung Anlegestelle.

»Wartet ihr auf jemanden?«, wollte Kristina wissen.

Svea schaute sie an, schien nicht zu wissen, was sie darauf sagen sollte, und auch Finn schaute plötzlich sehr unbehaglich drein.

»Können wir was essen?«, fragte er statt einer Antwort.

»Wenn ihr keine Angst habt, euch zu vergiften.« Kristina antwortete mal wieder schneller, als sie denken konnte, und bereute ihre Worte, kaum dass sie sie ausgesprochen hatte. Ein wütender Blick Finns belohnte sie für diese Antwort.

Svea hingegen lachte plötzlich. »Ich finde, das sieht alles sehr lecker aus«, sagte sie.

Kristina hätte das Mädchen umarmen können. Wie kam ein Mann wie Hendrik Lundgren nur zu einer solchen Tochter? Die Frage lag ihr bereits auf der Zunge, aber diesmal schaffte sie es noch rechtzeitig, sich zu beherrschen. »Greift zu«, sagte sie stattdessen und wies zum Büfett.

Svea schaute wieder zur Anlegestelle, nickte dann und zog Finn hinter sich her. »Vielen Dank!«, rief sie Kristina zu, als sie schon fast am Büffet war. »Ich habe wirklich Hunger.«

Kristina wollte gerade zurück in die Küche, als das nächste Wassertaxi anlegte. Innerlich stöhnte sie laut auf, als sie in einem der beiden Fahrgäste Selma Anders erkannte. Sie hatte ja geahnt, dass diese Frau nicht aufgeben würde, aber musste sie ausgerechnet heute Abend hier erscheinen?

Kristina schaffte es gerade noch, Elin und vor allem Maj vorzuwarnen, bevor Selma mit einem strahlenden Lächeln auf sie zukam. Sie tat so, als fiele ihr Kristinas abweisender Blick überhaupt nicht auf.

»Was für ein schönes Restaurant!«, rief Selma Anders aus. »Und das Essen sieht wirklich köstlich aus.« Ihr Blick flog über das Büfett. »Schade, dass Hendrik Lundgren das nicht sehen kann, heute würde er bestimmt ganz anders urteilen.«

Kristina ertappte sich bei dem Wunsch, dieser Frau den Mund zuzuhalten, oder noch besser, ihr gleich den Hals umzudrehen. Sie erregte die Aufmerksamkeit der anderen Gäste, und auch Finn und Svea sahen in ihre Richtung.

»Ich habe Ihnen gesagt, dass ich kein Interview geben will«, zischte Kristina. »Also verschwinden Sie bitte.«

»Ich bin heute ganz privat hier.« Selma Anders schenkte ihr ein Lächeln, das Kristina nicht überzeugte. Es erschien ihr falsch und hinterhältig. Kein Wort glaubte sie dieser Frau, die jetzt am Büfett vorbeistolzierte und alles prüfend betrachtete. Der Mann, der zusammen mit ihr aus dem Wassertaxi gestiegen war, betrachtete das Büfett von der anderen Seite. Die beiden taten so, als würden sie sich nicht kennen, doch Kristina bemerkte den verstohlenen Blickkontakt zwischen ihnen.

Kristina war hin- und hergerissen. Sie wusste, dass Mikael ihre Hilfe in der Küche dringend benötigte, gleichzeitig wollte sie ihren Beobachtungsposten hier draußen nicht verlassen. Sie hatte das Gefühl, dass etwas Schreckliches passieren würde, sobald sie Selma Anders den Rücken kehrte.

»Mikael rotiert in der Küche«, sagte Maj, die gerade mit einem Tablett voller Getränke an ihr vorbeiging. »Er fragt, wo du bleibst.«

Kristina nickte ergeben und ging nach drinnen. Doch das ungute Gefühl ließ sie nicht los.

»Endlich!«, stieß Mikael hervor. Sein Kopf unter dem Piratentuch war hochrot.

»Tut mir leid, ich wurde aufgehalten«, sagte Kristina. »Selma Anders ist hier.«

»Ein Grund mehr, heute unser Bestes zu geben«, erwiderte Mikael knapp. Er war nicht sauer, das wusste Kristina. Wenn sie viel Stress hatten, war er einfach wortkarg und konzentrierte sich in erster Linie auf die Arbeit. Das Ergebnis sprach für sich, die Besucher langten tüchtig zu und lobten das Büfett in den höchsten Tönen.

»Selbst diese Zeitungsziege frisst wie ein Scheunendrescher«, verkündete Maj, als sie Nachschub holte.

»Wenn sie in ihrem Schmierblatt dann auch noch darüber berichtet, wie gut es ihr geschmeckt hat, können wir alle zufrieden sein«, sagte Mikael.

Kristina spürte, wie ihre innere Anspannung allmählich nachließ. Alles schien gut zu laufen. Keine Katastrophen, keine Beschwerden. Ihr Büfett kam gut an, und wenn Selma Anders wirklich so tüchtig zulangte, konnte sie auf keinen Fall etwas Negatives über ihre Küche schreiben.

Am liebsten wäre Kristina selbst noch einmal hinausgegangen, um sich davon zu überzeugen, dass alles in Ordnung war. Im Augenblick war aber so viel zu tun, dass sie Mikael nicht noch einmal alleine lassen wollte.

Plötzlich stand Maj aufgeregt neben ihr. »Du kommst besser mal raus!«, stieß sie hervor.

Kristina, die gerade Schnittlauch schnitt, schaute alarmiert auf. »Was ist denn?«

»Dieser Typ ist wieder da«, sagte Maj. »Dieser komische Kritiker, und er ist ziemlich sauer.«

»Verdammt, was hat der denn hier zu suchen?«, fluchte Kristina.

Maj zuckte mit den Schultern. »Er steht bei Finn und dem Mädchen und regt sich ziemlich auf«, sagte sie. »Keine Ahnung, worum es geht.«

Kristina ließ alles stehen und liegen und rannte nach draußen. In ihrer Vorstellung tobte Hendrik Lundgren draußen herum, während sich die anderen Gäste schaulustig um ihn versammelten und Selma Anders sich fleißig Notizen machte. Kristina war sicher, dass ihr Restaurant einen weiteren Skandal kaum verkraften würde.

Umso erleichterter war sie, als sie nach draußen kam, und eigentlich alles ganz ruhig war. Alle Tische waren besetzt, einige der Gäste spazierten mit ihren Tellern um das Büfett herum und bedienten sich. Ihren Sohn, Svea und Hendrik Lundgren konnte Kristina nicht sofort sehen. Erst als ihr Blick auf Selma Anders fiel, die ein wenig abseits vom Büfett stand, erkannte sie in der Nähe ihren Sohn und seine Freundin.

Svea diskutierte aufgeregt mit einem Mann, der Kristina den Rücken zuwandte. Erst als er ein wenig zur Seite trat, konnte Kristina sein Profil erkennen. Es war Hendrik Lundgren, und er sah sehr wütend aus. Als er sich Finn zuwandte, aufgebracht und wild gestikulierend, setzte Kristina sich in Bewegung. Dieser Kerl sollte ihren Sohn gefälligst in Ruhe lassen, und das würde sie ihm jetzt auch unmissverständlich klarmachen.

In ihrer Erregung dachte Kristina schon gar nicht mehr an Selma Anders. Vielleicht wäre sie eher zur Besinnung gekommen, wenn sie die Klatschkolumnistin noch einmal gesehen hätte, aber die hatte es irgendwie verstanden, aus dem Sichtfeld zu verschwinden und doch nahe genug zu bleiben, um jedes Wort mitzubekommen.

»... bestimmt deine Idee«, hörte Kristina den Gastrokritiker sagen, als sie nahe genug herangekommen war. »Meine Tochter würde nie auf so eine absurde Idee kommen.«

»Was ist hier los?« Kristina würdigte den Mann keines Blickes, schaute nur zwischen Finn und Svea hin und her.

»Was geht Sie das an?«, empörte sich Hendrik Lundgren.

Bevor Kristina das sagen konnte, was ihr spontan auf der Zunge lag, antwortete Svea schnell: »Sie ist Finns Mutter.«

»Ach, dieses missratene Früchtchen ist also Ihr Sohn?« Hendrik Lundgren richtete sich zur vollen Größe auf. Er wies mit dem Zeigefinger auf Finn und schaute Kristina gleichzeitig strafend an.

Alles an diesem Mann regte sie auf, ganz besonders natürlich seine Worte. Ihren Sohn ein missratenes Früchtchen zu nennen, das ging eindeutig zu weit. Leider fiel Kristina nicht sofort die passende Antwort ein. Es ihm gleichzutun, indem sie abfällig über seine Tochter sprach, war ihr zu billig. Außerdem war ihr das Mädchen, soweit sie es nach dem kurzen Kennenlernen beurteilen konnte, nicht unsympathisch.

»Papa!«, rief Svea aus und legte eine Hand auf den Arm ihres aufgebrachten Vaters. »Jetzt sei doch nicht so.«

Kristina kämpfte immer noch damit, nicht die Beherrschung zu verlieren. Sie schaute ihren Sohn mit einem Blick an, der ihm sagen sollte: »Jetzt siehst du selbst, wie unmöglich sich dieser Mann aufführt.«

Kristina bewunderte ihren Sohn dafür, dass er ganz ruhig bleiben konnte. Er griff nach Sveas Hand und sagte zu Hendrik Lundgren: »Warum beschimpfen Sie mich denn jetzt? Svea hat doch nur gesagt, dass wir zusammen durch Schweden reisen wollen.«

Hendrik schaute Kristina wütend an. »Haben Sie das gewusst?«, blaffte er sie an.

Es war kindisch, so etwas wie Genugtuung darüber zu empfinden, dass sie über Finns und Sveas Pläne Bescheid wusste. »Mein Sohn muss eben keine Angst haben, mir von seinen Wünschen und Plänen zu erzählen«, sagte sie ebenso anzüglich wie spitz.

Hendrik Lundgren schnappte nach Luft wie ein Fisch auf dem Trocknen. Leider erholte er sich aber schnell von diesem verbalen Tiefschlag. »Wahrscheinlich versagen Sie bei der Erziehung ebenso wie bei der Führung Ihres Restaurants.«

Kristina hatte noch nie das Bedürfnis gehabt, einem anderen Menschen gegenüber handgreiflich zu werden. Jetzt aber spürte sie, wie ihre rechte Hand zuckte. Sie riss sich zusammen. Eines ihrer wichtigsten Erziehungsprinzipien bestand darin, ihrem Sohn beizubringen, dass Gewalt niemals eine Lösung sein konnte. Nun erlebte sie, wie schwer es sein konnte, die Beherrschung nicht vollends zu verlieren. Kein Mensch, nicht einmal Dag, hatte es bisher geschafft, sie so wütend zu machen. In Gedanken begann sie langsam bis zehn zu zählen, weil das angeblich beruhigen sollte. Sie kam bis vier.

»Du fährst mit diesem Kerl nirgendwohin«, sagte Hendrik Lundgren zu seiner Tochter. »Ich will überhaupt nicht, dass du dich mit ihm abgibst. Das ist kein Umgang für dich.«

Svea wollte protestieren, doch diesmal kam ihr Kristina zuvor. Sie ließ sich nicht zu einem Wutanfall hinreißen, obwohl es in ihr brannte und tobte. Indem dieser Gastrokritiker ihren Sohn beschimpfte, traf er sie mehr, als er es mit jedem persönlichen Angriff vermocht hätte. Wahrscheinlich wusste er das ganz genau. Er war selbst Vater und würde umgekehrt genauso empfinden.

Kristinas schluckte alles an Beleidigungen herunter, was ihr durch den Kopf schoss. »Wir sind es, die mit Leuten wie Ihnen nichts zu tun haben wollen.« Kristina war stolz auf sich, weil genau die richtige Mischung aus Verachtung und Eiseskälte in ihrer Stimme lag.

Leider schienen ihre Worte an Hendrik Lundgren abzuprallen. Er ignorierte sie vollkommen, griff nach der Hand seiner Tochter und verlangte kategorisch: »Du wirst dich nie wieder mit diesem Jungen treffen.«

»Das kannst du nicht von mir verlangen!«, rief Svea empört aus und stemmte sich gegen den Griff ihres Vaters, als der sie hinter sich herziehen wollte.

»Oh doch, das kann ich«, erwiderte Hendrik Lundgren.

»Noch bestimme ich, mit wem du dich abgibst. Und jetzt kommst du gefälligst sofort mit nach Hause.« Er ließ seiner Tochter keine Wahl, zog sie einfach hinter sich her.

Svea schaute sich hilflos nach Finn um, aber Kristina hielt ihn zurück, als er sich instinktiv in Bewegung setzte. »Mach es nicht noch schlimmer«, warnte sie ihren Sohn leise.

Finn fuhr herum. Seine ganze Wut entlud sich über Kristina. »Das ist deine Schuld!«, fuhr er sie an. »Wenn du dich bei diesem Radiosender nicht so unmöglich benommen hättest, wäre das alles nicht passiert.«

Kristina starrte ihren Sohn entgeistert an. Er hatte gerade mitbekommen, was für ein Mensch dieser Hendrik Lundgren war, und machte dennoch sie für alles verantwortlich? »Das meinst du jetzt nicht wirklich so!«, brach es aus ihr heraus.

»Ich lasse mir weder von dir noch von sonst jemandem den Kontakt mit Svea verbieten«, sagte Finn aufgebracht. »Sie ist meine Freundin, und ich liebe sie.«

Sosehr Kristina sich über Finn ärgerte, hatte sie auch Mitleid mit ihm. Er hielt Svea für die große Liebe, und sie konnte sich noch gut an die Zeit ihrer eigenen ersten Verliebtheit erinnern.

»Ich verbiete dir den Kontakt mit Svea nicht«, sagte sie. »Ich bitte dich nur, dich in nächster Zeit etwas zurückzuhalten, bis sich alles wieder ein bisschen beruhigt hat. Dieser Hendrik Lundgren ist imstande, das *Kristinas* weiter in der Öffentlichkeit schlechtzumachen, wenn du dich nicht von seiner Tochter fernhältst.«

Finn starrte sie an. In seinen Augen loderte etwas, was Kristina noch nie bei ihrem Sohn gesehen hatte. »Es geht dir also nur um dein dämliches Restaurant«, sagte er mit einer Ruhe, die ihr mehr Unbehagen einflößte, als es jeder Wutausbruch vermocht hätte.

»Nein, natürlich nicht«, sagte sie schnell. Sie hob beide Hände, ließ sie hilflos wieder fallen. »Aber es geht mir natürlich auch um das Restaurant«, gab sie zu. »Es ist unsere Existenz, Finn. Wir leben davon.«

Finn sah nicht so aus, als wäre er einsichtig. Wahrscheinlich war jetzt auch nicht der richtige Zeitpunkt für vernünftige Argumente. Sie mussten sich beide erst beruhigen.

Kristina legte eine Hand auf die Schulter ihres Sohnes. »Lass uns später noch einmal darüber reden«, bat sie.

Finn schüttelte ihre Hand ab. »Was gibt es da noch zu reden?«, fragte er. »Du und Hendrik Lundgren habt beschlossen, einen Kleinkrieg zu führen, ohne jede Rücksicht auf Svea und mich.«

»Aber Finn, das stimmt doch so nicht!«, rief Kristina verzweifelt, aber ihr Sohn wollte offensichtlich nicht mehr zuhören. Er ließ sie einfach stehen und rannte zur Anlegestelle hinunter. Sie wusste, dass es keinen Sinn machte, ihm jetzt zu folgen. Finn war viel zu aufgebracht.

Es fiel Kristina nicht leicht, ihren Sohn ziehen zu lassen. Nicht aus dieser Situation heraus und nicht in dieser Stimmung. Vielleicht wäre es ganz gut, wenn er die Ferien in diesem Jahr bei seinem Vater verbringen würde? Ein bisschen Abstand würde ihnen beiden guttun und ihn hoffentlich auch über seine zerplatzten Ferienträume mit Svea hinwegtrösten.

Kristina musste sich nicht einmal mehr Gedanken darüber machen, ob es ihr recht wäre, wenn Finn zusammen mit Svea auf Reisen ging. Sie war sich hundertprozentig sicher, dass Hendrik Lundgren es seiner Tochter niemals erlauben würde, zusammen mit Finn zu verreisen. Sie hätte diesem Mann dafür fast schon dankbar sein können, wenn sie nicht gleichzeitig so schrecklich wütend auf ihn gewesen wäre.

»Ich weiß überhaupt nicht, was der Herr Gastrokritiker an der Küche des *Kristinas* auszusetzen hat.« Plötzlich stand Selma Anders wieder neben ihr. Kristina schaute sie an, war aber mit ihren Gedanken immer noch bei der Auseinandersetzung, während die Reporterin weiter auf sie einredete. »Ich habe fast alles probiert, und es schmeckt einfach hervorragend!«

Dieses Lob riss Kristina aus ihren Gedanken, und sie empfand einen Anflug von Dankbarkeit, den die Reporterin aber mit ihren nächsten Worten gleich wieder zunichtemachte.

»Wären Sie jetzt bereit, mir ein Interview zu geben? Ich habe eben alles mitbekommen. Ganz zufällig natürlich.«

»Natürlich«, echote Kristina ironisch.

»Es wäre schön, Ihre Sicht der Dinge zu hören.« Selma Anders sah sie erwartungsvoll an.

Eigentlich kam sie Kristina gerade sehr gelegen. Sie brauchte ein Ventil, um ihren Dampf abzulassen. »Scheren Sie sich …«

Kristina kam nicht dazu, ihren Satz zu Ende zu sprechen. Mikael stand neben ihr, griff nach ihrem Arm und zog sie weg, während Elin sich gleichzeitig um Selma Anders kümmerte.

»Lass mich!« Kristina wollte sich aus Mikaels Griff befreien, aber er ließ nicht locker, bis sie in der Küche standen.

»Spinnst du?«, fuhr er sie an. »Du kannst dich doch nicht auch noch mit dieser Zeitungstante anlegen. Was glaubst du, was dann am Montag über uns in ihrer Kolumne steht?«

Kristina atmete tief durch. »Danke«, sagte sie und umarmte Mikael. »Wenn ich dich nicht hätte …«

»Ich weiß auch nicht, wie du dann zurechtkommen würdest.« Mikael grinste frech. »Elin sorgt übrigens gerade dafür, dass die Anders mit dem besten Wein versorgt wird …«

Kristina nickte.

»… als Gast des Hauses«, ergänzte Mikael.

Kristina schluckte schwer. »Von mir aus auch das.«

»Und du bleibst für den Rest des Abends in der Küche und bereitest Nachschub fürs Büfett vor.«

Kristina nickte ergeben. Mikael hatte recht, noch mehr Ärger konnte sie sich einfach nicht leisten. Während sie den Schnittlauch für die Lachsröllchen mit Forellenkaviar hackte, die am Büfett neben dem Matjestatar und dem Krabbensalat besonders reißenden Absatz fanden, dachte sie wieder an Hendrik Lundgren.

So fein gehackten Schnittlauch wie heute hatte sie noch nie zustande gebracht.

Lachsröllchen mit Forellenkaviar

250 g Räucherlachs
2 TL Forellenkaviar
150 ml Sahne
250 g Mascarpone
Saft einer Zitrone
2 EL Wodka
1 Bund Schnittlauch
Pfeffer
Salz

Die Sahne steif schlagen, mit Mascarpone, Zitronensaft und Wodka vermischen. Schnittlauch fein hacken und unter die Creme rühren (etwas zur Verzierung zurückbehalten). Mit Pfeffer und Salz abschmecken. Im Kühlschrank drei Stunden ziehen lassen.

Die Lachsscheiben einzeln auf ein Stück Klarsichtfolie legen. Etwas von der Creme darauf geben und zu einer Rolle formen. Bis zum Servieren in den Kühlschrank stellen.

Vor dem Servieren wegen der besseren Optik die Enden der Lachsröllchen mit einem scharfen Messer abschneiden. Lachsröllchen auf einer Platte anrichten, Forellenkaviar darüber geben und mit Schnittlauch garnieren.

Matjestatar

400 g Matjesfilets
1 unbehandelte Zitrone
1 EL weißer Balsamessig
1 TL Senf
Salz
Pfeffer
2 Gewürzgurken
1 EL Kapern
125 g Crème fraîche
Zucker
20 Cracker

Die Matjesfilets trockentupfen und in feine Würfel schneiden. Die Zitrone heiß abspülen, trocken reiben, dünn schälen und die Schale in Streifen schneiden.

1 EL Saft aus der Zitrone pressen, mit Essig, ½ TL Senf, Salz und Pfeffer verrühren und mit den Matjesstücken vermischen. Die Gewürzgurken fein würfeln, Kapern hacken und beides unter die Matjes mischen. Mit Zitronensaft, Salz und Pfeffer abschmecken. Tatar im Kühlschrank mindestens eine Stunde ziehen lassen.

Crème fraîche mit etwas Zitronensaft, dem restlichen Senf, Salz, Pfeffer und einer Prise Zucker verrühren.

Das Matjestatar auf den Crackern anrichten. Den Dip mit den Zitronenschalenstreifen garnieren und dazu servieren.

— 8 —

Das lasse ich mir nicht gefallen!« Svea sprach leise ins Handy, damit ihr Vater sie nicht hörte. Sicherheitshalber hatte sie sich auch noch die Bettdecke über den Kopf gezogen.

Es war kurz vor Mitternacht, und ihr Vater hatte es endlich aufgegeben, alle paar Minuten den Kopf ins Zimmer zu stecken, um …

Ja, warum eigentlich? Glaubte er, Finn würde an der Hausfassade bis in die vierte Etage hinaufklettern, um zu ihr ins Zimmer zu steigen?

Svea hatte mit ihrem Vater kein Wort mehr gesprochen und ihn mit Nichtachtung gestraft, wenn er den Kopf ins Zimmer steckte. Das schien ihm allerdings nicht viel auszumachen. Seine Miene verriet nur allzu deutlich, dass er stinksauer war. Svea war das egal. Sie war auch sauer.

»Mein Vater ist so ein Idiot!«, sagte sie am Handy zu Finn. Ihr Vater musste vergessen haben, dass sie ihr Handy immer in der Hosentasche hatte. Svea war sich ganz sicher, dass er es ihr sonst weggenommen hätte, damit sie keinen Kontakt zu Finn aufnehmen konnte. Sie sprach ganz leise, damit Hendrik sie nicht hörte.

»Meine Mutter ist auch nicht besser«, erwiderte Finn im Flüsterton und brachte Svea damit zum Lachen.

»Warum lachst du?«, wollte er wissen.

»Weil du auch flüsterst«, sagte sie. »Du bist doch alleine zu Hause.«

»Ja, stimmt.« Finn konnte offenbar nicht lachen. »Den Urlaub können wir knicken«, sagte er mit enttäuschter Stimme. »Wer weiß, ob wir uns in den Ferien überhaupt sehen können.«

Svea verschwieg, dass ihr Vater ihr auf der Heimfahrt angedroht hatte, sie während der Ferien zu ihrer Großmutter nach Frankreich zu schicken. Er hatte sogar angedeutet, dass er mit dem Gedanken spielte, sie für immer dort zu lassen. Auch wenn er ihr für die Zeit der Sommerferien den Umgang mit Finn strikt verboten hatte, konnte er nicht verhindern, dass sie sich in der Schule wiedersehen würden. Doch für Svea war das kein Trost. Endlos lagen die Wochen der Schulferien vor ihr, und wenn sie jetzt auch noch nach Frankreich musste ... vielleicht sogar für immer ...

»Ich lasse mir die Ferien von meinem Vater nicht vermiesen«, sagte sie und vergaß in ihrem Ärger sogar, leise zu sein.

»Pst«, zischte Finn am anderen Ende sofort.

Svea schlug erschrocken die Decke zurück und verharrte sekundenlang mucksmäuschenstill. Es blieb still. Ihr Vater hatte sie glücklicherweise nicht gehört.

»Bist du noch da?«, wollte Finn wissen und brachte sie damit wieder zum Lachen. Leise und glucksend, immer die Tür im Augenwinkel, weil sie damit rechnete, dass sie jeden Moment aufgerissen wurde.

»Ich habe eine Idee«, flüsterte sie ins Handy. »Lass uns abhauen.«

Diesmal war es am anderen Ende still. Offenbar musste Finn ihre Worte verarbeiten, bevor er vorsichtig fragte: »Abhauen? Und dann? Wovon sollen wir leben?«

»Doch nicht für immer und ewig«, sagte Svea. »Wir machen unsere Ferien wie geplant, und danach fahren wir wieder nach Hause. Dann haben unsere Eltern ein paar Wochen Zeit, sich wieder zu beruhigen, und müssen einsehen, dass wir uns nicht einfach trennen lassen.«

»Ich glaube nicht, dass sie sich beruhigen, wenn wir einfach abhauen«, erwiderte Finn trocken.

»Dann ist es mir auch egal«, sagte Svea trotzig. »Wenn sie uns dann immer noch den Kontakt zueinander verbieten, hatten wir wenigstens gemeinsame Ferien.«

Finn schwieg.

»Das wäre so romantisch. Nur du und ich«, versuchte Svea ihn zu überzeugen.

Finn sagte immer noch kein Wort.

»Mein Vater will mich in den Ferien zu meiner Großmutter nach Frankreich schicken«, sagte Svea. »Ich traue ihm zu, dass er mich auch danach dort lässt und in einer französischen Schule anmeldet.«

»Gut, wir hauen ab«, sagte Finn da sofort, aber in seiner Stimme schwang eine gehörige Portion Unsicherheit mit. Svea ließ nicht zu, dass sich in ihrem Kopf Bedenken breitmachten.

»Wir müssen nur überlegen, wo wir das Geld für unsere Reise herbekommen«, sagte Finn.

»Ich habe hin und wieder etwas von meinem Taschengeld gespart«, sagte Svea, gab aber gleich darauf zu: »Viel ist es nicht.«

»Ich habe auch nur ein paar Kronen. Wir können unsere Eltern ja jetzt schlecht um Geld bitten.« Noch während Finn sprach, schien ihm die Lösung einzufallen. »Wir fahren zuerst nach Ystad«, schlug er vor. »Ich kann meinen Vater um Geld bitten.«

»Und du glaubst, er gibt es dir, wenn er erfährt, dass wir abgehauen sind?« Svea setze sich aufs Bett.

Finn lachte. »Mein Vater ist nicht so ein Spießer wie meine Mutter oder dein Vater, der hilft uns bestimmt.«

Sveas aufkeimende Erleichterung bekam einen Dämpfer, als Finn einschränkte: »Allerdings ist mein Vater meistens selber ziemlich klamm. Viel wird er uns nicht geben können.«

Finn schien nun seinerseits fieberhaft über die Lösung ihres Geldproblems nachzudenken. »Vielleicht können wir unterwegs Jobs annehmen«, schlug er vor. »Auf einem Bauernhof aushelfen oder in einer Kneipe kellnern. Es werden sich bestimmt Möglichkeiten ergeben, etwas zu verdienen.«

Das war nicht unbedingt das, was Svea sich unter schönen Ferien vorstellte. Sie wollte durch das Land reisen, ihre Heimat kennenlernen und romantische Stunden mit Finn verbringen – Aushilfsjobs passten nicht so ganz zu ihren Vorstellungen. Die Alternative, nach Frankreich geschickt zu werden und Finn nicht zu sehen, gefiel ihr aber noch weniger, und so stimmte sie zu.

»Wann hauen wir ab?«, wollte Finn wissen, der jetzt weitaus begeisterter klang, als Svea selbst es war.

Svea schaffte es gerade noch, sich hinzulegen und die Decke über das Handy zu ziehen, als die Tür zu ihrem Zimmer aufgerissen wurde. Sie hatte die Augen zwar geschlossen, blinzelte aber ein wenig und konnte die Silhouette ihres Vaters im Türrahmen erkennen. Er hat mich gehört, schoss es ihr durch den Kopf. Ihre Hand unter der Bettdecke umklammerte fest das Handy. Wenn er es ihr wegnehmen wollte, müsste er schon Gewalt anwenden.

»Ich weiß, dass du nicht schläfst«, sagte Hendrik Lundgren mit harter, lauter Stimme. »Ich habe eben einen Flug gebucht. Morgen Nachmittag fliegst du nach Nizza. Deine Großmutter weiß Bescheid, sie wird dich am Flughafen abholen.« Er drehte sich um und schloss die Tür hinter sich.

Svea war still liegengeblieben. Ihr Herz klopfte wie verrückt – vor Erleichterung, dass ihr Vater nichts von dem Telefonat mitbekommen hatte, vor Wut, weil er so eigenmächtig über sie und ihr Leben entschied, und vor Aufregung, weil ihr Vater in diesen Minuten etwas in Gang gesetzt hatte, das bis dahin nur ein vager Plan gewesen war und möglicherweise nie ausgeführt worden wäre. Wenn sie eine Nacht darüber geschlafen und morgen noch einmal in aller Ruhe darüber nachgedacht hätte, hätte sie es sich vielleicht doch noch anders überlegt.

Svea wartete eine Zeitlang, um sicherzugehen, dass ihr Vater nicht noch einmal zurückkommen würde. Dann setzte sie sich wieder auf und presste das Handy ans Ohr. »Bist du noch da?«, wollte sie flüsternd wissen.

»Ich habe alles gehört«, sagte Finn. Auch er sprach automatisch wieder leise. »Morgen früh hauen wir ab.«

»Ja, morgen früh hauen wir ab!«, bekräftigte Svea. Die Angst vor diesem Schritt war völlig verschwunden, so groß war die Wut auf ihren Vater.

Geschieht ihm ganz recht, dachte Svea trotzig und mit einem winzigen Hauch von Schadenfreude, die ihr aber sofort verging, als sie sich das Gesicht ihres Vaters vorstellte, wenn er herausfinden würde, dass sie mit Finn durchgebrannt war.

Selmas Welt

Wenn zwei sich streiten, freut sich nicht immer der Dritte. In diesem Fall sind es vielmehr der Dritte und die Vierte. Ein junges Paar, nennen wir ihn Romeo und sie Julia, das seine erste Liebe auskosten will und es nicht darf.

Warum nicht?, werden meine geneigten Leser und Leserinnen fragen.

Die Antwort ist ganz einfach: Weil Romeos Mutter ein Restaurant im Rålambshovsparken betreibt, das wiederum Julias Vater so schlecht findet, dass er seine Abneigung öffentlich kundtun musste. Ihr erinnert euch, meine lieben Leser?

Dumme Frage, natürlich wisst ihr genau, über wen ich hier schreibe. Und weil die Eltern sich nicht verstehen, dürfen die Kinder sich nicht lieben.

Romeo und Julia in Stockholm! Liebe Leser, wer hätte so etwas gedacht? Ich kann nur hoffen, dass unser Stockholmer Liebespaar sich etwas anderes einfallen lässt als das legendäre Paar aus Verona. Die Sache mit dem Giftbecher und dem Dolch mag romantisch erscheinen, aber ich plädiere auf eine moderne Lösung, die es den beiden erlaubt, ihre Liebe zu leben.

In diesem Sinne verabschiede ich mich für heute.

Wir lesen uns morgen wieder!

Selma schlug die Zeitung zu, als sie Finn aus dem Haus auf der anderen Straßenseite kommen sah. Der Junge hatte einen schweren Rucksack auf dem Rücken und sah sich vorsichtig nach allen Seiten um, als wolle er sich vergewissern, dass ihn niemand sah.

Selma hatte kaum geschlafen und stattdessen über Nacht eine Strategie entwickelt, weil sie glaubte und vor allem hoffte, dass sie hier einer tollen Story auf der Spur war. Ganz früh am Morgen hatte sie ihren Beobachtungsposten eingenommen, ohne wirklich zu wissen, was sie eigentlich beobachten wollte oder worauf sie warten sollte. Jetzt wusste sie es.

Es konnte kein Zufall sein, dass der Junge nach dem heftigen Streit gestern am frühen Morgen mit einem großen Rucksack das Haus verließ und sich dabei immer wieder schuldbewusst umsah. Was ein bisschen lästig war, weil Selma sich in einen Hauseingang zwängen musste, um nicht gesehen zu werden.

Ob sie ihn stellen sollte?

Selma verwarf diesen Gedanken wieder. Der Junge würde ihr nichts sagen, und sie selber konnte unerkannt besser agieren. Sie wartete, bis der Junge die Straßenecke erreicht hatte. Als sie vorsichtig aus dem Hauseingang hervorlugte, sah sie ihn gerade noch um die Ecke verschwinden. Ihr journalistischer Jagdinstinkt war geweckt, ließ während der Verfolgung aber rapide nach. Der Junge war schnell, trotz des Rucksacks.

Selma wusste, dass sie sich vollkommen lächerlich machte, wie sie hinter dem Jungen herhastete, immer wieder Deckung suchte und dabei heftig keuchte. Zu allem Überfluss klingelte auch noch ihr Handy.

Nur Erik Asmussen schafft es, ein Telefon so penetrant klingeln zu lassen, dachte Selma mit einem Blick auf das Display, und im falschesten aller falschen Momente anzurufen. Sie wollte den jungen Romeo nicht entwischen lassen, musste das Gespräch aber annehmen und gleichzeitig weiter darauf achten, dass der Junge sie nicht sah.

Okay, sie hatte sich ein bisschen mehr Aufregung in ihrem

Leben gewünscht, aber das war jetzt schon ein bisschen viel auf einmal.

Sie nahm das Gespräch an und presste das Handy ans Ohr. »Ja?«, sagte sie ungeduldig.

»Deine Kolumne war großartig«, vernahm sie die Stimme ihres Chefs. Ein Kompliment aus seinem Mund war selten. »Die Telefone stehen kaum noch still. Die Leser wollen wissen, wie es mit dem Stockholmer Liebespaar weitergeht.«

»Das wüsste ich vielleicht, wenn du mich nicht gerade mit diesem Anruf gestört hättest«, sagte Selma, obwohl sie sich insgeheim geschmeichelt fühlte. »Ich verfolge unseren Romeo. Ich glaube, unser Liebespaar will abhauen.«

»Bleib dran!«, rief Erik Asmussen aufgeregt.

»Genau das habe ich vor«, erwiderte Selma und beendete das Gespräch, ohne sich zu verabschieden.

— 9 —

Verdammt, warum geht er denn nicht ans Handy?«, fluchte Kristina.

»Schon wieder Probleme?« Mikael war ebenso wie Maj und Elin damit beschäftigt, die Reste des vergangenen Abends zu beseitigen und das Restaurant auf die kommende Schließung vorzubereiten. Ole würde gleich kommen und erste Vorbereitungen treffen, was immer darunter zu verstehen war.

»Finn meldet sich nicht«, sagte Kristina. »Vergangene Nacht, als ich nach Hause gekommen bin, hat er schon geschlafen oder zumindest so getan als ob. Und heute Morgen lag er immer noch im Bett, als ich das Haus verlassen habe.«

»Es sind Sommerferien.«

»Genau.« Kristina nickte. Sie hätte gerne noch einmal mit Finn über den vergangenen Abend gesprochen. Vor allem darüber, dass aus seinen Ferienplänen nun nichts mehr wurde. Sie gestand sich ein, dass sie darüber sogar ganz froh war. Sie wollte keine Gluckenmutter sein, aber sie hätte sich die ganze Zeit Sorgen gemacht, wenn ihr Sohn einfach so ins Blaue gefahren wäre – und das auch noch ausgerechnet mit Hendrik Lundgrens Tochter.

Kristina wählte noch einmal Finns Nummer. Zweimal hörte sie das Freizeichen, dann drückte er sie einfach weg. Immerhin, er war zumindest wach.

»Wenn du uns hilfst, werden wir schneller fertig!«, rief Maj ihr vorlaut zu.

»Maj«, mahnten Mikael und Elin gleichzeitig.

Kristina grinste. »Ist schon gut, sie hat ja recht.«

Kristina schloss sich ihrem Team an, und zusammen arbeiteten sie Hand in Hand. Die noch vorhandenen Lebensmittel wurden aufgeteilt. Kristina erlaubte ihren Mitarbeitern, alles mitzunehmen, was sie haben wollten. In zwei Wochen würden sie ohnehin alles frisch einkaufen müssen.

Zwischendurch versuchte Kristina noch zweimal, ihren Sohn zu erreichen. Er schien jedoch sehr beleidigt zu sein und drückte sie jedes Mal weg.

Kristina musste sich gedulden, bis sie nach Hause kam. Allerdings würde das noch ein bisschen dauern. Während die anderen sich in ihren Zwangsurlaub verabschiedeten, musste sie hierbleiben und auf Ole warten.

Mikael und Elin verabschiedeten sich mit einer Umarmung, und auch Maj umarmte Kristina herzlich. »Ich werde dich vermissen«, sagte sie.

Kristina spürte einen Kloß im Hals.

»Ich habe hier noch etwas für dich.« Maj zog zwei zusammengefaltete und verknitterte Zettel aus der Gesäßtasche ihrer Jeans. »Ich weiß ja, wie gerne du neue Rezepte ausprobierst. Das eine Rezept habe ich in einem Kochbuch gefunden und selbst ausprobiert. Das ist total lecker. Das andere ist das Rezept für einen Kuchen, den meine Oma immer für mich gebacken hat. Sie nannte ihn Majs Traumkuchen.«

»Du kochst und backst?« Das war eine völlig neue Seite, die Kristina da gerade an ihrer Mitarbeiterin entdeckte.

Maj errötete. »Sogar ziemlich gerne«, gab sie zu.

»Ich werde die Rezepte auf jeden Fall zu Hause ausprobieren«, sagte Kristina und schloss das Mädchen noch einmal in die Arme.

Ein paar Minuten später war sie allein. Sie wartete auf Ole, aber von dem war noch nichts zu sehen, und so vertiefte sie sich in Majs Rezepte.

Pfifferling-Hack-Auflauf

Für den Teig:
50 g Butter
240 g Mehl
150 ml Milch
2 TL Backpulver

Für die Füllung:
500 g Rinderhackfleisch
250 g Pfifferlinge
2 große Schalotten
2 Knoblauchzehen
1 EL Olivenöl
Pfeffer und Salz

Für die Soße:
250 g Crème fraîche
250 g saure Sahne
4 EL Mayonnaise
200 g Parmesan
1 EL Speisestärke
Petersilie und Schalotte zum Verzieren

Für den Teig:

Alle Zutaten mischen und zu einem glatten Teig verkneten. Eine Arbeitsfläche mit Mehl bestäuben, den Teig darauf ausrollen. Rand und Boden einer Springform von 24 cm Durchmesser mit dem Teig auskleiden.

Für die Füllung:

Die Pfifferlinge säubern. Die Schalotten schälen und in dünne Ringe schneiden. Die Knoblauchzehen schälen und hacken.

Öl in einer hohen Pfanne erhitzen. Zwiebeln, Knoblauch und Pilze darin gut anbraten. Einige Pilze zum Verzieren herausnehmen. Hackfleisch in einer zweiten Pfanne anbraten, mit dem Inhalt der ersten Pfanne vermengen und mit Pfeffer und Salz würzen. Alles auf dem ungebackenen Teig verteilen.

Für die Soße:

Crème fraîche, saure Sahne, Speisestärke und Mayonnaise in einer Schüssel verrühren, salzen und pfeffern. Auf der Hackfleischmischung verteilen und mit Parmesan bestreuen. Den Auflauf bei 200 °C 30 bis 40 Minuten backen.

Mit fein gehackter Schalotte, den beiseitegelegten Pfifferlingen und Petersilie garnieren.

Majs Traumkuchen

Für den Boden:
300 g Mehl
250 g Butter
250 g Zucker
5 Eier
1 Päckchen Backpulver
1 Päckchen Vanillinzucker

Für die Streusel:
150 g Mehl
150 g Zucker
150 g Butter oder Margarine
50 g Kakao
4–6 EL Puderzucker

Butter, Zucker und Vanillinzucker schaumig rühren. Die Eier einzeln unterrühren. Mehl und Backpulver miteinander vermischen und ebenfalls einrühren. Den Teig auf einem gefetteten Blech verteilen.

Alle Streuselzutaten miteinander verkneten und gleichmäßig auf dem Teig verteilen.

Kuchen bei 180 °C Umluft 20 Minuten backen, abkühlen lassen und mit Puderzucker bestreuen.

— 10 —

Ihre Handys klingelten gleichzeitig, und gleichzeitig drückten sie die Anrufer weg.

»Dein Vater?«, fragte Finn.

Svea nickte. »Deine Mutter?«, stellte sie die Gegenfrage.

Diesmal nickte Finn, schaute wieder auf das Display seines Handys und dann die Gleise entlang in die Richtung, aus der sie den Zug erwarteten. »Bist du sicher, dass wir das Richtige tun?«, fragte er.

»Klar«, sagte Svea mit weitaus mehr Überzeugung in der Stimme, als sie wirklich empfand. »Deine Mutter und mein Vater müssen endlich einsehen, dass sie uns nicht mehr wie Kleinkinder behandeln können.«

»Ja.« Finn nickte und schaute weiter die Gleise entlang.

Svea fragte sich, ob er die Ankunft des Zuges kaum noch erwarten konnte oder ob er vielmehr Angst vor ihrer geplanten Flucht hatte.

Das heißt, geplant hatten sie eigentlich gar nichts.

In der vergangenen Nacht war die Wut auf ihren Vater übermächtig gewesen, der Wunsch, ihm zu zeigen, dass sie sich sein selbstherrliches Verhalten nicht mehr gefallen ließ. Heute Morgen hatte sie zum Nachdenken keine Zeit gehabt, weil sie möglichst schnell ihre Sachen zusammenpacken und zusehen musste, dass sie ungesehen aus der Wohnung kam.

Jetzt meldeten sich die ersten Zweifel, die Frage, wie sie das durchstehen sollten. Noch war es nicht zu spät, wieder umzukehren.

»Willst du wieder zurück?«, fragte sie Finn mit ängstlicher Stimme. Sie hoffte fast, dass er ja sagen würde, aber offensichtlich deutete er den Klang ihrer Stimme ganz falsch. Vermutlich dachte er, sie hätte Angst, dass er es sich anders überlegen könnte.

Mit großen Augen sah er sie an und schüttelte den Kopf. »Nein!«, sagte er.

»Ich dachte nur ...« Svea verstummte, fuhr aber gleich darauf fort. »Weil du so still bist.«

Sie gab ihm eine letzte Chance, zuzugeben, dass er Stockholm eigentlich nicht verlassen wollte, aber zu Sveas Enttäuschung ergriff Finn sie nicht. »Ich rede so früh am Morgen nie viel«, sagte er stattdessen.

Der Zug fuhr ein. Die aussteigenden Reisenden vermischten sich mit denen, die einsteigen wollten. In dem Gedrängel und Geschubse konnten sie nicht mehr miteinander reden. Finn zwängte sich in den Zug, Svea folgte ihm – und jetzt gab es kein Zurück mehr.

Selmas Welt

In Selmas Welt sind Romeo und Julia zwei moderne junge Menschen, die gar nicht daran denken, sich das Leben zu nehmen, nur weil ihre Eltern verfeindet sind und ihrer Liebe nicht zustimmen wollen. In Selmas Welt beschließen diese beiden jungen Menschen einfach, ihr Geschick selbst in die Hand zu nehmen, und reißen aus.

Keine Ahnung, wie die Entwicklung dieser Geschichte Shakespeare gefallen hätte, aber mir gefällt sie außerordentlich gut. Meine Julia und mein Romeo stehen gerade am Bahnhof, und anstatt einen komplizierten Scheintod zu inszenieren, der am Ende nur mit dem wirklichen Tod der Hauptfiguren endet, lösen die beiden eine Fahrkarte nach Ystad.

Warum sie ausgerechnet dorthin wollen und was sie weiter vorhaben, das entzieht sich leider meiner Kenntnis . . .«

». . . darüber werde ich morgen berichten«, fiel Erik Asmussen ihr ins Wort. Selma hatte ihm den Text vorgelesen, den sie ihm gleich über ihr Smartphone schicken wollte, während sie Romeo und Julia aus sicherem Abstand beobachtete. Die beiden jungen Leute wirkten sehr nervös. Romeo machte auf Selma sogar den Eindruck, als wäre er unschlüssig, ob er das Richtige tat. Julia hingegen machte trotz aller Nervosität einen entschlossenen Eindruck und redete immer wieder auf ihn ein. Selma überlegte, ob sie sich den beiden ungesehen nähern konnte, um zu hören, was sie miteinander besprachen.

»Wir lesen uns morgen wieder!«, verbesserte Selma ihren Chefredakteur.

Die Halle des Stockholmer Hauptbahnhofs – Stockholm C, wie er kurz und bündig von den Stockholmern genannt wurde – bot trotz aller Geschäftigkeit der umhereilenden Reisenden eine romantische Bühne für ihre Julia und ihren Romeo. Das geschwungene Dach bildete einen Bogen über der Halle. Die beiden standen bei dem Brunnen mitten in der Halle und vermittelten Selma einen Hauch des romantischen Veronas, wo Romeo und Julia ein heimliches Stelldichein hatten.

Selma selbst lehnte an einer der vielen Säulen an der Längswand der Halle. Zwischen den Schaltern und Geschäften wirkte sie wie eine der anderen Reisenden und konnte die beiden jungen Leute beobachten, ohne dass die sie bemerkten. Dazu waren sie wahrscheinlich auch viel zu sehr mit sich selbst beschäftigt.

»Du bleibst dran!«, verlangte Erik Asmussen.

»Die beiden sind auf dem Weg nach Ystad«, erklärte Selma ihrem Chef, obwohl sie ihm das eben erst vorgelesen hatte.

»Genau!« Erik Asmussens Stimme klang richtig fröhlich. »Und da fährst du jetzt auch hin.«

»Ystad«, sagte Selma noch einmal, diesmal leicht hysterisch. »Ich müsste doch erst mal ein paar Sachen einpacken, und außerdem ... «

»Kauf dir unterwegs, was du brauchst«, fiel Erik Asmussen ihr ins Wort. »Ich lasse dir ein Spesenkonto einrichten.«

Spesenkonto? Das klang nicht schlecht. Selma fand langsam Gefallen an dieser ganz besonderen Story, die, wie Erik Asmussen jetzt noch einmal versicherte, genau den Nerv der Leser traf.

»Mach was draus«, verlangte er. »Und ich will ab sofort

mehrere Kolumnen am Tag. Wir müssen das Sommerloch füllen.«

»Ich muss los«, sagte Selma hastig, als Romeo und Julia ihre Sachen packten und sich in Bewegung setzten. Wie die beiden in Wirklichkeit hießen, wusste Selma nicht, aber sie würde es schon noch herausfinden. Sie unterbrach ihr Telefonat und besorgte sich in aller Eile selbst ein Ticket nach Ystad, bevor sie ganz in der Nähe des jungen Paares auf dem Bahngleis auf den Zug wartete.

— 11 —

»Wo ist meine Tochter?«

Mit diesen Worten stürmte Hendrik Lundgren ins Restaurant. Wütend starrte er Kristina an, die sich gerade schrecklich langweilte, weil sie aus purer Höflichkeit Ole Håkanssons Erklärung über den Unterschied zwischen Wechselstrom und Drehstrom lauschte. Ihr war nur wichtig, dass ihre elektrischen Geräte funktionierten, mit welcher Art von Strom war ihr völlig egal. Das einzig Positive, das sie diesem Vortrag abgewinnen konnte, war Oles offensichtliche Hingabe an seinen Job. Er schien sich in seinem Metier ebenso wohlzufühlen wie sie selbst sich am Herd.

Die ganze Zeit hatte sie sich gewünscht, dass Ole durch irgendetwas in seinem Monolog unterbrochen würde, aber jetzt wurde ihr klar, dass man sich gut überlegen sollte, was man sich wünscht, weil Wünsche in Erfüllung gehen können.

Hatte sie in einem früheren Leben etwas Schlimmes angestellt und wurde jetzt dafür bestraft? Oder warum sonst lief ihr ständig dieser übelgelaunte Mann über den Weg? Da war ihr Oles Vortrag noch lieber.

»Woher soll ich das wissen?«, erwiderte sie mürrisch.

Ole Håkansson hatte aufgehört zu reden und schaute neugierig zwischen Kristina und Hendrik hin und her.

»Reden Sie keinen Unsinn!«, fuhr Hendrik sie an. »Meine Tochter treibt sich garantiert wieder mit Ihrem Sohn herum. Ich will wissen, wo meine Tochter ist.« Mit jedem Wort wurde er lauter.

»Ich sagte Ihnen bereits, dass ich das nicht weiß«, gab Kristina in gleicher Lautstärke zurück.

Hendrik Lundgren lachte höhnisch auf. »Meine Tochter ist heute Morgen verschwunden. Sie hat mir eine Nachricht hinterlassen, dass sie sich den Kontakt zu Ihrem Sohn nicht verbieten lassen würde. Ich will sofort wissen, wo die beiden sind!«

Kristina wurde unsicher. »Vielleicht ist sie ja wirklich bei Finn. Ich habe keine Ahnung, ich bin seit dem frühen Morgen hier. Ihre Tochter hat doch bestimmt ein Handy.«

»Als ob ich das nicht schon versucht hätte. Sie geht nicht ran.«

»Warum wohl nicht?«, murmelte Kristina.

Ole verfolgte noch immer gespannt das Gespräch und blickte erwartungsvoll zu Hendrik, doch der sagte diesmal nichts, sondern starrte Kristina weiter wütend an.

»Na gut«, sagte Kristina und zog ihr eigenes Handy aus der Tasche ihrer Jeans. »Ich versuche noch einmal, Finn anzurufen.« Sie wählte und lauschte anschließend dem Freizeichen. Finn meldete sich auch diesmal nicht, nur seine Mailbox schaltete sich ein.

»Finn, wenn du das abhörst, dann ruf mich sofort an.«

»Habe ich von Svea auch verlangt«, sagte Hendrik Lundgren mit zusammengezogenen Brauen. »Auf den Rückruf warte ich immer noch.«

Ole sah wieder zu Kristina, und diesmal wandte sie sich an ihn. »Wir haben ja hier alles geklärt«, sagte sie.

Ole nickte, aber es war ihm deutlich anzusehen, dass er es sehr bedauern würde, wenn das Gespräch zwischen Kristina und Hendrik jetzt ohne ihn fortgesetzt werden sollte.

»Gut!« Kristina sprach jetzt vor allem zu sich selbst, während sie gleichzeitig versuchte, das ungute Gefühl, das sich mehr und mehr in ihr breitmachte, zu unterdrücken. »Das

Restaurant bleibt in den nächsten beiden Wochen geschlossen, und Sie können in Ruhe arbeiten.«

Dann wandte sie sich wieder an Hendrik Lundgren und nickte ihm knapp zu. »Und ich fahre jetzt nach Hause, um nach meinem Sohn zu sehen. Sollte Svea wirklich bei ihm sein, werde ich Sie informieren.«

Hendrik Lundgren stieß einen undefinierbaren Laut aus. »Das könnte Ihnen so passen. Ich komme mit und kontrolliere höchstpersönlich, ob Svea bei Ihrem Sohn ist.«

Kristina war müde und erschöpft. Der vergangene Abend war erfolgreich, aber auch sehr anstrengend gewesen, und vor ihr lagen zwei Wochen, in denen sie keine Einnahmen erzielen konnte. Sie hätte Hendrik Lundgren gerne gesagt, dass er sich zum Teufel scheren sollte, aber sie hatte keine Kraft, sich noch länger mit ihm auseinanderzusetzen. Sie nickte ihm einfach nur knapp zu und ging nach draußen. Sie spürte, dass er ihr folgte, sah sich aber nicht nach ihm um. Auf dem Parkplatz setzte sie sich in ihren Wagen und schaute kurz in den Rückspiegel. Er stand hinter ihrem Auto, wirkte unentschlossen, ging dann aber zu seinem eigenen Wagen, den er direkt vor dem Eingang geparkt hatte, und stieg ein.

Kristina startete den Motor und fuhr los. Inständig hoffte sie, dass Svea nicht bei Finn war, weil das diesen nervigen Kleinkrieg mit Hendrik Lundgren nur noch verschlimmern würde. Auch wenn sie nichts dafür konnte, würde er sie garantiert für das Verhalten seiner eigenen Tochter verantwortlich machen und ihr Restaurant alleine aus diesem Grund in aller Öffentlichkeit schlechtreden.

Kristina stöhnte laut auf. Bilder aus ihrer eigenen Jugend waren plötzlich wieder da. Ihre Liebe zu Dag, der erbitterte Widerstand ihrer Eltern. Ihr Vater hätte damals alles getan, um sie und Dag zu trennen – und Hendrik Lundgren war letztendlich auch nur ein Vater, der sich Sorgen um seine Tochter machte.

»Nein!«, sagte sie laut und schlug mit der rechten Faust auf das Lenkrad. Sie musste kein Verständnis haben. Finn würde eine Frau nie so behandeln, wie sein Vater es mit ihr getan hatte. Sie hatte ihn erzogen, die ganzen Jahre um sich gehabt, und sie war sich sicher, dass ihn ihre Erziehung mehr prägte als die Gene seines Vaters.

Immer wenn sie in den Rückspiegel sah, war Hendrik Lundgren ganz dicht hinter ihr. Ob er Angst hatte, dass sie Gas gab und versuchte, ihn in einer wilden Verfolgungsjagd durch Stockholm loszuwerden? Als ob sie ihm mit ihrem Uraltauto entkommen konnte. Natürlich fuhr ein erfolgreicher Kritiker wie Hendrik Lundgren eine schwere Limousine, und Kristina fühlte sich durch die Art und Weise, wie er sie verfolgte, geradezu bedrängt. Ihre Blicke begegneten sich kurz in ihrem Rückspiegel, seine Lippen verzogen sich zu einem höhnischen Grinsen. Zumindest kam es Kristina so vor, und wieder brach eine Welle der Abneigung gegen diesen Mann über sie herein.

Sie hatte Svea gestern erst kennengelernt und sie war ihr nicht unsympathisch, ganz im Gegenteil. Trotzdem hoffte Kristina, dass ihr Sohn sich ganz schnell in ein anderes Mädchen verlieben und Hendrik Lundgren damit endgültig aus ihrem Leben verschwinden würde. Dieser Mann setzte einfach zu viel negative Energie in ihr frei. Immer wenn er sie aufsuchte oder vielmehr heimsuchte, zeigte sie sich von einer ganz neuen Seite, die ihr nicht besonders sympathisch war.

Es gab nur noch eine Parklücke vor ihrem Haus. Kristina stellte ihren Wagen dort ab und sah, wie Hendrik Lundgren langsam an ihr vorbeifuhr und nach einem freien Parkplatz suchte. Ihre Schadenfreude gehörte eindeutig zu der neuen Kristina.

Sie stieg aus dem Wagen, schaute sich nicht nach ihm um und wartete auch nicht auf ihn. Trotzdem stand er plötzlich wieder neben ihr, als sie gerade die Haustür aufschloss, und folgte ihr unaufgefordert durchs Treppenhaus bis zu ihrer Wohnungstür. Sogar in ihre Wohnung folgte er ihr. Laut und fordernd rief er den Namen seiner Tochter. Eine Antwort erhielt er nicht.

Ungeniert riss Hendrik die Tür zum Badezimmer auf und eilte gleich darauf auf ihre Schlafzimmertür zu. Kristina hatte endgültig genug. Sie drängte sich an ihm vorbei und stellte sich ihm in den Weg. »Es reicht!«, fauchte sie. »Das hier ist *meine* Wohnung.«

Möglicherweise sollte es ein entschuldigendes Lächeln sein, das Hendrik Lundgren ihr zeigte, aber für Kristina sah es so aus, als würde er die Zähne fletschen. Sie stand mit dem Rücken zur Schlafzimmertür, er angelte an ihr vorbei nach der Klinke und drückte sie herunter.

Die Tür flog auf und gab den Blick auf das Chaos frei, das sie am Morgen hinterlassen hatte. Kristina hatte das Bett nicht gemacht, sie wusste, dass ihr dünnes Nachthemd irgendwo auf dem Boden lag und wahrscheinlich auch der BH, den sie gestern getragen hatte. Seinem Blick, der über ihre Schulter hinweg durch den Raum glitt, schien nicht das kleinste Detail zu entgehen.

»Sie sind unverschämt!«, fuhr sie ihn an, aber das schien ihn nicht zu stören. Er ging weiter zu Finns Zimmertür und riss sie auf. Kristina folgte ihm schnell, wusste nicht, womit sie zu rechnen hatte. Normalerweise schlief Finn an den Wochenenden und in den Ferien bis in die Mittagsstunden. War er alleine? Oder war Svea bei ihm?

Kein Wunder, dass das Mädchen weggelaufen war, bei einem solchen Vater. Ob er bei sich zu Hause auch ohne anzuklopfen in das Zimmer seiner Tochter stürmte?

Hendrik Lundgren war stehengeblieben und verdeckte ihr die Sicht ins Zimmer. Als Kristina sich an ihm vorbeidrängte, sah sie, dass das Zimmer leer war. Einen Sekundenbruchteil vor ihm bemerkte sie den Zettel auf Finns Schreibtisch. Schnell nahm sie ihn an sich und las Finns kurze Nachricht:

Ich weiß, dass du jetzt sauer bist, aber Svea und ich lieben uns, und weil wir wissen, dass ihr gegen unsere Liebe seid und alles unternehmen werdet, um uns zu trennen, wollen wir wenigstens die Ferien gemeinsam verbringen. Such nicht nach mir, du wirst mich sowieso nicht finden.

Kristina übersah die ausgestreckte Hand Hendrik Lundgrens und ließ den Zettel sinken. »Sie sind weg«, murmelte sie tonlos.

Hendrik Lundgren riss ihr einfach den Zettel aus der Hand und las die wenigen Zeilen. »Hab ich mir doch gedacht«, sagte er wütend, als er Kristina den Zettel zurückgab. »Daran ist allein Ihr Sohn schuld. Er hat meiner Tochter den Kopf verdreht und sie dazu gebracht, abzuhauen. Sie hat überhaupt kein Geld, und abgesehen davon wäre sie auch nie auf eine solche Idee gekommen.«

»Reden Sie sich das nur weiter ein«, sagte Kristina böse, »anstatt sich darüber zu wundern, dass sie nicht schon längst weggelaufen ist. Welches Kind kann es schon bei einem Vater wie Ihnen aushalten?«

Sie sah ihm an, dass sie ihn diesmal richtig getroffen hatte. Die neue Kristina registrierte das mit Genugtuung, während sich gleichzeitig Mitleid in der alten Kristina regte. Zwei Gefühle, die miteinander rangen.

Möglicherweise hätte die alte Kristina, die Hendrik Lundgren in ihrer eigenen mütterlichen Sorge sogar verstand, gesiegt, wenn er nicht in seiner gewohnt überheblichen Art gekontert hätte: »Was wollen Sie mir eigentlich vorwerfen? Immerhin hat es Ihr eigener Sohn auch nicht mehr bei Ihnen ausgehalten.«

»Gehen Sie jetzt bitte!«, forderte Kristina ihn auf. Ein ganzer Tag im Hochsommer hinter dem Herd machte sie nicht so fertig wie die Auseinandersetzungen mit diesem Mann. Er sollte einfach nur gehen, damit sie in Ruhe nachdenken konnte.

»Ich will wissen, wo meine Tochter ist.«

»Sie konnten sich gerade selbst davon überzeugen, dass mein Sohn auch verschwunden ist«, sagte sie mit erhobener Stimme, »und ich weiß ebenso wenig wie Sie, wo die beiden sind.«

»Wirklich nicht?«, hakte er sofort nach und sah ihr dabei unverwandt ins Gesicht.

Nein, Kristina wusste es wirklich nicht. Sie hatte nur eine vage Ahnung, aber das würde sie diesem Mann gewiss nicht verraten. Erst wollte sie sich selbst vergewissern. Doch es gelang ihr nicht, seinem Blick standzuhalten. Sie wich ihm aus, und er schien daraufhin zu glauben, dass sie den Aufenthaltsort ihrer Kinder kannte. Hart gruben sich seine Finger in ihren Oberarm.

»Sie sagen mir sofort, wo meine Tochter ist!«

Kristina schaute auf die Hand, die ihren Arm umfasste, dann sah sie ihm ins Gesicht.

Seine Miene veränderte sich schlagartig. Er ließ sie los, trat einen Schritt zurück. »Entschuldigen Sie bitte.«

Kristina hätte ihn nicht für fähig gehalten, eine Entschuldigung auszusprechen. Er überraschte sie damit, aber es besänftigte sie nicht. Sie konnte seine Anwesenheit einfach nicht mehr ertragen.

»Verschwinden Sie«, sagte sie mit erstickter Stimme. »Sofort!«

Er kam ihrer Aufforderung tatsächlich nach und überraschte sie damit ein zweites Mal. Sie sah ihm nach, als er Finns Zimmer verließ, und hörte kurz darauf die Haustür ins Schloss fallen. Sie atmete auf, aber erleichtert fühlte sie sich nicht. Nur sehr alleine mit all ihren Sorgen.

Kristina stand mitten im Zimmer ihres Sohnes, den Zettel mit seiner Nachricht immer noch in der Hand, und dachte nach. »Finn, was machst du nur?«, murmelte sie.

Kristina wusste, dass ihr Sohn so gut wie kein Geld hatte, und Hendrik Lundgren hatte ihr eben gesagt, dass seine Tochter auch kaum Ersparnisse hatte. Die beiden mussten sich aber irgendwie ihre Ferien finanzieren. Finn hatte seinen Vater um Geld bitten wollen. Ob er ihn angerufen hatte?

Kristina ließ den Zettel fallen und angelte das Handy aus ihrer Jeanstasche. Auch wenn sie nur selten mit ihm telefonierte – und wenn, dann nur, um über ihren gemeinsamen Sohn zu sprechen –, hatte sie Dags Nummer eingespeichert. Bereits nach dem zweiten Klingelzeichen meldete sich jemand am anderen Ende der Leitung. Es war aber nicht Dag.

»Hallo«, sagte eine sehr junge weibliche Stimme, und Kristina hatte sofort ein Bild vor ihrem inneren Auge. Höchstens zwanzig, langbeinig, lange blonde Haare. Das war genau der Typ, auf den Dag stand.

»Kann ich bitte Dag sprechen?«

»Dag ist nicht da«, kam es verhalten zurück.

»Wann ist er zurück?«, wollte Kristina wissen.

»Keine Ahnung.« Eifersucht schlug ihr aus jedem Wort entgegen. Kristina seufzte tief auf.

»Ich will nur wissen, ob sich Finn, sein Sohn, bei ihm gemeldet hat«, versuchte Kristina die Situation zu entschärfen, indem sie den Grund ihres Anrufs erklärte. »Es ist wirklich wichtig.«

»Keine Ahnung«, kam es um keinen Deut freundlicher zurück. »Ich kann Dag ja sagen, dass er sich melden soll.«

»Ja, bitte«, sagte Kristina und fügte noch hinzu: »Es ist wirklich sehr wichtig.«

»Okay.« Das Mädchen hatte es offenbar eilig, das Telefonat zu beenden. Es würde Dag nichts von ihrem Anruf sagen, davon war Kristina überzeugt.

Sie schaute auf ihre Armbanduhr. Es war jetzt kurz vor Mittag. Bis Ystad würde sie sieben bis acht Stunden brauchen. Sollte sie wirklich auf gut Glück losfahren? Oder lieber später noch einmal versuchen, Dag anzurufen? Andererseits kam es oft vor, dass Dag mit seinen Surfschülern bis zum Abend am Wasser blieb und anschließend mit den hübschesten Mädchen aus seiner Gruppe durch die Clubs zog. Wenn Finn seinen Vater vor ihr antraf und Geld von ihm bekam, würden er und Svea möglicherweise mit einem gehörigen Vorsprung weiterziehen, und sie hatte keine Ahnung, wo sie dann noch nach ihrem Sohn suchen sollte.

Kristina hatte noch immer ihr Handy in der Hand und wählte jetzt die Nummer ihres Sohnes. Auch diesmal meldete sich nur seine Mailbox am anderen Ende.

»Bitte, Finn«, bat sie eindringlich. »Ich mache mir Sorgen. Ruf mich bitte an!«

Kristina wartete nicht mehr. Sie packte ein paar Sachen in ihre Reisetasche, nicht nur für die Übernachtung in Ystad, die sich wohl nicht vermeiden lassen würde, sondern gleich ein paar Sachen mehr. Das *Kristinas* war geschlossen, und vielleicht konnte sie doch ein paar Ferientage dranhängen, wenn sie ihren Sohn erst einmal gefunden hatte.

Was dann mit Svea passieren sollte, darüber konnte und

wollte sie jetzt nicht nachdenken. Das Mädchen musste natürlich zurück zu seinem Vater, aber Kristina wusste bereits jetzt, dass Finn ihr das nicht so einfach verzeihen würde. Umgekehrt würde es ihr wahrscheinlich gelingen, seine Zuneigung zurückzugewinnen, wenn sie Svea nicht nach Hause schickte, und gleichzeitig konnte sie es Hendrik Lundgren damit so richtig heimzahlen.

Auch wenn dieser Gedanke sehr reizvoll war, wusste Kristina, dass sie dazu nicht fähig wäre. So unsympathisch ihr Sveas Vater auch war, seine Sorge um das einzige Kind konnte sie nachvollziehen.

Kristina konzentrierte sich nur noch auf das, was unmittelbar vor ihr lag: Reisetasche packen, online ihren erschreckend niedrigen Kontostand checken, nachsehen, ob alle Elektrogeräte ausgeschaltet waren, und sich auf den Weg machen. Sie warf die Reisetasche auf den Rücksitz ihres Wagens und setzte sich hinter das Lenkrad. Sie hatte den Schlüssel des Restaurants dabei und wollte zuerst zu Mikael fahren, um ihn zu bitten, die Reparaturarbeiten während ihrer Abwesenheit zu beaufsichtigen.

Ihre ganze blitzschnelle Planung geriet in Gefahr, als sie den Zündschlüssel ins Schloss steckte und herumdrehte. Der Motor gurgelte kurz und verstummte dann mit einem gequälten Stöhnen.

»Nein«, jammerte Kristina. »Das nicht auch noch.«

Und als wäre das alles nicht schon schlimm genug, klopfte Hendrik Lundgren gegen die Seitenscheibe und blickte stinksauer zu ihr in den Wagen.

Kristina kurbelte das Fenster herunter. »Was ist?«, herrschte sie ihn an.

»Hab ich es mir doch gedacht! Sie wissen, wo die beiden sind.«

Kristina schwieg, hielt seinem verärgerten Blick stand.

»Ich will sofort wissen, wo meine Tochter ist.«

»Ich-weiß-es-nicht«, sagte sie langsam und sehr betont, dann drehte sie noch einmal den Zündschlüssel herum. Sie war überrascht und erleichtert zugleich, dass der Motor diesmal ohne weiteres Murren ansprang. Sie setzte den Blinker, konnte aber nicht aus der Parklücke fahren, weil Hendrik Lundgren immer noch neben dem geöffneten Seitenfenster stand.

»Ich gehe keinen Schritt zur Seite, bis Sie mir sagen, wo meine Tochter ist.«

Kristina sagte nichts, schaute ihn mit zusammengezogenen Brauen an und trat ein paar Mal aufs Gaspedal. Der Motor heulte auf.

Hendrik Lundgren bewegte sich nicht vom Fleck. »Sie müssten mich schon umfahren, um hier wegzukommen.«

»Führen Sie mich nicht in Versuchung«, sagte Kristina drohend.

Vielleicht lag etwas in ihrem Blick, dass ihn umstimmte, vielleicht hatte er es sich aber auch aus anderen Gründen anders überlegt. Jedenfalls trat er tatsächlich zur Seite und ließ sie fahren.

Mikael wohnte in einer kleinen Einzimmerwohnung auf Langholmen. Unterwegs rief Kristina ihn an und kündigte ihr Kommen an.

Auf der Västerbron, die Södermalm und Langholmen miteinander verband, sah Kristina im Rückspiegel, dass sich ein Auto rasant näherte und unmittelbar hinter ihr das Tempo drosselte. Sie stöhnte laut auf, als sie Hendrik Lundgren erkannte, der an ihrer Stoßstange zu kleben schien. Wie ein Bluthund hatte er sich auf ihre Fährte gesetzt, und Kristina erkannte die Entschlossenheit in seinem Blick. Er würde nicht aufgeben, bis er seine Tochter gefunden hätte, und sie war die einzige Spur, die ihn zu Svea führen konnte.

Kristina war gespannt, ob er ihr auch in Mikaels Wohnung folgen würde, aber er parkte lediglich hinter ihr und blieb in seinem Wagen sitzen, als sie ausstieg und auf das Haus zuging. Sie drehte sich nicht nach ihm um, aber sie spürte seine Blicke in ihrem Rücken.

Mikael öffnete sofort die Tür, als sie klingelte. Er trat zur Seite und ließ sie in sein Reich eintreten: ein großer, heller Raum, unterteilt in einen Schlaf- und einen Wohnbereich. Große Fenster und eine gläserne Balkontür auf der rechten Seite ließen das helle Sonnenlicht in den Raum. Über der Küchenzeile auf der linken Seite befand sich ein großes, rundes Fenster in Form eines Bullauges. Von hier aus konnte Mikael über den Riddarfjärden schauen, eine Aussicht, um die Kristina ihn jedes Mal beneidete, wenn sie bei ihm war.

Im Augenblick nahm sie aber vor allem das wahr, was sich auf der Küchenzeile befand. Sie hatte Mikael offenbar bei der Zubereitung seines Mittagessens gestört, und prompt meldete sich ihr Magen. Sie hatte heute noch nichts zu sich genommen außer einer Tasse Kaffee.

Es war ihr peinlich, dass Mikael das verräterische Grummeln ihres Magens hörte. Er lachte. »Hast du Hunger?«

»Und wie!« Kristina seufzte. »Aber das ist jetzt auch egal. Ich habe es eilig und werde mir unterwegs irgendwo einen Snack besorgen.«

»Kommt überhaupt nicht infrage.« Mikael wies auffordernd auf den kleinen Tisch mit den beiden Stühlen, der vor der Küchenzeile stand. »Du isst jetzt zusammen mit mir, und dabei erzählst du mir, warum du überhaupt hier bist und wohin du so eilig willst. Ich probiere übrigens gerade ein neues

Rezept für das *Kristinas* aus. Einen Sommersalat. Da kannst du gleich mal testen, ob wir den so übernehmen.«

Während Mikael den Salat vorbereitete, berichtete ihm Kristina, was an diesem Morgen schon wieder alles vorgefallen war. Mikael erklärte sich sofort bereit, die Reparaturarbeiten im *Kristinas* zu beaufsichtigen, bis sie wieder nach Hause kam. Er riet ihr, sich noch ein paar Tage Erholung zu gönnen, sobald sie Finn gefunden hatte.

»Mach dir keine Sorgen, alles wird gut«, sagte er.

Kristina hätte sich gerne von seiner Zuversicht anstecken lassen, aber sie hatte das Gefühl, dass alles immer nur noch schlimmer wurde und sie von einer Katastrophe in die nächste schlidderte.

Als sie erzählte, dass Hendrik Lundgren unten auf sie wartete, wahrscheinlich in der Absicht, sie nicht mehr aus den Augen zu lassen, lachte Mikael laut auf.

»Ich finde das gar nicht lustig!« Kristina schüttelte den Kopf. »Am liebsten würde ich ... Ach, ich weiß gar nicht, was ich am liebsten würde. Ich habe diesen Kerl so satt.«

»Probieren.« Mikael stellte einen Teller mit seinem Sommersalat vor sie, holte Besteck, legte ein frisches Baguette mitten auf den Tisch und stellte zwei gefüllte Wassergläser dazu.

Kristina probierte den Salat. Er schmeckte hervorragend. Fruchtig, mit einer pikanten Note. Ihre Leidenschaft als Köchin war geweckt, und so vergaß sie wenigstens für eine halbe Stunde alle Probleme, während sie mit Mikael aß und sein Rezept besprach.

Mikaels Sommersalat

2 Scheiben Ananas aus der Dose
1 säuerlichen Apfel
1 Birne
1 Apfelsine
1 Tomate
100 g tiefgefrorene Erbsen
2 hartgekochte Eier
50 g Weintrauben
100 g Mayonnaise
100 ml Schlagsahne
1–2 EL Ananassaft
Salz
Pfeffer
Blattsalat zum Garnieren

Den Apfel, die Birne und die Apfelsine schälen, das Fruchtfleisch und die Ananasscheiben in kleine Würfel schneiden. Die Tomate in Achtel teilen. Alles in einer Schüssel vermischen.

Weintrauben halbieren und entkernen und mit den aufgetauten Erbsen in die Schüssel geben.

Die Eier schälen, in Scheiben schneiden und vorsichtig mit dem Obst-Gemüsesalat vermischen.

Die Sahne schlagen, mit der Mayonnaise und ein wenig Ananassaft vermischen. Mit Salz und Pfeffer abschmecken. Vorsichtig die Soße unter den Salat heben.

Mit Blattsalat garnieren.

— 12 —

Voller Elan war Svea in ihr Abenteuer gestartet. Jetzt war sie nur noch müde und sehr hungrig. Leider reichte ihr Geld nicht aus, um irgendwo etwas essen zu gehen. Fast alles, was sie zusammengelegt hatten, war für ihre beiden Zugtickets draufgegangen.

Mit dem Hochgeschwindigkeitszug waren sie von Stockholm nach Malmö gefahren, und jetzt standen sie schon wieder am Bahngleis und warteten auf den Regionalzug, der sie nach Ystad bringen würde. Sie waren beide recht still geworden.

Svea betrachtete Finn von der Seite. Er starrte vor sich hin und schien mit seinen Gedanken ganz woanders zu sein. Offensichtlich waren es keine erfreulichen Gedanken, die ihn bewegten. Ob er Angst vor den Konsequenzen ihrer überstürzten Flucht hatte?

»Hoffentlich ist mein Vater überhaupt zu Hause«, sagte Finn in diesem Moment.

Svea runzelte die Stirn. »Das fällt dir aber ziemlich früh ein«, sagte sie.

Finn zuckte mit den Schultern. »Es ging eben alles so schnell, dass ich nicht daran gedacht habe, ihn anzurufen. Aber ich glaube nicht, dass er auf Reisen ist. Meistens ist er nur im Winter unterwegs. Dorthin, wo es warm ist und wo hohe Wellen sind.«

»Wenn er sich das leisten kann«, sagte Svea und verzog die Lippen zu einem vorsichtigen Lächeln, »dann kann er dir ja bestimmt auch Geld geben.«

»Ich hoffe es«, sagte Finn. »Mein Vater ist nicht geizig, aber irgendwie lebt er immer von der Hand in den Mund, wie man so schön sagt.«

Sveas Zuversicht schwand. Das alles klang überhaupt nicht gut, und allmählich befürchtete sie, dass ihre gemeinsame Flucht vielleicht doch ein wenig überstürzt gewesen war.

Sie schüttelte den Kopf, um die trüben Gedanken loszuwerden. Sie hatten keine andere Möglichkeit gehabt. Wären sie nicht abgehauen, säße sie jetzt schon im Flugzeug nach Frankreich.

»Was ist eigentlich mit deiner Großmutter?«, fragte Finn, als ahnte er, woran sie gerade dachte. »Kannst du sie nicht bitten, dir ein wenig Geld zu schicken?«

Svea dachte an ihre Großmutter in Frankreich, die sich jetzt wahrscheinlich schon große Sorgen um sie machte, und schüttelte den Kopf. »Da sie heute mit meiner Ankunft rechnet, wird mein Vater ihr bestimmt erzählt haben, dass ich nun doch nicht komme und abgehauen bin. Meine Großmutter ist der liebste Mensch der Welt, aber was meine Erziehung angeht, waren sich die beiden immer einig. Sie würde mir keine Öre schicken, sondern verlangen, dass ich sofort nach Hause zurückfahre.«

Finn nickte, sah sie dabei aber nicht an. Svea bekam allmählich Gewissensbisse, weil sie ihn in diese Situation gebracht hatte. Sie war es gewesen, die unbedingt abhauen wollte, und jetzt hatte sie selbst schon fast die Lust auf ihr Abenteuer verloren.

»Was ist eigentlich mit deinem Vater?«, fragte sie. »Deine Mutter hat ihn doch bestimmt auch schon informiert.«

»Keine Ahnung«, sagte Finn. »Ich glaube nicht, dass sie darüber überhaupt nachgedacht hat. Jedenfalls hat sie ihn bisher noch nie informiert, wenn es irgendwelche Probleme gab, und sie weiß ja nicht, dass wir auf dem Weg zu ihm sind. Ich glaube, meine Mutter hält meinen Vater für ziemlich unzuverlässig.«

»Hat sie damit recht?«, wollte Svea wissen.

»In gewisser Weise schon.« Ein Lächeln zeigte sich auf Finns Gesicht, und Svea verstand, dass er eher stolz auf seinen Vater war. »Er ist ziemlich cool«, fuhr Finn fort, »und er findet es bestimmt gut, dass wir eine Tour durch unser Heimatland machen wollen, er ist ja selbst so oft wie möglich unterwegs. Die Frage ist nur, ob er uns Geld geben kann.« Finn zog eine Grimasse. »Davon hat er nämlich meistens nicht sehr viel.«

»Irgendwie passt es nie richtig zusammen.« Svea versuchte zu lächeln, merkte aber selbst, dass es ihr nicht so richtig gelang. »Mein Vater hat Geld genug, aber er ist ziemlich uncool.« Sie schwieg kurz, bevor sie ergänzte: »Wie du ja selber gesehen hast.«

»Viel besser ist meine Mutter auch nicht«, sagte Finn.

»Ich fand sie eigentlich ganz nett«, wandte Svea vorsichtig ein.

»Ist sie ja auch ... eigentlich ...« Finn presste kurz die Lippen zusammen. »Aber es ist ihre Schuld, dass alles so weit gekommen ist. Wenn sie sich nicht mit deinem Vater angelegt hätte ...«

»Stop!«, fiel Svea ihm ins Wort und legte eine Hand auf seinen Mund. »Ich kann deine Mutter verstehen«, sagte sie. »Mein Vater kann ziemlich eklig sein, wenn ihm etwas nicht passt, und in seiner Eigenschaft als Kritiker ist er besonders schlimm.«

»Es ist sein Job«, sagte Finn, als Svea die Hand wieder von seinem Mund genommen hatte.

Svea lachte laut auf. »Den beiden würde es bestimmt gefallen, wenn sie wüssten, dass ich hier Partei für deine Mutter ergreife und du für meinen Vater.«

»Und noch besser würde es ihnen gefallen, wenn wir uns wegen ihnen streiten.« Finn grinste.

Svea rückte ganz dicht an ihn heran, umfasste seinen Arm mit beiden Händen und legte ihren Kopf an seine Schulter. »Das wird nie passieren«, versicherte sie.

Sie spürte, dass Finn ein wenig angespannt war, und ahnte, dass er noch etwas auf dem Herzen hatte. Dann stellte er die Frage, vor der sie sich gefürchtet hatte, seit sie zusammen waren. »Was ist eigentlich mit deiner Mutter? Du sprichst nie über sie.«

Svea hob den Kopf, spürte den Kloß in ihrem Hals. »Bist du böse, wenn ich nicht über sie reden will?«

»Nein«, sagte Finn, aber sie hatte das Gefühl, dass er enttäuscht war. Sie konnte es nicht ändern. Sie liebte Finn, aber über ihre Mutter konnte sie nicht einmal mit ihm reden.

Sie standen schweigend nebeneinander, bis der Regionalzug einfuhr. Die Abteile waren nur mäßig besetzt. Finn und Svea setzten sich nebeneinander in Fahrtrichtung und stellten ihre Rucksäcke auf der freien Sitzbank gegenüber ab. Eine blonde, ein wenig mollige Frau ging vorbei, schaute sie aber nicht an. Als sie vorbei war, drehte Finn sich um und schaute ihr nach.

Svea kicherte. »Stehst du neuerdings auf dicke, alte Frauen?«

»Quatsch!« Finn lehnte sich wieder zurück und schüttelte den Kopf. »Ich könnte schwören, ich hätte die schon in Stockholm am Bahnhof gesehen.«

»Hu!«, alberte Svea und fuchtelte mit beiden Händen vor seinem Gesicht herum. »Wahrscheinlich hat mein Vater den Geheimdienst eingeschaltet.«

»Quatsch«, sagte Finn und schaute noch einmal um die

Lehne herum hinter sich. »Sie ist weg«, sagte er. »Aber komisch ist das schon.«

»Vielleicht liegt es ja daran, dass Menschen, die im selben Zug sitzen, zwangsläufig in die gleiche Richtung fahren«, zog Svea ihn auf.

Finn drehte ihr den Kopf zu. »Du willst mich unbedingt ärgern, ja?«

Svea lachte und schmiegte sich wieder an ihn. »Irgendwas muss ich ja tun, damit ich meinen Hunger vergesse.«

»Sobald wir bei meinem Vater sind, gibt es was zu essen«, versprach Finn.

Vierzig Minuten dauerte die Fahrt von Malmö nach Ystad. Svea kam es so vor, als würde ihr Magenknurren sogar die Fahrgeräusche übertönen, und sie ärgerte sich darüber, dass sie zu Hause nicht wenigstens ein bisschen Proviant für unterwegs eingepackt hatte. Sie war so damit beschäftigt gewesen, schnell abzuhauen, dass sie daran nicht gedacht hatte.

Als der Zug in Ystad einlief, war Finn eingeschlafen, und Svea musste ihn wecken. Er war wieder ziemlich wortkarg, als sie ausstiegen. Er ging vor, Svea folgte ihm und ärgerte sich insgeheim über seine schlechte Laune. Wenn sie sich nicht wohlfühlte, und jetzt gerade fühlte sie sich ganz und gar nicht wohl, wollte sie reden. Bei Finn schien es genau umgekehrt zu sein. Er verfiel in dumpfes Schweigen und schien jede Rücksichtnahme auf Svea vergessen zu haben. Er hielt seinen Rucksack in der Hand und ging einfach los, ohne darauf zu achten, ob sie mit ihm Schritt halten konnte.

Sveas Rucksack war viel schwerer als Finns Rucksack, und sie kam kaum hinter ihm her. Als er durch die Bahnhofshalle ging, behielt sie seinen Rücken im Auge – doch plötzlich war er weg.

Svea blieb stehen. Sie war müde, sie war hungrig, und auf

einmal hatte sie Angst, dass es Finn ebenso ging und er einfach keine Lust mehr auf sie hatte. Weil sie es gewesen war, die sie beide in diese Situation gebracht hatte.

Sie eilte durch die große Ausgangstür und atmete erleichtert auf, als sie ihn dort neben einem der Fahnenmaste, an denen die schwedische Flagge wehte, stehen sah. Gleich gegenüber war der Hafen.

Schwer atmend erreichte sie ihn. »Ich bin mit dem Rucksack nicht so schnell«, beschwerte sie sich.

»Soll ich deinen Rucksack tragen?«, bot er an.

Gott sei Dank, seine schlechte Laune hatte nichts mit ihr zu tun.

»Ich schaff das schon.« Svea schaute ihn flehend an. »Aber lauf mir nie wieder weg, ja?«

In seinem Blick lag Überraschung. »Ich bin doch nicht weggelaufen.«

Mit großen Augen schaute sie ihn an und kam sich plötzlich albern vor. Aber die Panik eben war echt gewesen. Das Gefühl, verlassen zu werden und völlig alleine dazustehen. Sie hatte keine Ahnung, was sie dann machen würde. Sie hatte ja nicht mal Geld, um wieder nach Hause zu fahren.

Wir hätten das nicht tun sollen, schoss es ihr durch den Kopf. Wir hätten nicht einfach abhauen sollen.

Aber dann wäre sie inzwischen in Frankreich und könnte Finn nicht mehr sehen. Die Sommerferien waren lang, möglicherweise hätte er ein anderes Mädchen kennengelernt, und dann war da noch die Drohung ihres Vaters, sie für immer in Frankreich zu lassen. Svea fühlte sich völlig überfordert. Tränen liefen über ihre Wangen.

Finn schaute sie erschrocken an. »Was hast du?«

Svea hatte keine Ahnung, wie sie ihm erklären sollte, was in ihr vorging. Diese Gedanken, die Ängste, das Gefühl, ihn in etwas hineingezogen zu haben, und gleichzeitig die Gewissheit, dass es eigentlich keine andere Möglichkeit gegeben hatte, als zu fliehen. Sie konnte das alles nicht in Worte fassen, und so sagte sie einfach das, was zu allem anderen noch hinzukam: »Ich habe Hunger.«

Finn lachte auf und zog sie kurz an sich. »Hör auf zu heulen, du kriegst ja gleich was.«

Wie unsensibel er doch war. Bemerkte er denn nicht, dass sie weitaus mehr quälte als der Hunger? Aber wenigstens war er ein Gentleman und griff nach dem Träger ihres Rucksacks.

»Meine Güte, was hast du denn da drin?« Finn unterstrich seine Frage, indem er in die Knie ging. Völlig übertrieben, wie Svea fand.

»Nur das Wichtigste«, sagte sie und ging neben ihm her, als er über den Bahnhofsvorplatz ging und sich nach links wandte. »Ist es weit?«, fragte sie und ignorierte sein Schnaufen.

»Geht so.« Finn war es offensichtlich zu anstrengend, beide Rucksäcke zu tragen und sich dabei auch noch mit ihr zu unterhalten. Also schwieg Svea ebenfalls und starrte einfach vor sich hin. Sie hatte keine Lust mehr, wollte nach Hause und hatte von allem die Nase gestrichen voll.

Svea tat sich selbst so leid, dass sie fast schon überrascht war, als Finn vor einem der einstöckigen Häuser Halt machte, die auf dieser Straße eng nebeneinander standen. Auf der anderen Straßenseite standen zweistöckige Fachwerkhäuser, ebenfalls dicht an dicht, die ihre Schatten auf die schmale Straße warfen.

Finn drückte auf die Klingel. Zweimal kurz, einmal lang. Svea vermutete, dass es sich um das Erkennungszeichen zwischen Vater und Sohn handelte. Als niemand öffnete, klingelte Finn erneut. Zweimal kurz, einmal lang.

»Wir hätten anrufen sollen«, sagte Svea mit einem leicht vorwurfsvollen Unterton. »Vielleicht ist er gar nicht da.«

Bevor sie sich ausmalen konnte, was das für sie beide bedeuten würde, wurde die Tür aufgerissen. Eine langbeinige Blondine in kurzen Shorts und einem Top, das ihren Bauchnabel frei ließ, stand in der Tür. Svea registrierte eifersüchtig, dass Finns Augen bei diesem Anblick aufleuchteten.

»Ja?« Die Frau sah befremdet zwischen ihr und Finn hin und her.

»Ist Dag da?«, fragte Finn.

Die Blondine schüttelte den Kopf.

»Wo ist er?«

»Was willst du denn von ihm?«, fragte die Frau misstrauisch.

»Ich bin sein Sohn«, erwiderte Finn. Er schien sich nicht im Geringsten über die Frau zu wundern, die ihnen im Haus seines Vaters die Tür geöffnet hatte, obwohl er sie offensichtlich nicht kannte.

»Zuerst seine Ex und jetzt sein Sohn«, entfuhr es der Frau, so als würde sie mehr mit sich selbst als mit Finn sprechen.

Finn wirkte ebenso erschrocken, wie Svea es war. »Meine Mutter war da?«, stieß er hervor.

»Nein.« Die Frau schüttelte den Kopf. »Sie hat angerufen, aber Dag war nicht da und hat sein Handy hier liegen lassen. Deshalb bin ich rangegangen.«

»Weiß Dag inzwischen, dass meine Mutter angerufen hat?«

Die Frau schüttelte wieder den Kopf. »Er kommt meist erst sehr spät nach Hause.«

»Danke«, sagte Finn. Er packte Sveas Rucksack und wandte sich um. Svea folgte ihm.

»Dein Vater ist in der Surfschule«, rief die Blonde ihnen nach.

Finn wandte nur kurz den Kopf. »Weiß ich.«

Obwohl Finn sowohl seinen eigenen als auch Sveas Rucksack trug, ging er so schnell, dass Svea Mühe hatte, mit ihm Schritt zu halten.

»Was ist denn los?«

»Du hast es doch gehört«, sagte Finn. »Meine Mutter ahnt wahrscheinlich, dass wir zu meinem Vater unterwegs sind, und da sie ihn telefonisch nicht erreichen konnte, wette ich, dass sie schon auf dem Weg hierher ist.«

»Oh«, sagte Svea erschrocken.

»Das heißt, wir können nicht in Ystad bleiben«, fuhr Finn fort. »Wir müssen meinen Vater vor meiner Mutter erwischen, ihm ein bisschen Geld abquatschen und sofort weiterziehen.«

»Vorher aber etwas essen«, quengelte Svea.

Finn warf ihr einen Blick zu, als könne er sich nicht entscheiden, ob er amüsiert oder verärgert sein sollte. »Wir essen unterwegs etwas«, sagte er.

»Okay!« Damit war Svea einverstanden.

Eine ganze Weile gingen sie schweigend nebeneinander her. Dann fragte Svea: »Weißt du, was gut ist?«, und beantwortete ihre Frage gleich darauf selbst: »Dass nur deine Mutter ahnt, wo wir sind, und nicht mein Vater. Wenn der sich auf unsere Spur heften würde ...« Svea beendete den Satz nicht. Trotz der sommerlichen Wärme spürte sie eine Gänsehaut auf ihrem ganzen Körper. Irgendwann würde sie ihrem Vater gegenübertreten müssen, aber daran durfte sie im Moment nicht denken.

Selmas Welt

Meine Welt ist gerade ziemlich chaotisch, weil ich nicht genau weiß, wohin ich eigentlich unterwegs bin, was aus dieser ganzen Geschichte wird und wie es dazu kommen konnte.

Rekapitulieren wir einmal, liebe Leser: Angefangen hat alles mit einem Gastrokritiker, der ein Restaurant besuchte, in dem es ihm nicht schmeckte. Was ich nicht so ganz nachvollziehen kann, denn mir hat es an Midsommar im selben Restaurant ganz ausgezeichnet geschmeckt, und ich bin froh, dass ich dort gegessen habe. Nicht nur wegen der kulinarischen Köstlichkeiten, sondern vor allem wegen der ganz besonderen Szene, die mir dort geboten wurde und die der Anlass für die Reise war, auf der ich mich jetzt befinde.

Das heißt, für mich ist es eine Reise, für unseren Romeo und unsere Julia ist es eine Flucht. Und ihr, liebe Leser, seid mittendrin im Geschehen, ihr könnt teilhaben an dieser romantischen Geschichte.

Puh, Selma fiel beinahe nichts mehr ein, was sie noch schreiben konnte. Romantik konnte ziemlich langweilig sein, und das ganze Abenteuer bestand bisher darin, im Zug zu sitzen und darauf zu warten, dass sie ihr Ziel erreichten, oder hinter dem jungen Glück herzulaufen und aufzupassen, dass die beiden sie nicht bemerkten. Und zwischendurch musste sie auch noch schreiben, so wie Erik es ihr befohlen hatte, damit die Leser mehrere Kolumnen am Tag zu lesen bekamen.

Nach ein paar Minuten des Nachdenkens schrieb Selma weiter:

Wäre ich eine Schriftstellerin, wäre das sicher eine Geschichte, die als Ausgangspunkt für ein Buch dienen könnte.

Aber ich bin keine Schriftstellerin, sondern nur die Kolumnistin des Morgonbladet.

Nur die Kolumnistin des *Morgonbladet*, wiederholte sie in Gedanken. Was ist aus deinen hochtrabenden Zukunftsplänen geworden, Selma Anders?

Selma seufzte tief auf und schrieb den letzten Satz:

Wir lesen uns später wieder!

— 13 —

Mikael brachte Kristina zum Auto. Durch Mikaels Gesellschaft, das leckere Essen und die gemeinsame Planung, wie es demnächst im *Kristinas* weitergehen sollte, hatte sie es geschafft, für eine Weile abzuschalten. Als sie jetzt nach draußen kam und sah, dass Hendrik Lundgren tatsächlich die ganze Zeit auf sie gewartet hatte, machten sich sofort wieder die Wut auf den unverschämten Gastrokritiker und die Sorge um ihren Sohn in ihr breit.

Hendrik Lundgren starrte sie durch die Windschutzscheibe an. Kristina starrte zurück, bis sie Mikael neben sich leise lachen hörte.

»Das scheint spannend zu werden«, sagte Mikael. »Schade, dass ich nicht mitkommen kann.«

»Kannst du wirklich nicht?« Hoffnungsvoll schaute Kristina ihn an. Mit Mikael an ihrer Seite würde sie sogar ihren unausstehlichen Verfolger ertragen können. Mikael war mehr als nur ein Angestellter. Im Laufe der Zeit war er ihr bester Freund geworden, nur war Kristina viel zu beschäftigt gewesen, um das zu merken.

»Geht nicht.« Mikael schüttelte den Kopf und grinste sie an. »Unter anderem muss ich auf das *Kristinas* aufpassen. Oder willst du diese Aufgabe lieber Maj übertragen?«

Kristina stimmte in Mikaels Lachen mit ein, und zufällig schauten sie dabei beide in Hendrik Lundgrens Richtung. Kristina sah, wie sich sein Gesicht verhärtete. Wahrscheinlich glaubte er, dass sie über ihn lachten.

Gut so, sollte er sich zur Abwechslung doch mal über sie ärgern. Kristina schaute ihn provozierend an, bevor sie sich mit einer Umarmung und einem Kuss auf die Wange von Mikael verabschiedete. Plötzlich kamen ihr die Tränen. Sie hatte Angst vor dem, was vor ihr lag, und fühlte sich schrecklich allein.

Mikael wirkte überrascht durch ihren plötzlichen Stimmungsumschwung, aber auch besorgt. »Vielleicht sollte ich doch mitkommen«, sagte er.

»Schon gut.« Kristina winkte ab. »Die letzten Tage waren einfach zu viel für mich. Sobald ich Finn gefunden habe, mache ich ein paar Tage Urlaub. Danach geht es mir bestimmt wieder besser.« Sie umarmte Mikael noch einmal. »Vielen Dank für alles.«

Mikael winkte, als sie in den Wagen stieg und losfuhr. Im Rückspiegel sah sie Hendrik Lundgren, der auch jetzt wieder an ihrer Stoßstange zu kleben schien. Obwohl sie es eilig hatte, machte sie sich einen Spaß daraus, im Schneckentempo über die Långholmsbron zu kriechen. Voller Freude beobachtete sie, wie ihr Verfolger wütend auf das Lenkrad schlug.

Am Ende der Brücke gab sie Gas und bog ohne zu blinken links in die Högalidsgatan ab. Bevor sie nach etwa zweihundert Metern in die Långholmsgatan einbiegen konnte, war Hendrik Lundgren schon wieder hinter ihr. Die Wut in seinem Gesicht entschädigte Kristina für seine penetrante Verfolgung. Auch wenn sie wenig Hoffnung hatte, ihm zu entkommen, so würde sie es doch immer wieder versuchen, auch wenn es nichts weiter brachte, als seinen Blutdruck noch mehr in die Höhe zu treiben.

Eigentlich hatte Kristina vorgehabt, bis nach Ystad durchzufahren, aber da machte ihr Auto nicht mit. Sie hatte ja gewusst, dass es längere Strecken nicht mehr gut verkraftete, aber dass der Motor gleich so heiß lief, damit hatte sie nicht gerechnet. Kurz vor Gränna erreichte die Nadel der Temperaturanzeige den roten Bereich, sodass sie das Tempo stark drosseln musste. Wahrscheinlich hielt Hendrik Lundgren das wieder für eine Provokation, aber Kristina konnte sich nicht einmal mehr darüber freuen. Sie achtete mehr auf die Anzeige als auf die Straße vor ihr und schaltete die Heizung und das Gebläse ein, weil sie mal irgendwo gelesen hatte, dass sich der Motor dadurch wieder abkühlen würde.

Der Motor blieb unverändert heiß. Möglicherweise wurde er sogar noch heißer, das konnte Kristina nicht mehr kontrollieren, weil die Nadel jetzt am Anschlag war. Ihr selbst wurde durch die eingeschaltete Heizung auch immer heißer. Da nützte auch das heruntergekurbelte Seitenfenster nicht viel.

Ausgeschlossen, mit diesem Wagen heute noch bis nach Ystad zu fahren. Sie hatte gerade mal die Hälfte der Strecke hinter sich. Sie würde eine Übernachtung einlegen müssen, damit der Wagen sich abkühlen konnte, und morgen die restliche Strecke fahren. Wenn sie ganz großes Glück hatte, blieben Finn und Svea über Nacht in Ystad – sofern sie überhaupt da waren.

Kristina beschloss, sich ein Hotel zu suchen und von dort aus noch einmal zu versuchen, Dag anzurufen.

In Gränna fuhr sie ab. Sie war vor Jahren auf der Durchreise in die Ferien einmal mit Finn hier gewesen. Ein hübsches Städtchen am östlichen Ufer des Vätternsees. Weiße Holzhäuser, zwischen denen die wenigen pastellfarbenen Häuser wie bunte Farbkleckse wirkten.

Kristina fuhr langsam, was ihrem Wagen offensichtlich

noch mehr zu schaffen machte als die gleichmäßige Geschwindigkeit auf der Autobahn. Hendrik Lundgren war weiterhin dicht hinter ihr. Wie ein Schatten, an den sie sich allmählich gewöhnte.

Kristina hätte gerne gegrinst bei dem Gedanken, dass er sich gleich wahrscheinlich am Ziel ihrer Suche wähnte, wenn sie anhielt und aus dem Wagen stieg, und dann eine herbe Überraschung erleben würde. Sie traute sich aber nicht zu grinsen, weil sie Angst hatte, dass jeder Anflug von Schadenfreude sofort damit bestraft würde, dass ihr Auto vollständig den Geist aufgab. Bildete sie sich das ein, oder kamen da kleine Qualmwolken unter der Motorhaube hervor?

Als sie das Hinweisschild zu einem Hotel sah, bog sie kurzentschlossen ab.

Das Hotel lag unweit des Seeufers. Ein kantiger, heller Bau mit zwei Türmen rechts und links. Dazwischen ein langgestrecktes Gebäude, aus den gleichen hellen Steinen erbaut wie die beiden Türme. Das hellrote Dach mit den Fenstergauben lockerte die Strenge des Baus auf. Das Hotel wirkte heimelig, erinnerte an ein kleines Landschloss, und Kristina hatte die vage Ahnung, dass ihre Übernachtung nicht preiswert sein würde.

Direkt vor dem Eingang war ein großer Parkplatz. Als Kristina anhielt, ausstieg und ihre Reisetasche vom Rücksitz nahm, registrierte sie das überraschte Gesicht Hendrik Lundgrens, der gleich neben ihr geparkt hatte. Er sprang aus dem Auto und herrschte sie über das Dach ihres Wagens hinweg an: »Was soll das? Verdammt noch mal!«

Kristina grinste ihn nur an, bevor sie sich umwandte und ins Hotel ging. Sie musste sich nicht umdrehen, um zu wissen, dass Hendrik Lundgren ihr folgte. An der Rezeption erkundigte sie sich nach einem freien Einzelzimmer. Sie fragte nicht nach dem Preis, weil Hendrik Lundgren hinter ihr stand und sie sich sein abfälliges Grinsen nur allzu gut vorstellen konnte, auch wenn sie ihm den Rücken zuwandte. Sie ignorierte diesen Mann völlig und war froh, als sie kurz darauf allein in ihrem Zimmer war.

Das Zimmer war ansprechend und gemütlich. Eine helle, meterhohe Holzvertäfelung an den Wänden, darüber eine gelb gestreifte Tapete. Unter dem Fenster neben der Balkontür stand ein kleiner, runder Tisch zwischen zwei blauweiß karierten Ohrensesseln. An der gegenüberliegenden Wand stand das Bett. Die Tagesdecke hatte die gleichen Farben wie die Sessel. Ein einfacher Schrank stand neben der Tür, die ins angrenzende Bad führte.

Kristina gab dem Pagen, der sie aufs Zimmer gebracht hatte, ein weitaus höheres Trinkgeld, als es eigentlich üblich war. Das lag zum einen daran, dass dieser Junge sie an Finn erinnerte und wahrscheinlich auch nur zwei oder drei Jahre älter war als er, vor allem aber lag es daran, dass sie endlich alleine sein und ihre Ruhe haben wollte.

Der Page bedankte sich überschwänglich und ging. Als sie allein war, atmete Kristina tief durch, bevor sie zur Balkontür ging und sie weit aufriss.

Das Panorama war atemberaubend. Direkt hinter dem Hotel fielen grüne Wiesen mit einzelnen Baumgruppen sanft zum Seeufer hin ab. Der See glänzte blau, und dieser blaue Lichtschein schien die ganze Landschaft mit Klarheit und Weite zu erfüllen.

Kristina ließ sich gefangen nehmen von diesem Anblick und genoss die innere Ruhe, die sie dabei erfasste. Ihre Gedanken wanderten zurück in die Vergangenheit. Das letzte Mal, als sie auf dem Weg in den Urlaub am Vätternsee Rast gemacht hatte, war Finn gerade erst vier Jahre alt gewesen. Er hatte damals nicht genug bekommen können von den Polkagris, den süßen Zuckerstangen, die traditionell in Gränna hergestellt und an jeder Ecke verkauft wurden. Er war so ein lieber kleiner Junge gewesen, voller Begeisterung für all die neuen Eindrücke und dankbar für die Zeit, die seine Mutter gemeinsam mit ihm verbrachte.

Kristina, die bis an den Rand der Brüstung getreten war, umklammerte das Balkongeländer mit beiden Händen. »Wo bist du nur, Finn?«, fragte sie leise.

»Ich hätte geschworen, dass Sie wissen, wo die beiden sind.«

Kristina fuhr herum. Hendrik Lundgren stand auf dem Nachbarbalkon und musterte sie mit einem Blick, der ihr neu war. Bisher hatte sie nur seinen wütenden Gesichtsausdruck und dieses zynische Lächeln gesehen.

»Sie gehen mir schrecklich auf die Nerven«, sagte sie mit erzwungener Ruhe.

Hendrik Lundgren zuckte mit den Schultern, und dann war es wieder da, dieses Grinsen, das sie so sehr verabscheute. »Bedauerlicherweise sind wir aufeinander angewiesen, wenn wir unsere Kinder finden wollen«, sagte er.

»Ich bin keineswegs auf Sie angewiesen«, gab Kristina von oben herab zurück. Sie drehte sich um, ließ ihn einfach stehen und ging zurück ins Zimmer.

Kristina verbrachte die nächste Stunde mit dem Versuch, sich auszuruhen und dabei angestrengt nach nebenan zu lauschen. Sie wartete auf ein Geräusch, das ihr verriet, dass Hendrik Lundgren sein Zimmer verließ. Sie hatte selbst nicht vor, den ganzen Abend in ihrem Zimmer zu verbringen, weil sie die Einsamkeit, nach der sie sich bei ihrer Ankunft so sehr gesehnt hatte, inzwischen erdrückte. Eine erneute Begegnung mit ihrem Zimmernachbarn wollte sie jedoch vermeiden.

Leider waren die Wände ziemlich massiv, und sie hörte nicht das Geringste. Aber wenn sie ihn nicht hörte, konnte er sie auch nicht hören. Wenn er nicht gerade auf dem Gang vor ihrem Zimmer Stellung bezogen hatte, um sie zu bewachen, konnte sie sich unbemerkt davonschleichen.

Bevor sie das Zimmer verließ, versuchte sie noch einmal, ihren Sohn auf dem Handy zu erreichen. Natürlich ging er auch jetzt wieder nicht dran.

»Bitte, Finn, melde dich«, bat Kristina inständig. Dann fiel ihr ein, dass er möglicherweise versuchte, sie über das Festnetz in ihrer Wohnung zu erreichen. »Ich bin allerdings nicht zu Hause«, sagte sie, »sondern in einem Hotel in Gränna.« Sie nannte ihm den Namen des Hotels und wusste bereits jetzt, dass ihr Sohn sich nicht melden würde. Seufzend beendete sie das Gespräch.

Kristina öffnete leise die Tür und schaute vorsichtig nach rechts und links. Kein Mensch war zu sehen. Sie huschte auf den Gang, schloss leise die Tür hinter sich und lief zur Treppe. Ungesehen kam sie in der Hotelhalle an. Auch hier war niemand zu sehen außer dem Portier hinter dem Tresen, der nicht einmal aufsah, als sie zum Ausgang huschte.

Das Hotel lag ein wenig außerhalb von Gränna. Trotzdem ließ Kristina ihren Wagen lieber stehen und ging zu Fuß in das kleine Städtchen. Auch jetzt befürchtete sie immer noch, dass Hendrik Lundgren ihr folgen könnte. Immer wieder schaute sie sich um, aber die Straße hinter ihr blieb leer.

»Ich entwickle noch einen richtigen Verfolgungswahn wegen diesem Idioten«, sagte sie und stellte fest, dass sie schon wieder Selbstgespräche führte. Allmählich wurde das zu einer dummen Angewohnheit.

Durch eine schmale Gasse erreichte sie den Marktplatz von Gränna. Ein unscheinbarer Platz, leicht abschüssig, aus grauem

Kopfsteinpflaster. Interessanter waren die kleinen Geschäfte mit den rotweiß gestreiften Markisen, die ihn säumten. Dazwischen entdeckte Kristina ein winziges Restaurant. Es lag nicht direkt am Marktplatz, sondern in einer der kleinen, verwinkelten Nebenstraßen, und es war vor allem der köstliche Duft, der sie in das Lokal lockte.

Das Innere des Restaurants hielt nicht, was der aromatische Duft versprach: ein langer schmaler Raum mit Tischen und Stühlen rechts und links an der Wand. Kein Mensch war zu sehen.

Kristina nahm an einem der leeren Tische Platz und wartete. Mindestens zehn Minuten saß sie da, bis ein attraktiver Mann mit einem dichten blonden Bart durch den Hintereingang hereinkam und sie erstaunt anschaute.

»Willst du hier sitzen?«

Kristina erhob sich zwar, fragte aber überrascht: »Wo denn sonst?«

Er grinste sie an. »Draußen. Da sitzen alle.« Er machte eine einladende Handbewegung, und Kristina folgte ihm bereitwillig. Ein langer, schmaler Gang führte zu einer schweren Holztür. Der köstliche Duft kam aus einer weiteren Tür auf der rechten Seite, und als Kristina vorbeiging, konnte sie einen schnellen Blick in die Küche erhaschen.

Der Mann öffnete die Holztür. Kristina stockte der Atem, so schön war das, was sie hier sah. Die Aussicht auf die sanfte, hügelige Landschaft bis zum See, die Terrasse, eingefasst von blühenden Pflanzen, die kleinen Bistrotische, die alle besetzt waren. Allerdings stand an einem der Tische gerade ein älteres Paar auf.

Der Mann führte sie an den Tisch und verabschiedete kurz das Ehepaar, bevor er Kristina den Stuhl zurechtrückte. »Ich heiße übrigens Bengt.«

»Kristina«, sagte sie und bemerkte selbst, dass sie ihn anstrahlte. Es war das erste Mal an diesem Tag, dass sie gute Laune hatte.

Bengt machte es ihr allerdings auch leicht. Er kümmerte sich ganz besonders hingebungsvoll um sie und zeigte ihr, dass sie ihm gefiel. Auf seine Empfehlung hin bestellte sie seine »kleinen Spezialitäten«, eine Art knuspriger Röstis mit Hering, Lachs und Shrimps belegt. Ihre Portion fiel ziemlich üppig aus. Es schmeckte ausgezeichnet, und nur zu gerne hätte sie das Rezept für ihr *Kristinas* gehabt.

Sie nutzte die Gelegenheit, als Bengt später zu ihr an den Tisch kam. Inzwischen waren die meisten Gäste gegangen, und es war etwas ruhiger geworden. Nur ein junges Pärchen, das die Welt um sich herum scheinbar ausgeschaltet hatte und sich völlig zu genügen schien, saß noch mit ihr auf der Terrasse.

Als Kristina die beiden beobachtete, musste sie an Finn und Svea denken. Sie sah kaum auf, als Bengt noch ein Glas des hervorragenden Weißweins vor sie hinstellte, den er ihr auch schon zum Essen serviert hatte.

»Danke«, sagte sie abwesend.

Bengt setzte sich ihr gegenüber. Als er leise auflachte, schaute sie ihn irritiert an. Mit einer Kopfbewegung in Richtung des jungen Paars fragte er: »Kann es sein, dass du dich einsam fühlst? Oder warum beobachtest du die beiden die ganze Zeit?«

Kristina nippte an ihrem Wein, sah ihn an und lächelte. »Ja«, sagte sie, »ich fühle mich einsam. Das ist aber nicht der Grund, weshalb ich die beiden beobachte. Der Junge erinnert mich an meinen Sohn Finn, und der ist mit seiner Freundin ausgerissen.«

Auch der Page im Hotel hatte sie an Finn erinnert. Ob sie

jetzt in allen Jungs, die ungefähr in Finns Alter waren, ihren Sohn sehen würde?

»Warum bist du einsam?« Bengt sah sie aufmerksam an. »Und wieso ist dein Sohn ausgerissen?«

Kristina winkte ab. »Das ist eine lange Geschichte.«

Bengt nahm sein Weinglas in die Hand und lehnte sich zurück. Er trank nichts, sondern drehte den Stiel zwischen seinen Fingern, ohne sie aus den Augen zu lassen. »Ich habe Zeit«, sagte er.

Kristina erwiderte seinen Blick und bedauerte, dass sie keine Zeit hatte. Keine Zeit, um länger in Gränna zu bleiben und die Bekanntschaft mit diesem interessanten und attraktiven Mann zu intensivieren.

»Ich möchte heute Abend eigentlich nicht über Einsamkeit und Probleme reden«, sagte sie.

Seine tiefblauen Augen machten sie völlig schwach. Oder lag es am Wein? Kristina hatte für ihr Restaurant zwar auch eine Schankgenehmigung, aber sie trank nur ganz selten Alkohol und spürte jetzt jeden Schluck.

»Erzähl mir etwas über dein Restaurant«, sagte sie. »Wieso hast du nirgendwo ein Hinweisschild auf diese traumhafte Terrasse hier angebracht?«

Bengt lachte. »Das sollte ich wohl. Ich nehme es mir immer wieder vor, aber eigentlich kennt jeder hier in Gränna die Terrasse, und bei den Touristen spricht es sich auch schnell herum.«

»Kann ich das Rezept für deine ›kleinen Spezialitäten‹ haben?«, fragte Kristina unumwunden.

Bengt lachte wieder. »Kennst du einen Gastronomen, der seine Rezepte verrät?«

»Nein.« Kristina schüttelte den Kopf und lachte ebenfalls. »Ich würde es jedenfalls nicht tun.«

Als sie seinen fragenden Blick auffing, erklärte sie: »Ich habe ein Restaurant in Stockholm und würde deine Spezialitäten gerne in unser Angebot aufnehmen. Ich würde das Gericht auf der Karte ›Bengts kleine Spezialitäten‹ nennen.« Kristina zwinkerte ihm zu. »Und wenn du mal nach Stockholm kommst, würde ich mich freuen, wenn du mich im *Kristinas* besuchst. Du kannst probieren, was immer du willst, und wenn du das Rezept dazu haben möchtest, gebe ich es dir auch.«

Bengt hatte ihr schmunzelnd zugehört. Er trank einen Schluck Wein, bevor er antwortete. »Ich komme dich sehr gerne in Stockholm besuchen. Ich war lange nicht mehr da und würde mich freuen, wenn du dann ein bisschen Zeit für mich hättest.«

»Die werde ich haben«, versprach Kristina, »und ich freue mich jetzt schon auf deinen Besuch!«

Manchmal, hörte sie ihre Mutter sagen, kommt alles so, wie es kommen muss. Vielleicht war es ja wirklich so. Vielleicht musste Finn ausreißen, damit sie sich auf die Suche nach ihm machte, um unterwegs einen Mann wie Bengt kennenzulernen. In den letzten Jahren war ihr Leben ausgefüllt gewesen. Als Restaurantbesitzerin, als Köchin und als Mutter hatte sie stets mehr als genug zu tun. Sie hatte sich lange nicht mehr so sehr als Frau gefühlt wie heute. In Bengts Gegenwart fühlte sie sich wohl, und sie bedauerte, nicht länger bleiben zu können.

Als Bengt die Weinflasche holte und ihre inzwischen geleerten Gläser noch einmal füllte, kicherte Kristina leicht angeheitert. »Willst du mich abfüllen?«

Er setzte sich wieder und schüttelte den Kopf. »Ganz bestimmt nicht. Ich möchte, dass du dich an jede Minute erinnerst und den Abend so schön findest, dass du mich auf jeden Fall wiedersehen willst.«

»Das will ich«, sagte Kristina voller Überzeugung.

Bengt stand auf, als das junge Paar bezahlen wollte, und brachte die beiden nach vorn. Als er zurückkam, hatte er ein Blatt in der Hand, das er vor Kristina hinlegte. Oben rechts stand seine Handynummer, darunter das Rezept, um das sie ihn gebeten hatte.

»Danke«, sagte sie leise und erhob sich. »Es ist wohl besser, wenn ich jetzt gehe.«

Bengt trat einen Schritt auf sie zu. Ganz dicht stand er vor ihr. Mit dem Zeigefinger strich er sanft über ihre Wange. »Bist du sicher, dass du gehen willst?«

»Nein, bin ich nicht«, erwiderte sie, »aber es ist besser so. Ich habe dich erstens eben erst kennengelernt und bin zweitens nicht mehr ganz nüchtern. Aber ich will dich auf jeden Fall wiedersehen.«

»Das wirst du«, versicherte er. »Ganz bestimmt.«

Bengt brachte sie zurück zum Hotel. Sie sprachen kaum, das war auch nicht nötig. Sie spürte seine Hand zwischen ihren Schulterblättern. Warm, stark, beschützend.

Gut, dass er mich nicht berührt hat, als wir noch auf seiner Terrasse standen, schoss es ihr durch den Kopf. Eine kurze Berührung hätte sie schwach gemacht. Wahrscheinlich wäre sie dann nicht mehr gegangen. Aber sie war nicht der Typ für einen One-Night-Stand. Morgen, bei Tageslicht und wieder nüchtern, hätte sie es bereut. Und das, was da gerade so hoffnungsvoll mit Bengt und ihr begann, wäre mit einem Schlag vorbei gewesen.

Vor dem Eingang blieben sie stehen. Kristina drehte sich zu ihm um. »Da sind wir«, sagte sie leise.

Bengt nickte, sagte aber kein Wort. Er beugte sich vor und berührte ihren Mund kurz mit seinen Lippen. »Schlaf gut«, sagte er. Seine Stimme klang heiser.

»Ich melde mich bei dir, sobald ich meinen Sohn gefunden habe und wieder in Stockholm bin«, versprach Kristina.

»Du kannst mich anrufen, wann immer du willst, und wenn du meine Hilfe brauchst, mache ich meinen Laden sofort zu und eile zu dir«, sagte er mit einem belustigten Lächeln, aber Kristina erkannte am Klang seiner Stimme, dass er es durchaus ernst meinte.

»Ich rufe dich an, sobald ich in Ystad bin«, sagte sie leise.

Er berührte ihre Wange mit seiner rechten Hand, streichelte mit dem Daumen sacht über ihre Lippen. Dann drehte er sich um und ging.

Kristina schaute ihm nach. Sie wollte ihn nicht gehen lassen, wäre am liebsten hinter ihm hergelaufen, aber sie blieb stehen. Weil sie diesen Mann erst wenige Stunden kannte, weil ihr Kopf über ihr Herz siegte.

Erst als sie ihn nicht mehr sehen konnte, ging Kristina ins Hotel. Hinter dem Tresen stand ein anderer Portier als zuvor. Er nickte ihr zu, als sie leise grüßte und an ihm vorbei zur Treppe ging.

In ihrem Zimmer schaltete sie das Licht ein, obwohl es draußen immer noch nicht ganz dunkel war. Sie zog das zusammengefaltete Blatt mit Bengts Telefonnummer und seinem Rezept aus der Tasche ihrer Jeans. Sanft strich sie mit dem Zeigefinger darüber, bevor sie es auseinanderfaltete. Sie lächelte, als sie das Rezept las.

Bengts kleine Spezialitäten

100 g Graved Lachs
100 g gekochte, geschälte Garnelen
250 g Matjesfilet
180 g süßer Senf
1 EL Zucker
2 EL Weißwein-Essig
4 EL Öl
1 Bund Dill
1 kleine Zwiebel
½ Bund Schnittlauch
700 g festkochende Kartoffeln
1 EL Butter
150 g saure Sahne
Salz
Schwarzer Pfeffer

Senf, Zucker, Essig und 3 Esslöffel Öl verrühren. Dill waschen, trocken tupfen, etwas zum Garnieren beiseitestellen. Den Rest fein schneiden und unter die Soße rühren.

Die Matjesfilets in Stücke schneiden, in eine Schale geben und die Soße darübergießen. Zwiebel schälen, in Ringe schneiden und über den Matjes verteilen.

Schnittlauch waschen, trocken tupfen und klein hacken. Die Kartoffeln schälen, waschen und grob raspeln. Den Schnittlauch untermischen, mit Salz und Pfeffer würzen. Einen Esslöffel Öl und Butter in einer Pfanne erhitzen. Für ein Rösti (Masse ergibt etwa 20 Stück) einen großen Esslöffel Kartoffelmasse in die Pfanne geben und flach drücken. Von jeder

Seite 2–3 Minuten goldbraun braten. Warm stellen, restliche Rösti ebenso backen.

Rösti mit saurer Sahne, Matjes, Graved Lachs und Garnelen servieren. Mit dem restlichen Dill garnieren.

— 14 —

Die Surfschule lag am Strand, war ja eigentlich logisch. Dummerweise war der Strand mindestens hundert Kilometer entfernt von dem Haus, in dem Finns Vater mit Blondie wohnte. Zumindest kam es Svea so vor.

Der Anblick des Strandes versöhnte sie dann endlich mit den Strapazen des Tages. Leuchtend weiß lag er vor ihr und erinnerte sie ein bisschen an die Côte d'Azur. Heftige Sehnsucht nach ihrer Großmutter erfasste sie, obwohl sie es gestern noch als Strafe empfunden hatte, dass ihr Vater sie dorthin schicken wollte. Heute erschien ihr ein Urlaub in Frankreich wie der Himmel auf Erden: die alten Freunde wiedersehen, mit ihnen am Strand liegen, abends die Strandpromenade entlangflanieren und sich tagsüber mit Großmutters mediterranen Köstlichkeiten verwöhnen lassen.

»Dahinten ist mein Vater.« Finn wies mit dem Zeigefinger auf die kleine Strandbar, wo ein muskulöser blonder Mann auf einem Barhocker saß. Eine Horde Jungvolk umgab ihn, als wären sie seine Jünger. Sie lauschten seinen Erklärungen über die perfekte Haltung auf dem Surfbrett.

Als Finn mit dem Finger auf ihn zeigte, wurde der Mann auf sie aufmerksam. Er stieß einen überraschten Laut aus, sprang vom Barhocker und kam mit ausgebreiteten Armen auf sie zugelaufen. Er umarmte Finn, der immerhin einen halben Kopf größer war als Svea, und hob ihn mühelos hoch. Er wirbelte ihn herum wie einen kleinen Jungen, und während es Svea eher peinlich war, schien Finn das auch noch zu gefallen.

»Das ist mein Papa«, sagte er stolz zu Svea. »Und das ist meine Freundin Svea«, fügte er an seinen Vater gerichtet hinzu.

Svea fühlte sich von Kopf bis Fuß gemustert, dann lachte der Mann anerkennend. »Mein Sohn hat einen guten Geschmack.«

Gleich darauf lag auch sie an der Brust des Mannes. Von der typisch schwedischen Zurückhaltung hatte er offensichtlich noch nie etwas gehört.

»He, Leute, Schluss für heute!«, rief er seinen Jüngern zu. »Wir machen morgen weiter. – Und was machen wir drei Hübschen jetzt?«, wandte er sich wieder an Finn und Svea.

»Ich habe Hunger!«, war das Erste, was Svea daraufhin einfiel.

»Kein Problem.« Der Mann hakte sie unter, griff mit der anderen Hand nach Finns Arm und zog sie beide mit sich zur Strandbar. Dort bestellte er drei große Hamburger.

»Also, ihr beiden, wie kommt ihr hierher, was macht ihr hier, und wie lange bleibt ihr?«

»Zug, Durchreise, nur ein paar Stunden«, antwortete Finn kurz und knapp in der gleichen Reihenfolge. »Wir machen Ferien«, sagte er dann. »Eigentlich wollen Svea und ich durch ganz Schweden reisen.«

»Coole Idee.« Finns Vater nickte.

Svea fand, dass diese Art zu reden zu einem Mann in seinem Alter nicht wirklich passte. Er schien sich alle Mühe zu geben, jünger zu wirken, als er wirklich war.

»Leider gibt es da ein Problem«, fuhr Finn vorsichtig fort. »Wir haben nicht genug Kohle.«

»Verstehe!« Sein Vater nickte erneut und zog die Stirn kraus.

»Mama hat gerade nichts, wegen des Restaurants und so.

Und da wollte ich dich fragen, ob du mir nicht ein bisschen was geben kannst.«

»Klar, Junge!« Dag schlug seinem Sohn auf die Schulter und zückte gleich darauf die Geldbörse. »Viel ist es nicht, aber was ich habe, gebe ich dir.«

Finns Augen leuchteten begeistert auf, als sein Vater ihm ein paar Scheine in die Hand drückte. Für Finn schien das eine Menge Geld zu sein, aber Svea war eher entsetzt. Sie hatte auf mehr gehofft und wusste bereits jetzt, dass sie mit dem bisschen Geld nicht weit kommen würden.

Sie sagte nichts, wollte Finn nicht die Freude verderben und auch nicht unbescheiden erscheinen.

Kurz darauf kamen die Burger, und zumindest mit ihnen war Svea uneingeschränkt zufrieden. Wenigstens war sie jetzt satt.

Selmas Welt

Romeo und Julia sind in Ystad gelandet. Ich gebe gerne zu, dass Ystad sich grundlegend von Verona unterscheidet, aber romantische Plätze gibt es auch hier. Immerhin hat die Stadt über dreihundert Fachwerkhäuser und besteht überwiegend aus Kopfsteinpflaster, was mich daran erinnert, dass ich mir unbedingt unterwegs ein Paar flache Schuhe kaufen muss.

Leider haben unser Romeo und unsere Julia aber offensichtlich keine Zeit, die romantischen Plätze zu erkunden. Nach einer opulenten Mahlzeit, die hauptsächlich aus Burgern bestand und sich sehr von den Ernährungsgewohnheiten im Shakespeare'schen Verona unterscheiden dürfte, haben die beiden einen muskulösen blonden Surflehrer nach Hause begleitet. Keine Ahnung, wer das war und was sie dort zu suchen hatten, aber das ist wahrscheinlich auch nicht wichtig, weil dieser Hüne keine Anstalten machte, die beiden an ihrer weiteren Reise zu hindern. Ein Komplize vielleicht . . .?

Okay, Leute, ein bisschen neugierig bin ich ja schon und ihr wahrscheinlich auch, aber wenn ich in Ystad versucht hätte, das Rätsel zu lösen, hätte ich Romeo und Julia aus den Augen verloren, und das wollen wir ja alle nicht.

Nach einer für mich viel zu kurzen Nacht haben die beiden ihre Flucht fortgesetzt, und als treue Berichterstatterin folge ich ihnen natürlich.

Wir sind jetzt auf dem Weg nach Trelleborg, und das junge Paar fünf Sitzreihen vor mir wirkt eher müde als romantisch verklärt. Was ich gut verstehen kann. Ich bin auch müde, und ich hoffe, dass Trelleborg das Endziel des heutigen Tages ist. Ich sehne mich nach einem schönen Hotelzimmer, einer Dusche und zehn Stunden Schlaf. Mindestens!

Wir lesen uns später wieder!

Den Text schickte Selma mit ihrem Smartphone an Erik Asmussen. Sie hielt das Handy in der Hand und wartete auf seine Bestätigung, dass der Text angekommen war.

Selma gähnte ungeniert. Sie hatte kaum geschlafen, weil sie das Haus des Mannes beobachten musste, in dem das junge Glück die Nacht verbracht hatte. Sie lehnte das Gesicht kurz an die kühle Fensterscheibe, ohne dabei das Paar vor ihr aus den Augen zu lassen. Als Romeo den Kopf wandte, beugte sie sich vor, damit er ihr Gesicht nicht sehen konnte.

Verflixt, hatte der Junge bemerkt, dass sie ihnen folgte?

Als Selma den Kopf hob, schaute der Junge wieder geradeaus, und sie atmete auf. Sie musste vorsichtig sein. Am besten besorgte sie sich morgen nicht nur ein Paar bequeme Schuhe, sondern auch eine Perücke für die weitere Verfolgung. Ein Piepston ihres Handys kündigte eine SMS an. Selma las Eriks kurze Nachricht: *Text okay, weiter so.*

Selma lächelte. Dieser Auftrag begann ihr allmählich richtig Spaß zu machen.

— 15 —

Kristina hatte von Bengt geträumt und war mit einem Lächeln im Gesicht aufgewacht. Es war noch sehr früh, aber draußen dämmerte es bereits.

Sie setzte sich auf. Für ein Frühstück im Hotel war es noch zu früh, aber sie konnte unterwegs irgendwo frühstücken. Sie stand auf, presste ihr Ohr gegen die Wand, konnte aber nichts hören. Entweder waren die Wände zu dick oder Hendrik Lundgren schlief noch tief und fest.

Kristina grinste, als sie an den Gastrokritiker dachte. Ob er bemerkt hatte, dass sie das Hotel gestern heimlich verlassen hatte?

Ganz leise verließ sie ihr Zimmer und stellte sich dabei Hendrik Lundgrens Gesicht vor, wenn er später feststellen musste, dass sie bereits abgereist war. Während sie an der Rezeption die Übernachtung bezahlte – einen Preis, der glücklicherweise nicht ganz so hoch war, wie sie befürchtet hatte –, schaute sie immer wieder zur Treppe. Offenbar war sie der einzige Gast, der um diese Zeit schon auf war, und selbst der Nachtportier, der ihre Abrechnung fertig machte, wirkte ziemlich schläfrig.

Als Kristina ihre Reisetasche auf dem Rücksitz ihres Wagens verstaut hatte und hinter dem Lenkrad saß, fühlte sie sich sicher. Sie war ihrem Verfolger entkommen, und jetzt konnte er sie auch nicht mehr einholen. Bis er registriert hätte, dass sie nicht mehr da war, würde sie schon einige Kilometer zurückgelegt haben.

Kristina dachte angestrengt nach, während sie ihren Wagen vom Parkplatz steuerte. Auf der Autobahn würde Hendrik Lundgren sie mit seiner Angeberkutsche zweifellos einholen, also nahm sie besser die Landstraße.

Der Tag begann so gut, wie der letzte geendet hatte. Kristina mochte den südlichen Teil Schwedens, sie genoss die Fahrt durch endlos scheinende Wälder, durch hügelige Landschaften und vorbei an kleinen Seen, von denen sie nicht einmal die Namen kannte.

Sie steuerte die erste Tankstelle an, ließ Benzin und Kühlwasser nachfüllen und holte sich am Automaten einen heißen Kaffee, der besser roch, als er schmeckte. Während sie die heiße Brühe schluckweise trank, versuchte sie noch einmal, Dag zu erreichen. Eigentlich hatte sie ihn gestern Abend noch anrufen wollen, aber dann war die Begegnung mit Bengt dazwischengekommen, und sie war viel zu spät zum Hotel zurückgekehrt, um noch irgendwo anrufen zu können.

Du hättest eine SMS schicken können, flüsterte eine kleine, gehässige Stimme ihr zu.

Okay, antwortete Kristina dieser Stimme in Gedanken. Ich habe es vergessen, und ich schäme mich, dass ich meinen eigenen Sohn vergessen habe, weil mich die Begegnung mit einem Mann in meine Teenagerzeit zurückversetzt hat. Mit allem, was dazugehört: Schmetterlinge im Bauch, weiche Knie …

Selbst jetzt, wo sie an Bengt dachte, verzog sich ihr Gesicht zu einem Lächeln, das auf andere wahrscheinlich sehr albern gewirkt hätte.

Bevor sie ihre Fahrt fortsetzte, kaufte Kristina noch einen Schokoriegel für unterwegs. Immer wieder schaute sie in den Rückspiegel, aber die Straße hinter ihr blieb meist leer, und wenn einmal ein Auto näher kam, war es zum Glück nie der Wagen, den sie befürchtete.

Kristina fuhr so langsam, dass sie von allen nachfolgenden Fahrzeugen überholt wurde. Sie drosselte das Tempo weniger wegen der schönen Landschaft, sondern weil sie ihr Auto schonen wollte. Gestern, auf der ersten Etappe, hatte sie ihrer armen alten Kiste ziemlich viel abverlangt und prompt die Quittung dafür erhalten.

Mit jedem Kilometer, den sie zurücklegte, fühlte Kristina sich sicherer. Erst einmal musste Hendrik Lundgren überhaupt bemerkt haben, dass sie abgereist war. Und dann würde er wahrscheinlich wieder auf die E4 fahren, um sie einzuholen, und sich an jeder Abfahrt verzweifelt fragen, ob sie die Autobahn wohl verlassen hatte.

Kristina lachte vor Schadenfreude laut auf und schlug mit der Hand aufs Lenkrad – und als wollte das Schicksal oder wer auch immer sie dafür bestrafen, quollen unmittelbar darauf dunkle Wolken unter ihrer Motorhaube hervor.

»Verdammt! Verdammt! Verdammt!« Kristina war das Lachen vergangen. Die Geschwindigkeit musste sie diesmal nicht drosseln, das machte ihr Wagen von selbst. Sie schaffte es gerade noch, auf den Grünstreifen zwischen Wald und Straße zu fahren, bevor der Motor nach einem gequälten Röcheln vollständig erstarb. Die Nadel der Temperaturanzeige war bis zum Anschlag nach oben geschnellt.

Kristina blieb sitzen, versuchte, ruhig zu bleiben. »Der Wagen muss nur abkühlen«, machte sie sich selbst Mut und hoffte, danach wenigstens bis zur nächsten Tankstelle zu kommen.

Nach ein paar Minuten versuchte sie, den Motor zu starten. Nichts!

»Nun komm schon!«, sagte sie, wartete aber weitere fünf Minuten, bevor sie es noch einmal probierte. Der Motor gab keinen Ton mehr von sich.

Kristina fiel nichts Besseres ein, als die Motorhaube zu öffnen, obwohl sie keine Ahnung vom Innenleben eines Autos hatte. Ihre hypnotischen Blicke, die den Motor beschwören sollten, und die aufmunternden Worte: »Jetzt stell dich nicht so an«, halfen jedoch nicht weiter. Sie versuchte ein letztes Mal, den Motor zu starten. Er gab noch nicht mal mehr gurgelnde Geräusche von sich. Nur ein leises Klicken war zu hören, als sie den Schlüssel herumdrehte.

Kristina musste Hilfe holen, und das würde ihr schmales Budget noch weiter belasten. Als sie ihr Handy aus der Handtasche fischte und feststellte, dass der Akku leer war, fluchte sie laut. »Verdammter Mist! Du kannst was erleben, wenn ich dich erwische, Finn.«

Ihr ganzer Ärger richtete sich gegen ihren Sohn. Wäre er nicht mit Hendrik Lundgrens Tochter abgehauen, säße sie nicht mitten im Wald auf einer einsamen Straße fest. Wenn wenigstens ein anderes Fahrzeug kommen würde …

Sie hatte diesen Gedanken kaum zu Ende gedacht, da hörte sie einen Motor. Irgendwo hinter der Kurve näherte sich ein Fahrzeug mit hoher Geschwindigkeit.

Kristina war fest entschlossen, den Fahrer des anderen Autos zum Anhalten zu zwingen und ihn zu überreden, Hilfe zu holen. Hoffentlich hatte er auch ein Handy dabei!

Sie stellte sich mitten auf die Straße und hob beide Hände. Der Wagen kam um die Kurve. Entsetzt ließ Kristina die Hände sinken, aber es war zu spät. Der Fahrer hatte sie bereits erkannt. Er ging vom Gas, bremste und stellte sein Auto hinter ihrem ab.

Mit einem niederträchtigen Grinsen stieg Hendrik Lundgren aus seinem Auto. »Will er nicht mehr?«, fragte er mit einem süffisanten Unterton und wies auf ihren Wagen.

»Was geht Sie das an?«, erwiderte Kristina hochnäsig. Leisten konnte sie sich das eigentlich nicht, aber bevor sie sich ausgerechnet von diesem Mann helfen ließ, würde sie lieber die ganze Strecke bis Ystad zu Fuß gehen.

»Ist er wieder heiß gelaufen?«, fragte Hendrik Lundgren, ganz so, als hätte er ihre unterschwellige Aggressivität nicht bemerkt.

Kristina antwortete nicht.

»Ach so.« Das Grinsen auf seinem Gesicht wurde breiter. »Sie haben mir gestern nur mittels Rauchzeichen mitteilen wollen, dass Sie in Gränna einen Zwischenstop einlegen.«

Kristina riss die Wagentür auf, nahm ihre Handtasche vom Beifahrersitz und schloss ihren Wagen ab.

»Überflüssig«, kommentierte Hendrik Lundgren ihr Tun. »Den klaut keiner mehr.«

Kristina warf ihm einen wütenden Blick zu, fest entschlossen, auf seine Provokationen nicht einzugehen. Sie wechselte die Straßenseite und lief los. Einfach nur geradeaus. Nur weg von diesem unausstehlichen Typen, bevor sie die Kontrolle über sich verlor.

Wieso war er überhaupt hier? Woher hatte er gewusst, dass sie die Landstraße genommen hatte?

Da sie beschlossen hatte, ihn zu ignorieren, konnte sie ihn schlecht fragen. Außerdem hatte sie sich inzwischen einige Meter von ihrem Auto und von Hendrik Lundgren entfernt. Als sie ein Auto heranfahren hörte, drehte sie sich nicht um.

Hendrik Lundgren fuhr langsam neben ihr her, das Seitenfenster hatte er geöffnet. »Wenn Sie mir verraten, wo Sie hinwollen, fahre ich Sie gerne!«, rief er ihr zu.

Hoch erhobenen Hauptes ging Kristina weiter. Kein Wort kam über ihre Lippen. Nicht einmal aus den Augenwinkeln sah sie zu ihm hin. Hendrik Lundgren war einfach Luft für sie.

»Sie benehmen sich albern!«, rief er ihr zu.

Kristina ging schneller. Er quittierte das mit einem höhnischen Lachen und trat einfach ein bisschen fester aufs Gaspedal, das hörte sie ganz deutlich.

Die Sonne hatte noch tief im Osten gestanden, als sie in Gränna losgefahren war. Der Himmel war tiefblau gewesen, ein schöner Sommertag hatte sich angekündigt. Vielleicht schien in Gränna tatsächlich die Sonne, aber hier waren graue Wolken am Himmel. Kristina war das bisher nicht aufgefallen, weil die Straße durch einen dichten Wald führte und die hohen Bäume das Licht filterten. Aber es war nicht nur wegen der Bäume so dunkel, der Himmel hatte sich zugezogen.

Kristina stöhnte auf, als sie die ersten Regentropfen spürte. Warum jetzt? Warum ich? Warum klappt überhaupt nichts mehr? Warum geht alles schief in meinem Leben?

»Sie werden nass!«, rief Hendrik Lundgren durch das geöffnete Autofenster.

Das war mehr, als Kristina schweigend hinnehmen konnte. Sie blieb stehen und wandte sich um. »Vielen Dank, ohne Ihren Hinweis hätte ich das gar nicht bemerkt.«

Hendrik Lundgren war mit laufendem Motor ebenfalls stehen geblieben. »Jetzt steigen Sie schon ein«, sagte er.

»Lieber krieche ich auf allen vieren nach … « Gerade noch rechtzeitig brach sie ab.

»Ja?« Seine Augen verengten sich zu schmalen Schlitzen.

Kristina schüttelte den Kopf, verärgert über sich selbst, und setzte ihre stumme Wanderung fort. Der Regen wurde stärker, Wind kam auf. Sie hörte, wie Hendrik Lundgren Gas gab, und ohne den Kopf zu drehen oder aus den Augenwinkeln nach rechts zu schauen, wusste sie, dass er auf der anderen Straßenseite wieder neben ihr herfuhr. Das Motorgeräusch von Hendrik Lundgrens Wagen übertönte das Motorgeräusch des anderen Fahrzeugs, das hinter ihm auftauchte und ihn mit einem ärgerlichen Hupen überholte.

Kristina hielt kurz inne, ärgerte sich, weil sie diese Chance verpasst hatte.

Hendrik Lundgren sagte etwas, was sie wegen des Regens und Windes nicht verstehen konnte. Sie wollte es auch gar nicht hören, ging einfach weiter und schrie plötzlich erschrocken auf. Ein greller Blitz zerteilte die Wolken und schien direkt vor ihr auf der Straße zwischen den Bäumen einzuschlagen.

Wenn es etwas gab, wovor Kristina panische Angst hatte, dann waren es Gewitter. Das war schon als Kind so gewesen, und es hatte sich bis heute nicht geändert. Im vergangenen Sommer hatte sie einmal angstschlotternd in der Kühlkammer gesessen, weil sie dort die Blitze nicht sehen und den Donner nicht hören konnte. Niemals wäre sie auf die Idee gekommen, bei einem Gewitter ins Freie zu gehen. Verglichen mit dem Gewitter war Hendrik Lundgren das geringere Übel.

Kristina hechtete über die Straße und zwang ihn, abrupt zu bremsen. Sie rannte zur Beifahrerseite, riss die Tür auf, ließ sich auf den Sitz fallen und zog die Tür hastig hinter sich zu. Sie starrte angestrengt nach vorn, ihr Puls raste. Langsam wandte sie den Kopf nach links.

Hendrik Lundgren grinste sie an. »Schön, dass ich Sie umstimmen konnte«, sagte er anzüglich. »Ich …«

Ein greller Blitz, dicht gefolgt von einem Donnerschlag, unterbrach ihn.

»Machen Sie das Fenster zu.« Kristina bemerkte selbst, dass sie hysterisch klang. »Machen Sie sofort das Fenster zu.« Sie wies auf das Seitenfenster neben ihm.

Hendrik Lundgren grinste immer noch. Er konnte den automatischen Fensterheber direkt am Lenkrad betätigen. Mit aufreizender Langsamkeit ließ er die Scheibe nach oben. Erst als das Fenster geschlossen war, atmete sie auf und fühlte sich sicher. Sie schaute wieder nach vorn, weil sie sein Grinsen nicht mehr ertragen konnte.

»Und jetzt?«, fragte Hendrik Lundgren.

»Keine Ahnung.« Kristina zuckte mit den Schultern und sah ihn an. »Wieso sind Sie überhaupt hier?«

»Ich hatte die Wahl zwischen Autobahn und Landstraße. Ich habe mir gedacht, dass Sie die Landstraße nehmen. Weil Ihr Wagen gestern schon Rauchzeichen von sich gegeben hat und weil Sie mich in die Irre führen wollten.«

»Stimmt«, gab Kristina unumwunden zu. »Aber ich hätte auch irgendwo abfahren können.«

»Unwahrscheinlich, nach Ystad geht's da lang.« Er wies mit dem Zeigefinger nach vorn und schaute sie dabei unverwandt an.

Kristina verschluckte sich fast vor Überraschung. »Woher wissen Sie, dass ich nach Ystad will?«

»Ich war ganz in der Nähe, als Sie sich gestern von Ihrem blonden Wikinger verabschiedeten.«

»Sie haben mir nachspioniert und mich belauscht?«

»Es dürfte Ihnen nicht entgangen sein, dass ich Ihnen gestern schon den ganzen Tag gefolgt bin, und Sie kennen auch genau den Grund. Sagen Sie mir, wo meine Tochter ist, und Sie sind mich los.«

Kristina überhörte den letzten Satz. »Tagsüber sind Sie mir offensiv gefolgt. Gestern Abend habe ich Sie aber nicht gesehen.«

»Aha?« Er zog die Stirn kraus. »Sie haben nichts dagegen, wenn ich Sie verfolge, solange Sie mich sehen können?«

»Reden Sie keinen Unsinn!«, fuhr Kristina ihn an. »Sie sind unerträglich und lästig!«

»Und neugierig«, fügte er amüsiert hinzu. »Kannten Sie diesen blonden Hünen vorher schon, oder haben Sie ihn gestern erst kennengelernt?«

Kristina sah ihn wütend an. »Das geht Sie überhaupt nichts an!«, erwiderte sie hochmütig und schrie leise auf, als es wieder blitzte. Der Donner folgte diesmal mit einigem Abstand. Das Gewitter verzog sich langsam.

Hendrik lachte leise auf. »Sie dürfen sich gerne an mich klammern, wenn Ihnen das hilft.«

»Ja, wenn ich Ihren Hals umklammern und ganz fest zudrücken darf.«

»Lieber nicht.« Er schüttelte grinsend den Kopf. »Also, was ist jetzt? Wollen Sie hier nur das Gewitter abwarten und dann zu Fuß weiterlaufen, soll ich Sie zu Ihrem Wagen zurückbringen, oder sollen wir die Suche nach unseren Kindern gemeinsam fortsetzen?«

Er wirkte sehr umgänglich, fast schon freundlich, und damit konnte Kristina überhaupt nichts anfangen.

»Fahren wir zusammen nach Ystad?«, fragte er.

Kristina zuckte mit den Schultern. Eigentlich war sein Angebot sehr großzügig. Er kannte ihr Ziel, hätte sie einfach hier stehenlassen können, und genau das war der Punkt, den sie nicht verstand.

»Warum?«, fragte sie.

»Warum was?« Seine Verständnislosigkeit war offensichtlich nicht gespielt.

Kristina verengte die Augen, schaute ihm prüfend ins Gesicht. »Wieso bieten Sie mir an, gemeinsam nach Ystad zu fahren? Sie kennen das Ziel. Umgekehrt hätte ich Sie einfach stehenlassen.«

Hendrik Lundgren lächelte. »Vielleicht bin ich nicht ganz so übel, wie Sie glauben. Außerdem bin ich inzwischen zu der Überzeugung gekommen, dass wir aufeinander angewiesen sind. Ich habe einen funktionierenden Wagen, und Sie kennen das Ziel unserer Kinder.«

»Nein, das kenne ich nicht«, sagte Kristina und schüttelte den Kopf.

Diesmal war er es, der kein Wort sagte, sie aber erwartungsvoll anschaute.

Kristina nickte schwach. »Ich habe eine Ahnung«, gab sie zu.

»Okay«, sagte er gedehnt. »Fahren wir also zusammen weiter?«

Er hatte recht, es war die vernünftigste Lösung. Trotzdem widerstrebte es ihr, die Reise mit diesem Mann fortzusetzen. Er wirkte heute vernünftig, er war ruhig, sogar richtig freundlich. Das passte nicht zu dem Bild, das sie sich inzwischen von ihm gemacht hatte, und sie wollte dieses Bild nicht korrigieren. Er hatte ihr nicht nur geschadet, er hatte sie verletzt mit seiner Kritik am *Kristinas*.

»Sie mögen mich nicht, und ich mag Sie nicht«, sagte er nach ein paar Minuten des Schweigens. »Ich biete Ihnen auch keinen Frieden an, sondern nur einen Waffenstillstand, bis wir unsere Kinder gefunden haben.«

Dass sie ihn nicht mochte, war die Untertreibung des Jahrhunderts. Es gab nur einen Menschen, den sie noch mehr verabscheute als Hendrik Lundgren. Trotzdem konnte sie sich der Vernunft seines Vorschlags nicht entziehen. »Also gut.« Sie nickte und bat ihn nach kurzem Schweigen: »Kann ich mal Ihr Handy haben?«

Hendrik Lundgren fragte nichts, sagte kein Wort, als er ihr sein Handy reichte. Sie wählte Dags Nummer, aber auch heute

Morgen meldete sich nur die Mailbox. »Dag, ruf mich bitte sofort an, wenn du meine Nachricht abhörst. Und wenn Finn mit einem Mädchen bei dir auftaucht, halte die beiden bitte auf, bis ich da bin.«

Sie gab Hendrik Lundgren das Handy zurück. Er steckte es wortlos wieder ein und startete den Motor.

»Ich kann mein Auto nicht ewig am Straßenrand stehenlassen«, wandte Kristina ein.

»Es ist nicht mehr weit bis Växjö«, sagte Hendrik Lundgren. »Wir werden eine Werkstatt beauftragen, den Wagen abzuholen.«

Das würde weitere Kosten für das Abschleppen bedeuten, die sie nicht eingeplant hatte, ganz zu schweigen von der notwendigen Reparatur. Doch Kristina sagte nichts, nickte nur niedergeschlagen. Sie hatte keine andere Wahl.

Trotzdem musste Hendrik Lundgren noch einmal wenden und sie zu ihrem Wagen zurückbringen, damit sie ihre Reisetasche mitnehmen konnte. Ohne große Hoffnung versuchte Kristina noch einmal, ihren Wagen zu starten. Immerhin röhrte der Motor kurz auf, erstarb dann aber sofort wieder.

»Ich kann durchaus verstehen, dass Sie nur ungern mit mir weiterfahren.« Hendrik Lundgren war aus seinem Wagen gestiegen und beugte sich neben der offenen Fahrertür zu ihr hinab. »Und glauben Sie mir, auch ich kann mir Schöneres vorstellen, als meine Zeit mit Ihnen zu verbringen. Aber es bringt nichts, mit dieser Kiste weiterzufahren, bevor sie gründlich durchgecheckt wurde. Sonst stehen Sie nach ein paar Kilometern wieder am Straßenrand.« Er grinste sie frech an. »Und ich bin nicht sicher, ob ich dann noch einmal anhalte, um Sie mitzunehmen.«

Kristina schloss die Augen und zählte in Gedanken ganz langsam bis zehn. Wie sollte sie ihn stundenlang ertragen, wenn es ihr schon in den ersten Minuten schwerfiel? Sie stieg aus dem Wagen und musste sich an ihm vorbeidrängen, weil er nicht zur Seite trat. Er lächelte sie an, als wüsste er genau, was gerade in ihr vorging.

Kristina schlug die Fahrertür zu, nahm ihre Reisetasche vom Rücksitz und schloss den Wagen ab. »Fahren wir«, sagte sie kühl zu Hendrik Lundgren und stapfte vor ihm her zu seinem Wagen, den er direkt vor ihrem abgestellt hatte.

Hendrik Lundgren nahm auf dem Fahrersitz Platz. Kristina setzte sich neben ihn. Sie spürte, dass er sie anschaute, und wappnete sich innerlich für eine erneute Provokation. Sie sah stur geradeaus und war fest entschlossen, nicht zu antworten. Zu ihrer Überraschung sagte er aber nichts mehr, sondern startete einfach den Wagen und fuhr los.

Die nächste halbe Stunde sagten sie beide kein Wort, und die Spannung zwischen ihnen wuchs mit jedem Kilometer, den sie zurücklegten. Es war unerträglich.

Unbewusst seufzte Kristina laut auf, als endlich die ersten Häuser von Växjö zu sehen waren. Sie hörte Hendrik Lundgren leise lachen, er sagte aber noch immer nichts.

Erst als er vor einer Autowerkstatt anhielt, ohne unterwegs nach dem Weg zu fragen, brach Kristina das Schweigen. »Sie kennen sich hier aus?«

»Ich komme viel herum«, sagte er. »Ich bin Gastrokritiker.«

»Das habe ich nicht vergessen«, erwiderte sie und stieg aus dem Wagen.

Ein Mann im blauen Overall trat aus dem offenen Tor der Werkstatt. Kristina sah hinter ihm eine Hebebühne, auf der ein Auto stand, und einen weiteren Mechaniker, ebenfalls im Overall, der daran herumschraubte.

Der Mann, der jetzt herausgekommen war, und Hendrik Lundgren begrüßten sich wie alte Bekannte.

»Hej, Emil!« Hendrik ergriff die ausgestreckte Rechte des Mannes mit beiden Händen.

»Hej, Hendrik! Schön, dich mal wieder zu sehen. Bist du wieder auf Fresstour, um anschließend die armen Restaurantbesitzer in der Luft zu verreißen?«

Sein neugieriger Blick fiel auf Kristina. Ein vielsagendes Grinsen erschien auf seinem Gesicht. »Sieht wohl doch eher nach einer ganz privaten Tour aus.«

»Ich suche Svea, sie ist abgehauen«, sagte Hendrik.

Kristina wunderte sich, dass er so offen darüber sprach.

»Das ist übrigens Kristina Ljungström«, stellte er sie dem Mechaniker vor. »Svea ist mit ihrem Sohn durchgebrannt. Und das ist mein Cousin Emil.«

Das erklärte Hendriks Offenheit und auch seine hervorragende Ortskenntnis. Kristina hatte den Eindruck, dass die beiden Männer sich sehr gut leiden konnten, obwohl sie völlig unterschiedlich waren.

Emil war ihr auf Anhieb sympathisch. Er gab ihr die Hand zur Begrüßung und schaute ihr prüfend in die Augen. Jetzt erkannte sie eine schwache Ähnlichkeit mit Hendrik Lundgren, obwohl Emil im Gegensatz zu Hendrik blonde Haare und blaue Augen hatte. Dieser abschätzende Blick, die Art, wie er sie anschaute, war der gleiche.

Emil wandte sich wieder Hendrik zu und klopfte ihm lachend auf die Schulter. »So viel Mumm hätte ich der Kleinen überhaupt nicht zugetraut.«

Hendrik Lundgren zog die Stirn in Falten. »Das ist nicht lustig.«

Ausnahmsweise war Kristina mal seiner Meinung.

»Also, bei mir war sie nicht.« Emil schaute zwischen Hendrik und Kristina hin und her. »Ich weiß auch nicht, ob sie hierherkommen würde. Svea kennt mich ja kaum.«

»Daran habe ich auch nicht gedacht.« Hendrik Lundgren schüttelte den Kopf. »Wir haben den Verdacht, dass die beiden nach Ystad unterwegs sind.«

Emil wollte wissen, worauf sich dieser Verdacht begründete, und Kristina rückte mit der Sprache raus. »Mein Exmann, Finns Vater, lebt in Ystad. Leider konnte ich ihn telefonisch nicht erreichen, und deshalb bin ich auf dem Weg zu ihm, damit ich Finn erwische, bevor er mit Svea weiterzieht.«

»*Wir* sind deshalb unterwegs«, berichtigte Hendrik.

»Wir.« Kristina nickte und merkte selbst, dass ihre Miene verriet, wie wenig begeistert sie von Hendriks Gesellschaft war.

Emil schaute sie an, grinste plötzlich. »Ist es so schlimm?«

Kristina zuckte mit den Schultern. »Ich habe ein Restaurant in Stockholm«, sagte sie. Ihr Blick flog kurz zu Hendrik. Als sie Emil wieder anschaute, konnte sie sich ein Lächeln nicht verkneifen. »Unsere erste Begegnung kann man nicht unbedingt als erfreulich bezeichnen.«

»Verstehe.« Emil nickte. »Als Kritiker kann Hendrik ziemlich ätzend sein, aber privat ist er ein ganz netter Kerl.«

Vielleicht musste Emil das ja so sehen, Hendrik Lundgren gehörte schließlich zur Familie. Allerdings gab es in ihrer eigenen Familie eine Person, die sie selbst überhaupt nicht ausstehen konnte.

Kristinas Gedanken waren kurz abgeschweift, und sie hatte das Gespräch der beiden Männer nicht verfolgt. Erst als Hendrik Lundgren sie nach ihrem Autoschlüssel fragte, hörte sie wieder zu.

Emil versprach, den Wagen abzuholen, genau durchzuchecken und sie anzurufen, um sie über die Kosten zu informieren, bevor er mit einer eventuellen Reparatur begann.

Ein Trost war das für Kristina nicht. Sie konnte sich keine

kostspielige Reparatur leisten, und schon gar keinen neuen Wagen. Nicht einmal einen gebrauchten. Im Grunde konnte sie sich überhaupt nichts mehr leisten. Das Budget, das ihr für Reparaturen zur Verfügung stand, brauchte gerade Ole Håkansson im *Kristinas* auf.

Sie musste dringend Mikael anrufen und fragen, wie es im *Kristinas* voranging. Es machte sie verrückt, hinter ihrem Sohn herzujagen, während sie nicht wusste, was gerade in ihrem Restaurant passierte. Gleichzeitig hatte sie Angst, Finn in Ystad nicht mehr anzutreffen.

»Können wir weiterfahren?«, drängte sie.

Hendrik Lundgren nickte und schüttelte gleich darauf den Kopf. »Ich muss etwas essen«, sagte er. »Haben Sie keinen Hunger?«

Doch, jetzt, wo er es sagte, hörte sie das leise Knurren ihres Magens. Ihre Ungeduld hatte es übertönt, und eigentlich wollte sie lieber direkt weiterfahren.

Hendrik Lundgren schien ihr Schweigen als Zustimmung zu deuten. »Kommst du mit?«, wandte er sich an Emil. »Ich lade dich ein.«

Emil hatte keine Zeit, und als sie sich kurz darauf von ihm verabschiedeten und weiterfuhren, hoffte Kristina, dass sich das Mittagessen dadurch erledigt hatte. Sie schlug vor, irgendwo einen Snack zu besorgen, den sie unterwegs essen konnten. Sie nahm an, dass Hendrik Lundgren damit einverstanden war, bis er vor einem kleinen Restaurant außerhalb Växjös anhielt.

Kristina spürte, wie sie sich innerlich sträubte, und wahrscheinlich sah er ihr das an.

»So viel Zeit muss sein«, sagte er. »Ihr Magenknurren halte ich nicht bis Ystad aus.«

»Wir könnten irgendwo eine Kleinigkeit besorgen und

unterwegs essen«, wiederholte sie ihren Vorschlag von gerade eben.

»Könnten wir.« Hendrik Lundgren lächelte. »Aber dann entgehen Ihnen die besten Garnelen des Universums.«

»Dass Sie zu Übertreibungen neigen, ist mir nicht neu«, erwiderte Kristina trocken und spielte damit auf das Radiointerview an.

Hendrik Lundgren schien genau zu wissen, was sie damit meinte, aber er ging nicht darauf ein, sondern fragte lediglich: »Warum lassen Sie sich nicht einfach überraschen?«

»Weil ich so schnell wie möglich nach Ystad fahren will.«

»Sie haben Ihrem Mann doch eine Nachricht auf der Mailbox hinterlassen, dass er die Kinder aufhalten soll, wenn sie zu ihm kommen.«

Hendrik Lundgren kannte Dag nicht, wusste nicht, wie verantwortungslos er war. Auch wenn Dag die Nachricht abhörte, bedeutete das nicht, dass er Finn und Svea nicht weiterziehen ließ. Sofern die beiden überhaupt bei ihm auftauchten. Davon war Kristina allerdings überzeugt. Die beiden hatten kein Geld, und wenn man Dag auch alles Mögliche nachsagen konnte, kleinlich war er nicht. Sofern er gerade Geld hatte.

Kristinas tiefer Seufzer wurde vom Knurren ihres Magens übertönt.

»Sie haben Hunger«, stellte Hendrik Lundgren mit einem amüsierten Unterton fest.

Kristina warf ihm einen finsteren Blick zu. »Also gut, wenn Sie mich unbedingt zum Essen zwingen wollen, bleibt mir wohl nichts anderes übrig.« Sie hörte sein Lachen, als sie aus dem Wagen stieg.

Das Restaurant war klein und unscheinbar und sah irgendwie nicht so aus, wie sie sich die Restaurants vorstellte, die ein Gastrokritiker wie Hendrik Lundgren besuchte.

Der Wirt kam freudestrahlend auf sie zu und begrüßte Hendrik überschwänglich. Dieser stellte sie einander vor: »Kristina Ljungström – Morton Claesson.«

Morton führte sie an einen der freien Tische direkt am Fenster. Er brachte keine Karte, schaute auch nur Hendrik an, als er fragte: »Wie immer?«

Hendrik bejahte, und Morton verschwand daraufhin, ohne Kristina zu fragen, ob sie nicht vielleicht etwas anderes wünschte.

»Machos unter sich«, murmelte sie leise vor sich hin. Aber nicht leise genug. Hendrik Lundgren grinste sie nur an.

Es dauerte nicht lange, bis das Essen serviert wurde. Spargel mit Garnelen, dazu Petersilienkartoffeln.

Kristina probierte einen Bissen und registrierte, dass der Gastrokritiker sie dabei aufmerksam beobachtete. Eigentlich hatte sie vor, keine Regung zu zeigen, egal, wie gut oder schlecht es ihr schmeckte. Doch als ihr der erste Bissen auf der Zunge zerging, verdrehte sie die Augen und stöhnte genussvoll auf.

»Wie Sie sehen oder vielmehr schmecken, habe ich Ihnen nicht zu viel versprochen.«

Morton kam wieder an den Tisch. »Braucht ihr noch etwas?«

Hendrik schüttelte den Kopf. »Es ist alles perfekt.«

Kristina schluckte hastig den nächsten Bissen hinunter. »Ja«, sagte sie zu Morton. »Ich habe noch eine Bitte.« Sie holte ein bisschen weiter aus und begann umständlich: »Ich besitze auch ein Restaurant.«

Morton schaute sie mit hochgezogenen Augenbrauen an.

»In Stockholm«, fügte sie schnell hinzu, um ihm klarzumachen, dass sie keine Konkurrenz für ihn war. »Und diese Garnelen sind so fantastisch, dass ich sie meinen Gästen auch gerne anbieten würde. Kann ich das Rezept haben?«

Morton schaute sie einen Moment schweigend an, als könnte er es nicht begreifen, dass sie mit einer solchen Bitte an ihn herantrat. »Bedaure«, sagte er abweisend, »aber es handelt sich um ein altes Familienrezept.« Damit drehte er sich um und ging.

Hendrik aß schweigend weiter und lächelte dabei still vor sich hin. Nach ein paar Minuten zog er einen Kugelschreiber aus der Innentasche seiner Jacke und notierte etwas auf der Papierserviette neben seinem Teller. Als er fertig war, faltete er die Serviette zusammen und reichte sie ihr über den Tisch. »Morton hat das Rezept von mir«, sagte er dabei. »Und ich würde es sehr begrüßen, wenn Sie den Gästen in Ihrem Restaurant auch einmal etwas Anständiges anbieten würden.«

Kristina verschluckte sich beinahe an ihrer Garnele, suchte nach einer möglichst kraftvollen Antwort und faltete dabei die Serviette auseinander. Sie begann zu lesen und beschloss, dass sie ihm als Dank für das Rezept diese eine Frechheit durchgehen lassen konnte.

Spargel mit Garnelen

1,5 kg Spargel
12 Riesengarnelen
2 Schalotten
3–4 kleine Knoblauchzehen
4 EL Olivenöl
1 EL Butter
60 ml Weißwein
125 ml Spargelfond
125 g Crème fraîche
1 EL Dill
1 Scheibe Weißbrot
Salz
Pfeffer
Zitronensaft
Zucker

Spargel schälen, holzige Enden entfernen. Wasser mit je 1 TL Salz und Zucker aufkochen, Weißbrot zugeben. Spargel darin ca. 10 Min kochen.

Backofen auf 50 °C vorheizen. Die Schalotten schälen und fein hacken. Die Garnelen putzen, Darm entfernen.

Knoblauch schälen, in kleine Stücke schneiden. Olivenöl und Butter erhitzen, Knoblauch in die Pfanne geben und die Garnelen darin von beiden Seiten 1–2 Min braten, mit Salz und Pfeffer würzen.

Die Garnelen aus der Pfanne heben, zudecken und im Backofen warm stellen.

Im Bratrückstand Schalotten glasig anbraten, mit Wein und Spargelfond aufgießen. Die Flüssigkeit auf ein Drittel einkochen lassen. Crème fraîche einrühren, mit Salz, Pfeffer und Zitronensaft würzen. Dill dazugeben.

Spargel vorsichtig aus dem Kochfond heben und gut abtropfen lassen. Auf Tellern anrichten, mit Dillsoße übergießen und mit den Garnelen belegen.

Als Beilage passen besonders gut Petersilienkartoffeln.

— 16 —

Dreh dich nicht um«, zischte Finn ihr zu, »aber hinter uns sitzt wieder die Frau, die ich schon in Stockholm auf dem Bahnhof und im Zug nach Malmö gesehen habe.«

Prompt flog Sveas Kopf nach hinten.

»Du sollst nicht hingucken«, zischte Finn ihr zu.

Svea hatte nur einen kurzen Blick erhascht. Die Frau hatte den Kopf gesenkt und schien mit irgendetwas beschäftigt zu sein, das durch die Sitzlehnen verdeckt wurde.

»Glaubst du, sie verfolgt uns?«, fragte Svea leise. Beim ersten Mal hatte sie Finn noch ausgelacht, aber wenn es wirklich immer dieselbe Frau war, dann fand sie das schon komisch.

Finn zuckte mit den Schultern und schaute jetzt selbst noch einmal hinter sich, obwohl er es Svea verboten hatte. Svea wagte es daraufhin auch noch einmal, sich nach der Frau umzusehen.

Die blonde Frau hatte den Kopf immer noch gesenkt, schien sich überhaupt nicht für sie zu interessieren. Als sie aufblickte, flogen die Köpfe der beiden jungen Leute nach vorn.

Svea beugte sich zu Finn und legte ihren Kopf auf seine Schulter, um möglichst unauffällig zu wirken, falls die Blonde sie wirklich verfolgte. »Bist du dir ganz sicher, dass du sie schon in Stockholm gesehen hast?«, wisperte sie. »Vielleicht war das eine ganz andere Frau, die so ähnlich aussah.«

»Keine Ahnung«, gab Finn zu. »Aber komisch ist das schon. Wir müssen echt aufpassen. Vielleicht hat dein Vater uns ja eine Detektivin auf den Hals gehetzt.«

Svea lachte trocken auf und hob den Kopf wieder. »Wenn diese Frau wirklich im Auftrag meines Vaters hinter uns her wäre, säße ich schon längst im Flugzeug nach Frankreich. Mein Vater hätte mich erst gar nicht bis hierher kommen lassen. Vielleicht hat deine Mutter eine Detektivin eingeschaltet.«

Finn schüttelte den Kopf. »Dazu hat sie kein Geld.«

Beide hingen sekundenlang ihren Gedanken nach, bis Finn schließlich sagte: »Vielleicht bilde ich mir das wirklich nur ein, und sie sieht der Frau aus Stockholm nur sehr ähnlich.«

»Bestimmt.« Svea nickte, aber sie spürte, dass Finn an seinen eigenen Worten zweifelte, und das machte auch sie unsicher. Sie wandte erneut den Kopf, schaute hinter sich und direkt in die Augen der Blonden. Als ihre Augen sich trafen, wirkte die Frau unangenehm berührt und blickte schnell zu Boden.

»Wir müssen sie abhängen«, flüsterte Svea Finn zu.

Ein breites Grinsen zog über Finns Gesicht. »Das dürfte nicht schwer sein. Sie ist dick und alt.«

»Pst«, flüsterte Svea. Finn hatte ziemlich laut gesprochen, aber jetzt war es zu spät. Noch einmal sah sie sich um. Vorsichtig, verstohlen, aber die Blonde beachtete sie nicht mehr, hielt den Kopf gesenkt und war wieder mit etwas beschäftigt, das die Rückenlehnen der Bänke zwischen ihnen vor Sveas Blicken verbarg.

Selmas Welt

Die Jugend hat ihre eigenen Gesetze. Das war im alten Verona schon so, und es ist im modernen Schweden nicht anders. Zwei junge Menschen verlieben sich ineinander und trotzen ihren Eltern, die von dieser Liebe nichts wissen wollen. Doch ich frage mich allmählich, ob die Sache nicht auch einmal aus einem anderen Blickwinkel betrachtet werden muss: nämlich aus der Sicht der Eltern.

Im alten Verona inszenieren zwei Jugendliche ihren Tod, wodurch sie – und das musste ihnen bewusst sein – ihre Familien verzweifelt zurücklassen. Es war nicht mehr als ein unglücklicher Zufall, dass diese Inszenierung danebenging und die beiden Liebenden am Ende tatsächlich ihren Tod fanden.

Und was ist mit unseren Stockholmer Teenagern? Hauen einfach ab, weil ihre Eltern mit ihrer Liebe nicht einverstanden sind. Was unterscheidet sie von dem Liebespaar im alten Verona?

Nun, in der modernen Zeit werden junge Mädchen aus unserem Kulturkreis nicht zur Ehe mit einem ungeliebten Mann gedrängt, und eigentlich hatte selbst Julias Vater Capulet Bedenken, dass seine erst vierzehnjährige Tochter für die Ehe noch zu jung sein könnte. Genauso sehen es wahrscheinlich auch die Eltern unseres modernen Paares: Die beiden sind einfach noch zu jung.

Streng genommen hat sich nicht viel geändert, und ich komme zwangsläufig zu dem Schluss, dass die jungen Leute damals wie heute zwar glauben, alt genug für die Liebe zu sein, aber letztendlich nichts anderes als trotzige Teenager sind.

Wir lesen uns später wieder!

Selma hatte den Text in ihr Smartphone eingetippt und schickte ihn ohne lange zu überlegen an Erik Asmussen. Schließlich hatte ihr Chefredakteur sie aufgefordert, laufend zu berichten.

Selma wagte einen vorsichtigen Blick nach vorn. Die beiden rotzfrechen Gören, die vor ein paar Minuten noch ihr romantisches Liebespaar gewesen waren, schienen aber nicht mehr auf sie zu achten.

Von wegen dick und alt! Selma hatte die Worte von diesem Rotzlümmel genau gehört und sofort gewusst, dass sie ihr galten. Von wegen Romantik, von wegen Liebespaar. Am liebsten würde sie die Eltern der beiden informieren, wo sich ihre Brut gerade aufhielt. Aus Verantwortungsbewusstsein natürlich, nicht aus Rache …

Ihr Smartphone kündigte eine SMS an.

Das werden wir auf keinen Fall drucken, hatte Erik Asmussen geschrieben. *Unsere Leser wollen Romantik und Abenteuer, nicht so einen Mist!*

Selma presste die Lippen aufeinander, doch es kam noch schlimmer. Eine weitere SMS, wieder von ihrem Chef: *Wenn du die Story in den Sand setzt, bist du draußen!*

Selma schaltete das Handy aus. Für heute hatte sie die Schnauze gestrichen voll.

— 17 —

Das Rezept nahm Kristina gerne an, aber sie ließ sich von Hendrik Lundgren nicht zum Essen einladen, sondern bestand darauf, ihren Teil der Rechnung selbst zu bezahlen.

Es hatte ausgezeichnet geschmeckt, und der Stopp hatte ihr gutgetan, aber Kristina war froh, als sie endlich wieder unterwegs waren. Sie versuchte noch einmal mit Hendrik Lundgrens Handy, Dag zu erreichen. Es meldete sich wieder nur die Mailbox.

»Wieso hast du überhaupt ein Handy?«, besprach Kristina wütend die Mailbox. »Verdammt, Dag, ich mache mir Sorgen, und ich will endlich wissen, ob Finn bei dir aufgetaucht ist!«

»Irgendwann wird er schon die Mailbox abhören«, sagte Hendrik Lundgren, als Kristina ihm das Handy zurückgab.

Kristina sah ihn an. Er schien es nicht zu bemerken, schaute konzentriert nach vorn auf die Straße.

»Wenn ich bedenke, wie sehr Sie sich über das Verschwinden unserer Kinder aufgeregt haben, wundere ich mich jetzt doch sehr über Ihre Ruhe«, sagte Kristina.

Er warf ihr einen kurzen Blick zu, schaute wieder nach vorn und schien über ihre Worte nachzudenken. »Stimmt. Zuerst war ich fassungslos, aber jetzt bin ich nicht mehr sonderlich beunruhigt.« Er schaute wieder kurz zu ihr hinüber und lächelte. »Vielleicht liegt das daran, dass ich Sie inzwischen etwas besser kennengelernt habe. Wenn Ihr Sohn ein bisschen was von Ihnen hat, muss ich mir um meine Tochter keine großen Sorgen machen.«

Kristina zog die Stirn kraus. Solche Anbiederungsversuche konnte er sich sparen. »Vielleicht hätten Sie sich das früher überlegen sollen«, erwiderte sie spitz. »Dann wären die beiden erst gar nicht abgehauen.«

Hendrik Lundgren trat hart auf die Bremse. Zum Glück befand sich kein anderes Fahrzeug hinter ihnen auf der Straße.

Er drehte sich zu ihr um. Seine Stimme klang ganz ruhig, aber seine dunklen Augen funkelten drohend. »Wollen Sie behaupten, es wäre meine Schuld, dass die beiden abgehauen sind?«

»Natürlich ist es Ihre Schuld!«, entgegnete Kristina sofort. »Das ist doch alles nur passiert, weil Sie Ihrer Tochter den Kontakt zu meinem Sohn verboten haben.« Provozierend schaute sie ihn an. »Warum eigentlich? Was haben Sie gegen meinen Sohn?«

»Meine Tochter hat nie die Schule geschwänzt, und sie wäre auch nie auf die Idee gekommen, von zu Hause wegzulaufen, bevor Sie Ihren Sohn kennengelernt hat«, knurrte Hendrik.

»Haben Sie nicht eben noch behauptet, Sie müssten sich keine Sorgen um Ihre Tochter machen, weil sie mit meinem Sohn zusammen ist?« Genau so hatte er es eigentlich nicht gesagt, aber das war Kristina egal. Seine Bemerkungen in den letzten fünf Minuten waren widersprüchlich gewesen, und wahrscheinlich bemerkte er das jetzt selbst.

»Ich wollte nur nett sein, um die gemeinsame Fahrt für uns beide erträglicher zu machen«, sagte er.

»Lassen Sie es einfach!«, fuhr Kristina ihn an. »Ich weiß, dass Sie nicht nett sind, und Sie werden mich auch nicht mehr vom Gegenteil überzeugen können.«

Hendrik Lundgren sagte nichts mehr. Er schaute wieder nach vorn, dann in den Rückspiegel, und fuhr langsam an. »Nachtragend wie ein Elefant«, hörte Kristina ihn leise murmeln.

Sie schnappte nach Luft. »Ja, das bin ich«, sagte sie mit gefährlicher Ruhe. »Sie mögen es albern finden, aber ich nehme es sehr persönlich, wenn jemand versucht, meine Existenz zu zerstören, und genau das haben Sie getan.«

»Irrtum«, widersprach er prompt. »Das haben Sie ganz alleine geschafft. Wenn Sie nicht dazu in der Lage sind, ein Restaurant so zu führen, dass Ihre Gäste freundlich bewirtet werden und das Essen genießbar ist, sind Sie in diesem Metier fehl am Platz.«

Darauf fiel Kristina keine passende Antwort ein. Später, das wusste sie genau, würden ihr tausend passende Erwiderungen einfallen, aber jetzt war sie so wütend, dass ihr nur ein einziger Satz über die Lippen kam: »Ich hasse Sie!«

Hendrik Lundgren schien das ziemlich gelassen aufzunehmen. Er fuhr unbeirrt weiter, zuckte nur kurz mit den Schultern und sagte: »Ich finde Sie auch nicht besonders sympathisch.«

Kristina sagte kein Wort mehr. Sie drehte den Kopf nach rechts und schaute aus dem Seitenfenster, weil sie diesen Widerling nicht einmal mehr ansehen mochte. Warum hatte sie sich nur darauf eingelassen, zusammen mit ihm nach Svea und Finn zu suchen? Die Nähe im Auto machte seine verhasste Gegenwart unerträglich.

Es folgten drei spannungsgeladene Stunden, die sie schweigend nebeneinander verbrachten. Jedes falsche Wort konnte die Eskalation herbeiführen, und Kristina wusste genau, dass sie das Pulverfass war, dessen Docht bereits glimmte.

Als sie in Ystad ankamen, musste sie zwangsläufig wieder mit ihm reden, weil sie ihm den Weg zu Dags Haus erklären musste. So knapp wie möglich erteilte sie ihre Anweisungen.

Kristina war froh, dass sie den Weg noch wusste. Sie war nur wenige Male bei Dag gewesen, wenn sie Finn in den Ferien zu ihm gebracht oder wieder abgeholt hatte. Sie fand das Haus auf Anhieb, obwohl in dieser Straße alle Häuser gleich aussahen.

Ohne ein Wort zu sagen, sprang Kristina aus dem Wagen, kaum dass Hendrik angehalten hatte. Sie wartete nicht auf ihn, sondern lief zur Haustür und klingelte Sturm.

Dag höchstpersönlich machte ihr die Tür auf. Ihr Anblick schien ihn nicht zu überraschen, er grinste über das ganze Gesicht.

»Warum gehst du nicht an dein Handy?«, fuhr Kristina ihn an.

»Hallo, Kristina«, erwiderte er übertrieben freundlich. »Ich freue mich auch, dich zu sehen.«

Kristina ging nicht darauf ein. »Ist Finn bei dir?«, wollte sie wissen.

»Nicht mehr. Er hat mit seiner Freundin hier übernachtet, die beiden sind aber schon weitergefahren.«

»Oh Mann, Dag, warum hast du sie nicht aufgehalten?«

Dags Überraschung wirkte nicht gespielt. »Warum sollte ich?«

»Weil dein Sohn erst fünfzehn ist, weil er so gut wie kein Geld hat und weil er viel zu unerfahren ist, um alleine durchs Land zu ziehen.«

»Komm mal wieder runter«, sagte Dag halb amüsiert, halb verärgert. »In Finns Alter bin ich um die halbe Welt gereist, und Geld hat der Junge auch. Ich habe ihm welches gegeben.«

»Du hast ihm Geld gegeben?« Kristina sah ihn zweifelnd an. Dag war so gut wie immer pleite.

»Viel war es nicht«, gab er zu. »Du kennst mich ja.«

Aus dem Haus kam ein Mädchen, und hinter sich hörte Kristina Hendrik Lundgren näher kommen. Wären sie allein gewesen, hätte Kristina ihrem Ex eine Menge dazu sagen können, wie gut sie ihn kannte, und es war nicht viel Freundliches dabei. So aber entlud sich ihr ganzer Ärger über die langbeinige Blondine, die sich neben Dag gestellt und besitzergreifend nach seiner Hand gegriffen hatte.

»Warum hast du Dag nicht gesagt, dass er mich anrufen soll?«, fuhr sie das Mädchen an.

Die Blonde zuckte gleichgültig mit den Schultern. »Hab ich vergessen«, erklärte sie lapidar. »Ich bin ja nicht deine Sekretärin.«

Dag schien das lustig zu finden. Er lachte über die Worte des Mädchens, trat dann aber zur Seite und sagte mit einer einladenden Geste: »Kommt doch erst mal rein.«

Während Kristina noch unschlüssig in der Tür stand, nahm Hendrik Lundgren die Einladung an und drängte sich an ihr vorbei ins Haus. Es waren wahrscheinlich Blondies Reize, die ihn lockten. Kristina bemerkte, wie er das Mädchen anschaute.

Die Kerle sind doch alle gleich, dachte sie. Kaum steht eine blonde Beauty mit knappen Shorts und bauchfreiem Top vor ihnen, setzt der Verstand aus.

»Das ist übrigens Lilli«, stellte Dag seine Freundin vor. »Lilli, das ist meine Exfrau Kristina.«

»Hab ich mir schon gedacht«, murmelte Lilli und bedachte Kristina mit einem abschätzigen Blick. Hendrik Lundgren hingegen schenkte sie ein strahlendes Lächeln.

Kristina war die Lust auf Höflichkeiten gründlich vergangen. Sie überließ es ihrem Begleiter, sich Lilli und Dag selbst vorzustellen, und folgte den dreien ins Wohnzimmer.

Das ganze Haus war Dag, angefangen bei den bunt zusammengewürfelten Möbeln, die nur der Zweckmäßigkeit dienten, bis hin zu den Surfbrettern, die an der Wand lehnten.

Vom Wohnzimmer führte eine Tür nach draußen auf eine Steinterrasse. Dahinter war eine winzig kleine, völlig verwilderte Grünfläche.

Dag war Kristinas Blick gefolgt. Er grinste wieder. »Wie du dich wahrscheinlich erinnern kannst, hab ich keinen grünen Daumen.«

»Ich habe mich bemüht, vieles aus meiner Erinnerung zu verbannen«, sagte Kristina missmutig.

Dag schien das eher zu erheitern. Er lachte laut auf, und Kristina bemerkte, dass auch Hendrik Lundgren sie amüsiert musterte.

Lediglich Lilli schien ebenso schlechter Laune zu sein wie sie selbst, und das lag ganz offensichtlich an Kristinas Anwesenheit. Kristina entging nicht, dass das Mädchen immer wieder Körperkontakt zu Dag suchte. Nicht, weil sie ihm nahe sein wollte, sondern um ihr Revier zu markieren. Dieser Mann gehört mir, gab sie Kristina mit jeder Geste und jedem Blick zu verstehen.

Lilli war völlig grundlos eifersüchtig. Kristina würde eher barfuß über glühende Kohlen gehen, als ihren Ex zurückzunehmen. Sie war inzwischen immun gegen seinen Charme und wunderte sich sogar darüber, dass ein junges Mädchen wie Lilli darauf hereinfiel. Dags neue Freundin war erheblich jünger als Kristina und kaum älter als Finn und Svea. Gerade mal volljährig, schätzte Kristina und beobachtete, wie Lilli trotz ihrer offensichtlichen Eifersucht ungeniert mit Hendrik Lundgren flirtete. Sie strich sich durch das lange blonde Haar, warf es mit Schwung zurück, befeuchtete ihre Lippen mit der Zunge und fragte Hendrik, ob er etwas trinken wolle. Kristina übersah sie geflissentlich.

Hendrik Lundgren bat um ein Glas Wasser, und Lilli verließ sofort das Zimmer.

»Bringst du uns auch etwas mit?«, rief Dag ihr nach.

Eine Antwort erhielt er nicht, aber als Lilli zurückkam, hielt sie ein Tablett mit einer Flasche Mineralwasser und vier Gläsern in den Händen. Sie schenkte zuerst Hendrik ein, beugte sich dabei tief über den Tisch und lächelte ihm zu. Er lächelte zurück und fühlte sich sichtlich geschmeichelt.

Nachdem Lilli ihr eigenes Glas gefüllt hatte, schob sie das Tablett mit den beiden leeren Gläsern und der halbvollen Mineralwasserflasche zu Dag und Kristina hinüber.

Kristina hatte keine Lust auf solche Spielchen. Sie war gereizt und wollte endlich etwas über ihren Sohn erfahren.

»Was ist jetzt mit Finn?«, fragte sie Dag ungeduldig. »Weißt du, wohin er und Svea gefahren sind?«

Dag füllte ihr Glas gerade mit Mineralwasser und hielt einen Augenblick inne, die Stirn nachdenklich gerunzelt. »Die beiden wollten eine Tour durch Schweden machen. Svea kennt das Land überhaupt noch nicht.« Er sah zu Hendrik Lundgren hinüber.

»Stimmt«, nickte der. »Wir haben bis vor einem Jahr in Frankreich gelebt.«

Kristina sah ihn überrascht an, erinnerte sich aber dann daran, dass er das bereits während des Radiointerviews erwähnt hatte. Sie versuchte sich einzureden, dass es ihr eigentlich völlig egal war. Nichts, was mit Hendrik Lundgren zusammenhing, interessierte sie auch nur ansatzweise ...

... und doch war sie neugierig. Zumindest sich selbst konnte sie nichts vormachen.

Hendrik erwiderte ihren Blick, gab aber keine weitere Erklärung ab, sondern wandte sich Lilli zu, die sich jetzt neben ihn setzte. So dicht, dass ihr Oberschenkel den seinen berührte.

»Ich stelle es mir aufregend vor, als Gastrokritiker unterwegs zu sein«, säuselte Lilli. »Ständig unterwegs zu sein, in den besten Restaurants einzukehren und überall besonders zuvorkommend behandelt zu werden.«

Ganz langsam wandte sich Hendriks Gesicht Kristina zu. Mit einem breiten Grinsen sagte er: »Leider sieht die Realität nicht immer so aus. Ich habe auch schon das genaue Gegenteil erlebt. Schlechter Service, grausiges Essen.«

Kristina funkelte ihn an. »Vielleicht haben Sie genau die Behandlung erfahren, die Sie verdienen.«

Die Spannung lag greifbar in der Luft, und selbst Dag, der nicht besonders sensibel für die Stimmungen anderer Leute war, weil er sich hauptsächlich für sich selbst interessierte, schaute irritiert zwischen Kristina und Hendrik hin und her.

Lillis Augen verengten sich zu schmalen Schlitzen. Das Mädchen kapierte spätestens jetzt, dass Kristina und Hendrik, obwohl gemeinsam unterwegs, sich nicht besonders leiden konnten. Das machte Kristina erst recht zu einer potenziellen Gegnerin um Dags Gunst.

Kristina wurde das allmählich alles zu anstrengend. Ihr Hals war trocken, sie fühlte sich müde und ausgelaugt und wollte nur noch wissen, wo sie ihren Sohn finden konnte, bevor sie Dags Haus verließ. Hastig trank sie ihr Wasser und verschluckte sich daran. Sie hustete, spürte Dags Hand, die behutsam zwischen ihre Schulterblätter klopfte, und fing Hendriks interessierten sowie Lillis hasserfüllten Blick auf.

Kristina sprang auf. »Lass das!«, fuhr sie den sichtlich verwirrten Dag an. »Und überleg endlich, was Finn und Svea gesagt haben. Wo wollten sie hin?«

Dag runzelte Stirn, schüttelte den Kopf und schien wirklich nichts zu wissen, doch plötzlich strahlte sein Gesicht auf. »Finn hat Svea erzählt, dass seine Großmutter in Göteborg wohnt. Vielleicht sind sie zu ihr unterwegs, um sich da noch mehr Geld zu leihen.«

Kristina schüttelte den Kopf. »Niemals! Meine Mutter würde die beiden garantiert nicht weiterziehen lassen, wenn sie bei ihr auftauchen.«

»Und was ist mit deiner Schwester?«

Lächerlich. Finn kannte Ulrika überhaupt nicht, er würde sich ganz gewiss nicht an sie wenden – und Ulrika war sicher der letzte Mensch, der ausgerechnet ihrem Sohn helfen würde.

Wie immer, wenn sie an ihre Schwester dachte – und normalerweise gab Kristina sich alle Mühe, das zu verhindern –, erfüllte sie die alte Bitterkeit, die sie wahrscheinlich niemals loswerden würde. Egal wie groß die zeitliche und räumliche Trennung zwischen ihr und ihrer Schwester war. Die emotionale Kluft war ohnehin unüberwindbar. Gerade Dag müsste wissen, dass ihre Schwester kein Zufluchtsort für ihren Sohn war.

Kristina atmete tief durch. »Ich kann mir nicht vorstellen, dass Finn sich ausgerechnet an Ulrika wendet. Er weiß, dass sie ihm nicht helfen würde.«

Dag schaute sie einen Moment bekümmert an. Aber gleich darauf lachte er schon wieder. »Vielleicht bittet er sie gar nicht um Hilfe, sondern taucht einfach nur so bei ihr auf. Als Verwandtschaftsbesuch sozusagen, um eine Nacht dort zu schlafen und etwas zu essen. Deine Schwester hat doch ein Hotel.«

Eigentlich gehörte das Hotel ihrem Schwager Gunnar, und Finn kannte weder ihn noch ihre Schwester Ulrika. Aber es konnte sein, dass Dag mit seiner Vermutung trotzdem richtig lag.

Finn war immer neugierig gewesen, was seine Göteborger Verwandtschaft betraf. Er hatte nie verstanden, dass Kristina nicht mit ihm dorthin fahren wollte und alle Gespräche über seine Tante Ulrika und deren Familie abgeblockt hatte.

Kristina klammerte sich an diesen Gedanken, und gleichzeitig erfüllte er sie mit Panik. Es war nur ein winziger Anhaltspunkt, der einzige, den sie hatten – aber sie wollte nicht, dass es so war. Sie wollte auf keinen Fall, dass ihr Sohn sich ausgerechnet an Ulrika wandte.

»Verdammt, Dag, warum hast du ihn denn nicht gefragt, was er vorhat?«, fuhr sie ihren Exmann an. »Finn ist doch auch dein Sohn. Es kann dir doch nicht egal sein, was er tut und wohin er unterwegs ist.«

Dag wirkte gekränkt. »Natürlich ist mir das nicht egal! Ich finde es aber gut, dass der Junge seinen Horizont durch eigenständiges Reisen erweitert und nicht immer unter dem schützenden Flügel seiner Gluckenmutter bleibt.«

Kristina verschlug es sekundenlang die Sprache. Sie sah Lilli hämisch grinsen. Natürlich freute die kleine Gans sich über den Ton, in dem Dag mit ihr sprach, ohne überhaupt wirklich zu begreifen, worum es ging. Hendrik Lundgrens Miene hingegen war undurchdringlich.

»Finn ist erst fünfzehn«, brach es aus Kristina heraus.

»Na und?«, gab Dag zurück. »Er macht eine Tour durch Schweden, nicht durch den Nahen Osten.«

Lilli kicherte albern.

Für Kristina war das zu viel. »Kein Wunder, dass sich dein eigener Horizont kein bisschen erweitert, wenn du dich nur mit so jungen Gänsen umgibst«, sagte sie wütend und rannte aus dem Zimmer und durch den Hausflur nach draußen. Laut knallte sie die Tür hinter sich zu und stand dann hilflos auf der Straße. Und jetzt? Sie hatte kein Auto, ihre Handtasche lag noch auf dem Beifahrersitz von Hendrik Lundgrens Auto, und das stand gut abgeschlossen vor Dags Haus. Zurückgehen kam für Kristina nicht infrage. Sie wäre sich nach diesem Abgang lächerlich vorgekommen.

Es dauerte ein paar Minuten, dann kamen auch Dag und Hendrik Lundgren nach draußen.

»Mann, Kristina!«, Dags Stimme war ebenso vorwurfsvoll wie seine Miene, »musst du immer gleich so einen Aufstand machen? Lilli ist stinksauer.«

Kristina schloss die Augen und zählte in Gedanken langsam bis zehn. Doch es half nichts.

Als sie die Augen wieder öffnete, war sie immer noch so wütend wie vorher. »Dag, du bist ein Idiot!«

Typisch für ihren Ex, dass er sich nicht aufregte, sondern eher gekränkt wirkte. Kristina wusste noch von früher, dass Dag nur schwer damit zurechtkam, wenn jemand sauer auf ihn war. Streiten war mit ihm unmöglich gewesen. Er wurde nicht laut, schimpfte nicht, sondern zog sich einfach nur gekränkt zurück. Es sah ganz so aus, als hätte er das auch jetzt am liebsten gemacht. Er wandte sich halb um, doch dann schien ihm plötzlich etwas einzufallen. Von einer Sekunde zur nächsten strahlte er wieder über das ganze Gesicht. »Sie sind zur Bushaltestelle gegangen.«

Endlich ein brauchbarer Hinweis. »Wann? Und wohin wollten sie fahren?«

Dag zuckte mit den Schultern. »Irgendwann heute Morgen. Keine Ahnung.«

»Fahren wir zur Bushaltestelle und finden es heraus«, schlug Hendrik Lundgren vor.

»Sei nicht böse auf mich«, bat Dag leise. »Ich weiß, ich hätte mal nachdenken sollen, aber ich habe es nur gut gemeint.«

»Schon gut.« Kristina nickte halbwegs versöhnt.

Hendrik Lundgren verabschiedete sich von Dag und sah Kristina dann abwartend an.

Sie zögerte. »Ich möchte noch kurz unter vier Augen mit Dag sprechen.«

Hendrik Lundgren nickte. »Ich warte dann im Wagen auf Sie.«

Kristina wartete, bis er außer Hörweite war. Dabei entging ihr nicht, dass Dag sie angespannt anschaute. Das Lächeln auf seinem Gesicht war verschwunden. »Willst du mir jetzt noch eine Szene machen?«

Kristina schüttelte den Kopf und presste kurz die Lippen aufeinander. Es war ihr peinlich, ihr Anliegen vorzubringen, nachdem sie ihn eben noch so angeschrien hatte.

»Kannst du mir Geld leihen?«, presste sie schließlich hervor.

Dag entspannte sich. Er lachte sogar wieder, schüttelte den Kopf, nickte aber gleich darauf. »Das meiste habe ich Finn gegeben«, sagte er, »aber ich habe da noch eine eiserne Reserve. Viel ist es allerdings nicht.«

»Du bekommst es so schnell wie möglich zurück«, versprach Kristina.

»Es eilt nicht.« Dag schüttelte den Kopf und lächelte sie dabei so treuherzig an, dass sie ihm einfach nicht mehr böse sein konnte. Dag war nun einmal Dag. Ein liebenswerter, hilfsbereiter Chaot, ohne jegliches Verantwortungsgefühl.

Er ging zurück ins Haus, kam kurz darauf zurück und drückte ihr ein paar Scheine in die Hand. Dabei überraschte er sie mit den Worten: »Wenn etwas ist, wenn du Hilfe brauchst, dann melde dich sofort bei mir.«

»Danke!« Kristina umarmte ihn, und als sie die offensichtlich wütende Lilli in der Tür sah, presste sie sich noch ein bisschen länger und fester an Dag, als sie es normalerweise getan hätte.

Es schien ihm zu gefallen. Er umfasste sie, hielt sie ganz fest und strahlte sie an. »Vielleicht sollte ich gleich mitkommen«, schlug er vor.

Kristina lächelte. »Und deine Freundin? Willst du die auch mitnehmen?«

Dag sah sich kurz nach Lilli um, die immer noch mit aufgebrachtem Gesicht in der Tür stand. Als er Kristina wieder anschaute, grinste er. »Ist wohl keine so gute Idee. Zwei Frauen, die sich wegen mir eifersüchtig bekriegen, halte ich nicht aus.«

Bildete er sich ernsthaft ein, dass sie auf dieses dumme Ding eifersüchtig war? Glaubte er ernsthaft, dass sie immer noch an ihm interessiert war?

Kristina war sprachlos. Sie schaute Dag nur an und las in seinem Gesicht ein bedingungsloses Ja auf ihre unausgesprochenen Fragen. Eben noch war sie ganz gerührt gewesen, jetzt war sie eher amüsiert.

Das hielt aber nicht lange an. Die Enttäuschung über den Abstecher zu Dag, der sie kein bisschen weitergebracht hatte, überwog. Sie hatte so sehr gehofft, Finn bei seinem Vater anzutreffen und die Suche nach ihm und Svea damit zu beenden.

»Melde dich, wenn du ihn gefunden hast«, bat Dag.

Kristina lag die Erwiderung auf der Zunge, dass es jetzt zu spät war, um den besorgten Vater herauszukehren. Das hätte er tun sollen, bevor er Finn weiterziehen ließ. Doch sie ersparte sich diese Bemerkung, die nur zu weiteren unergiebigen Diskussionen führen würde.

Kristina verabschiedete sich von Dag und winkte Lilli zu, die wie festgeklebt in der Tür stand und sie mit Argusaugen beobachtete. »Keine Sorge!«, rief sie dem Mädchen zu. »Ich will ihn nicht zurück. Du kannst ihn behalten!« Zumindest diese Bemerkung hatte sie sich nicht verkneifen können.

Kristina stieg zu Hendrik Lundgren in den Wagen. Als er den Motor startete und losfuhr, drehte sie sich nicht um. Kristina schaute nicht zurück. Das hatte sie noch nie getan.

Auf der kurzen Fahrt bis zur Bushaltestelle sagte Hendrik Lundgren kein Wort, und Kristina war ihm dankbar dafür. Sie wollte jetzt nicht reden.

Dann standen sie vor der Haltestelle und überlegten, welchen Bus die Kinder genommen haben mochten. Richtung Norden?

»Naheliegend wäre es«, überlegte Kristina laut. »Vielleicht sind die beiden wirklich auf dem Weg nach Göteborg.« Sie merkte selbst, dass ein seltsamer Unterton in ihrer Stimme mitschwang, und Hendrik Lundgren bemerkte ihn offenbar auch. Er warf ihr einen prüfenden Blick zu, dem sie krampfhaft auswich.

»Sie waren sich eben noch so sicher, dass Ihr Sohn dort auf keinen Fall hinfahren wird«, erwiderte er.

»Wir sollten jede Möglichkeit in Betracht ziehen«, sagte sie lahm und spürte, dass er sie weiterhin anschaute. Es war ihr unangenehm.

»Sie wollen nicht nach Göteborg fahren«, stellte Hendrik Lundgren in diesem Moment fest.

»Nein, will ich nicht!«, erwiderte sie spontan und ärgerte sich gleich darauf. Es war zu spät, sie konnte ihre Worte nicht mehr zurücknehmen. »Ich will nicht darüber reden«, knurrte sie, um eventuelle Fragen von vornherein zu verhindern.

Hendrik Lundgren zuckte mit den Schultern und hob beide Hände. »Okay«, sagte er gedehnt. »Darf ich denn fragen, ob wir trotzdem nach Göteborg fahren? Das heißt«, verbesserte er sich selbst, »ich werde auf jeden Fall nach Göteborg fahren und meine Tochter suchen, da wir keinen anderen Anhaltspunkt haben. Die Frage ist, ob Sie mitkommen.«

»Natürlich komme ich mit.« Er hatte es nicht verdient, dass sie so unfreundlich mit ihm sprach, aber Kristina konnte gerade nicht anders. Alles in ihr sträubte sich dagegen, nach so langer Zeit in ihre Heimatstadt zurückzukehren. Der Widerwille erschwerte ihr das Atmen und lähmte ihre Beine.

Wie lange war es her, dass sie Göteborg verlassen hatte? Mit dem festen Entschluss, nie wieder dorthin zurückzukehren? Anderthalb Jahrzehnte, eine Ewigkeit. Göteborg war zu einer anderen Zeit, in einem anderen Leben gewesen.

Hendrik Lundgren schaute auf seine Armbanduhr. Als er wieder aufschaute, begegneten sich ihre Blicke. »Können wir?«, fragte er, und Kristina bemerkte, dass er sehr müde aussah.

Es war früher Abend, und sie hatten einen langen, anstrengenden Tag hinter sich. »Wie wäre es, wenn wir über Nacht in Ystad bleiben und morgen weiterfahren, wenn wir ausgeruht sind?«, schlug sie vor.

»Wollen Sie wirklich das Risiko eingehen, dass die Kinder uns noch einmal entwischen? Nur weil Sie zu feige sind, nach Göteborg zu fahren?«

»Ich bin nicht feige!«, widersprach sie mit erhobener Stimme, drehte sich um und stieg in seinen Wagen, um ihm zu beweisen, dass sie es durchaus ernst meinte. Sie wandte nicht den Kopf, sah stur geradeaus, als er sich hinter das Lenkrad fallen ließ und den Motor startete.

Sie schwiegen sich auch diesmal wieder an. Kristina bemerkte, dass Hendrik Lundgren immer wieder verstohlen gähnte, und fragte sich, ob sie nicht doch auf der Übernachtung in Ystad hätte beharren sollen. Das Gähnen steckte allerdings an, und irgendwann schlief sie ein.

Kristina wusste nicht, wie lange sie geschlafen hatte, und brauchte nach dem Aufwachen ein paar Minuten, um sich zu orientieren. Hendrik Lundgren hatte seinen Wagen vor einer Autobahnraststätte geparkt und war ausgestiegen. Sie richtete sich auf, schaute sich suchend um, aber er war nirgendwo zu sehen.

Als sie die Beifahrertür öffnete, kam er gerade aus dem Restaurant, mit zwei runden Plastikbechern auf einem Tablett, daneben zwei Teller mit Schwarzbrot, die dick mit Schweinefleisch belegt waren.

»Ich habe uns etwas zu essen besorgt«, sagte er.

»Sie essen an einer Autobahnraststätte?« Kristina staunte.

»Probieren.« Hendrik Lundgren drückte ihr den Becher in die Hand.

Kristina zuckte im ersten Moment zurück. Der Becher war heiß, aber die dicke gelbe Suppe darin roch verführerisch. Sie balancierte ihre Suppe und das Schwarzbrot vorsichtig zu einem der kleinen Stehtische, die neben dem Restaurant standen. Es tat ihr gut, ihre Beine zu strecken, und es machte ihr nichts aus, im Stehen zu essen.

Hendrik Lundgren folgte ihr und stellte seinen Becher ebenfalls auf dem Tisch ab.

»Wo sind wir?« Kristina tauchte ihren Löffel in die dickflüssige Suppe und probierte vorsichtig. »Das ist hervorragend«, sagte sie.

»Ich weiß«, bemerkte er, bevor er ihre Frage beantwortete. »Wir sind kurz hinter Kungsbacka.«

Kristina nickte und beugte ihren Kopf tief über die Suppe. Schweigend aß sie und versuchte zu ergründen, was diese Information in ihr auslöste. Noch eine knappe halbe Stunde bis Göteborg.

Es überraschte sie ein bisschen, dass die Nähe zu ihrer Heimatstadt nicht nur unangenehme Gefühle in ihr auslöste. Sie freute sich zumindest auf das Wiedersehen mit ihrer Mutter.

Die Suppe weckte ihre Lebensgeister. »Das Rezept hätte ich gerne«, sagte sie.

Hendrik Lundgren lachte leise. »Sind Sie wirklich auf der Suche nach Ihrem Sohn, oder wollen Sie auf dieser Reise nur Ihre Rezeptsammlung vergrößern?«

Kristina führte noch einen Löffel Suppe zum Mund und wartete auf den Zusatz, dass ihr Restaurant eine neue Rezeptsammlung nur zu gut gebrauchen könnte, aber er kam nicht.

Sie hob den Kopf. »Das eine schließt das andere ja nicht aus. Glauben Sie, ich bekomme das Rezept?«

»Ich bin davon überzeugt.« Er lächelte und zog eine zusammengefaltete Serviette aus der Gesäßtasche seiner Jeans. »Ich wusste, dass Sie danach fragen.«

»Sie haben das Rezept einfach so bekommen?«, fragte Kristina überrascht.

»Nicht einfach so.« Hendrik schüttelte den Kopf. »Ich habe dem Koch versprochen, ihn dafür in einem meiner nächsten Artikel lobend zu erwähnen.«

Infam, wie er seine Macht als Gastrokritiker ausnutzte! Ein lobendes Wort reichte, um ein Restaurant in den Olymp zu erheben, eine niederschmetternde Aussage konnte Existenzen vernichten. Und doch, er hatte es für sie getan. Kristina wusste nicht, was sie sagen sollte.

»Ein einfaches Danke reicht«, sagte der Gastrokritiker mit einem anzüglichen Grinsen, als könnte er ihre Gedanken erraten.

Kristina schaute ihn an. Lange, schweigend. »Danke«, sagte sie schließlich und faltete die Serviette auseinander.

Schwedische Erbsensuppe mit Schweinefleisch

500 g gelbe Erbsen
400 g gepökelter Schweinenacken oder -bauch
3 l Fleischbrühe
2 Zwiebeln
1 TL Majoran
1 TL Thymian
1 kleine Ingwerknolle
Salz
Butter
1 Möhre
¼ Sellerie
½ Stange Lauch (Kleingewürfelt)
Frisch gemahlener Pfeffer
½ Bund Petersilie (gehackt)
1 Knoblauchzehe (gehackt)
Süßer Senf

Die Erbsen einen Tag vorher in Wasser einweichen.

Zwiebeln und Knoblauch in kleine Stücke hacken, Ingwer und das klein geschnittene Gemüse in zerlassener Butter anschwitzen. Die Erbsen abtropfen lassen und kurz mit anschwitzen. Mit der Brühe auffüllen. Majoran, Thymian und Fleisch zugeben.

Die Suppe aufkochen lassen und ca. 3 Stunden bei mittlerer Hitze köcheln lassen, bis die Erbsen weich geworden sind.

Achtung: Immer wieder umrühren, die Erbsen brennen auch bei kleiner Hitze schnell an.

Fleisch aus der Suppe nehmen, in Scheiben schneiden und auf Schwarzbrot zur Suppe servieren. Das Fleisch mit süßem Senf bestreichen.

Die Suppe mit Salz und Pfeffer abschmecken und mit Petersilie bestreuen.

— 18 —

Meine Mutter wird vermuten, dass wir mit dem bisschen Geld nach Göteborg fahren, um von meiner Oma noch mehr Geld zu leihen«, überlegte Finn laut.

Svea hörte nur mit halbem Ohr zu. Sie sah sich in dem billigen Hotelzimmer um, dass sie für diese Nacht gemietet hatten. Es war klein, wirkte auf den ersten Blick sauber und war doch ziemlich schäbig. Nicht gerade das, was sie gewohnt war.

»... deshalb bleiben wir mindestens zwei Tage hier«, hörte sie Finn jetzt weiterreden. Irgendwie war ihr der Mittelteil seines Monologs entgangen.

Der letzte Satz entsetzte sie. »Aber nicht in diesem Hotel. Okay, diese Nacht geht das, aber wenn du länger hierbleiben willst, suchen wir uns ein schönes Hotel.«

Finn wirkte befremdet. »Etwas anderes können wir uns nicht leisten«, sagte er. »Wir haben fast kein Geld mehr.«

Svea presste die Lippen aufeinander. Sie war müde, sie hatte Hunger und überhaupt, so hatte sie sich ihre Ferien mit Finn nicht vorgestellt. Auf der Flucht, gehetzt, billige Hotels und hastige Burger, die sie im Gehen essen mussten.

Keine schönen Momente im Sonnenuntergang, keine gemeinsamen Besichtigungstouren, damit sie ihre Heimat kennenlernte, keine Romantik. Sie waren noch keine zwei Tage unterwegs, und sie hatte bereits genug.

Finn hatte aufgehört zu reden. Sie bemerkte es erst, als er vom Bett herunterrutschte und sie fragend anschaute. »Was hast du?«, wollte er wissen.

»Nichts«, log sie.

Finn zog die Augenbrauen zusammen. »Ich merke doch, dass du was hast. Bist du sauer auf mich?« Seine Stimme klang leicht gereizt. Verstand er denn wirklich nicht, was mit ihr los war?

»Ich bin müde«, sagte sie, »das ist alles.« Sie wollte sich jetzt nicht mit Finn streiten, und sie wusste, dass es unweigerlich zum Streit kommen würde, wenn sie versuchte, ihm zu erklären, was gerade in ihr vorging. Sie spürte, dass er es nicht verstehen würde, und wunderte sich gleichzeitig darüber, dass er nicht ebenso empfand wie sie. Er konnte doch mit dieser Situation nicht wirklich zufrieden sein.

Finn nickte, sah aber nicht so aus, als würde er ihr glauben. »Dann gehen wir jetzt am besten schlafen und überlegen morgen, wie es weitergeht. Wenn wir ausgeruht sind.«

Plötzlich entstand eine merkwürdige Spannung zwischen ihnen. Es war das erste Mal, dass sie gemeinsam in einem Zimmer übernachteten, und bisher hatten sie sich beide keine großen Gedanken darüber gemacht.

Die letzte Nacht hatten sie bei Dag verbracht. Eigentlich hatten sie noch am Abend weiterreisen wollen, aber dann kam diese Nachricht von Finns Mutter. Sie hatte ihm auf die Mailbox gesprochen, dass sie die Nacht in einem Hotel in Gränna verbringen wollte. Beiden war sofort klar gewesen, warum Kristina in einem Hotel übernachtete. Sie ahnte wohl, wo sich ihr Sohn befand, und war auf dem Weg Richtung Ystad. Aber immerhin verschaffte ihnen Kristinas Nachricht etwas Luft, und sie konnten die Nacht über bei Dag bleiben. Svea in dem sogenannten Gästezimmer, das aber nicht mehr als eine kleine Abstellkammer mit einer Matratze auf dem Boden gewesen war, Finn auf dem Sofa im Wohnzimmer.

Svea spürte einen Kloß im Hals, als sie das Doppelbett in

ihrem Hotelzimmer betrachtete. Das war alles so unwirklich, so ganz anders als in ihren Träumen. Ihr erstes Mal hatte sie sich nicht in einem heruntergekommenen Hotel vorgestellt. Sie wusste nicht, ob Finn schon einmal mit einem Mädchen geschlafen hatte. Das war ein Thema, über das sie bisher noch nicht gesprochen hatten, und jetzt, in dieser Situation, erschien es ihr zu intim. Die Überschreitung einer Grenze, zu der sie eigentlich noch nicht bereit war. Dabei wusste sie nicht einmal, ob es nur an ihrer Unzufriedenheit lag, oder ob sie generell noch nicht bereit dazu war.

»Ich gehe zuerst ins Bad«, sagte sie mit belegter Stimme.

Finn nickte nur. Auch er wirkte plötzlich befangen. Mit einem Mal lag etwas zwischen ihnen, was sich nicht in Worte fassen und noch weniger überbrücken ließ.

Svea schnappte ihren Rucksack und zwängte sich damit in das kleine, enge Bad. Sie duschte ausgiebig und putzte ihre Zähne viel gründlicher als sonst, bis Finn rief: »Brauchst du noch lange? Ich muss mal!«

Svea war froh, dass sie ihren alten Schlafanzug mit den aufgedruckten Hasen mitgenommen hatte. Hochgeschlossen und kindlich wirkte er an ihr, und eigentlich hatte sie ihn nur deshalb eingepackt, weil sie es eilig hatte und er gerade griffbereit lag. Niemals, das hatte sie sich geschworen, würde Finn sie in diesem Ding sehen. Heute Abend musste es genau dieser Schlafanzug sein, der ihn hoffentlich davon abhielt, sich ihr zu nähern.

Finn sagte kein Wort, als sie mit ihrem Rucksack wieder aus dem Bad kam, sondern drückte sich eilig an ihr vorbei.

Svea stellte den Rucksack auf den Stuhl neben dem Kleiderschrank und legte sich ins Bett. Sie rollte sich zusammen und zog die Decke bis ans Kinn.

Finn brauchte nicht so lange wie sie, und es schien ihm

auch nichts auszumachen, sich zu ihr ins Bett zu legen. »Ich bin hundemüde«, sagte er und löschte das Licht auf seiner Seite.

»Ich auch«, stimmte Svea ihm zu. Erleichtert, weil er offenbar nichts anderes wollte als schlafen. Sie knipste ihre Nachttischlampe aus. »Gute Nacht«, sagte sie.

Eine Antwort erhielt sie nicht, stattdessen fühlte sie plötzlich Finns Hand. Vorsichtig tastend.

Svea versteifte sich. Sie drehte sich nicht um, blieb zusammengerollt liegen und verschränkte die Arme vor der Brust. »Ich kann das nicht«, sagte sie erstickt. »Nicht hier, nicht in dieser Umgebung.«

»Okay«, sagte Finn, und sie glaubte, in seiner Stimme Erleichterung zu hören. »Gute Nacht.«

Svea atmete tief ein und aus. »Gute Nacht!«

Selmas Welt

Unser Romeo und unsere Julia schlafen nur zwei Zimmer weiter. Obwohl, schlafen werden sie wahrscheinlich nicht. Ein junges Paar, ein Hotelzimmer, jeder von uns kann sich ausmalen, was in einer solchen Situation passiert. Ich frage mich, was die Eltern der beiden, der Herr Gastrokritiker und die Frau Restaurantbesitzerin, dazu sagen würden, wenn sie wüssten, wo ihre Kinder gerade sind.

Ja, seufzt nur, liebe Leser, genau das mache ich auch gerade. Weil ich alleine bin und in meiner Einsamkeit feststellen muss, was für eine üble Kaschemme das ist, die sich unser verliebtes Paar ausgesucht hat. Meinen Chefredakteur wird es freuen, weil es die Spesenkasse nicht allzu sehr belastet, und genau das war wahrscheinlich auch der Grund, der Romeo und Julia dazu bewogen hat, sich hier ein Zimmer zu nehmen.

Wir sind in Trelleborg, der südlichsten Stadt Schwedens. Um ihre Lage zu betonen, lässt die Stadt jeden Sommer Kübel mit Palmen an der Hafenstraße aufstellen. Trelleborg hat aber noch sehr viel mehr zu bieten, und ich würde mich freuen, wenn unser Pärchen beschließen würde, ein wenig länger hierzubleiben und die Stadt zu erkunden.

Ich werde mich anschließen. Heimlich natürlich, spionagemäßig. Agent 00-Selma!

Wir lesen uns später wieder!

Selma drückte auf »Senden« und beschloss gleichzeitig, sich gleich morgen ein Notebook anzuschaffen, falls sie länger in

Trelleborg bleiben sollten. Vom Spesenkonto, versteht sich, dafür blieben ja die Hotelkosten erfreulich niedrig.

Missmutig schaute sie sich in ihrem Zimmer um. Von Komfort und Luxus konnte hier wirklich keine Rede sein. Vielleicht brachte sie Erik Asmussen ja dazu, dem jungen Paar ein paar Kronen zukommen zu lassen, damit die beiden sich auf ihrer weiteren Reise bessere Domizile leisten konnten – was ihr natürlich auch zugutekommen würde, weil sie dicht bei den beiden bleiben musste.

Allerdings musste sie dabei ab sofort sehr vorsichtig sein. Sie war den jungen Leuten aufgefallen. Die beiden waren misstrauisch geworden – und unverschämt. Selma hatte die aufgeschnappte Bemerkung immer noch nicht ganz verdaut. Trotzdem wollte sie an dieser Sache dranbleiben. Sie befürchtete, dass Erik Asmussen sie von dieser Geschichte abziehen würde, wenn er erfuhr, dass sie aufzufliegen drohte.

Ist jetzt auch nicht so der Hit, meldete der Chefredakteur sich per SMS. *Die Leser wollen mehr. Ein Liebespaar auf der Flucht, das birgt doch Potenzial für eine ganz große Story. Der Leser soll die Stimmung spüren, das Gehetzte einer Flucht, und er soll die romantischen Momente auffangen. Kriegst du das hin?*

In diesen wenigen Zeilen war eine unterschwellige Drohung enthalten. Selma antwortete nicht sofort, sondern dachte lange und gründlich nach, bis sie eine Idee hatte, wie es weitergehen könnte.

Klar kriege ich das hin, schrieb sie, *aber dazu benötige ich wenigstens eine halbe Seite pro Tag und einen Fotografen. Dann können wir eine richtige Geschichte daraus machen.*

Selma drückte erneut auf »Senden«. Sie hielt das Smartphone in der Hand, wartete gespannt auf Antwort. Wenn Erik ihr einen Fotografen schickte, konnte sie diesen auf die Spur des Pärchens ansetzen und selbst mehr aus dem Hintergrund agieren, und sie konnte ihm die Schuld in die Schuhe schieben, falls sie auffliegen sollten.

Erik Asmussen antwortete nicht.

Außerdem brauche ich ein Notebook, schob sie hinterher, nicht nur, weil es sowieso auf ihrer Wunschliste stand, sondern um ihn endlich zu einer Antwort zu bewegen.

Erik Asmussen reagierte immer noch nicht. Das Smartphone in ihren Händen wurde schwer, ihr Kopf sank langsam aufs Kissen. Ruckartig fuhr sie hoch, als das unverkennbare Piepsen den Eingang einer SMS ankündigte.

Ingvar Ström trifft morgen bei dir ein und bringt ein Notebook mit. Halt Romeo und Julia bloß so lange auf.

»Der spinnt ja«, murmelte Selma und simste gleichzeitig zurück: *Ich kann die beiden schlecht in ihrem Hotelzimmer einsperren.*

Lass dir was einfallen, kam es diesmal prompt zurück.

Selma warf das Handy neben sich aufs Bett und verwünschte ihren Chef in Gedanken. Das brachte sie zwar auch nicht weiter, aber es erleichterte ungemein. Der Geistesblitz traf sie irgendwo zwischen »Ignoranter Idiot« und »Lass dir doch selber mal etwas Kreatives einfallen«. Erik Asmussen würde zwar noch ein bisschen tiefer in die Spesenkasse greifen müssen, aber sie wusste wenigstens, wie sie Romeo und Julia ein bisschen länger in Trelleborg festhalten konnte.

— 19 —

Kristina schlug das Herz bis zum Hals, als Hendrik Lundgren seinen Wagen parkte. Prächtige alte Bäume standen auf der Rasenfläche vor dem Haus. Sie starrte durch das Seitenfenster auf ihr Elternhaus. Hier war sie aufgewachsen, hier hatte sie gelebt und geliebt, und von hier war sie irgendwann geflüchtet.

Und jetzt war sie wieder da.

Sie hatte sich das Heimkommen schlimmer vorgestellt und war überrascht, dass sich beim Anblick des gelb gestrichenen Holzhauses mit den rot leuchtenden Schindeln und der weißen Veranda ein warmes Gefühl in ihr ausbreitete. Das Dach der Veranda wurde von zwei weißen Säulen getragen. Hinter den hohen Gaubenfenstern im tief gezogenen Dachgeschoss verbargen sich Kristinas und Ulrikas frühere Kinderzimmer.

Hendrik Lundgren räusperte sich, sagte aber nichts.

Kristina hatte das Gefühl, dass es albern wäre, noch länger im Auto sitzen zu bleiben und ihr Elternhaus anzustarren. Als sie die Beifahrertür öffnete, stieg Hendrik Lundgren auf der anderen Seite ebenfalls aus. Er folgte ihr über die Straße und schien dann plötzlich Bedenken zu bekommen.

»Ist es nicht schon zu spät für einen Überraschungsbesuch? Wir hätten Ihre Mutter besser von unterwegs angerufen.«

Kristina war stehengeblieben. »Ich glaube nach wie vor nicht, dass Finn und Svea bei ihr sind«, sagte sie mit belegter Stimme. »Sie macht sich nur Sorgen, wenn sie erfährt, was passiert ist.«

Noch mehr Sorgen, nach allem, was sie mit mir durchmachen musste, dachte Kristina beklommen. Sie drehte sich zu Hendrik Lundgren um. »Sie haben recht«, sagte sie dabei. »Es ist zu spät.«

Sie wollte gerade zurück zum Auto, als sie hinter sich ein Geräusch hörte. Dann vernahm sie die Stimme ihrer Mutter: »Kristina, bist du das?«

Langsam drehte Kristina sich wieder um. Ihre Mutter stand in der offenen Tür, die Hand über die Augen gelegt, als würde die Mitternachtssonne sie blenden.

Kristina ging auf das Haus zu. Ihre Mutter kam ihr mit ausgebreiteten Armen entgegen, und Kristina stürzte sich hinein.

»Ich freue mich so, dass du endlich mal nach Hause kommst«, flüsterte ihre Mutter und drückte sie ganz fest an sich.

Kristina hätte gerne erwidert, dass sie sich auch freute, aber das wäre nicht ganz ehrlich gewesen. Es war schön, ihre Mutter zu sehen, sie zu umarmen, aber da war auch die Angst, dass die Fußabdrücke, die sie in Göteborg hinterlassen hatte, immer noch zu tief waren.

Ihre Mutter hob den Kopf, sah an ihr vorbei und lächelte plötzlich. »Dein Freund?«, wollte sie wissen.

Kristina wandte den Kopf und spürte dabei, dass sie rot wurde. Ihre Mutter meinte Hendrik Lundgren. »Nein«, sagte sie hastig.

Hendrik Lundgren stellte sich selbst vor, und Anita Arvidsson nannte ebenfalls ihren Namen. »Kommt doch rein«, sagte sie und hängte sich bei ihrer Tochter ein.

Durch den schmalen Flur gingen sie direkt ins Wohnzimmer. Kristina schaute sich um. Die Wände waren immer noch in dem zarten Pastellgelb gehalten wie damals. Blaue Vorhänge hingen an den Fenstern, bunt gemusterte Teppiche lagen auf dem Holzboden.

»Es hat sich nichts verändert«, sagte sie.

»Wir haben uns verändert«, sagte Anita Arvidsson. Sie schwieg eine Weile, bevor sie leise hinzufügte: »Und das ist gut so. Aber setzt euch doch.« Sie wies auf das Sofa mit dem hellen Holzgestell. »Und dann erzählst du mir, wieso du so plötzlich nach Hause gekommen bist.«

»Hat Finn sich bei dir gemeldet?«, fragte Kristina.

Ihre Mutter schüttelte den Kopf, ein besorgter Ausdruck trat in ihr Gesicht. Sie ließ sich in einen der beiden Sessel auf der anderen Seite des Couchtisches fallen. »Was ist passiert?«, fragte sie.

Kristina und Hendrik schauten sich an. Sie saßen nebeneinander auf dem Sofa. Er ganz rechts, sie ganz links, dazwischen so viel Abstand wie möglich.

Kristina schaute wieder zu ihrer Mutter und senkte den Kopf. »Finn ist abgehauen. Zusammen mit Herrn Lundgrens Tochter.«

Kristina wagte es nicht, ihre Mutter anzusehen. Sie glaubte zu wissen, was sie in diesem Moment dachte: Alles wiederholte sich, und jetzt erlebte Kristina genau das, was ihre Mutter damals durchgemacht hatte. Dabei spielte es keine Rolle, dass Kristina damals etwas älter gewesen war als ihr Sohn heute. Die Sorgen einer Mutter blieben die gleichen.

Anita erwähnte Kristinas eigene Flucht mit keiner Silbe. Sie stellte ein paar Fragen, die abwechselnd von Kristina und Hendrik beantwortet wurden. Beide verschwiegen allerdings, was der Auslöser für die Flucht der Kinder gewesen war, nämlich die Auseinandersetzung zwischen ihren Eltern.

Es war Hendrik, der nicht auf ihren Streit einging, sondern behauptete, Finn und Svea wären weggelaufen, weil sie die Erlaubnis für ihren gemeinsamen Urlaub nicht erhalten hätten.

Kristina schwieg ebenfalls, nicht, um ihn zu schonen, sondern weil sie ihre Mutter mit der ganzen Vorgeschichte nicht zusätzlich belasten wollte. Es war nicht wichtig. Nicht jetzt.

Anita wirkte sehr nachdenklich und sagte schließlich: »Finn kommt schon zurecht.« Sie lächelte Kristina herzlich an. »Er hat ja schließlich eine Menge von dir.«

Kein Wort des Vorwurfs. Nicht einmal eine Anspielung auf früher. Kristina glaubte sogar, aus der Stimme ihrer Mutter so etwas wie Stolz herauszuhören. Sie wäre am liebsten aufgestanden, um ihre Mutter in den Arm zu nehmen. Hendrik Lundgrens Anwesenheit hinderte sie daran, weil sie befürchtete, womöglich in Tränen auszubrechen.

»Habt ihr schon etwas gegessen?«, wollte Anita wissen.

»Eine Erbsensuppe«, nickte Kristina und dachte an das Rezept in ihrer Tasche. Sie würde es vor ihrer Abreise für ihre Mutter abschreiben. »Eigentlich bin ich nur noch müde.«

Hendrik Lundgren stand auf. »Ich verabschiede mich am besten mal. Können Sie mir ein gutes Hotel empfehlen?«

Kristina und ihre Mutter schauten sich an und brachen gleichzeitig in Lachen aus. Hendrik schaute fragend zwischen ihnen hin und her.

»Das könnte ich durchaus«, sagte Anita, »aber Sie bleiben selbstverständlich hier. Du schläfst in deinem Zimmer«, sagte sie zu Kristina, »und Hendrik kann in Ulrikas Zimmer schlafen.«

Kristina wunderte sich darüber, wie leicht ihrer Mutter der Vorname des Gastrokritikers über die Lippen kam. Auch wenn es in Schweden üblich war, sich zu duzen, bevorzugte sie es, ihn weiterhin mit Nachnamen anzusprechen, und sie wusste nicht, was sie davon halten sollte, dass er im Kinderzimmer ihrer Schwester übernachten sollte. Sie hoffte, dass er ablehnen würde, aber er schien ganz angetan von dieser Möglichkeit.

»Übrigens gehört dem Ehemann meiner Tochter Ulrika das Parkhotel nicht weit von hier. Deshalb mussten wir eben so lachen«, klärte Anita Hendrik auf.

»Das Hotel ist durchaus empfehlenswert und auch gar nicht teuer«, sagte Kristina in der Hoffnung, dass er sich doch noch verabschieden würde.

Er schien den Wink mit dem Zaunpfahl zu verstehen, grinste sie frech an, sagte aber keinen Ton. Wahrscheinlich blieb er jetzt erst recht, weil er genau wusste, dass sie das nicht wollte.

Kristina wäre gerne ein bisschen alleine gewesen mit ihrer Mutter, aber für Anita war es selbstverständlich, dass Hendrik Lundgren über Nacht blieb. »Das Hotel ist nicht teuer«, bestätigte sie lachend, »aber bei mir ist die Übernachtung kostenlos.«

»Ich danke Ihnen sehr!« Hendrik deutete eine leichte Verbeugung an. »Ich ziehe mich dann mal zurück. Dann haben Sie ein bisschen Zeit allein mit Ihrer Tochter.«

Er holte seine Reisetasche aus dem Wagen und brachte Kristinas gleich mit. Danach ließ er sich von Anita das Zimmer zeigen.

Obwohl Kristina eben noch behauptet hatte, sie wäre müde, blieb sie jetzt doch unten und wartete auf ihre Mutter.

Anita lächelte, als sie wieder nach unten kam. »Was für ein reizender Mann, und so rücksichtsvoll.«

»Wenn du wüsstest«, murmelte Kristina.

»Was sagst du?« Fragend schaute Anita sie an.

»Schon gut.« Kristina winkte ab. »Sag mir lieber, wie es dir geht.«

»Gut«, behauptete ihre Mutter, aber Kristina bemerkte, dass ihre Stimme dabei belegt klang. Sie schaute ihrer Tochter auch nicht ins Gesicht.

»Ganz sicher?«, vergewisserte sich Kristina. Die vielen Jahre, die sie nicht zu Hause gewesen war, hatten sie nicht entfremdet. Sie spürte immer noch sofort, wenn ihre Mutter etwas quälte, sie aber nicht mit der Sprache herausrücken wollte.

»Ganz sicher«, beharrte Anita und schaute ihr diesmal fest in die Augen. Auch das hatte sie früher schon getan, und Kristina wusste genau, dass sie nicht sagen würde, was sie bedrückte.

»Und ... wie geht es Ulrika?« Es fiel Kristina nicht leicht, sich nach dem Befinden ihrer Schwester zu erkundigen. Sie war sich nicht einmal sicher, ob es sie wirklich interessierte.

»Du kennst doch Ulrika.« Ihre Mutter lächelte, wich dabei aber wieder ihrem Blick aus.

Aha, dachte Kristina, da lag also das Problem. Irgendetwas trübte das Verhältnis zwischen ihrer Mutter und ihrer Schwester. Sie schämte sich ein wenig, weil sie das mit Schadenfreude erfüllte. Bisher war sie das schwarze Schaf der Familie gewesen, das Kind, das Kummer und Sorgen bereitete, die »Schmarotzerin«, wie Ulrika sie genannt hatte. Besonders diesen Ausdruck hatte Kristina ihrer Schwester bis heute nicht verziehen.

Kristina war verwirrt von ihren eigenen Gedanken und Gefühlen. Sie hatte in den ganzen Jahren kaum an Ulrika und ihren Mann Gunnar gedacht. Aber jetzt war alles wieder da Vielleicht war es ein Fehler gewesen, nach Göteborg zu kommen. Sie wusste es nicht, aber sie freute sich, ihre Mutter zu sehen.

Anita war ein paar Mal bei ihr und Finn zu Besuch in Stockholm gewesen, aber das war anders, als selbst wieder zu Hause zu sein.

»Wie lange bleibt ihr?«, fragte Anita in ihre Gedanken hinein.

»Keine Ahnung. Ich weiß nicht, wo wir jetzt noch suchen sollen«, sagte Kristina hilflos.

Ihre Mutter strich ihr liebevoll über die Wange. »Schlaf erst einmal eine Nacht, Kind. Morgen sieht alles schon wieder anders aus, und dann können wir gemeinsam überlegen, wie es weitergeht.«

Kristina nickte. Ihre Mutter hatte recht. Sie war im Moment zu müde und zu deprimiert, um noch einen klaren Gedanken zu fassen. Selbst für ein Gespräch mit ihrer Mutter war sie zu erschöpft. Schade, sie hätte die Zeit gerne genutzt, denn morgen würde dieser unsägliche Hendrik Lundgren wieder dabei sein.

Kristina spürte wieder heißen Ärger in sich aufsteigen. Seit dieser Mann in ihr Leben getreten war, ging einfach alles schief. Er hätte wenigstens an diesem Abend etwas Anstand zeigen und einfach verschwinden können. Von ihr aus gerne zu Ulrika und Gunnar ins Hotel. Die beiden würden sich bestimmt hervorragend mit Hendrik Lundgren verstehen.

»Was ist los?«

Kristina sah auf und bemerkte, dass ihre Mutter sie beobachtete. »Was meinst du?«, antwortete sie mit einer Gegenfrage.

»Du konntest deine Gefühle noch nie verbergen. Ich sehe dir doch an, dass da etwas in dir tobt.«

Kristina lächelte schwach. »Ich weiß auch nicht«, wich sie aus. »Lass mich erst einmal richtig ankommen.«

Anita nickte. »Du gehst jetzt nach oben und legst dich ins Bett, und ich komme gleich noch mal zu dir und bringe dir ein Glas heiße Milch mit Bienenhonig.«

Heiße Milch mit Bienenhonig, das setzte Erinnerungen an ihre Kindheit frei, und auf einmal spürte Kristina ein warmes, vertrautes Gefühl des Heimkommens.

Sie ging nach oben. Hendrik Lundgren hatte ihre Reisetasche vor der Tür ihres Kinderzimmers abgestellt. Aus Ulrikas Zimmer war nichts zu hören, aber Kristina sah den schmalen Lichtspalt unter der Tür. Er war also noch wach.

Kristina öffnete die Tür zu ihrem ehemaligen Kinderzimmer und schaltete das Licht ein. Auch hier war alles unverändert, genau wie im Rest des Hauses. An der Wand neben ihrem Bett hingen sogar noch die Poster von Niklas Strömstedt, ihrem Schwarm aus Mädchentagen. Sie hörte seine Popsongs heute noch sehr gerne.

An der Pinnwand über dem Schreibtisch waren Zettel und Bilder mit kleinen, bunten Nadeln festgesteckt. Sie trat näher und sah eine Kinokarte, die bereits ziemlich vergilbt war. Die Karte musste ihr etwas bedeutet haben, sonst hätte sie sie nicht aufgehängt, aber Kristina konnte sich nicht mehr an den Film erinnern und auch nicht daran, mit wem sie da im Kino gewesen war.

Ein Foto von Dag am Strand. Mit der einen Hand hielt er das Surfbrett neben sich fest, mit der anderen fuhr er sich durch das sonnengebleichte Haar. Er lachte in die Kamera, und Kristina erinnerte sich gut an das Gefühl, das der Anblick dieses Fotos damals in ihr ausgelöst hatte. Sie war so verliebt gewesen – davon zeugten noch die ganzen Klebeblümchen, die das Foto rundum zierten – und sie war sich so sicher gewesen, dass das immer so bleiben würde, ihr ganzes Leben lang. Wenn ihr damals jemand gesagt hätte, dass sie dieses Foto einmal betrachten würde, ohne das Geringste zu fühlen, sie hätte es als unmöglich abgetan.

Unter dem Foto von Dag hingen Zettelchen mit Notizen, und rechts, auf eine freie Fläche der Pinnwand, hatte sie mit rotem Filzstift die Worte *Ulrika ist doof* geschrieben. So groß, dass ihre Schwester es auf jeden Fall sehen musste, wenn sie ins Zimmer kam.

Der Satz war mit schwarzem Filzstift durchgestrichen, darunter hatte Ulrika geschrieben: *Du bist selber doof!* Der Beweis, dass Ulrika tatsächlich in ihrem Zimmer herumgeschnüffelt hatte, wenn sie nicht zu Hause war.

Kristina hatte sich gerächt, indem sie den Lieblingspullover ihrer Schwester heimlich zur Kochwäsche in die Waschmaschine gegeben hatte. Der Lohn war eine ganze Woche Hausarrest gewesen.

Ganz oben an der Pinnwand war ein mehrfach zusammengefalteter Zettel festgepinnt. Kristina löste die Nadel und faltete das Blatt auseinander. Sie lächelte, als sie das Rezept erkannte, dass sie von ihrem Ausbilder bekommen hatte. Das war ganz am Anfang ihrer Lehre als Köchin gewesen. Gustav hatte ihr sein Geheimrezept gegeben, weil sie angeblich der beste Lehrling in seiner Gruppe gewesen war. Kristina hatte sich etwas darauf eingebildet, bis sie erfuhr, dass er jedem guten Lehrling sein Geheimrezept gab und es eigentlich gar nicht mehr so geheim war.

Der gute Gustav! Er hatte das gefördert, was ihre Eltern ihr mitgegeben hatten: die Liebe zum Kochen. Ihre Eltern waren beide Köche gewesen, und für Kristina hatte ziemlich früh festgestanden, dass sie in ihre Fußstapfen treten wollte. Schon als kleines Mädchen hatte sie immer mit Mama und Papa zusammen in der Küche gestanden. Die schönsten Erinnerungen an ihren Vater waren die an das gemeinsame Kochen mit ihm – egal ob zu Familienfesten oder einfach nur, um neue Rezepte auszuprobieren, die sie beide hinterher ganz alleine verzehrten oder heimlich in der Mülltonne entsorgten, wenn sie danebengegangen waren.

Das waren Erinnerungen, die Kristina gerne zuließ, aber sie befürchtete, dass auch die anderen wieder hochkommen würden, die sie bis jetzt erfolgreich verdrängt hatte.

Sie setzte sich mit dem Rezept in der Hand auf ihr Bett, las es durch und fand es richtig gut. Das wäre doch auch etwas für ihre Rezeptsammlung, die auf dieser Reise immer umfangreicher wurde.

Pytt y Panna

2 dicke Scheiben durchwachsener Räucherspeck
2 geräucherte Würstchen
300 g gekochte Fleischreste
80 g Salami
2 kleine Zwiebeln
3 große Möhren
1 kg Kartoffeln
Rosmarin
Salz
Schwarzer Pfeffer
4 Wachteleier
Dillgurken zum Garnieren

Für das Dressing:
1 Tl Senf
2 El Apfelessig
3 El Olivenöl
Schnittlauch
Petersilie
Dill

Den Räucherspeck klein schneiden und zwei bis drei Minuten in einer großen Pfanne braten. Würstchen, Fleisch und Salami in Würfel schneiden und dazugeben.

Zwiebeln, Möhren und Kartoffeln schälen und ebenfalls würfeln, Rosmarin hacken, und alles zum Fleisch in die Pfanne geben. Mit Salz und Pfeffer würzen.

Alles etwa zwanzig Minuten unter Rühren braten, bis die Kartoffeln und die Möhren weich sind.

Die Zutaten für das Dressing in ein verschließbares Glas geben, kräftig schütteln und in die Pfanne gießen.

Pytt y panna auf Teller verteilen, eine Mulde hineindrücken. Die Wachteleier vorsichtig trennen und je ein Eigelb in die Mulde auf den Tellern geben.

Dillgurken getrennt dazu servieren.

— 20 —

Svea hatte kaum ein Auge zugemacht, während ihr Finns gleichmäßige Atemzüge verrieten, dass er tatsächlich tief und fest schlafen konnte. Entgegen aller Vernunft ärgerte sie sich darüber. Sie wälzte sich von einer Seite auf die andere, aber nicht einmal das störte Finn in seinem tiefen Schlaf.

Irgendwann fielen ihr vor lauter Erschöpfung die Augen zu. Als jemand heftig an ihrer Schulter rüttelte, hatte sie das Gefühl, sie wäre gerade erst eingeschlafen.

»Aufstehen«, sagte Finn. »Es gibt nur bis zehn Uhr Frühstück.«

»Noch fünf Minuten«, murmelte Svea.

»Ich gehe dann mal zuerst ins Bad.« Finn hörte sich frisch und ausgeruht an, und auch darüber ärgerte Svea sich wieder. Sie fand es ungerecht, dass es ihm so gut ging, während sie ...

Sie überlegte, und das brachte sie endgültig um den Schlaf. Sie wusste nicht einmal, warum sie so sauer auf Finn war. Sie kochte vor Wut, aber sie durfte es nicht zeigen, weil Finn sie sonst fragen würde, was los sei, und sie ihm keinen Grund nennen könnte. Oder doch? War es denn kein Grund, dass sie das hier alles so richtig satthatte? Dieses ziellose Rumgondeln, ohne dass wirklich Ferienstimmung aufkam! Sie hatten sich noch nichts angesehen auf der Reise, keine anderen Jugendlichen kennengelernt, so wie sie sich das vorher ausgemalt hatten. Stattdessen übernachteten sie in einem miesen Hotel, hatten kaum Geld zur Verfügung und wussten beide nicht, wie es weitergehen sollte.

Finn kam aus dem Bad. »Du kannst jetzt rein.«

»Ja«, sagte sie kurz angebunden.

»Schlechte Laune?«, fragte er zurück.

Svea setzte sich auf, und obwohl sie gerade noch beschlossen hatte, sich nichts anmerken zu lassen, sprudelte es geradezu aus ihr heraus: »Ich finde das alles so doof! Mensch, Finn, wir wollten schöne Ferien haben, und jetzt ...« Es war genau, wie sie befürchtet hatte. Ihr fehlten die richtigen Worte, um das zu beschreiben, was sie empfand. »... und jetzt haben wir das hier«, schloss sie hilflos und zeigte auf die Wände, von denen der Putz abblätterte, auf die schäbige Einrichtung und die Aussicht aus dem Fenster, die eigentlich gar keine Aussicht war, sondern nur den Blick auf die Mauer des Nachbarhauses bot.

»Ist doch alles okay«, sagte Finn. »Ich weiß gar nicht, was du hast.«

Sie hatte doch gleich gewusst, dass er sie nicht verstehen würde. Diesmal war sie nicht verärgert, sondern einfach nur enttäuscht. Wortlos stand sie auf und ging ins Bad. Sie schloss die Tür und lehnte sich dagegen.

Was will ich eigentlich?, fragte sie sich, wollte die Antwort aber nicht wirklich wissen. Im Grunde war es ganz einfach. Am liebsten würde sie die Zeit zurückdrehen und wieder in Stockholm sein. Wohlbehütet in ihrem Zuhause. Am einfachsten wäre es, den Rucksack zu packen und zurück nach Stockholm zu fahren. Den Ärger ihres Vaters konnte sie aushalten, der wäre in ein paar Tagen bestimmt verraucht, und inzwischen war es ihr auch egal, wenn er sie zu ihrer Großmutter nach Frankreich schickte. Das war immer noch besser als das hier.

Svea war fest entschlossen, diese Reise abzubrechen, als sie aus dem Bad trat.

»Endlich«, sagte Finn und lächelte sie an. »Ich habe tierischen Hunger.«

Svea öffnete den Mund, und dann brachte sie es doch nicht über sich, ihn zu enttäuschen. Sie hatte ihn zu dieser Reise – nein, Flucht, verbesserte sie sich in Gedanken – angestachelt, sie hatte nicht das Recht, sie hier und jetzt abzubrechen. Sie lächelte Finn schwach an und verließ gemeinsam mit ihm das Zimmer. Ihre Rucksäcke wollten sie nach dem Frühstück abholen.

Der Speisesaal befand sich gleich neben dem Eingang, ein Büfett war in der Mitte des Raumes aufgebaut. An der Fensterfront standen Vierertische, von denen einige durch Säulen verdeckt wurden.

»Ist das dahinten nicht wieder die Blonde?«, fragte Finn und wies auf einen Tisch hinter einer Säule.

Sveas Blick folgte seinem ausgestreckten Finger, sie konnte aber niemanden sehen. »Du entwickelst wohl langsam einen Verfolgungswahn«, sagte sie und merkte selbst, dass ihre Stimme immer noch keinen Deut freundlicher klang als nach dem Aufstehen.

»Und deine Laune wird auch nicht besser«, konterte Finn prompt.

Svea spürte, wie ihr Tränen in die Augen schossen. Sie sagte aber nichts mehr, sondern folgte Finn zum Büfett. Lustlos packte sie ein Milchbrötchen auf den Teller, den sie von dem Stapel am unteren Ende des Büfetts genommen hatte.

Finn hingegen konnte offenbar nichts den Appetit verderben. Er packte sich den Teller so voll, dass nichts mehr draufpasste, und steuerte dann den einzigen freien Tisch an.

Svea folgte ihm mit ihrem Milchbrötchen und nahm ihm gegenüber Platz. Während Finn sich über sein Frühstück hermachte, kaute sie lustlos auf ihrem Brötchen herum und starrte dabei aus dem Fenster, um ihn nicht ansehen zu müssen.

Finn kümmerte sich überhaupt nicht um sie, futterte seinen Teller leer und ging wieder zum Büfett, um sich noch eine Riesenportion zu holen. Den Kopf tief über den Teller gebeugt, mampfte er alles in sich hinein.

Svea beobachtete ihn aus den Augenwinkeln, während sie weiter aus dem Fenster starrte, obwohl da nicht viel mehr zu sehen war als der Hinterhof des Hotels, auf dem Müllcontainer standen, gleich neben dem alten Volvo, der vor dem Hintereingang parkte. Keine sehr ansprechende Aussicht für die Hotelgäste, aber außer Svea schaute auch niemand aus dem Fenster.

Endlich war Finn fertig. Svea hatte ihr Milchbrötchen längst gegessen und registrierte, dass Finn schon wieder zum Büffet hinüberschielte.

»Wir könnten uns doch etwas für unterwegs mitnehmen«, flüsterte er.

Das wurde ja immer schlimmer. Svea hatte sich im letzten Urlaub mit ihrem Vater über die Touristen lustig gemacht, die sich beim Frühstück im Hotel Brote schmierten und mit an den Strand nahmen. Sie wollte nicht so sein wie diese Leute, sie wollte überhaupt nicht hier sein …

Finn wartete nicht auf eine Antwort von ihr. Er ging zum dritten Mal zum Büffet, packte seinen Teller voll, nahm ein paar Papierservietten von dem Stapel neben den Tellern und kam zurück. Dann begann er, Brote zu schmieren und sie in die mitgebrachten Servietten zu packen. Fassungslos schaute Svea ihm zu, bis er sich fragend an sie wandte: »Nimmst du nichts mit für später?«

»Du bist einfach nur peinlich«, zischte Svea.

»Lieber peinlich als hungrig«, gab Finn ungerührt zurück.

Svea schüttelte unwillig den Kopf, woraufhin Finn lediglich mit den Schultern zuckte und weiter Brote einpackte. Svea kam es so vor, als würden alle Anwesenden nur sie und Finn beobachten. Verstohlen schaute sie sich um, aber keiner der Gäste an den anderen Tischen schien ihnen Beachtung zu schenken. Das Gefühl bohrender Blicke in ihrem Rücken blieb dennoch.

Als Svea sich erneut umdrehte, hatte sie den Eindruck, dass an einem der Tische am Ende des Speisesaals ein Kopf schnell hinter einer Säule verschwand. Sie behielt diese Säule im Auge, aber es tat sich nichts mehr. Sie hatte es sich nur eingebildet, und das war Finns Schuld. Ihr ganzer Ärger richtete sich gegen hin.

»Kannst du endlich damit aufhören!«, fuhr sie ihn an. Leise, damit die anderen Gäste nichts mitbekamen, aber doch so laut, dass ihm ihr Ärger unmöglich entgehen konnte.

Finn sah auf. »Boah, wenn ich vorher gewusst hätte, was für ein Morgenmuffel du bist ...« Er brach ab.

Svea kniff die Augen zusammen. »Ja, was wäre dann?«, fragte sie gefährlich ruhig. Sie wartete förmlich auf die falsche Antwort von ihm, um das hier abzubrechen und nach Hause zu fahren.

Ihre Blicke trafen sich, und Svea sah nichts von dem in Finns Augen, was sie bisher so geliebt hatte, was ihr Herz schneller klopfen ließ. Sie erkannte ihn nicht wieder, und sie hatte das sichere Gefühl, dass es ihm nicht anders ging.

»Ich will mich nicht mit dir streiten«, murmelte Finn. Er griff nach seinen eingepackten Broten, drehte sich einfach um und ging, ohne darauf zu achten, ob sie ihm folgte.

Svea starrte ihm mit offenem Mund nach. Erst als er den Ausgang fast erreicht hatte, setzte sie sich ebenfalls in Bewegung. An der Rezeption holte sie ihn ein und bekam mit, wie der Portier auf ihn einredete.

Klar, dachte sie, wegen der ganzen Brote, die er aus dem Speisesaal geschleppt hatte. Sie hätte es nicht für möglich gehalten, dass das alles hier noch peinlicher werden könnte.

Finn drehte sich zu ihr um, als sie neben ihm stand, und überraschend drückte sein Gesicht Freude aus. Er grinste sie an und schien die letzten Minuten völlig vergessen zu haben. »Wir haben gewonnen«, sagte er triumphierend, als wäre es sein ganz persönlicher Verdienst.

»Den Preis für den besten Frühstücksabstauber?«, fragte Svea und wies auf die Päckchen in seiner Hand.

Der Portier lächelte sie über den Tresen hinweg an. »Ihr beide habt den Preis für eine weitere und diesmal kostenlose Übernachtung gewonnen.«

Svea starrte den Portier an, dann Finn. Langsam schüttelte sie den Kopf. »Ich will hier keine weitere Nacht bleiben«, sagte sie.

Das triumphierende Lächeln auf Finns Gesicht machte ärgerlicher Ungeduld Platz. »Dir kann man es auch nie recht machen«, sagte er.

»Ich wollte Urlaub mit dir machen!«, rief sie aus und spürte, dass sie die Tränen nicht mehr lange zurückhalten konnte. »Das hier ist ein Albtraum!«

Finn wirkte völlig verständnislos. »Du hast es doch so gewollt«, sagte er nicht ganz zu Unrecht und brachte sie damit erst recht aus der Fassung.

»Mach doch, was du willst!«, schluchzte Svea auf. Sie drehte sich um und lief davon. Bevor sie den Ausgang erreichte, hörte sie noch, wie Finn zum Portier sagte: »Wir bleiben. Die beruhigt sich schon wieder.«

Selmas Welt

Jetzt hängen wir in Trelleborg fest, und das ist gut so. Romeo und Julia haben beschlossen, noch zu bleiben. Nicht ganz freiwillig, wie ich zugeben muss, ich habe da ein bisschen nachgeholfen.

Ja, liebe Leser, das kann ich hier sehr freimütig verraten, denn unser Romeo und unsere Julia lesen das Morgonbladet *nicht und sind deshalb im Gegensatz zu unseren Lesern nicht so gut informiert.*

Selma hielt inne. Ein dämlicher Satz, aber den hatte ihr Erik Asmussen aufs Auge gedrückt. Er fand, das zunehmende Interesse der Leser an der romantischen Lovestory könnte mit ein bisschen Werbung für die Zeitung noch angekurbelt werden.

Selma überlegte, was sie noch schreiben könnte. Es passierte gerade nicht wirklich viel. Das Liebespaar, das heute Morgen beim Frühstück im Speisesaal gar nicht so verliebt ausgesehen hatte, war unerfreulich inaktiv und hatte sich auf sein Zimmer zurückgezogen.

Selma legte den Zeigefinger an ihre Lippen, starrte aus dem Fenster und dachte nach. Als sie auf dem Gang eine Tür schlagen hörte, warf sie das Smartphone neben sich, sprang auf und eilte zur Tür, die sie vorsichtig einen Spaltbreit öffnete. Erleichtert atmete sie auf. Nein, es waren nicht Romeo und Julia, und sie musste sich auch nicht auf eine schnelle Verfolgung einstellen.

Es war ein bisschen mühsam, die beiden im Auge zu behalten, zumal sie ausschließlich auf die Geräusche auf dem Gang angewiesen war. Jedes Mal, wenn eine Tür schlug, musste sie sich vergewissern, ob die beiden sich auf den Weg machten. Wohin auch immer.

Es wäre einfacher gewesen, sich in die Hotellobby zu setzen und die Halle zu beobachten. Dann hätten die beiden zwangsläufig an ihr vorbeigemusst, wenn sie das Hotel verließen. Das traute Selma sich aber nicht, weil sie ohnehin schon aufgefallen war. Sobald der Fotograf Ingvar Ström aufgetaucht wäre, würde sie es ihm überlassen, den beiden auf den Fersen zu bleiben.

Sie kehrte zurück zu ihrem Bett, setzte sich und nahm das Smartphone wieder in die Hand. Unzufrieden überflog sie den Text, den sie bisher eingetippt hatte. Er gefiel ihr nicht. Genauso wenig wie die Art und Weise, wie sie arbeiten musste.

Okay, mit dem Smartphone musste sie auskommen, bis Ingvar ihr das Notebook brachte, aber am Text konnte sie feilen, und wenn ihr Liebespaar ihr keinen Stoff lieferte, musste sie sich eben etwas einfallen lassen.

»*... denn unser Romeo und unsere Julia lesen das* Morgonbladet *nicht und sind deshalb im Gegensatz zu unseren Lesern nicht so gut informiert*«, las sie sich selbst halblaut vor und tippte dann entschlossen weiter:

Wir alle verstehen das natürlich. In dem Alter hätten wir nicht anders gehandelt, und was ist wichtiger als die Liebe? Besonders wenn sie von einem herrschsüchtigen Vater und einer dominanten Mutter verboten wird. Was mag in diesen beiden jungen Menschen vorgehen, die sich so sehr lieben und ihre Liebe nur ausleben können, weil sie vor ihren Eltern aus ihrer Heimatstadt geflüchtet sind?

Ich habe die beiden heute Morgen beim Frühstück gesehen.

Hand in Hand saßen sie im Speisesaal, in dem kleinen Hotel am Stortorget, bekamen kaum einen Bissen hinunter und schauten sich mit Blicken an, die Steine erweichen könnten – aber nicht die Herzen ihrer Eltern, die sich gegen diese Liebe stemmen und ihre Kinder durch das Land jagen.

Eine erfreuliche Nachricht gibt es aber doch für unser Liebespaar. Sie haben eine weitere Übernachtung in diesem hübschen kleinen Hotel gewonnen. Pst, verratet es nicht weiter!

Wir lesen uns später wieder!

— 21 —

Als Kristina aufwachte, schien die Sonne hell durchs Fenster. Sie wusste nicht genau, was sie geweckt hatte, bis sie es erneut vernahm. Das Piepsen ihres Handys. Sie hatte den Akku über Nacht aufgeladen.

Finn, war ihr erster Gedanke. Vielleicht hatte er in der Zwischenzeit angerufen oder eine SMS geschickt und fragte sich, warum sie nicht antwortete.

Sie griff nach dem Handy. Keine Nachricht von Finn. Dafür eine SMS von Bengt, der wissen wollte, wo sie gerade war und wie es ihr ging. Auf der Mailbox waren eine Nachricht von Mikael, der sinngemäß die gleiche Frage stellte, und eine von Ole Håkansson, der um ihren dringenden Rückruf bat. Kristina schrie erschrocken auf. Es war zu viel passiert, als dass dieser Anruf sie nicht sofort in Alarmbereitschaft versetzen würde. Wahrscheinlich hatte Ole weitere Defekte festgestellt, die die ohnehin schon horrende Reparaturrechnung noch weiter in die Höhe treiben würden.

Kristina atmete tief durch. Sie wollte keine schlechten Nachrichten auf nüchternen Magen hören. Nein, verbesserte sie sich selbst, eigentlich wollte sie überhaupt keine schlechten Nachrichten mehr hören. Trotzdem erledigte sie den Rückruf sofort. Sie musste wissen, was im *Kristinas* los war.

»Gut, dass du dich so schnell meldest!«, rief Ole Håkansson am anderen Ende in den Hörer. »Wir haben da ein Problem.«

Obwohl sie damit gerechnet hatte, wurden Kristinas Knie weich. Schwer ließ sie sich aufs Bett fallen.

»Wie viel?«, fragte sie schwach.

»Hä?«, kam es ziemlich verständnislos zurück.

»Was ist noch kaputt, und wie viel muss ich dafür bezahlen?«, präzisierte Kristina ihre Frage.

»Ach so.« Ole lachte amüsiert auf. »Da bleibt alles beim Alten, aber wir haben ein anderes Problem. Einer meiner Mitarbeiter ist ausgefallen, wir brauchen ein paar Tage länger für die Reparatur.«

Eigentlich eine Katastrophe, dass das *Kristinas* noch länger geschlossen bleiben musste, und doch lachte Kristina erleichtert auf. Keine weiteren Kosten. Das hätte ihr finanziell das Genick gebrochen.

»Ein paar Tage sind okay«, sagte sie, wollte es aber genau wissen. »Wie viel Tage mehr sind das denn?«

»Höchstens drei«, versprach Ole Håkansson, der ebenso erleichtert klang, wie sie sich fühlte. Wahrscheinlich überraschte es ihn, dass sie so schnell zustimmte.

Kristina verabschiedete sich von Ole und beantwortete gleich darauf Bengts SMS. Jetzt, nach dem Gespräch mit Ole, konnte sie sich über seine Nachricht freuen.

Ich bin in Göteborg, schrieb sie, *und es geht mir ganz gut. Mal abgesehen davon, dass ich meinen Sohn immer noch nicht gefunden habe.*

Die Antwort kam, noch bevor sie aufstehen und ins Bad gehen konnte: *Soll ich kommen?*

Kristina lächelte. Wie schön wäre es, wenn Bengt an Hendrik Lundgrens Stelle wäre. Andererseits würde sich Bengt seiner Tochter gegenüber wohl kaum so verhalten, wie Hendrik es mit Svea gemacht hatte. Aber hatte Bengt überhaupt Kinder?

Kristina wurde bewusst, wie wenig sie über den Mann wusste, der sie so sehr beeindruckt hatte, und wie gerne sie ihn näher kennenlernen wollte.

Schön wäre es, schrieb sie zurück, *aber ich weiß ja, dass es leider nicht geht*.

Mit einem tiefen Seufzer legte sie das Handy auf den Nachttisch. Aus dem Haus waren Geräusche zu hören. Ihre Mutter werkelte wahrscheinlich schon unten in der Küche herum und bereitete das Frühstück zu. Auch nebenan hörte sie Schritte, Ulrikas Zimmertür fiel ins Schloss. Gleich darauf hörte sie die Badezimmertür.

Kristina wartete in ihrem Zimmer, bis Hendrik wieder aus dem Bad kam, und ärgerte sich wieder darüber, dass er am vergangenen Abend nicht ins Hotel gegangen war. Sie hatte keine Lust, ihm heute Morgen zu begegnen, und sie wäre auch gerne beim Frühstück mit ihrer Mutter alleine gewesen. Sie hatten sich so lange nicht gesehen, hatten sich so Vieles zu erzählen.

Als sie Hendrik Lundgrens Schritte auf der Treppe hörte, huschte Kristina ins Badezimmer und duschte ausgiebig, bis auch der letzte Rest Müdigkeit verschwunden war. Eingewickelt in ein Badetuch ging sie zurück in ihr Zimmer und zog sich an. Jetzt fühlte sie sich bereit für diesen neuen Tag – aber sie wusste ja auch noch nicht, was sie erwartete.

Als sie in die Küche kam, stand ihre Mutter an der Anrichte und schnitt Brot. Hendrik Lundgren saß auf der Bank hinter dem Esstisch, und neben ihm saß – Ulrika! Ausgerechnet Ulrika! Die Spannung im Raum war unerträglich.

Kristina starrte ihre Schwester an. »Was willst du denn hier?«, wollte sie fragen, konnte ihre Zunge aber gerade noch im Zaum halten.

Anita räusperte sich. Ihr gezwungenes Lächeln verriet, dass auch sie die Spannung im Raum deutlich spürte. »Ich habe Ulrika angerufen«, sagte sie. »Ihr habt euch doch auch schon lange nicht mehr gesehen.«

»Hat ja lange gedauert, bis es dich mal wieder nach Hause treibt«, sagte Ulrika. »Ich habe gehört, Finn ist abgehauen.«

Keine Freude, keine Herzlichkeit. In den Augen ihrer Schwester las Kristina nur dieselbe Frage, die sie gerade hinuntergeschluckt hatte.

»Ich hatte meine Gründe, nicht nach Hause zu kommen«, erwiderte sie knapp und ignorierte Ulrikas Bemerkung über Finn.

»Wie lange bleibst du?«, fragte Ulrika.

»Ich bleibe so lange, wie ich eben bleibe«, sagte Kristina und empfand eine kindische Genugtuung über das verärgerte Gesicht ihrer Schwester.

»Wir haben einen Gast«, erinnerte Anita streng.

Als ob Kristina das vergessen hätte. Immerhin entschädigte sie Hendrik Lundgrens Gesichtsausdruck ein wenig für ihren Ärger. Er schien sich sehr unwohl zu fühlen. Das hat er verdient, dachte Kristina schadenfroh. Er hätte ja gestern ins Hotel gehen können.

Ihre Blicke begegneten sich. Er stand auf und verließ mit einer gemurmelten Entschuldigung, die niemand richtig zur Kenntnis nahm, die Küche.

Ulrika stand ebenfalls auf. »Ich gehe wohl auch besser.« Sie sah nur Kristina an, als sie hinzufügte: »Es war ein Fehler, hierherzukommen. Ich hätte wissen müssen, dass du nicht verzeihen kannst. Auch nicht nach so vielen Jahren.«

Das war typisch Ulrika. Ihre Stimme klang wehleidig, verletzt, und sie schaffte es, dass Kristina sich schuldig fühlte.

Kristina fragte sich, ob Ulrika sich je verantwortlich gefühlt hatte, ob sie irgendwann auch einmal ein schlechtes Gewissen verspürt hatte. Sie schloss kurz die Augen, atmete tief durch, bevor sie die Augen wieder öffnete und ihre Schwester ansah.

Sie schaffte es, ruhig zu antworten: »Nein, ich kann dir nicht verzeihen.«

Ulrika verließ wortlos die Küche.

»Musste das sein?«, fragte Anita vorwurfsvoll.

»Was erwartest du von mir?«, fragte Kristina bitter. »Du hättest sie nicht hierherholen sollen.«

»Es ist so lange her«, sagte Anita aufgebracht.

»Und es tut trotzdem noch weh«, flüsterte Kristina. »Jedes verdammte Mal, wenn ich daran erinnert werde. Und hier werde ich auf Schritt und Tritt daran erinnert. Ich hätte es wissen müssen, ich hätte niemals nach Hause kommen dürfen.«

Anita eilte auf sie zu, schloss sie in die Arme. »Es tut mir leid«, sagte sie leise. »Ich habe wirklich gehofft, du hättest damit abgeschlossen und wärst bereit, deiner Schwester die Hand zur Versöhnung zu reichen.«

Kristina erwiderte kurz die Umarmung ihrer Mutter, löste sich und trat einen Schritt zurück. Sie schüttelte den Kopf. »Es muss dir nicht leidtun«, sagte sie leise. »Ulrika ist diejenige, die sich entschuldigen müsste, und das hat sie nicht getan. In all diesen Jahren nicht, und deshalb kann ich ihr auch nicht verzeihen.«

»Könntest du es denn, wenn sie sich entschuldigen würde?«, wollte ihre Mutter wissen.

Kristina dachte darüber nach. »Ich weiß es nicht«, sagte sie leise. »Ulrika hat mein Leben zerstört.«

Das Ticken der blauen Wanduhr zerschnitt die einsetzende Stille in kleine, sekundengenaue Stücke. Dieser eine Satz, den Kristina nie zuvor ausgesprochen hatte, erfüllte den Raum, und unmittelbar nachdem Kristina ihn ausgesprochen hatte, spürte sie, dass er so nicht stimmte. Jedenfalls jetzt nicht mehr. Damals hatte sie wahrscheinlich so empfunden. Sie hatte dieses Gefühl in sich getragen, konserviert und gepflegt und sich nie damit auseinandergesetzt, dass ihr Leben in Ordnung war, so wie es war. Wie ihr Leben heute wohl aussähe, wenn Ulrika damals nicht ...

»Es ist nicht nur Ulrika gewesen«, sagte ihre Mutter sanft in ihre Gedanken hinein.

»Ich weiß, aber trotzdem ...« Es gab kein Ende für diesen Satz. Trotz ihrer eigenen Erkenntnis, trotz der Worte ihrer Mutter, konnte Kristina ihrer Schwester nicht verzeihen, und sie fragte sich heute noch, wie Gunnar dazu in der Lage gewesen war.

Anita seufzte tief auf. »Ihr seid beide meine Töchter, und ich liebe euch beide.«

Kristina trat zu ihrer Mutter und nahm sie in die Arme. »Das weiß ich doch«, sagte sie. »Ich verlange doch gar nicht von dir, dass du meinetwegen mit Ulrika brichst, aber bitte versuch du auch nicht, eine Versöhnung zu erzwingen.«

Anita lächelte unter Tränen. »Angenommen«, sagte sie leise. »Ich habe ja gesehen, dass es keinen Zweck hat.«

Hendrik Lundgren kam zurück in die Küche und wedelte aufgeregt mit einer Zeitung. Er hat ein sicheres Gespür dafür, im unpassendsten Moment aufzutauchen, dachte Kristina.

»Sie sind in Trelleborg«, stieß er hervor. »Finn und Svea«, fügte er erklärend hinzu, als wäre Kristina nicht sofort klar gewesen, wen er meinte.

Hendrik Lundgren faltete das *Morgonbladet* auf dem Tisch auseinander und tippte auf einen Satz in Selmas Kolumne.

»Wir sind in Trelleborg, der südlichsten Stadt Schwedens«, las Kristin laut vor. Fragend schaute sie Hendrik an. »Ja und?«

Hendrik stieß einen ungeduldigen Laut aus und zeigte jetzt mit dem Finger ein Stückchen höher. Diesmal war er es, der laut vorlas: »Unser Romeo und unsere Julia schlafen nur zwei

Zimmer weiter. Obwohl, schlafen werden sie wahrscheinlich nicht. Ein junges Paar, ein Hotelzimmer, jeder von uns kann sich ausmalen, was in einer solchen Situation passiert. Ich frage mich, was die Eltern der beiden, der Herr Gastrokritiker und die Frau Restaurantbesitzerin, dazu sagen würden, wenn sie wüssten, wo ihre Kinder gerade sind.«

Kristina konnte es kaum fassen. Sie beugte den Kopf tief über die Zeitung, um die Worte selbst noch einmal zu lesen. Auch Hendrik Lundgren lehnte sich über die Zeitung. Dabei stand er ganz dicht links neben Kristina. Sie nahm den Geruch seines Aftershaves wahr, spürte seinen Arm an ihrem Arm. Es störte sie. Sie bewegte sich ein bisschen nach rechts, aber da stand schon ihre Mutter.

Hendrik Lundgren schien zu spüren, dass ihr seine Nähe unangenehm war. Er schaute kurz auf, zog die Augenbrauen zusammen und trat wortlos zur Seite.

Kristina konzentrierte sich auf Selmas Kolumne, die von einem jungen Paar handelte, das aus Stockholm geflüchtet war, weil ihre Eltern gegen ihre Liebe waren.

Kristina richtete sich auf. »Ja, das sind eindeutig Finn und Svea.«

»Wissen Sie, was das bedeutet?«, fragte Hendrik grinsend.

Diesmal schüttelte Kristina den Kopf.

»Wenn Selma Anders unseren Kindern folgt, finden wir sie früher oder später.«

»Wir müssen dieser Zeitungstante also auch noch dankbar sein?«

Kristina und Hendrik schauten sich an, schnitten beide eine Grimasse, schüttelten den Kopf und sagten unisono: »Nein!«

Hendrik lachte. »Wir müssen ihr wirklich nicht dankbar sein. Selma Anders handelt nicht selbstlos, sondern benutzt unsere Kinder für ihre eigenen Zwecke.«

»Dann sind wir nicht nur für unsere Kinder, sondern auch für Selma Anders die Spielverderber, wenn wir die beiden finden.«

Hendrik Lundgren nickte. »Auf nach Trelleborg.«

»Aber nicht ohne Frühstück«, sagte Anita sehr bestimmt, und der Duft aus der Küche verriet, dass sie bereits dabei war, die in ganz Schweden so beliebten Kanelbullar, frische Zimtschnecken, zu backen.

Das wäre doch auch etwas für das *Kristinas*, schoss es ihr durch den Kopf. Als sie ihre Mutter nach dem Rezept fragte, lachte Hendrik laut auf.

»Was ist?« Verwirrt schaute sie ihn an.

»Eben hatten Sie es noch so eilig wegzukommen, aber wenn es um Ihre Rezepte geht ...«

»Wenn wir sowieso zum Frühstück bleiben, kann ich die Rezepte schnell notieren«, sagte sie.

Als Hendrik erneut lachte, stimmten Kristina und Anita mit ein.

Schwedische Zimtschnecken (Kanelbullar)

Für ca. 30 Stück
1 kg Mehl
150 g Butter
40 g Hefe
450 ml Milch
140 g Zucker
1 TL Salz
1 TL Kardamom

Für die Füllung:
100 g Butter
120 g Zucker
½ EL Zimt
1 Ei
Hagelzucker

Die Hefe zerbröseln, mit einer Prise Zucker in der leicht erwärmten Milch auflösen. Das Mehl sieben, mit Zucker, Salz und Kardamom mischen und eine Mulde hineindrücken. Dort hinein die Hefemilch sowie die zerlassene Butter geben. Von der Mitte her alles gut miteinander verarbeiten.

Den Teig zugedeckt an einem warmen Ort eine Stunde gehen lassen. Danach nochmals gut durchkneten.

Den Teig in drei Teile teilen und jeweils rechteckig ausrollen. Mit der handwarmen Butter bestreichen und dick mit Zucker und Zimt bestreuen. Aufrollen und in etwa 3 Zentimeter dicke Scheiben schneiden.

Die Scheiben mit großem Abstand auf ein mit Backpapier belegtes Backblech legen und nochmals gehen lassen. Vor dem Backen mit einem verquirltem Ei bepinseln und mit Hagelzucker bestreuen. Bei 220 °C 15 bis 20 Minuten backen.

Schwedische Zimtschnecken schmecken lauwarm am besten!

— 22 —

Mitten im Spiel mit dem Ungeheuer war die Meerjungfrau zu Stein erstarrt. Der Schwanz des Ungeheuers bildete den Beckenrand, von dem das Wasser aus dem weit aufgerissenen Maul der Kreatur aufgefangen wurde.

Svea hatte sich auf dem Rand niedergelassen und starrte trübe vor sich hin. Wenn sie könnte, würde sie weinen, aber es kamen keine Tränen. Sie fühlte sich einfach nur leer.

Was war das, was da gerade mit Finn und ihr passierte?

»Wir bleiben! Die beruhigt sich schon wieder.« Nicht nur Finns Worte, vor allem der geringschätzige Klang seiner Stimme hatte sie verletzt. Hatte Finn sich verändert, oder hatte sie ihn vorher nicht so gesehen, wie er wirklich war?

Als er langsam über die Straße auf sie zuschlenderte, sah sie bewusst in eine andere Richtung. Sie hatte vorausgesetzt, dass er ihr folgen würde, als sie aus dem Hotel gestürmt war, hatte sich darüber geärgert, dass er nicht sofort kam, und war jetzt sauer, dass er kam. Sie war nicht bereit, darüber nachzudenken, wie widersprüchlich diese Gefühle waren.

»Hej«, sagte Finn, und Svea glaubte, so etwas wie ein schlechtes Gewissen aus seiner Stimmer herauszuhören.

»Hej!«, sagte sie und schaffte es, ihre ganze Wut in dieses kleine Wort zu packen.

Finn setzte sich neben sie. Nicht dicht an dicht, sondern mit einem deutlichen Abstand zwischen ihnen. »Sei doch nicht so sauer«, sagte er. »Du verdirbst uns die ganzen Ferien mit deiner schlechten Laune.«

Das war zu viel. Svea sprang auf. »Ich – habe – keine – schlechte – Laune!«, sagte sie laut und betonte jedes einzelne Wort. »Ich – bin – stinksauer!«

»Ja, das hab ich gemerkt.« Finn stand auch auf, hielt aber auch jetzt den Abstand zwischen ihnen ein. »Und ich weiß immer noch nicht warum.«

»Weil ... weil ...« Wieso verstand er es nicht? Wieso musste sie ihm das noch erklären?

»Da«, stieß er triumphierend hervor. »Du weißt es ja selber nicht.«

Natürlich wusste sie es. Es war nur so schwer in Worte zu fassen. Die Umstände der Reise gefielen ihr nicht, aber noch mehr störte sie das, was sich zwischen ihnen abspielte – oder vielmehr nicht mehr abspielte. Gestern um diese Zeit hatte sie noch geglaubt, dass ihre Gefühle füreinander mehr waren als die Verliebtheit zweier Teenager. Vor einer Woche war sie sogar noch davon überzeugt gewesen, dass Finn die Liebe ihres Lebens war. Jetzt wusste sie nicht einmal mehr, ob sie überhaupt noch etwas für ihn empfand. Und so wie er sich ihr gegenüber in den letzten vierundzwanzig Stunden verhalten hatte, zweifelte sie zu recht an seinen Gefühlen. Glaubte sie jedenfalls. Oder doch nicht? Verflixt, seit Finn und sie auf sich allein gestellt waren, war das Leben so schrecklich kompliziert geworden.

»Ich finde es nicht fair, dass du mich so behandelst und mir nicht einmal sagst, was überhaupt los ist«, beschwerte sich Finn.

Svea wusste, dass er recht hatte, aber das machte es für sie nicht besser. Sie zog die Augenbrauen zusammen. »Das habe ich dir gestern schon gesagt. Ich habe mir unsere Ferien anders vorgestellt, und jetzt willst du auch noch länger in diesem blöden Hotel bleiben.«

»Aber wenn es uns doch nichts kostet«, wandte Finn ein.

Seine ganze Miene drückte pure Verständnislosigkeit aus. »Wir können uns nichts anderes leisten, wir haben kaum noch Geld.«

Svea nickte und ließ sich mutlos wieder auf den Rand des Brunnens fallen. Sie wusste das ja alles selber, und ihr war auch klar, dass sie sich Finn gegenüber ungerecht verhielt.

Finn setzte sich neben sie, diesmal ganz dicht. Er legte sogar einen Arm um ihre Schulter. »Hör zu«, sagte er mit versöhnlicher Stimme. »Vielleicht ist es ja ganz gut, dass wir noch eine Nacht kostenlos im Hotel übernachten können. Das war ja alles ein bisschen viel, mit der Flucht aus Stockholm und so. Wir machen uns einen schönen Tag hier in Trelleborg, ruhen uns aus, und du darfst bestimmen, wohin wir dann morgen fahren.«

Das klang vernünftig, und es war ziemlich nett, dass er ihr die Wahl des nächsten Ziels überlassen wollte. Svea lächelte matt. »Ich möchte gerne die Väderöarna-Inseln sehen«, sagte sie.

Finn nickte. »Okay, morgen fahren wir weiter in die Region Bohuslän und dann mit dem Schiff auf die Inseln.«

Svea legte ihren Kopf auf seine Schulter. »Tut mir leid, dass ich so zickig war«, flüsterte sie.

»Schon gut«, sagte Finn versöhnlich.

Svea spürte wieder ein kleines bisschen von der Liebe zu ihm, die sie eben noch verloren geglaubt hatte. Vielleicht wäre sie sogar noch stärker gewesen, wenn er sich ebenfalls für sein Verhalten entschuldigt hätte. Das machte er aber nicht, fühlte sich möglicherweise nicht einmal schuldig, und so blieb trotz aller Versöhnlichkeit ein winziger, aber dennoch giftiger Stachel zurück.

Selmas Welt

Romeo und Julia im Glück!

Liebe Leser, das sind doch die Bilder, auf die wir gewartet haben. Hier sehen sie unser Pärchen engumschlungen auf dem Sjöormen-Brunnen in Trelleborg. Liebe kann so schön sein.

Selma stieß einen tiefen Seufzer aus. Ihr Text berührte sie selbst, außerdem war sie mit sich und ihrem Leben halbwegs versöhnt. Sie hatte Verstärkung bekommen. Ingvar Ström war vor einer Stunde bei ihr im Hotel eingetroffen, gerade rechtzeitig, um Romeo und Julia auf dem Brunnen zu fotografieren. Auch das versprochene Notebook hatte er dabeigehabt, und jetzt konnte sie in aller Ruhe ihren Text formulieren, während Ingvar dem jungen Paar durch Trelleborg folgte.

Wenn ich mir die beiden so ansehe, bekomme ich direkt Lust, mich auch mal wieder zu verlieben. Mit weichen Knien, Schmetterlingen im Bauch und beschleunigtem Herzschlag.

Selma hielt wieder inne, seufzte ein zweites Mal abgrundtief auf. Wie lange war es her, dass sie selbst so empfunden hatte? Sie konnte sich kaum daran erinnern.

Selma fragte sich nicht zum ersten Mal in ihrem Leben, ob sie etwas verpasst hatte. Beruflich ganz bestimmt, da machte sie sich schon lange nichts mehr vor. Als sie vor vielen Jahren – meine Güte, endlos war das schon her – Geschichte und Germanistik studiert hatte, war es ihr Ziel gewesen, eine berühmte und erfolgreiche Schriftstellerin zu werden. Und wenn ihr das schon nicht gelingen sollte, dann wenigstens eine anerkannte Journalistin.

Keines ihrer Ziele hatte sie erreicht. Der große Roman blieb ungeschrieben, und mehr als ihre Kolumne, die zugegebenermaßen ziemlich beliebt war, hatte sie journalistisch auch nicht auf die Beine gestellt.

Aber was war mit ihrem Privatleben? Wieso war sie da genauso erfolglos geblieben wie in ihrem Beruf? Selma hatte keine Ahnung, warum und an welchem Punkt in ihrem Leben so einiges schiefgelaufen war.

Sie zog die Stirn kraus. Nein, das war nicht richtig so. In ihrem Leben war nichts schiefgelaufen, es war einfach nur so ruhig vor sich hingeplätschert, und sie hatte selbst nichts unternommen, um die Richtung zu ändern oder einen tieferen Wellengang zu verursachen. Warum nicht? Aus Angst vor der Veränderung? In der Hoffnung, dass von selbst kam, worauf sie hoffte?

»Selma Anders«, hielt sie halblaut Selbstgespräche. »Diese Sache hier wirst du besonders machen. Wenigstens etwas in diesem Leben wirst du so hinkriegen, dass du hinterher stolz darauf sein kannst.«

Sie strich die letzten beiden Sätze, die sich auf sie selbst bezogen, wieder durch. Es ging niemanden etwas an, wie es um ihr eigenes Liebesleben bestellt war. Entschlossen hämmerte sie wieder in die Tasten.

Nichts ist so schön wie die erste Liebe. Weiche Knie, Schmetterlinge im Bauch und stets den Gesang der Nachtigall im Ohr.

Selma hielt wieder inne. Irgendwie flutschte es heute nicht so richtig. Sie musste die Verirrung der eigenen Gefühle hintanstellen und sich auf das Wesentliche konzentrieren. Am besten würde ihr das nach einer kurzen Pause und einem doppelten Espresso gelingen. Also brach sie ihre Arbeit an dieser Stelle ab, griff nach ihrer Handtasche und verließ ihr Zimmer. Sie hatte sich noch nicht festgelegt, ob sie den Espresso im Hotel oder irgendwo außerhalb trinken wollte. Ein kleiner Spaziergang ...

Erregte Stimmen aus der Lobby ließen sie aufhorchen. Sie stand noch auf der Treppe und beglückwünschte sich dazu, dass sie nicht den Aufzug genommen hatte, denn dann hätten die beiden Personen an der Rezeption sie wahrscheinlich sofort bemerkt.

Selma trat eine Stufe zurück in den Schatten des Treppenhauses und lugte vorsichtig um die Ecke. Der Mann und die Frau an der Rezeption wandten ihr den Rücken zu, aber Selma ahnte auch so, um wen es sich bei den beiden handelte. Sie redeten auf den hilflos wirkenden Rezeptionisten ein, und zwar beide gleichzeitig, sodass er kein Wort verstand.

Der Portier hob eine Hand. »Bitte«, fuhr er laut dazwischen, und tatsächlich verstummten die beiden. »Wir haben hier ein junges Paar«, sagte er, »aber ich weiß nicht, ob es sich dabei um Ihre Kinder handelt.«

»Dann sehen Sie in Ihrem verdammten Computer nach!«, fuhr der Mann ihn an.

Der Portier blieb ruhig und höflich. »Bedaure, aber ich gebe keine Auskünfte über unsere Gäste. Es steht Ihnen aber frei, hier zu warten. Wenn es sich bei den jungen Leuten um Ihre Kinder handelt, werden Sie sie ja erkennen, sobald sie zurück ins Hotel kommen.«

»Die beiden sind minderjährig!«, fuhr der Mann den Portier an.

Der Portier hob beide Hände. »Unsere Richtlinien gelten auch für minderjährige Gäste.«

Der Mann wollte wieder auffahren, aber diesmal kam ihm die Frau zuvor. Obwohl auch ihre Stimme erregt klang, bemühte sie sich, ruhig zu bleiben. »Er hat recht. Setzten wir uns doch dahinten hin und warten, bis Svea und Finn kommen.«

Selma trat noch eine Stufe höher, als die beiden sich umdrehten. Jetzt konnte sie die Gesichter erkennen. Tatsächlich, Hendrik Lundgren und Kristina Ljungström!

Die beiden suchten sich einen Platz auf einer der vielen Sitzgelegenheiten in der Lobby, von dem aus sie den Eingang beobachten konnten, ohne selbst sofort gesehen zu werden. Sie diskutierten noch darüber, ob die Sitzgruppe hinter der künstlichen Palme vorteilhafter wäre oder die neben dem Eingang im Schatten der Tür.

Selma wartete die Entscheidung erst gar nicht ab. Sie drehte sich um und eilte wieder nach oben. Ihre schöne Story, von der sie gehofft hatte, dass sie sich noch eine ganze Weile mit zunehmender Spannung hinziehen würde, drohte bereits zu enden. Das konnte, das durfte sie nicht zulassen! Aber was sollte sie tun?

Auf dem Gang sah sie den Wagen des Zimmermädchens. Das Mädchen selbst befand sich gerade im Zimmer des jungen Liebespaars, und Selma sah durch die offene Tür, dass es gerade die Betten machte. Daneben standen die gepackten Rucksäcke.

Selma kombinierte, dass die beiden am Morgen noch nichts von ihrem angeblichen Gewinn, der das Spesenkonto des *Morgonbladet* zusätzlich belastete, gewusst hatten. Sie waren auf Abreise eingestellt gewesen und hatten ihre Sachen bereits zusammengepackt. Wie praktisch!

Selma zögerte nicht lange. Als das Zimmermädchen ins

Bad ging und dort beim Putzen leise vor sich hinsang, huschte sie ins Zimmer, packte die beiden Rucksäcke und gelangte unbemerkt wieder nach draußen. Sie schleppte die Rucksäcke zu ihrem eigenen Zimmer und überlegte, wie sie mit dem ganzen Gepäck an den beiden wartenden Menschen da unten in der Lobby vorbeikommen sollte.

Das Hotel hatte doch bestimmt einen Hinterausgang!

Was für ein Glück, dass an der Zimmertür ein Plan des Hotels hing, auf dem die Fluchtwege eingezeichnet waren. Es gab eine Treppe am Ende des Ganges, die hinter einer Tür verborgen lag und in den Keller des Hotels führte. Selma konnte nur hoffen, dass ihr auf diesem Weg kein Bediensteter des Hotels begegnete. Wenn doch, konnte sie immer noch behaupten, sie hätte sich verlaufen.

Bevor sie ihr Zimmer verließ, schickte sie Ingvar eine SMS: *Wo sind die beiden gerade?*

Die Antwort kam prompt: *Sie besichtigen die Trelleborgen.*

Selma wollte gerade das Zimmer verlassen, als ihr Blick auf das Notebook fiel. Sie konnte nicht widerstehen, setzte sich kurz hin und las die letzten beide Sätze:

Nichts ist so schön wie die erste Liebe. Weiche Knie, Schmetterlinge im Bauch und stets den Gesang der Nachtigall im Ohr.

Aber jetzt wird es gefährlich für unsere Julia und unseren Romeo, fuhr sie fort. *Die beiden stehen kurz vor der Entdeckung, wissen noch nicht, dass ihre Eltern unten in der Hotellobby auf sie warten. Jetzt kommt es darauf an, ob Romeo und Julia rechtzeitig gewarnt werden. Es wird eng, drückt unserem jungen Paar bitte beide Daumen!*

Wir lesen uns später wieder!

— 23 —

Kristina konnte es nicht fassen. Sie waren ihrem Ziel so nah, und jetzt waren sie dazu verdammt, zu warten. Sie hatte das Gefühl, schon seit Stunden hier zu sitzen, aber ein Blick auf ihre Armbanduhr zeigte, dass gerade mal eine knappe Stunde vergangen war. Dabei konnte sie froh sein, dass sie überhaupt herausgefunden hatten, in welchem Hotel Selma Anders und damit wahrscheinlich auch ihre Kinder abgestiegen waren.

Kristina hatte sich durchgesetzt, und sie hatten den Platz hinter den künstlichen Palmen gewählt. Von hier aus konnten sie den Eingang überblicken, ohne Gefahr zu laufen, sofort gesehen zu werden.

Hendrik Lundgren saß sprungbereit neben ihr auf der Kante des Sofas. Kristina beobachtete ihn aus den Augenwinkeln. Sein Blick war unverwandt auf die Tür gerichtet, sein Kiefer mahlte. Kristina fragte sich, wie er reagieren würde, wenn Finn und Svea ins Hotel kamen. Bei seinem Blick und seiner angespannten Haltung bekam sie Angst um ihren Sohn.

»Sie werden es nicht wagen, meinem Sohn irgendwelche Vorwürfe zu machen«, zischte sie ihm zu.

Sein Kopf flog herum, finster starrte er sie an.

»Sie kümmern sich ausschließlich um Ihre Tochter. Finn ist meine Sache«, sagte sie mit leicht erhobener Stimme.

Hendrik Lundgren entspannte sich. Er brachte sogar ein Lächeln zustande, auch wenn ihm das sichtlich schwerfiel. »Schon gut«, sagte er beschwichtigend. »Ich gebe Ihrem Sohn nicht alleine die Schuld. Svea weiß sehr genau, was sie will und was nicht. Ihr Sohn hätte sie nie überreden können, mit ihm zu kommen, wenn sie es nicht selbst gewollt hätte.«

Das waren ja völlig neue Töne. Kristina konnte nicht anders, als sein Lächeln zu erwidern. Zum ersten Mal fühlte sie sich der Situation und damit auch seiner Gesellschaft nicht zwangsweise ausgeliefert, sondern als seine Verbündete auf der gemeinsamen Suche nach ihren Kindern.

Leider machte Hendrik Lundgren diesen kurzen Moment der Verbundenheit sofort wieder zunichte. »Was stimmt da nicht zwischen Ihnen und Ihrer Schwester?«, fragte er.

Kristina hörte schlagartig auf zu lächeln. Sie rutschte auf dem Sofa ein Stück von ihm weg. So weit, bis sie die Armlehne auf ihrer rechten Seite berührte. »Ich will nicht darüber reden«, sagte sie kalt. »Und es geht Sie auch nichts an.«

»Schon okay!« Er hob abwehrend beide Hände, wandte den Kopf und starrte erneut zur Tür.

Unangenehme Stille breitete sich aus. Kristina suchte nach Worten, um die Stimmung aufzulockern, aber ihr fiel nichts ein, und so schaute auch sie wieder zur Tür. Immer wenn ein Schatten hinter der Glasscheibe auftauchte, zuckte sie zusammen. Aber es waren nie ihr Sohn oder Svea, die das Hotel betraten. Sie konnten ja nicht einmal sicher sein, dass es sich bei dem jungen Paar, das hier im Hotel wohnte, tatsächlich um ihre Kinder handelte.

»Und wenn es doch nicht Finn und Svea sind?«, sprach sie ihre Gedanken laut aus.

»Sie sind es, das geht aus der Kolumne doch eindeutig hervor«, sagte Hendrik Lundgren ohne sie anzusehen.

»Aber wenn sie es trotzdem nicht sind?«, beharrte Kristina. Die Warterei machte sie mürbe und verunsicherte sie. »Dann sitzen wir hier Stunde um Stunde herum, und die beiden ziehen irgendwo durchs Land.«

Jetzt wandte Hendrik Lundgren ihr das Gesicht zu. »In dem Fall bleibt uns ohnehin nichts anderes übrig, als darauf zu hoffen, dass wir irgendeinen Anhaltspunkt über ihren Aufenthaltsort bekommen. Das hier ist der einzige Hinweis, den wir haben.«

Kristina seufzte tief. Sie wusste genau, dass er recht hatte, aber es machte sie verrückt, untätig hier herumzusitzen und zu warten. Sie sprang auf. »Es reicht doch, wenn einer hier aufpasst«, sagte sie. »Sie warten hier, und ich mache mich auf die Suche nach den beiden.«

Hendrik Lundgren schaute zu ihr auf, eine Augenbraue ironisch in die Höhe gezogen. »Trelleborg ist nicht gerade ein Dorf. Wo wollen Sie denn nach den beiden suchen?«

»Ich weiß es nicht!«, rief Kristina ungeduldig aus. »Ich kann nur nicht länger hier rumsitzen und warten.«

»Ich halte Sie nicht auf«, sagte Hendrik Lundgren. Er wirkte genervt, war wahrscheinlich froh, wenn er sie für ein paar Stunden los war.

»Bis später«, sagte Kristina und wandte sich um. Sie fragte ihn nicht, ob er hier im Hotel auf sie warten wollte, besprach auch nicht mit ihm, wie er sich mit ihr in Verbindung setzen konnte, wenn Finn und Svea in der Zwischenzeit auftauchen sollten. Das alles fiel ihr erst ein, als sie schon an der gläsernen Eingangstür stand. Kurz zögerte sie, hatte aber keine Lust, noch einmal zu ihm zurückzugehen. Sie musste einfach raus, eine Weile alleine sein. Irgendwie, irgendwo würden sie sich schon wieder treffen.

Kristina ging einfach los, vom Hotel aus in Richtung Bryggaregatan, ohne sich große Gedanken darüber zu machen, warum sie ausgerechnet diesen Weg einschlug. Sie passierte den Sjöormen-Brunnen, schenkte ihm aber wenig Beachtung, weil sie durch das Klingeln ihres Handys abgelenkt wurde. Sie zog es aus der Tasche und meldete sich.

»Ich musste gerade an dich denken«, sagte Bengt.

Kristina freute sich, seine Stimme zu hören. »Ich freue mich, dass du anrufst. Im Moment kann ich jede Aufmunterung gebrauchen.«

»So schlimm?«, fragte er mit einem leisen Lachen in der Stimme.

»Eigentlich nicht. Wir haben sogar einen Hinweis erhalten, wo sich Finn und Svea aufhalten könnten.«

»Ich hoffe, ihr habt Glück«, sagte Bengt. Eine Weile war es still am anderen Ende. »Ich denke sehr viel an dich«, sagte er dann leise.

Kristina spürte ein warmes Gefühl, das sich bei seinen Worten in ihr ausbreitete. Gerne hätte sie erwidert, dass es ihr genauso ging, aber das wäre nicht ehrlich gewesen. Es passierte einfach zu viel, die Ereignisse schienen sich regelrecht zu überschlagen, und sie hatte kaum Zeit, an Bengt zu denken.

»Schon gut«, sagte Bengt. »Du musst nichts sagen, und ich wollte dich mit meinem Anruf auch nicht überrumpeln.«

»Das hast du nicht«, sagte Kristina herzlich. »Ich freue mich sehr über deine Worte, und ich wünschte, ich hätte den Kopf frei, um mich damit zu befassen.«

»Wir haben Zeit«, sagte Bengt sanft. »Ein ganzes langes Leben lang, und ich freue mich darauf, dich richtig kennenzulernen.«

»Darauf freue ich mich auch!«, sagte Kristina. »Aber es wird nicht einfach. Du in Gränna, ich in Stockholm ...«

»Wir werden einen Weg finden«, versprach Bengt. »Lass mich bitte wissen, wie eure Suche in Trelleborg ausgeht.«

»Ich ruf dich an«, versprach Kristina.

Als sie das Gespräch beendet hatte, wunderte sie sich kurz darüber, dass Bengt wusste, wo sie gerade war. Hatte sie es ihm erzählt? Ja, wahrscheinlich. Woher sollte er es sonst wissen? Kristina zuckte mit den Schultern, steckte das Handy ein und setzte ihren ziellosen Weg fort. Welche Orte würde Finn in dieser Stadt aufsuchen? Was interessierte ihn besonders?

Sie wusste es nicht! Erschrocken blieb Kristina stehen. Sie wusste ja, dass das *Kristinas* viel Raum in ihrem Leben einnahm, aber hatte sie dadurch ihren eigenen Sohn aus den Augen verloren?

Während sie dastand und über diese schwerwiegende Frage nachdachte, sah sie Selma Anders auf der anderen Straßenseite. Die Reporterin ging schnell, dann wurde ihr Schritt auf einmal langsamer, und sie sah sich um. Kristinas und Selmas Blicke trafen sich. Kristina winkte, doch Selma Anders nickte nur knapp in ihre Richtung.

»Du entkommst mir nicht«, flüsterte Kristina vor sich hin, konnte die Straße aber nicht überqueren, weil zu viel Verkehr war. Hinter den beiden PKW kam noch ein LKW, der ihr die Sicht versperrte. Dann war er vorbei – und Selma Anders war verschwunden.

»Das gibt es doch nicht!«, sagte Kristina laut zu sich selbst.

»Wie bitte?« Ein Passant, der gerade an ihr vorbeiging, blieb stehen und schaute sie fragend an.

»Sie hat doch gerade noch da gestanden«, sagte Kristina aufgeregt und wies mit dem Finger über die Straße. Der Mann sah sie an, als hätte sie nicht alle Tassen im Schrank, und Kristina konnte es ihm nicht verdenken, Zeit für Erklärungen hatte sie aber auch nicht. Sie ließ den Mann einfach stehen, rannte über die Straße und eilte in die Richtung weiter, in die Selma Anders unterwegs gewesen war. Dabei schaute sie in jeden Hauseingang, in jede Seitenstraße, die sie passierte. Die Reporterin war nirgends zu sehen. Kristina wunderte sich darüber, dass sie so schnell verschwunden war. Sie war selbst nicht besonders sportlich, aber Selma Anders hatte mindestens fünf Kilo zu viel auf den Rippen, und wahrscheinlich war das noch eine viel zu schmeichelhafte Vermutung.

Früher als sie vorgehabt hatte, ging Kristina ins Hotel zurück. Hendrik Lundgren saß immer noch auf seinem Beobachtungsposten und wirkte überrascht, sie so schnell wiederzusehen.

»Haben Sie Selma Anders gesehen?«, stieß Kristina hervor, bevor er etwas sagen konnte.

Hendrik Lundgren schüttelte den Kopf.

»Sind Sie ganz sicher? Ist keine dickliche blonde Frau ins Hotel gekommen?«

»Nein!« Hendrik Lundgren stand auf. »Was ist denn los? Wieso sind Sie so aufgeregt?«

»Ich habe Selma Anders auf der Straße getroffen, aber bevor ich sie ansprechen konnte, ist sie verschwunden. Ich habe das Gefühl, sie ist regelrecht vor mir geflohen.«

Hendrik Lundgren kam zu dem gleichen Schluss wie Kristina: »Das beweist doch, dass es sich bei Romeo und Julia tatsächlich um Finn und Svea handelt.«

»Genau!« Kristina nickte. Sie strahlte Hendrik Lundgren an, und er strahlte zurück. Sie hatten ihr Ziel schneller erreicht, als sie es für möglich gehalten hätten. »Wir müssen jetzt nur noch hier warten, bis unsere Kinder zurück ins Hotel kommen.«

Hendrik nickte grinsend und setzte sich wieder. Kristina nahm neben ihm Platz und behielt wie er die Tür im Auge. Eigentlich hätte sie ja jetzt ganz ruhig abwarten können, aber die Ungeduld zerrte an ihren Nerven.

Stunde um Stunde verging, doch ihre Kinder kamen nicht, und auch Selma Anders ließ sich nicht blicken. Dabei musste sie auch hier wohnen, zumindest war ihre Kolumne so zu deuten. Zu Kristinas Nervosität kamen jetzt auch noch Hunger und Durst hinzu. Als ihr Magen laut und vernehmlich knurrte, stand Hendrik Lundgren auf.

»Diesmal passen *Sie* auf«, sagte er bestimmt. »Im Gegensatz zu mir erkennen Sie diese Anders, wenn sie ohne unsere Kinder hier auftaucht. Ich besorge uns etwas zu essen.«

»Ich kann doch auch ...«

»Nein«, fiel er ihr ins Wort. Sein Gesicht verzog sich zu einem breiten Grinsen. »Ich weiß besser, wo es schmeckt ...« Er machte eine kurze Pause und fügte vielsagend hinzu: »... und wo nicht.«

Diesmal ließ sie die Anspielung kalt. Sie erwiderte sogar sein Grinsen. Warum sollte sie sich noch über ihn ärgern? Ihre gemeinsame Zeit würde bald zu Ende sein. Sobald die Kinder ins Hotel kamen, würden sich ihre Wege trennen. Hoffentlich für immer!

»Okay«, stimmte sie zu und sah ihm nach, als er das Hotel verließ. Ihre Aufmerksamkeit ließ nicht nach. Immer wenn die Tür geöffnet wurde, zuckte sie kurz zusammen, um dann enttäuscht festzustellen, dass es keine der Personen war, auf die sie wartete. Selbst über eine Begegnung mit Selma Anders hätte sie sich jetzt gefreut. Kristina ballte die Hände zu Fäusten. Dieser penetranten Zeitungstante hatte sie so einiges zu sagen. Aber auch Selma Anders kam nicht, und Hendrik Lundgren ließ ebenfalls auf sich warten.

Wieder betrat jemand das Hotel. Kristina beugte sich aufmerksam vor und ließ sich gleich darauf wieder zurücksinken, weil es keine der Personen war, auf die sie wartete. Ein junger Mann mit einer Kamera in der Hand. Ein Tourist wahrscheinlich. Kristina sah, dass er mit dem Portier sprach, konnte die Worte aus der Entfernung aber nicht verstehen. Der Portier nickte ihm zu, woraufhin der Mann sich umwandte und zur Treppe ging.

Sportlich, fand Kristina, denn die meisten anderen Hotelgäste, die sie bisher beobachtet hatte, hatten den Aufzug bevorzugt.

Es dauerte nicht lange, bis der Mann wieder nach unten kam. Er hatte zwei Reisetaschen in der Hand, und die Kamera hing jetzt um seinen Hals. Sie wirkte ziemlich professionell. Der Portier schob dem Mann etwas über den Tresen zu, woraufhin dieser seine Brieftasche zückte und eine Kreditkarte herausnahm. Ein Gast, der abreiste. Das war auch nicht besonders spannend.

Kristina lenkte ihre Aufmerksamkeit wieder auf die Eingangstür. Ein älteres Ehepaar reiste soeben an. Die beiden erledigten ihre Formalitäten an der Rezeption, während der junge Mann mit der Kamera und den beiden Reisetaschen das Hotel verließ.

Als die Tür wieder aufging, war es Hendrik Lundgren, der zurück ins Hotel kam. In der Hand hielt er eine Plastiktüte, aus der es köstlich duftete.

Kristina sah, dass der Portier einen misstrauischen Blick auf die Tüte warf.

Hendrik wartete, bis die beiden älteren Leute ihre Zimmerschlüssel bekommen hatten und mit ihrem Gepäck vor dem Aufzug standen, bevor er dem Portier etwas zuflüsterte und einen Schein über den Tresen schob.

Der Portier nickte und lächelte.

»Haben Sie den Mann bestochen?«, wollte Kristina wissen, als Hendrik Lundgren zu ihr kam.

»Was soll ich machen?« Hendrik hob die freie Hand.

»Natürlich sieht es das Hotel nicht gerne, wenn die Gäste ihr Essen selbst mitbringen, anstatt im Speisesaal zu essen. Aber Sie werden sehen, das hat sich gelohnt.« Hendrik hob die Hand mit der Tüte. Der Duft war jetzt so stark, dass Kristinas Magen erst recht laut knurrte.

Hendrik hatte sogar Geschirr, Besteck und zwei Flaschen Wasser dabei. »Ich kenne den Restaurantbesitzer ganz gut«, erklärte er. »Ich bringe es nachher wieder zurück.«

Das Baguette brach Hendrik in zwei Stücke, dann öffnete er eine Dose und legte Kristina eine Portion Dillfleisch auf ihren Teller. Sie probierte es und verdrehte schwärmerisch die Augen. »Köstlich!«

»Ich weiß.« Er nickte und begann selbst mit sichtlichem Appetit zu essen.

»Ich hätte gerne ...«

»... das Rezept«, unterbrach er sie. »Das habe ich dabei. Der Besitzer des Restaurants hat es mir kopiert.«

»Einfach so?«, wunderte sich Kristina.

»Wie gesagt, er ist ein guter Bekannter.«

Sie aßen weiter, behielten dabei aber weiter den Eingang des Hotels im Blick. Allerdings fühlte Kristina sich jetzt bedeutend wohler. Sie war satt und zufrieden, und Finn würde auch irgendwann kommen. Sie warteten jetzt schon so lange, da mussten er und Svea doch jeden Moment ins Hotel zurückkehren. Oder zumindest Selma Anders, und die schien ja auch genau zu wissen, wo sich ihre Kinder aufhielten.

Als sie mit dem Essen fertig waren, gab Hendrik Lundgren ihr das Rezept. Kristina überließ in den nächsten Minuten ihrem Begleiter den Beobachtungsposten und studierte neugierig die Zutatenliste und die Zubereitung des köstlichen Gerichts.

Dillfleisch

600 g Kalbsbrust, ohne Knochen
12 schwarze Pfefferkörner
250 ml süße Sahne
2 Zwiebeln
2 Bund Dill
2 EL Mehl
3 TL Essig
1 EL Zucker
Salz
Einige Dillzweige zum Garnieren

Die Kalbsbrust in kochendes Wasser legen. Salz, Pfefferkörner und klein geschnittene Zwiebeln dazugeben. Den Dill entstielen, die Stiele der Brühe zufügen. Etwa eine Stunde kochen. Das Fleisch herausnehmen und in Würfel schneiden.

Die Brühe durchsieben, auf etwa 375 ml Flüssigkeit ergänzen und aufkochen lassen. Das Mehl in kaltem Wasser anrühren und die Soße damit binden. Die Dillblätter hacken und mit den Fleischwürfeln in die Soße geben. Sahne dazugeben, mit Essig, Zucker und Salz würzen. Mit Dillzweigen garnieren.

— 24 —

Schon wieder unterwegs! Svea hütete sich, etwas zu sagen. Sie selbst hatte nicht in dem Hotel in Trelleborg bleiben wollen. Nicht einmal umsonst! Und sie selbst hatte sich das Ziel, die Väderöarna vor der Küste Bohusläns, ausgesucht.

Finn saß neben ihr. Er schlief tief und fest. Überhaupt schien ihn nur sehr wenig zu erschüttern, wie Svea wieder einmal feststellte, während sie selbst noch Schwierigkeiten hatte, die jüngsten Ereignisse zu verarbeiten.

Sie hatte zusammen mit Finn die Trelleborgen besichtigt, eine Ringfestung der Wikinger aus dem zehnten Jahrhundert. Sie selbst war fasziniert gewesen von der Palisadenbefestigung und dem alten Holztor, auch wenn ein Großteil davon rekonstruiert worden war. Inmitten des Walls konnte ein mittelalterliches Haus besichtigt werden. Aber Finn hatte deutlich gezeigt, dass ihn das alles schrecklich langweilte. Er war still neben ihr hergetrottet, hatte kaum noch ein Wort von sich gegeben – und war dann plötzlich ganz aufgeregt geworden.

»Da ist die blonde Frau wieder«, hatte er ihr zugezischt, und dann, laut und ziemlich verwundert: »Sie hat unsere Rucksäcke!«

Es waren tatsächlich ihre Rucksäcke, und die Frau war direkt auf sie zugekommen, aufgeregt und ziemlich hektisch. »Ihr müsst weg!«, hatte sie hervorgestoßen. »Dein Vater«, dabei hatte sie Svea angesehen, um sich gleich darauf an Finn zu wenden, »und deine Mutter sind im Hotel und warten da auf euch.«

»Aber woher wissen ...«

»Nicht lange fragen«, hatte die Frau sie unterbrochen. »Ihr müsst hier weg!«

Svea fragte sich immer noch, wer diese seltsame Frau war, die auf keine ihrer Fragen geantwortet, sondern sie lediglich dazu gedrängt hatte, sofort aufzubrechen.

Als die Frau gefragt hatte, wo sie als Nächstes hinwollten, hatte Finn, dieser vertrauensselige Trottel, ihr sofort erzählt, dass die Väderöarna ihr nächstes Ziel waren. Sveas Vorwürfe, als sie später alleine waren, ließ er nicht gelten. Immerhin hatte diese fremde Frau ihnen sogar die Tickets bezahlt und versprochen, dass sie sich auch um die Rechnung des Hotels kümmern würde. Dann war sie einfach verschwunden.

Svea warf einen finsteren Blick auf den schlafenden Finn, der neben ihr im Bus saß. Fragte er sich denn gar nicht, warum sie das gemacht hatte? Woher hatte sie überhaupt gewusst, dass sie beide auf der Flucht vor ihren Eltern waren? Und wie war diese Frau an ihre Rucksäcke gekommen?

Finn räkelte sich auf dem Sitz neben ihr und schlug die Augen auf. Svea schaute ihn an, hielt ihren Gesichtsausdruck für völlig normal, doch er sah das offenbar anders. »Was hast du denn jetzt schon wieder?«, fragte er gereizt.

Na gut, wenn er Streit wollte ...

»Warum hast du dieser Frau gesagt, dass wir auf die Väderöarna wollen? Und wieso hast du sie nicht gefragt, woher sie unser Gepäck hat?«

»Das habe ich sie doch gefragt«, sagte Finn, schien aber jetzt erst über die absonderliche Situation nachzudenken. »Sie hatte es so eilig und hat uns so gedrängt, das hat mich total nervös gemacht. Ich dachte die ganze Zeit, dein Vater und meine Mutter tauchen jeden Moment auf.«

Svea fragte sich insgeheim, ob das nicht das Beste gewesen

wäre. Ja, wenn sie es recht bedachte, sie hätte gar nichts dagegen gehabt, auf ihren Vater zu treffen und diese blöde Reise endlich abzubrechen. Das hier, das waren keine Ferien, das war ein Albtraum.

»Jetzt reg dich mal ab«, sagte Finn ganz gelassen und rollte sich wieder auf dem Sitz zusammen. »Es ist doch alles gut gegangen.« Er drehte ihr den Rücken zu, und kurz darauf bewegten sich seine Schultern in gleichmäßigem Rhythmus auf und ab.

Svea konnte es nicht fassen. Sie war völlig fertig mit den Nerven, und er saß neben ihr und schlief. Tatsächlich, er schlief tief und fest!

Selmas Welt

Leute, gerade noch einmal geschafft! Romeo und Julia sind in Sicherheit und auf dem Weg nach Bohuslän.

Selma war eigentlich dagegen, das Ziel der beiden zu erwähnen, aber Erik Asmussen war anderer Meinung. Er fand, es erhöhe die Spannung für die Leser, wenn die Eltern einen Hinweis auf den Aufenthaltsort ihrer Kinder bekamen und ihnen folgen konnten. Selma hatte dafür zu sorgen, dass Romeo und Julia rechtzeitig flüchten konnten.

»Und was ist, wenn es nicht klappt?«, hatte sie ihren Chefredakteur gefragt.

»Du solltest diese Möglichkeit erst gar nicht in Betracht ziehen«, hatte er mit gefährlicher Ruhe geantwortet.

Na toll! Sie war mal wieder für alles verantwortlich und sollte gleichzeitig noch gute Artikel schreiben. Wenn alles so lief, wie Erik Asmussen sich das vorstellte, würde sie bei ihrer Rückkehr eine gehörige Gehaltserhöhung verlangen. Diese Aussicht erheiterte sie so sehr, dass sie sich wieder auf das Wesentliche konzentrieren konnte. Selma las die beiden Sätze, die sie bisher geschrieben hatte, noch einmal durch und fuhr dann fort:

Ebenso wie ihr, liebe Leser, bin ich gespannt, wohin uns die Reise noch führen wird. Spannend wird es allemal, zumal wir jetzt auch Bilder unserer Reise liefern können.

Selma hielt wieder inne. Sie wusste nicht, welche Fotos Ingvar Ström in Trelleborg geschossen hatte, konnte sich also nicht darauf beziehen, und eigentlich waren diese Fotos auch längst überholt, weil es ja jetzt weiterging.

Mit Ingvar würde sie sich morgen treffen. Irgendwo in der Region Bohuslän. Er hatte ihr vor einer Stunde per SMS mitgeteilt, dass er ihr Gepäck aus dem Hotel geholt und die Rechnung beglichen hatte. Ein Hoch auf die Technik, die es ihnen ermöglichte, ständig in Verbindung zu bleiben! Selma war sehr froh, dass der Chef ihr Ingvar zur Verstärkung geschickt hatte. So war es einfacher, Romeo und Julia im Auge zu behalten und sie rechtzeitig zu warnen, wenn die Eltern eintreffen sollten – und ganz abgesehen davon war der Fotograf auch noch ein außerordentlich attraktiver Mann ...

Selmas Gedanken beflügelten ihre Finger und führten sie wie von allein über die Tasten:

Ich freue mich auf romantische Tage an der Küste, auf Nächte voller Leidenschaft ...

Nein, das ging gar nicht. Das passte nicht zu zwei verliebten Teenagern, und eigentlich hatte sie auch ein ganz anderes Bild vor Augen. Oder besser gesagt, zwei andere Personen. Aber auch die passten nicht zusammen, weil der männliche Part mindestens zehn Jahre jünger war als der weibliche und sich ausschließlich für ganz junge und vor allem sehr schlanke Mädchen interessierte.

Selma strich den letzten Satz aus ihrem Text und die beiden ineinander verschlungenen Personen aus ihrer Fantasie und konzentrierte sich wieder auf Romeo und Julia.

Ein junges Paar, eine dramatisch schöne Küstenlandschaft und das ganz besondere Licht, das diese Ecke Schwedens zum Leuchten bringt, sind die Zutaten für eine Liebesgeschichte, die uns alle in Atem hält.

Ich wünschte, wir wären bereits da, liebe Leser, könnten die Romantik gemeinsam mit unserem jungen Paar genießen. Stattdessen sind wir auf der Flucht. Verfolgt, gejagt, den Blick immer nach hinten gerichtet, weil wir jeden Moment damit rechnen müssen, erwischt zu werden. Die Angst ist zu einem ständigen Begleiter geworden, aber unser junges Paar wird durch die Gefühle füreinander entschädigt. Wie die beiden sich ansehen, wie sie miteinander umgehen, das ist Romantik pur!

Wir lesen uns später wieder!

— 25 —

Mietet gefälligst ein Zimmer, wenn ihr hier übernachten wollt!«

Verwirrt schlug Kristina die Augen auf und sah sich um. Sie war auf der gepolsterten Bank in der Hotellobby eingeschlafen. Ihr Kopf war zur Seite gerutscht und ruhte auf etwas, das sie nicht sofort einordnen konnte. Auf einer Schulter.

Auf Hendrik Lundgrens Schulter!

Sie riss den Kopf hoch. Entgeistert starrte sie in Hendriks grinsendes Gesicht, während der Nachtportier vor ihnen immer noch wetterte, obwohl sie ihm nicht zuhörten.

»Wo gibt es denn so was? Sich einfach in die Hotellobby zu legen und zu schlafen ...«

»Gut geschlafen?«, übernahm Hendrik Lundgren dieses Stichwort und grinste Kristina dabei immer noch an.

»Warum haben Sie mich nicht geweckt?«, fuhr sie ihn an.

»Ich dachte, Sie brauchen den Schlaf, und ehrlich gesagt, bin ich auch eingeschlafen.« Gleich darauf wandte er sich dem Nachtportier zu. »Ist ja schon gut. Wir warten hier nur auf unsere Kinder. Vielleicht sind sie in der Zwischenzeit ja ins Hotel gekommen und wir haben sie verpasst, weil wir beide eingeschlafen sind.«

Der Portier beruhigte sich ein wenig, während Hendrik Lundgren ihm die Situation erklärte. Im Gegensatz zu seinem Kollegen aus der Tagesschicht war er sogar bereit, ihnen Auskunft zu erteilen – aber die war für Kristina und Hendrik niederschmetternd.

»Tut mir leid«, sagte der Portier nach einem Blick in seinen Computer, »aber die beiden sind abgereist.«

»Verdammt!« Hendrik Lundgren schlug mit der Faust so hart auf den Tresen, dass Kristina und der Portier erschrocken zusammenzuckten. Hendrik entschuldigte sich sofort, wirkte aber immer noch verärgert. »Die beiden sind zum Hotel gekommen, und wir haben es verschlafen«, sagte er mit einem Blick in Kristinas Richtung, den sie sofort als Vorwurf deutete.

Der Nachtportier kam ihr zuvor, bevor sie darauf reagieren konnte. »Nein!« Er schüttelte den Kopf. »So wie ich das hier sehe, sind die beiden nicht zurück ins Hotel gekommen. Die Rechnung wurde von einem gewissen Ingvar Ström beglichen.«

Wer war das denn schon wieder? Und was hatte dieser Ingvar Ström mit ihren Kindern zu tun? Kristina konnte Hendrik Lundgren ansehen, dass er sich dieselben Fragen stellte wie sie selbst. »Sie kennen diesen Mann also auch nicht?«, stellte sie fest.

Er schüttelte den Kopf, schaute dabei aber den Portier an. »War dieser Ingvar Ström auch ein Gast des Hotels?«

Der Mann nickte. »Er hat übrigens auch die Rechnung einer gewissen Selma Anders bezahlt und deren Gepäck hier abgeholt.«

»Selma Anders«, nickte Hendrik Lundgren.

Dass diese Frau dahintersteckte, erklärte vieles. Jetzt wusste Kristina auch, dass sie ihr am späten Nachmittag ganz bewusst aus dem Weg gegangen war. Noch war nicht ganz klar, wie dieser ominöse Ingvar Ström in die Geschichte passte, aber er schien zu Selma Anders zu gehören.

»Wissen Sie, wohin unsere Kinder oder Selma Anders und Ingvar Ström weitergereist sind?«, fragte sie.

Der Portier schüttelte mit bedauernder Miene den Kopf.

»Und jetzt?«, fragte Kristina müde und resigniert.

»Wir nehmen uns am besten ein Zimmer und schlafen uns gründlich aus. Morgen sehen wir dann weiter.«

Kristina nickte. »Zwei Zimmer«, sagte sie, wobei sie das Wort »zwei« besonders betonte.

Wahrscheinlich war Hendrik Lundgren inzwischen ebenso erschöpft wie sie. Er ersparte sich jeden Kommentar, grinste sie nicht einmal an.

Eine halbe Stunde später lag Kristina in ihrem Hotelbett. Ihr Kopf sank bleischwer auf das Kissen, und trotzdem konnte sie nicht einschlafen. Was würde noch alles passieren, bis sie ihren Sohn endlich gefunden hatte? Wie sollte sie künftig mit Finn umgehen?

Kristina hatte sich bisher noch keine Gedanken darüber gemacht, welche Auswirkungen Finns Flucht von zu Hause auf ihr Verhältnis zueinander haben würde. Bisher war sie in erster Linie von der Sorge um ihren Sohn beherrscht gewesen, aber allmählich spürte sie auch zunehmenden Ärger wegen seines Verhaltens. Sie war keine strenge Mutter, hatte ihm stets das Gefühl gegeben, dass er über alles mit ihr reden konnte. Warum tat er ihr das jetzt an? Warum lief er einfach weg, ließ sie im Ungewissen, wie es ihm ging, und antwortete nicht einmal auf ihre SMS oder die Nachrichten, die sie ihm auf der Mailbox hinterlassen hatte?

Kristina war mit einem Mal wieder hellwach. Sie konnte sich nicht erinnern, dass sie schon jemals so wütend auf ihren Sohn gewesen war, und konnte einfach nicht anders, sie musste ihn das wissen lassen.

Kristina schlug die Decke zurück, schwang die Beine über die Bettkante und schaltete gleichzeitig die Nachttischlampe ein, obwohl es nicht wirklich dunkel im Zimmer war. Sie hatte die Gardinen nicht zugezogen, obwohl es in den Sommernächten draußen nie ganz dunkel wurde.

Sie sah, dass sie eine Nachricht von Bengt bekommen hatte. Sie las sie aber nicht sofort, weil sie wusste, dass Bengts liebevolle Worte sie besänftigen würden, und genau das wollte sie jetzt nicht. Sie musste ihrem Sohn einmal unmissverständlich klarmachen, dass es so nicht weitergehen konnte.

Aus dem Speicher ihres Handys suchte sie Finns Nummer. Das Freizeichen war zu hören, aber ihr Sohn nahm das Gespräch auch diesmal nicht an. Sie hatte damit gerechnet und wartete, bis sich die Mailbox einschaltete.

»Ich bin es«, sagte sie mit erzwungener Ruhe. Sie schloss die Augen und stellte sich vor, ihr Sohn würde vor ihr stehen, weil sie so eher die richtigen Worte fand, als wenn sie das Gefühl hatte, mit einem seelenlosen Automaten zu sprechen.

»Ich bin sauer und enttäuscht, weil du mich im Ungewissen darüber lässt, wie es dir geht. Ich frage mich, womit ich ein solches Verhalten verdient habe, und ich weiß nicht, wie wir beide in Zukunft miteinander umgehen sollen. Wie ich dir je wieder vertrauen soll ...«

Kristina holte tief Luft und beschloss dann, dass sie damit alles gesagt hatte, was sie gerade empfand. Keine Abschiedsworte, überhaupt nichts mehr. Sie beendete das Gespräch einfach, blieb minutenlang reglos auf dem Bett sitzen. Ihre Hände, die noch immer das Handy hielten, lagen in ihrem Schoß. Sie schaute aus dem Fenster in den samtblauen Himmel mit den vom letzten Sonnenlicht rosa gefärbten Wolken und wünschte sich, nicht allein hier in einem billigen Hotel in Trelleborg zu sein, sondern irgendwo in einer schönen Landschaft an einem See oder am Meer, zusammen mit einem Menschen ... Mit einem ganz bestimmten Menschen ... Sie öffnete Bengts SMS.

Ich will nicht mehr warten. Wann können wir uns sehen?

Am liebsten sofort, schrieb Kristina zurück. *Ich weiß aber nicht, wo wir morgen sind.*

Sie wartete ein paar Minuten, bekam aber keine Antwort mehr. Wahrscheinlich schlief Bengt bereits. Sie legte ihr Handy zurück auf den Nachttisch, löschte das Licht und legte sich wieder ins Bett. Schlafen konnte sie immer noch nicht. Sie hatte das Gefühl, dass Hendrik Lundgren und sie an einem Punkt angelangt waren, an dem es nicht mehr weiterging. Wo sollten sie ihre Suche jetzt noch ansetzen? Sie konnten nur hoffen, dass es morgen wieder einen Hinweis im *Morgonbladet* gab.

Unruhig drehte Kristina sich auf die andere Seite und versuchte erneut, Schlaf zu finden. Erst als sie es schaffte, die negativen Gedanken zu verbannen und sich auf Erfreuliches zu konzentrieren, wobei Bengt eine zentrale Rolle spielte, tauchte sie allmählich in die Welt zwischen Tag und Traum ein – bis der Klingelton ihres Handys sie wieder aufschrecken ließ.

Bengt, war ihr erster Gedanke. Sie setzte sich erneut auf, schaltete die Nachttischlampe ein und las die eingegangene SMS.

Es tut mir leid, schrieb Finn. *Mach dir keine Sorgen, es geht uns gut.*

Kristina schüttelte den Kopf. Finn machte es sich ein bisschen zu einfach.

WO BIST DU?, schrieb sie in Großbuchstaben zurück, aber darauf erhielt sie keine Antwort mehr. Sie hatte auch nicht wirklich damit gerechnet.

Seufzend legte sie sich ein drittes Mal hin, obwohl sie nicht mehr wirklich daran glaubte, in dieser Nacht noch schlafen zu können. Sie dachte darüber nach, welche Rolle Selma Anders in dieser ganzen Geschichte spielte, und ob Finn und Svea überhaupt wussten, dass die Reporterin sie zu den Hauptfiguren ihrer Kolumne auserkoren hatte. Hatten sie und Hendrik überhaupt eine Chance, ihre Kinder zu finden? Auch wenn sie morgens im *Morgonbladet* lesen konnten, wo sich ihre Kinder tags zuvor aufgehalten hatten, wären ihnen die beiden dank Selma Anders immer einen Schritt voraus.

Kristina grübelte lange über diese Fragen nach, doch irgendwann schlief sie doch noch ein.

Als sie aufwachte, schien helles Sonnenlicht durchs Fenster. Die Uhr in ihrem Handy zeigte an, dass es bereits kurz vor zwölf war.

Kurz vor zwölf! Kristina sprang mit einem Satz aus dem Bett. Nach einer hastigen Dusche zog sie sich an, nahm ihre Reisetasche und eilte nach unten.

Hendrik Lundgren saß bereits wieder in der Hotellobby. Eine Tasse Kaffee stand auf dem kleinen Tisch vor ihm, in der Hand hielt er eine aufgeschlagene Zeitung, die er sinken ließ, als Kristina ihn begrüßte. Er schaute sie über den Rand der Zeitung hinweg an und erwiderte ihren Gruß.

»Svea und Finn sind in Bohuslän«, sagte er gleich darauf.

Kristina erkannte, dass er das *Morgonbladet* in der Hand hielt. »Also auf nach Bohuslän«, sagte sie voller Tatendrang.

Hendrik Lundgren wirkte weitaus weniger unternehmungslustig. Umständlich faltete er die Zeitung zusammen, legte sie beiseite und trank einen Schluck aus seiner Tasse. »Ja«, sagte er schließlich lahm, »und wo sollen wir die beiden dann suchen? Wenn sie auf einer der Inseln sind, finden wir sie nie.«

Kristina setzte sich neben ihn. »Dann warten wir in Bohuslän auf das nächste *Morgonbladet*. Irgendwann erwischen wir die beiden schon.«

Hendrik Lundgren nickte.

Kristina fiel jetzt erst auf, dass er sehr müde aussah. »Schlecht geschlafen?«, erkundigte sie sich.

»Fast gar nicht«, sagte er mit einem gequälten Lächeln. »Ich habe mich die ganze Nacht gefragt, was ich falsch gemacht habe, dass meine Tochter vor mir weglaufen muss.«

Ähnliche Gedanken, wie sie selbst sich gemacht hatte. Kristina fühlte sich mit ihm verbunden, sie teilten dieselben Ängste und Sorgen. Sie suchte noch nach tröstenden Worten, als er alles mit einem Satz wieder zunichte machte: »Wahrscheinlich liegt es nicht an mir. Ihr Sohn hat meine Tochter aufgestachelt, eine andere Erklärung gibt es nicht.«

Kristina sprang auf. »Kein Wunder, dass Ihre Frau abgehauen ist«, zischte sie ihn an. »Sie ... Sie selbstgerechter, überheblicher Idiot!«

Hendrik Lundgren war schneeweiß geworden. Auch er stand jetzt auf, und Kristina rechnete mit einer heftigen Erwiderung, aber er sagte nur leise: »Wir treffen uns in einer halben Stunde an meinem Wagen.« Er wandte sich um und ging zur Treppe.

Kristina sah ihm nach, mit einer Mischung aus Ärger und schlechtem Gewissen. War sie zu weit gegangen? Ganz offensichtlich hatte sie einen wunden Punkt berührt.

Hendrik Lundgren hatte Sveas Mutter nie erwähnt, und Kristina war davon ausgegangen, dass er ebenso wie sie selbst geschieden war. Wahrscheinlich hatte sie mit ihrer Bemerkung genau ins Schwarze getroffen und seine Frau war ihm wirklich davongelaufen. Es musste ihn schwer belasten, dass seine Tochter dem Beispiel ihrer Mutter folgte.

»Selber schuld«, murmelte sie leise vor sich hin. Die Frauen in seinem Umfeld hatten bestimmt ihre Gründe, weshalb sie vor ihm davonliefen.

Hendrik Lundgren wartete bereits an seinem Wagen, als Kristina ihre Reisetasche geholt und die Hotelrechnung beglichen hatte. Er trommelte mit einer Hand ungeduldig auf das Autodach, sah sie aber nicht an.

Kristina schwieg ebenfalls. Sie öffnete die hintere Tür und stellte ihre Reisetasche auf den Rücksitz. Danach nahm sie auf dem Beifahrersitz Platz.

Hendrik Lundgren setzte sich hinter das Lenkrad. Er schaute sie noch immer nicht an, als er leise sagte: »Meine Frau ist gestorben.«

Kristina war entsetzt, wusste im ersten Moment nicht, was sie sagen sollte. Eine Entschuldigung war mehr als fällig, doch als sie den Mund öffnete, um etwas zu sagen, kam Hendrik Lundgren ihr grob zuvor: »Ich will nicht darüber reden, und ich will auch nichts mehr dazu hören.«

Kristina schloss den Mund wieder, schaute wie er durch die Windschutzscheibe nach draußen auf die Straße und schämte sich in Grund und Boden.

Die erste Stunde der Fahrt verlief in eisigem Schweigen, bis Kristina es nicht mehr aushielt. Sie schaute Hendrik von der Seite an. »Ich will nicht darüber reden«, sagte sie, »aber ich will mich wenigstens entschuldigen dürfen.«

»Okay«, sagte er knapp, »Entschuldigung angenommen.«

Viel war das nicht, aber die Spannung ließ merklich nach. Kristina spürte, wie er sich neben ihr entspannte, und das übertrug sich auch auf sie. Sie sah ihn immer noch von der Seite an. Sein Profil wirkte nicht mehr ganz so kantig, und als er einmal kurz den Kopf wandte und ihrem Blick begegnete, da lächelte er sogar ein bisschen.

Kristina atmete tief durch und lehnte sich entspannt zurück. Sie schwiegen auch jetzt beide, aber es war nicht mehr dieses feindselige Schweigen.

Sie fuhren die gleiche Strecke zurück, die sie gestern erst nach Trelleborg gefahren waren.

Kurz vor Göteborg brach Hendrik Lundgren das Schweigen. »Was halten Sie davon, wenn wir noch einmal zu Ihrer Mutter fahren? Sie hatten ja nur wenig Zeit füreinander.« Er machte eine kurze Pause und fügte dann hinzu: »Ich gehe auch ins Hotel, damit Sie mit Ihrer Mutter alleine sein können.«

»Und was ist mit Finn und Svea?«

»Wollen Sie die ganze Küste entlangfahren und die beiden suchen? Vielleicht sind sie ja auch auf einer der Inseln. Unmöglich, sie ohne weitere Hinweise zu finden. Also schlage ich vor, wir warten auf das nächste *Morgonbladet* und hoffen, dass die gute Selma Anders uns morgen bessere Hinweise liefert.«

Sein Vorschlag hatte was. Auch Kristina hatte wenig Lust, ziellos durch die Gegend zu fahren. »Okay«, sagte sie und machte ein Zugeständnis, über das sie sich selbst wunderte: »Aber Sie müssen sich kein Hotel suchen.« Sie lachte. »Meine Mutter würde das sowieso nicht zulassen.«

Er schaute kurz zu ihr herüber, lächelte und konzentrierte sich wieder auf den Verkehr. »Also Ausfahrt Göteborg«, sagte er, und es klang so, als würde er sich darüber freuen. »Ich mag Ihre Mutter.«

Kristina hatte das Gefühl, dass es ihrer Mutter umgekehrt ebenso ging. Zumindest wirkte sie sehr erfreut, als sie eine halbe Stunde später wieder bei ihr vor der Tür standen.

»Wie schön!«, sagte Anita Arvidsson. Sie umarmte Kristina und schüttelte Hendrik Lundgren herzlich die Hand. »Ich freue mich, dass Sie mir meine Tochter noch einmal zurückgebracht haben.«

»Und es macht dir wirklich nichts aus, wenn wir noch eine Nacht bleiben?«, vergewisserte sich Kristina.

»Ihr könnt so lange bleiben, wie ihr wollt«, versicherte Anita und wollte absolut nichts davon wissen, als Hendrik Lundgren noch einmal anbot, ins Hotel zu gehen.

Er bestand jedoch darauf, Anita und Kristina wenigstens für ein paar Stunden alleine zu lassen, und behauptete, er hätte noch etwas Wichtiges vor.

Anita kochte für sich und Kristina Kaffee und ließ sich danach erzählen, was in den letzten vierundzwanzig Stunden passiert war.

Gegen Abend sagte Anita bedauernd zu Kristina: »Kann ich dich gleich für eine Stunde alleine lassen? Ich ... ich ...«, sie zögerte einen Moment. »Ich hole Emma einmal die Woche um diese Zeit von der Musikschule ab.«

Emma war Ulrikas Tochter, und Kristina spürte, wie sich in ihrer Magengegend kurz etwas verkrampfte, als ihre Mutter den Namen aussprach. Sie gab sich alle Mühe, sich nichts anmerken zu lassen, und nickte. »Natürlich, das ist kein Problem.« Gleich darauf fiel ihr etwas ein. »Bringst du sie mit?«, fragte sie erschrocken.

Ihre Mutter schüttelte den Kopf. »Ich hole sie nur ab, weil Ulrika um diese Zeit immer die Rezeption im Hotel übernimmt, und bringe sie dann gleich nach Hause.«

Kristina atmete erleichtert auf.

Ihre Mutter schaute sie traurig an. »Erstreckt sich dein Hass sogar auf Emma?«

Kristina schüttelte hastig den Kopf. »Nein, nein«, sagte sie schnell. »Natürlich nicht«, versicherte sie. »Das Kind kann ja nichts dafür.«

»Aber sehen willst du sie auch nicht.«

Kristina senkte den Kopf, konnte ihre Mutter nicht ansehen und fand auch keine Worte. Es klang so hart, wenn sie die Worte ihrer Mutter jetzt bestätigte, aber sie konnte ihr auch nicht widersprechen. Nein, es war ganz bestimmt nicht Emmas Schuld. Nichts von dem, was damals passiert war, trug sie dem Mädchen nach, aber sie wollte es auch nicht sehen. Selbst wenn sie mit ihrem Leben damals abgeschlossen hatte, die Erinnerung an den Schmerz und das Leid von damals lauerte immer noch unter der scheinbar ruhigen Oberfläche.

Wenige Minuten nachdem ihre Mutter das Haus verlassen hatte, kam Hendrik Lundgren zurück. Er war beladen mit Einkaufstüten. Kristina war überrascht.

»Ich habe mir überlegt, dass ich heute Abend etwas koche. Als Dankeschön für die Gastfreundschaft Ihrer Mutter.«

»Das ist eine schöne Idee«, sagte Kristina herzlicher, als sie jemals zuvor mit ihm gesprochen hatte. Er hätte sich wahrscheinlich darüber gewundert, wenn er gewusst hätte, wie sehr sie sich freute, ihn zu sehen. Es ging dabei nicht um ihn persönlich, aber seine Anwesenheit hinderte sie daran, in schwermütigen Erinnerungen zu versinken.

Ihre Herzlichkeit schien ihn angenehm zu überraschen. Er lächelte. »Wir können auch zusammen kochen«, schlug er vor.

Das Wort »zusammen«, entfachte eine ganz eigentümliche Magie, und die passte überhaupt nicht zu ihr und Hendrik Lundgren. Wäre es Bengt, der zusammen mit ihr kochen wollte, sie würde keine Sekunde zögern. Andererseits wollte sie nicht alleine sein mit sich und ihren Gedanken. Vielleicht war es ja sogar ganz unterhaltsam, mit einem Gastrokritiker zu kochen und zur Abwechslung mal dessen Fehler aufzudecken.

»Okay«, sagte sie gedehnt und half ihm, die Tüten in die Küche zu bringen und alles auszupacken. Das frische Gemüse und die Kräuter, der Fisch, das warme Brot, die Gewürze – ihr juckte es in den Fingern, das alles zu verarbeiten, ein köstliches Essen daraus zu zaubern. Kristina bemerkte zuerst gar nicht, dass sie wie selbstverständlich mit der Zubereitung begann, ohne Hendrik zu fragen, was er überhaupt vorgesehen hatte. Sie wusste es anhand der Zutaten und schaute überrascht auf, als sie sein leises Lachen hörte.

»Vielleicht war es ein Fehler, dass ich Ihre Küche so schlecht beurteilt habe«, sagte er. »Es sieht ganz so aus, als verstünden Sie durchaus Ihr Handwerk.«

»Es sieht nicht nur so aus, es ist so«, gab Kristina von oben herab zurück. »Und es war nicht nur *vielleicht* ein Fehler, es war ganz sicher einer.«

Die beiden schauten sich an und brachen gleichzeitig in Lachen aus. Dann kochten sie weiter, gemeinsam, und Kristina ertappte sich bei dem Gedanken, dass gemeinsames Kochen eine sehr intime Angelegenheit sein konnte. Sie spürte, wie sich ihre Wangen bei diesem Gedanken rot verfärbten, hoffte, dass er es nicht sah, und konzentrierte sich ausschließlich auf ihre Arbeit. So dumme Gedanken würde sie auf keinen Fall noch länger zulassen!

Als ihre Mutter nach Hause kam, roch es im ganzen Haus verführerisch nach *Bosses Hecht*, der Tisch war gedeckt, und das Schokoladenmousse stand im Kühlschrank.

Anita freute sich, genau wie Kristina es erwartet hatte.

Hendrik servierte das Essen, und Kristina machte sich in der Zwischenzeit Notizen zu den Rezepten.

Bosses Hecht

1 Hecht, ca. 2,5 kg, küchenfertig
30 g Butter
4 Tomaten
1 Bund Petersilie
1 Zwiebel
1 TL süßer Senf
5 EL Curry – Ketchup
200 ml Sahne
100 ml Milch
Saft einer Zitrone
Salz
Pfeffer

Den Hecht abspülen und trocken tupfen, mit dem Saft der Zitrone beträufeln, salzen und pfeffern.

Eine Fettpfanne diagonal mit Butterstückchen auslegen, darauf Zwiebel- und Tomatenwürfel sowie die gehackte Petersilie verteilen.

Den Hecht mit der Bauchseite auf das Gemüsebett setzen, anschließend mit süßem Senf und Curry-Ketchup bestreichen, im vorgeheizten Backofen auf der mittleren Schiene bei 160 bis 180 °C etwa 50 bis 55 Minuten garen.

Sahne und Milch vermischen, den Fisch während des Garens ab und zu damit beträufeln.

Den Fisch auf einer vorgewärmten Platte anrichten. Die Gemüsesoße, Salzkartoffeln und Salat dazu reichen.

Weißes Schokoladenmousse

150 g weiße Schokolade
200 g Crème fraîche
½ TL geriebene Orangenschale
1 EL Orangenlikör
3 Kiwi

Kiwi pürieren und den Boden von Dessertschalen damit bedecken. Einen Rest zum Garnieren übriglassen.

Die Schokolade im Wasserbad schmelzen lassen und mit allen übrigen Zutaten vermischen.

Das Mousse vorsichtig auf das Kiwipüree geben und die Gläser gleichmäßig füllen.

Mit dem restlichen Kiwipüree garnieren.

— 26 —

Ursprünglich und traumhaft schön, so präsentierte sich die Küste von Bohuslän. Kleine Felseninseln, farbenprächtige Bootshäuser zwischen großen Felsbrocken, rote und weiße Holzhäuschen, die sich vor der Kulisse des glitzernden Wassers eng aneinanderschmiegten.

Die Anspannung der letzten Tage fiel von Svea ab, als sie neben Finn im Boot saß.

Finn hatte bis Göteborg geschlafen, dort mussten sie in den Bus umsteigen, der sie bis nach Hamburgsund brachte. Alles Weitere war bereits für sie organisiert. Die blonde Frau hatte ihnen gesagt, sie sollten sich bei einem gewissen Björn Alander melden, und ihnen seine Adresse mitgeteilt.

Björn Alander war ein großer Mann, dessen Alter nur schwer zu schätzen war. Ein dichter blonder Bart zierte die untere Hälfte seines Gesichts. Er wartete bereits auf sie und hatte, wahrscheinlich ebenfalls von der blonden Frau, den Auftrag erhalten, sie über Nacht zu beherbergen und am nächsten Morgen zur Insel Storön zu bringen.

Nach der Nacht in Björns Gästezimmer fühlte Svea sich frisch und erholt. Finn dagegen sprach kaum, auch schien ihn die Landschaft nicht besonders zu interessieren. Er wirkte müde und versprühte heute Morgen die schlechte Laune, die er gestern noch Svea vorgeworfen hatte.

Svea beachtete ihn nicht weiter. War es ihr inzwischen egal, dass sie sich immer weiter voneinander entfernten? Jedenfalls bedrückte es sie heute nicht mehr so wie gestern.

»Findest du das denn nicht alles komisch?«, flüsterte Svea Finn zu. »Wer ist diese Frau, warum hilft sie uns, und wer ist Björn Alander?«

»Keine Ahnung.« Finn zuckte ungerührt mit den Schultern. »Aber es kostet nichts. Und du wolltest doch unbedingt hierher.«

Ja, das war ihr Wunsch gewesen, seit sie das erste Mal einen Bericht über die Väderöarna im Fernsehen gesehen hatte. Schon damals hatte sie die Schönheit dieser Landschaft gefesselt, doch sie jetzt real zu sehen war viel beeindruckender, als eine Fernsehaufnahme es je sein konnte.

Die pittoreske Küste sah aus, als würde das Meer versuchen, sich zwischen den Felsen ins Land zu schieben. Das kleine Boot schoss über das Wasser, Gischt spritzte auf. Svea spürte den Salzgeschmack auf ihren Lippen.

Finn saß neben ihr auf der schmalen Bank des Motorbootes. Er hatte seinen Rucksack auf dem Schoß mit beiden Armen umfasst, als würde er ihn umarmen, und schaute stur geradeaus. Svea hatte keine Ahnung, was er gerade dachte oder fühlte. Gab es denn wirklich keine Verbindung mehr zwischen ihnen? In Stockholm hatte sie immer geglaubt, zu wissen, was er fühlte oder dachte. Sie war davon überzeugt gewesen, seine Mimik deuten zu können. Aber in Stockholm war das Leben auch viel leichter gewesen. Die größte Sorge war gewesen, wie die nächste Klassenarbeit ausfallen würde.

»Ich habe Hunger«, sagte Finn neben ihr.

»Ich auch«, sagte Svea, dann schwiegen sie sich wieder an, bis das kleine Motorboot sein Ziel erreicht hatte.

Die blonde Frau – zumindest vermutete Svea, dass sie es gewesen war – hatte ihnen sogar ein Zimmer in einem Vandrarhem, einer Mischung aus Jugendherberge und einfachem Gasthaus, organisiert. Ein hübsches Zimmer, mit blauweißer

Tapete, einem riesigen Doppelbett und einem Gemeinschaftswaschraum für alle Gäste.

Svea hätte lieber ein Zimmer für sich alleine gehabt, am liebsten eins mit einem eigenen Bad, traute sich aber nicht, etwas zu sagen.

Finn schien es egal zu sein. Er warf seinen Rucksack aufs Bett und verschwand dann aus dem Zimmer, um die Toilette zu suchen, die sich irgendwo auf dem Gang befand.

Svea trat ans Fenster. Die beiden Flügel standen offen und ließen die frische Seeluft herein. Die Aussicht war traumhaft und entschädigte sie wenigstens ein bisschen für den mangelnden Luxus. Felsen ragten aus dem Meer, das sie glitzernd umspülte. Weiße Schäfchenwolken zogen über den tiefblauen Himmel, das ständige Rauschen der Nordsee lag in der Luft.

Irgendwann, so fand Svea, wurde aber auch die tollste Aussicht langweilig. Vor allem, wenn das Knurren des Magens sogar das Meeresrauschen übertönte.

Finn war noch nicht zurück. Sie verließ das Zimmer und ging in den Waschraum, um sich frisch zu machen. Als sie zurückkam, war Finn auch endlich wieder da und kramte ein frisches Shirt aus seinem Rucksack. Verknittert wie es war, zog er es zu seiner nicht mehr ganz sauberen Jeans an.

Svea wusste, dass sie selbst nicht sehr viel besser aussah. Trotzdem störte sie Finns schmuddeliger Anblick, während er sie nicht einmal mehr anschaute. Er wirkte still und in sich gekehrt, und obwohl sie sich gestern nicht anders verhalten hatte, ärgerte sie sich jetzt darüber.

»Was hast du?«, fragte sie angriffslustig.

»Hunger«, war alles, was er darauf antwortete. Er verließ das Zimmer, drehte sich nicht nach ihr um, als wäre es ihm egal, ob sie hinterherkam oder nicht.

Svea presste die Lippen aufeinander, folgte ihm aber schließlich nach unten.

Im Speisesaal war außer ihnen nur noch ein weiterer Gast, der sich als Ingvar vorstellte. Svea und Finn nannten ebenfalls nur ihre Vornamen. Gemeinsam mit Ingvar und den Herbergseltern aßen sie einen Imbiss aus fangfrischem Hering und selbst gebackenem Brot, dessen Duft durch das ganze Haus zog.

Nach dem Essen fragte Ingvar, ob sie Lust hätten, ihn zum Aussichtsturm, dem höchsten Punkt der Insel, zu begleiten.

Svea stimmte sofort zu und bemerkte dann erst, dass Finn kein Wort sagte und ihr und Ingvar abwechselnd finstere Blicke zuwarf. Als Ingvar sich kurz mit den Wirtsleuten unterhielt, beugte sie sich zu ihm. »Was hast du denn? Es ist doch nett, dass er gefragt hat«, flüsterte sie.

»So wie der dich die ganze Zeit anguckt, will der lieber mit dir allein gehen«, knurrte Finn.

»Bist du etwa eifersüchtig?« Svea war ehrlich überrascht, so wie sie und Finn seit Trelleborg miteinander umgingen.

»Quatsch!«, widersprach Finn. »Ich hab nur keine Lust, mit dem Lackaffen auf Felsen rumzuklettern.«

»Was willst du denn stattdessen machen?«, fragte Svea verstimmt. »Hier rumsitzen?«

Finn zuckte bockig mit den Schultern.

Ingvar, der die schlechte Stimmung offenbar bemerkte, verließ den Raum.

Svea schaltete jetzt auch auf stur. »Ohne mich«, sagte sie, »dann kannst du hier alleine abhängen.«

Finn schwieg, sein Blick war finster und nicht zu deuten. Svea war froh, dass Ingvar in diesem Moment zurückkam. In der Hand hatte er eine Kamera, die sehr professionell aussah.

»Können wir?«

Svea nickte und ging zu ihm. Zu ihrer Überraschung schloss Finn sich ebenfalls an. Immer noch schweigend trottete er mit düsterer Miene hinter ihr und Ingvar her.

Inzwischen ärgerte Svea sich so sehr über ihn, dass sie ihn einfach ignorierte. Dafür unterhielt sie sich umso angeregter mit Ingvar. Nicht nur, um Finn zu ärgern, obwohl sie es vor allem deswegen tat, sondern auch, weil sie Ingvar interessant fand. Er sah auch sehr gut aus, und sie fühlte sich geschmeichelt, als er ihr sagte, dass sie überaus fotogen sei.

»Kennst du dich hier aus?«, wollte Svea wissen.

Ingvar nickte, schüttelte aber gleich darauf den Kopf. »Ich war mal im Urlaub hier, aber das ist schon eine Weile her.«

»Was machst du denn beruflich?«, wollte Svea wissen.

Ingvar hob die Hand, in der er die Kamera hielt. »Ich bin Fotograf.«

Svea fühlte sich jetzt doppelt geschmeichelt, dass er sie für fotogen hielt. Als Fotograf hatte er schließlich Ahnung.

»Und was macht ihr beide so?«, fragte Ingvar.

Svea wandte sich kurz zu Finn um, aber der trottete immer noch mit gesenktem Kopf hinter ihnen her und hatte offensichtlich nicht die Absicht, auf Ingvars Frage zu antworten.

»Ferien«, sagte Svea schnell. »Wir machen eine Rundreise durch Schweden.«

»Auf eigene Faust? Und eure Eltern haben nichts dagegen?«

Svea spürte eine nie da gewesene Wut auf Finn, weil er immer noch nichts sagte. Sie fühlte sich von ihm im Stich gelassen und spielte sogar kurz mit dem Gedanken, Ingvar klipp und klar zu sagen, dass sie und Finn zu Hause ausgerissen waren. Einfach nur so, weil dann alles vorbei wäre, weil sie dann wieder nach Hause könnte – und um Finn so richtig eins reinzuwürgen, weil ihr dessen trotziges Schweigen allmählich zum Hals raushing.

»Aber es ist eine gute Idee, das Land so kennenzulernen«, kam Ingvar ihrer Antwort zuvor. »Habt ihr eine bestimmte Route festgelegt?«

»Bohuslän stand ganz oben auf meiner Liste«, sagte Svea, »aber ich möchte auch noch rauf in den Norden.«

»Was für ein Zufall!« Ingvar schien sich ehrlich zu freuen. »Da will ich auch hin. Ich kann euch gerne mitnehmen. Mein Auto steht in Hamburgsund«

»Das wäre toll!« Svea freute sich ebenfalls und überhörte Finns empörtes Schnaufen hinter sich.

Diesmal dachte Finn aber offensichtlich nicht daran, den Mund zu halten. »Kommt überhaupt nicht infrage«, knurrte er. »Wir kennen dich doch überhaupt nicht.«

Ingvar blieb stehen und drehte sich zu ihm um. »Sehr vernünftig, junger Mann«, lobte er. Svea spürte jedoch, dass Finn sich über dieses Lob kein bisschen freute. Die Bezeichnung »junger Mann« schien ihn vielmehr richtig zu verärgern, und selbst Svea musste zugeben, dass es leicht gönnerhaft und von oben herab geklungen hatte.

»Wie wäre es, wenn ich ein tolles Foto von euch mache?«, schlug Ingvar vor, und bevor einer von ihnen protestieren konnte, gab er schon Anweisungen, wie sie sich nebeneinander auf den glatt geschliffenen Felsen setzen sollten. Er hatte eine so bestimmende Art, dass weder Svea noch Finn dagegen aufbegehrten.

Svea spürte, dass Finn sich ebenso unwohl fühlte wie sie selbst, was vor allem daran lag, dass Ingvar großen Wert darauf zu legen schien, sie als glückliches Pärchen abzulichten. Er war nicht zufrieden, forderte sie ständig auf, die Haltung und vor allem den Gesichtsausdruck zu verändern. Trotzdem spürte Svea, dass ihr Lächeln gekünstelt war. Auch Finns Grinsen wirkte eher gequält als glücklich. Kein Wunder, dass Ingvar nicht zufrieden war, auch wenn Svea nicht verstand, wieso ihm das Foto eigentlich so wichtig war.

Ingvar, der die ganze Zeit durch den Sucher geschaut hatte, ließ die Kamera sinken. »Mensch, Kinder, ihr seid doch ein Liebespaar. Könnt ihr euch nicht ein bisschen freundlicher anlächeln?«

Finn stand auf. »Ich hab die Schnauze voll!«, verkündete er, drehte sich um und ging.

Sprachlos starrte Svea ihm nach. Nachdem er eben noch Bedenken geäußert hatte, zusammen mit diesem Fremden die Reise fortzusetzen, ließ er sie nun mit genau diesem Mann allein. So als wäre es ihm völlig egal, was mit ihr passierte.

Große Liebe! Für immer und ewig!

Dieser Typ konnte ihr gestohlen bleiben, und sie würde nicht eine Träne wegen ihm vergießen. Dann heulte sie los – und dieser blöde Ingvar fotografierte sie auch noch dabei.

Selmas Welt

Es gibt schlechte Nachrichten, liebe Leser. Seit wir alle Romeo und Julia auf ihrer Reise begleiten, uns an ihrem Liebesglück erfreuen und darauf hoffen, dass sie ihre Flucht unbehelligt fortsetzen können, bis es irgendwann ein Happy End für sie gibt, sind wir beeindruckt von dem Mut und der Entschlossenheit unseres jungen Paares. Und nun das! Julia, aufgelöst in Tränen, wie sie unten auf dem Foto sehen können.

Was ist passiert?

Ganz ehrlich, wir wissen es nicht. Trotz aller Freude an der Berichterstattung über Romeo und Julia respektieren wir doch auch die Privatsphäre der beiden.

Selma drehte sich um, als sie hinter sich ein amüsiertes Hüsteln vernahm. Ingvar schaute ihr über die Schulter und grinste.

»Ist was?«, fragte sie ungehalten und klappte das Notebook zu.

»Finde ich schon witzig, dass ausgerechnet du den Begriff Privatsphäre überhaupt kennst.«

Selma war nicht mehr gut auf Ingvar zu sprechen. Zuerst hatte er Julia, die in Wirklichkeit Svea hieß, wie Selma inzwischen wusste, als »scharfe Braut« bezeichnet. Als Selma ihn darauf hinwies, dass dieses Mädchen doch viel zu jung für ihn sei, hatte er grinsend gemeint, dass es zu jung nicht gäbe, sehr wohl aber zu alt. Kurz darauf hatte er ihren Fantasien, die je nach Stimmung zwischen romantisch und leidenschaftlich schwankten und in denen die Hauptdarsteller deutliche Ähnlichkeit mit Ingvar und ihr selbst aufwiesen, den Todesstoß versetzt mit der unverschämten Bemerkung: »Ist schon gut, dass Erik mich zu deiner Unterstützung geschickt hat. Die Wanderung über Storön ist nichts für ältere Damen, die ein paar Pfund zu viel mit sich herumschleppen.«

Selma schnappte schon wieder nach Luft, als sie daran dachte. »Ich bin nicht alt, sondern im besten Alter«, hatte sie heftig erwidert, »und ich bin nicht dick, sondern wohlproportioniert.«

»Wenn du meinst«, hatte Ingvar geantwortet, aber sein Grinsen verriet, dass er selbst ganz anderer Meinung war.

»Es wäre nett, wenn du mich in Ruhe weiterarbeiten lassen würdest«, nutzte Selma jetzt die Gelegenheit zur verbalen Rache. »Bei mir reicht es nicht, ein paar verwackelte Bildchen zu knipsen, ich muss für meine Arbeit mein Gehirn einschalten.«

Falls er sich ärgerte, ließ er sich zumindest nichts anmerken. Selma hatte den Eindruck, dass er sich sogar eher amüsierte. Das Grinsen auf seinem Gesicht blieb unverändert breit, als er konterte: »Ich wette, dass ich immer noch verwackelte Bildchen für das *Morgonbladet* knipse, wenn deine Kolumne längst eingestellt worden ist.«

Selma fragte sich, was sie an diesem jungen Schnösel je attraktiv gefunden hatte. Trotzdem musste sie einen entsagungsvollen Seufzer unterdrücken, als er sich umdrehte und ging. Sie versuchte, sich wieder auf ihren Artikel zu konzentrieren, aber es gelang ihr nicht wirklich. Vielleicht lag es auch daran, dass sie diesen schönen Ort heute Abend schon wieder verlassen musste. Dabei gefiel es ihr gut in Strömstad. Ein schöner Badeort, alt und stimmungsvoll, mit einem wunderschönen Hafen. Es wäre schön, wenn Romeo und Julia mal ein paar Tage an einem Ort ausharren würden, am besten auf einer der Inseln, während sie selbst es sich hier gemütlich machen könnte.

Selma war auf dem Festland geblieben, vorgeblich, damit Romeo und Julia sie nicht sahen. In Wirklichkeit aber wollte sie ein bisschen mehr Luxus genießen, als Storön bieten konnte. Ein anständiges Hotel, guter Service und keine Felsen, auf denen sie höchstpersönlich herumklettern musste, um das junge Paar zu beobachten. Dazu war ja jetzt Ingvar da. Vor einer halben Stunde war er mit den neusten Fotos von der Insel gekommen, die Selma allerdings wenig begeisterten.

Sie verzog das Gesicht. Es war sinnlos, Wünschen nachzuhängen, die sich niemals erfüllen würden – und das bezog sich nicht nur auf ihr Bedürfnis, mal etwas länger an einem Ort zu bleiben.

Vielleicht bin ich inzwischen wirklich zu alt für solche Abenteuer, dachte sie, und verdrängte gleich darauf auch diesen Gedanken. Denn, das musste sie ehrlich zugeben, so abenteuerlich war es bisher noch gar nicht gewesen, und wenn sie diese Reise bereits überforderte, musste sie sich ernsthaft Gedanken darüber machen, ob sie nicht wirklich zu alt war.

Selma konzentrierte sich wieder auf ihre Kolumne:

Okay, Leute, eigentlich können wir uns ja alle denken, warum unsere Julia unglücklich ist. Getrieben durchs Land, ständig in der Angst, erwischt zu werden, ist bestimmt kein schönes Gefühl.

Selma hielt wieder inne. Wie oft habe ich das eigentlich schon geschrieben?, überlegte sie. Langsam müsste wirklich mal etwas passieren, was die ganze Sache interessanter macht. Immerhin, Erik Asmussen hatte bisher noch nicht protestiert, und auch den Lesern schienen ihre Texte zu gefallen. Angeblich waren sogar die Zahlen der verkauften Auflagen gestiegen, und es gab Leserbriefe zu Romeo und Julia, in denen den beiden viel Glück für ihre Flucht gewünscht wurde. Es gab sogar ganz konkrete Hilfsangebote. Erik Asmussen wollte sie darüber noch ausführlich informieren. Vielleicht konnte man dem Pärchen das eine oder andere Angebot übermitteln, um der Story ein wenig Pep zu geben.

Auf dem Bild unten links ist zu sehen, dass es auch glückliche Momente für unsere Julia und unseren Romeo gibt.

Zweifelnd betrachtete Selma das Foto. Sie fand, dass es sehr gestellt aussah, und das Paar blickte sich auch nicht verliebt an, sondern bleckte die Zähne in der Andeutung eines Lächelns, das Ingvar wahrscheinlich verlangt hatte, als wenn es im nächsten Augenblick übereinander herfallen würde. Nicht leidenschaftlich, sondern bissig und voller Wut.

Selma beließ es dabei. Sollte Erik Asmussen sich mit diesem ignoranten Möchtegernfotografen auseinandersetzen.

Ich hoffe, es gibt noch viele glückliche Momente für die beiden, an denen wir teilhaben können. Morgen geht die Reise weiter. Ich darf nicht zu viel verraten, nur dass es in den Norden Schwedens geht.

Wir lesen uns später wieder!

— 27 —

Kristina und Hendrik stöhnten unisono auf, als sie am nächsten Morgen das *Morgonbladet* lasen. Sie hatten die Köpfe über die auf dem Tisch ausgebreitete Zeitung gebeugt und richteten sich jetzt gleichzeitig auf.

»In den Norden«, sagte Kristina. »Noch vager ging es wohl nicht.«

»Haben Sie eine Ahnung, wie die beiden das finanzieren?«, fragte Hendrik.

Kristina beugte sich ein wenig vor und tippte auf Selma Anders Kolumne. »Ich wette, die weiß das.«

Hendrik nickte und wirkte sehr nachdenklich. »Warum bin ich nicht schon früher auf die Idee gekommen?«, murmelte er und hatte das Handy bereits in der Hand. Noch bevor er das Impressum des *Morgonbladet* gefunden hatte, ahnte Kristina, dass er die Redaktion anrufen wollte. Auf die Idee hätte sie auch selbst kommen können.

Letztendlich war es egal, wessen Idee es war. Erfolg hatte Hendrik Lundgren nicht. Zuerst dauerte es eine ganze Weile, bis er endlich mit dem Chefredakteur verbunden wurde, und dann stellte der sich unwissend. Angeblich hatte Erik Asmussen gerade den Kontakt zu Selma Anders verloren und wusste selbst nicht, wohin genau die Reise nach Nordschweden führen sollte. Selmas Handynummer wollte er partout nicht rausrücken.

»Und jetzt?«, hatte Kristina in den letzten Tagen immer wieder gefragt, wenn sie an einem toten Punkt angelangt waren. Diesmal schluckte sie die Frage hinunter, aber Hendrik beantwortete sie trotzdem. »Wir fahren einfach los, Richtung Norden«, schlug er vor.

»Ohne überhaupt zu wissen, wo wir mit der Suche anfangen sollen?«, fragte Kristina zweifelnd.

»Wenn die beiden bis ganz oben in den Norden wollen, nach Kiruna vielleicht, werden sie mindestens zwanzig Stunden brauchen, um dort anzukommen«, überlegte Hendrik laut. »Es kommt natürlich darauf an, mit welchem Verkehrsmittel sie unterwegs sind. Sind die beiden auf öffentliche Verkehrsmittel angewiesen, oder spielt Selma Anders den Chauffeur für sie? Wenn wir uns jetzt sofort auf den Weg nach, sagen wir mal ...«, Hendrik dachte kurz nach, »... nach Östersund machen, sind wir heute Abend da. Wir warten morgen auf das *Morgonbladet*, legen sofort den Rest der Strecke zurück und sind den beiden dann vielleicht mal einen Schritt voraus. Wenn sie heute in den Norden fahren, werden sie nicht gleich morgen die ganze Strecke wieder zurückfahren.«

Kristina nickte nachdenklich. Das konnte funktionieren, nur hatte sie nicht wirklich Lust, schon wieder stundenlang im Auto zu sitzen.

»Ich bin auch froh, wenn es endlich vorbei ist.« Hendrik Lundgren schien ihre Gedanken zu erraten. Fragend schaute er sie an. »Oder sollen wir die Verfolgung ganz aufgeben und einfach warten, bis die beiden freiwillig wieder nach Hause kommen?«

»Ich weiß es nicht.« Kristina schüttelte langsam den Kopf. »Zuerst habe ich mir Sorgen gemacht, weil ich so gar nichts von Finn gehört habe, aber es gefällt mir auch nicht, dass diese Selma Anders die beiden möglicherweise manipuliert.«

Hendrik nickte. »Ich weiß genau, was Sie meinen. Mir geht es genauso.«

»Hat Svea sich inzwischen mal bei Ihnen gemeldet?«, wollte Kristina wissen.

Hendrik Lundgren verneinte und beugte sich wieder über die Zeitung. Kristina tat es ihm nach, studierte jetzt gründlicher die Fotos unter Selma Anders' Bericht. »Sehr glücklich sehen die beiden nicht aus«, stellte sie fest.

»Kein Wunder, bei den Eltern«, erwiderte Hendrik Lundgren trocken.

Sie schauten sich an und lachten laut auf. Sie standen so dicht beieinander, dass sie seinen Atem auf ihrem Gesicht spürte. Ihr Lachen verebbte, sein Gesicht kam näher, seine Augen blickten unverwandt in ihre ...

»Gibt es etwas Neues?«

Kristina und Hendrik fuhren auseinander, als wären sie bei etwas Verbotenem erwischt worden. Kristina war verwirrt. Sie sah Hendrik an, dass es ihm genauso ging.

Wenn ihre Mutter etwas bemerkt hatte, so ließ sie sich zumindest nichts anmerken. Arglos schaute sie Kristina und Hendrik an.

Aber was gibt es auch schon zu bemerken?, schoss es Kristina durch den Kopf. Da war nichts gewesen. Gar nichts! Sie musste sich zweimal räuspern, bevor sie sprechen konnte. »Finn und Svea sind auf dem Weg in den Norden. Wir haben gerade überlegt, dass wir sofort losfahren wollen, um die beiden morgen irgendwo abzufangen.«

Anita sah enttäuscht aus. »Immer wenn ich mich darüber freue, dich bei mir zu haben, musst du auch schon wieder weg.«

»Es tut mir leid, Mama.« Kristina trat zu ihrer Mutter und küsste sie liebevoll auf die Wange.

»Warum kommst du nicht mit Finn für ein paar Tage zu mir, sobald du ihn gefunden hast?«, schlug Anita eifrig vor. Wahrscheinlich glaubte sie, dass Kristina ihr Trauma überwunden hatte, nachdem sie einmal den Anfang gemacht und nach Göteborg zurückgekehrt war, jetzt sogar schon zum zweiten Mal.

»Mal sehen«, erwiderte Kristina ausweichend. Das hier war eine Ausnahme. Sie war sozusagen auf der Durchreise, es war nicht mehr als ein Zwischenstopp auf der Suche nach ihrem Sohn – und dennoch war sie schon stärker mit ihrer Vergangenheit konfrontiert worden, als ihr lieb war.

Andererseits musste sie zugeben, dass der Schmerz nicht mehr so stark war, dass ihr der Aufenthalt in ihrem Elternhaus unerträglich gewesen wäre. Aber ob sie sich einen längeren Aufenthalt hier vorstellen konnte? Zusammen mit Finn, der wahrscheinlich viele Fragen stellen würde, nach ihrer Kindheit, ihrer Jugend, was passiert war und wieso sie bisher nie mit ihm die Großmutter besucht hatte? Oder vielleicht auch mit einem beleidigt schweigenden Finn, weil sie ihm die Ferien mit seiner Svea verdorben hatte?

Kristina dachte an die Zeitungsfotos. Sah nicht so aus, als könne sie da noch viel verderben.

»Ich verstehe«, murmelte Anita. Kristina hatte das Gefühl, dass ihre Mutter die Tränen nur mit Mühe zurückhalten konnte.

»Sei mir nicht böse, Mama«, bat sie leise. »Ich kann gerade nicht darüber nachdenken. Es passiert so viel, und jetzt die Fahrt nach Östersund …«

Das Piepsen ihres Handys unterbrach sie. Kristina zog es aus der Tasche ihrer Jeans, lächelte unwillkürlich, als sie sah, dass die eingegangene SMS von Bengt stammte.

Wo bist du? Was machst du gerade?, wollte er wissen.

Wir fahren heute nach Östersund, schrieb sie zurück. *Ich melde mich, sobald wir angekommen sind.*

Sie steckte das Handy zurück in die Tasche ihrer Jeans und

bemerkte, dass ihre Mutter und Hendrik Lundgren sie aufmerksam beobachteten.

Sie gab keine Erklärungen, sondern fragte an Hendrik Lundgren gewandt: »Soll ich meine Reisetasche holen?«

Hendrik nickte, aber ihre Mutter bestand darauf, dass sie wenigstens eine Kleinigkeit frühstückten, bevor sie losfuhren. Erst danach verabschiedeten sie sich.

Kristina war ihrer Mutter dankbar, dass sie sie nicht weiter drängte, mit Finn nach Göteborg zu kommen. Anita umarmte sie nur und wünschte ihnen viel Glück für ihre Suche. Sie lächelte dabei, aber Kristina bemerkte trotzdem den traurigen Ausdruck ihrer Augen.

Als sie aus dem Haus traten, stand ein Mann vor der Tür, die Hand erhoben, als wollte er gerade anklopfen. Kristina starrte ihn an.

»Kristina!« Seine Stimme klang überrascht.

»Gunnar!« Kristina registrierte, dass ihr Schwager sich in den Jahren kaum verändert hatte. Ein wenig fülliger war er geworden, die Lachfältchen um seine blauen Augen hatten sich tiefer eingegraben. Sein Haar war dünner geworden, aber so kurz geschnitten, dass es kaum auffiel.

»Ich wusste nicht, dass du noch hier bist«, sagte Gunnar. Er lächelte, griff nach Kristinas Hand. »Aber ich freue mich sehr, dich endlich mal wiederzusehen.«

»Wir sind *schon wieder* hier«, berichtigte Kristina, »und eigentlich auch schon wieder weg.«

»Schade.« Es klang aufrichtig und war bestimmt auch so gemeint, wenn Gunnar sich in den vergangenen Jahren nicht grundlegend verändert hatte. Kristina hatte seine Ehrlichkeit stets geschätzt und nie verstanden, wieso er …

Nein, sie wollte sich nicht schon wieder in Erinnerungen verlieren.

»Ja«, erwiderte sie lahm. Bei ihr klang es ganz und gar nicht aufrichtig.

Gunnars feines Lächeln zeigte ihr, dass er sie durchschaut hatte. Er begrüßte Hendrik Lundgren, der gleich hinter ihr stand, und schien erfreut, den Gastrokritiker persönlich kennenzulernen. Anita umarmte er, und Kristina spürte die Vertrautheit zwischen Schwiegersohn und Schwiegermutter. Sie schaffte es kaum, die Verbitterung darüber zu unterdrücken, dass sie die Entwicklung ihrer Familie in den vergangenen Jahren nicht mitbekommen hatte und sich wie eine Außenstehende fühlte. Die Schuld daran gab sie nach wie vor Ulrika.

»Wir müssen los«, sagte sie hastig. Sie wollte einfach nur weg, Göteborg den Rücken kehren. Sie verabschiedete sich von Gunnar, umarmte ihre Mutter ein letztes Mal.

Doch Anita ließ sie nicht so schnell los. »Du solltest nicht immer weglaufen, mein Kind«, sagte sie so leise, dass nur Kristina sie hören konnte. »Irgendwann wirst du dich der Vergangenheit stellen müssen.«

Kristina befreite sich aus der Umarmung und schaute ihre Mutter mit gespielter Überraschung an. »Ich laufe nicht weg«, beteuerte sie, obwohl sie wusste, dass es nur die halbe Wahrheit war. »Ich will einfach nur meinen Sohn wiederfinden.«

»Ja, aber wenn du ihn gefunden hast, solltest du dich selbst wiederfinden«, erwiderte ihre Mutter ernst. »Es würde dir bestimmt guttun, wenn du einige Dinge klärst.« Anita machte eine kurze Pause, bevor sie leise hinzufügte: »Und Ulrika auch. Ich weiß, dass sie genauso leidet wie du.«

Kristina drehte sich abrupt um und ging zum Auto. Nichts interessierte sie weniger als der emotionale Zustand ihrer Schwester.

Hendrik Lundgren ließ sich Zeit mit der Verabschiedung. Zuerst ärgerte sich Kristina darüber, weil sie so schnell wie möglich hier wegwollte und weil sie in Erwägung zog, dass er sie mit dieser Verzögerung provozieren wollte. Doch dann erkannte sie, dass er einfach nur höflich war und es überhaupt nichts mit ihr zu tun hatte. Sie hatte überempfindlich reagiert. Nur weil es Hendrik Lundgren war, oder weil sie generell zu Übertreibungen neigte?

Göteborg tut mir nicht gut! Das war der Schluss, zu dem sie kam und der einen Punkt unter ihre verwirrenden Gedanken setzen sollte. Wenn sie sich nur so einfach abstellen ließen …

Kristina kämpfte immer noch damit, als sie endlich unterwegs waren. Zuerst fiel ihr gar nicht auf, dass Hendrik Lundgren kein Wort sagte. Als sie es bemerkte, war sie ihm dankbar für seine Rücksichtnahme. Je länger sie mit ihm zusammen unterwegs war, umso mehr wurde ihr klar, dass er keineswegs so eiskalt und gefühllos war, wie sie anfangs geglaubt hatte. Und noch etwas fiel ihr auf: Er wusste inzwischen eine ganze Menge von ihr und kannte sogar ihre Familie, während sie so gar nichts von ihm wusste. Mal abgesehen von seinem Beruf, dass er verwitwet war und eine Tochter hatte.

Wie war die Frau gewesen, mit der er verheiratet gewesen war? Hatte er sie sehr geliebt und deshalb nicht mehr geheiratet? Wie lange war es her, dass seine Frau gestorben war? Viele Fragen lagen ihr auf der Zunge, aber sie traute sich nicht, sie zu stellen.

Kristina schaute aus dem Fenster. Die Landschaft veränderte sich ständig. Dichte Wälder wechselten sich mit blühenden Wiesen und endlosen Rapsfeldern ab, die unter dem blauen Himmel gelb zu glühen schienen. Idyllische Seen, Bauernhöfe, die zwischen Bäumen und Sträuchern rot schimmerten.

»Wie schön unser Heimatland ist!«, sagte Kristina.

»Ja«, antwortete Hendrik einsilbig. Er schien mit seinen Gedanken ganz woanders zu sein. Kristina warf ihm von der Seite einen Blick zu. Er schien nicht einmal zu bemerken, dass sie ihn anschaute.

»Darf ich Sie etwas Persönliches fragen?«

Diesmal warf er ihr einen kurzen Blick zu. »Nur zu!«

»Wie lange sind Sie schon alleinerziehend? Ich meine ... wann ist ...« Sie geriet ins Stammeln,

»Wann meine Frau gestorben ist?« Erneut ein kurzer Seitenblick zu ihr, dann schaute er wieder nach vorn auf die Straße. »Marguerite kam vor fünf Jahren bei einem Unfall ums Leben.«

Kristina war geschockt. Wie schrecklich für ihn, für Svea und auch für seine Frau Marguerite, der es nicht vergönnt gewesen war, ihr eigenes Kind aufwachsen zu sehen. »Das tut mir sehr leid«, sagte sie leise. »Wie schrecklich, dass Svea ihre Mutter so früh verloren hat.«

»Das ist ganz gut so«, erwiderte er so spontan, dass sie sofort wusste, diese Bemerkung war unbedacht über seine Lippen gekommen.

Sie schaute ihn erschrocken an und sah, dass er die Lippen fest aufeinanderpresste. Waren es ungute Erinnerungen, die ihm gerade durch den Kopf gingen, oder ärgerte er sich über sich selbst, weil er etwas gesagt hatte, was er möglicherweise lieber für sich behalten hätte?

»Ich hätte das nicht sagen sollen«, beantwortete er ihre unausgesprochene Frage und schüttelte dabei leicht den Kopf.

»Sie werden Ihre Gründe haben«, murmelte Kristina und gestand sich ein, dass sie neugierig war. Trotzdem hätte sie ihn niemals danach gefragt, aber er begann von sich aus zu erzählen.

»Marguerite und ich haben keine sehr glückliche Ehe geführt. Meine Frau hat sich nie sonderlich für Svea interessiert, und ich weiß nicht, was ich damals ohne meine Schwiegermutter gemacht hätte. Durch Fleur hat Svea all die Liebe erfahren, die ein Kind braucht.«

Hendrik verstummte kurz, und Kristina, die ihn immer noch von der Seite anschaute, sah, dass er die Lippen wieder fest zusammenpresste.

»In der Nacht, als Marguerite verunglückte, war sie zusammen mit ihrem Liebhaber unterwegs«, sagte er schließlich.

Kristina war erschüttert. Sie ahnte nur zu gut, was Hendrik durchgemacht haben musste, und konnte nicht anders, als ihn sanft zu berühren. Sie legte kurz eine Hand auf seinen Unterarm, sagte aber kein Wort.

»Ich habe ihr den Tod nicht gewünscht«, fuhr Hendrik nach einer Weile fort. »Natürlich nicht, sie war immer noch meine Frau und die Mutter meines Kindes. Aber ich konnte auch nicht so um sie trauern, wie man es vermutlich von mir erwartet hätte.«

»Aber warum sind Sie nach Marguerites Tod in Frankreich geblieben?«, wollte Kristina wissen.

»Wegen Svea. Ich bin beruflich sehr viel unterwegs und war froh, dass Fleur sich während meiner Abwesenheit um das Kind kümmerte. Außerdem hängt meine Schwiegermutter sehr an Svea, und sie war ihr der einzige Trost nach Marguerites Tod. Es war für die beiden nicht leicht, als ich mit Svea vor einem Jahr ganz nach Stockholm umgezogen bin. Es war mir wichtig, dass Svea auch ihre schwedische Heimat kennenlernt.«

»Und was ist mit Ihrer Schwiegermutter?« Kristina hatte großes Mitleid mit der ihr unbekannten Fleur, die sie jetzt ganz alleine in Frankreich glaubte.

Hendrik lächelte, und Kristina spürte, welche Zuneigung er für seine Schwiegermutter empfand. »Fleur hat noch zwei Söhne, und die haben für reichlich Enkelkinder gesorgt. Sie hat also eine ganze Menge zu tun.«

Kristina war erleichtert. Keine einsame Großmutter, die sich nach dem einzigen Enkelkind in einem fernen Land sehnte. »Haben Sie es je bereut, dass sie zurück nach Schweden gekommen sind?«, fragte sie.

Hendrik schüttelte den Kopf. »Ich war ja nie ganz weg, hatte selbst während meiner Ehe mit Marguerite eine kleine Wohnung in Stockholm. Anders hätte ich es mir kaum vorstellen können.« Er wandte den Kopf, lächelte sie spitzbübisch an. »Verraten Sie bloß niemandem, dass der angeblich so weltgewandte Gastrokritiker in Wirklichkeit ziemlich heimatverbunden ist und Heimweh hat, wenn er längere Zeit nicht in Stockholm ist.«

Kristina lachte und erwartete, dass er als Gegenleistung jetzt von ihr ein paar Antworten forderte. Sie rechnete mit seinen Fragen, aber er schwieg, und sie erzählte auch nichts von sich aus. Obwohl sie in diesem Moment und in dieser ganz besonderen Stimmung, die sich in den letzten Minuten zwischen ihnen aufgebaut hatte, durchaus dazu bereit gewesen wäre.

Inzwischen war Mittagszeit, und sie hatten gut die Hälfte der Strecke hinter sich gebracht.

»Hunger?«, fragte Hendrik Lundgren kurz vor der Abfahrt nach Mora und Rättvik.

»Und wie!« Kristina nickte, dabei hatte sie nach dem üppigen Frühstück heute Morgen geglaubt, bis zum Abend keinen Bissen mehr essen zu können.

»Ich kenne da ...«

»... ein nettes Restaurant«, fiel Kristina ihm ins Wort.

Beide lachten.

»Genau«, bestätigte Hendrik. »Es wird Ihnen gefallen, und Claras Elchfilet mit Pflaumensoße ist ein Gedicht. Sie müssen es unbedingt probieren, und wenn ich Clara ganz lieb darum bitte, gibt Sie Ihnen bestimmt das Rezept.«

»Wenn wir noch lange nach Finn und Svea suchen, kann ich einen kulinarischen Reiseführer schreiben.« Kristina hob lachend die Hand und schrieb den Titel, der ihr spontan einfiel, mit dem Zeigefinger in die Luft: »Essen, kreuz und quer durch Schweden.«

»So etwas Ähnliches habe ich bereits geschrieben«, erwiderte Hendrik Lundgren.

»Dann bleibe ich eben beim Kochen«, sagte Kristina immer noch lachend. »Das kann ich sowieso besser.«

Er antwortete nicht, aber Kristina sah, dass es in seinem Mundwinkel zuckte. Als er den Kopf wandte und sie wieder anschaute, brachen sie beide in lautes Lachen aus.

Als sie die Ausfahrt erreichten, setzte Hendrik den Blinker und fuhr Richtung Mora. Von dort aus nahm er die kleine Landstraße, die parallel zum Ufer des Siljansees verlief.

Kristina ließ die Umgebung auf sich wirken. Zwischen den Bäumen hindurch erhaschte sie immer wieder einen Blick auf den See, der in der Sonne glitzerte. Eine herrliche Ruhe umgab sie, die sie in Stockholm manchmal vermisste. Auf der ganzen Strecke bis Rättvik kamen ihnen nur zwei Autos entgegen.

Claras Restaurant war ein ehemaliger Bauernhof, von außen ein dunkles Blockhaus, von innen eine Kombination aus Holzböden, weißen Balken und einem traumhaften Panoramablick auf den Siljansee. Eine Frau stand hinter dem Tresen am Eingangsbereich. Als Hendrik und Kristina das Restaurant betraten, hielt sie inne, kam mit einem lauten Juchzen hervorgeschossen und fiel Hendrik um den Hals.

Irgendwie hatte Kristina sich eine »alte« Freundin von Hendrik anders vorgestellt. Clara war alles andere als alt. Sie war ausgesprochen hübsch und so bezaubernd, dass auch Kristina sie sofort mochte. Das Leuchten in Hendriks Augen entging ihr nicht, und mit einem Mal war da eine kleine, boshafte Stimme in ihren Gedanken: Ich wette, über Clara hätte er sich nie so abfällig in aller Öffentlichkeit ausgelassen, wenn ihr das Gleiche passiert wäre wie mir. Wahrscheinlich hatte Clara aber noch nie halbrohe Köttbullar serviert.

Kristina musste Hendrik später zustimmen, ihr Elchfilet war wirklich hervorragend. Aber auch die Brennnesselsuppe vorher und der krönende Abschluss, das Himbeerdessert, zergingen geradezu auf der Zunge.

Hendrik erzählte Clara, dass Kristina ein Restaurant in Stockholm besaß und auf ihrer Reise durch Schweden Rezepte sammelte. Clara holte einen Block und einen Stift, setzte sich neben Hendrik und schmiegte sich an ihn. Die beiden wirkten so vertraut miteinander, dass Kristina sich ausgeschlossen fühlte. Wie ein Störfaktor zwischen zwei Menschen, die sich mehr als nur gut zu verstehen schienen.

Das Gefühl blieb, auch als Clara begann, ihr die Rezepte zu diktieren.

Brennnesselsuppe

250 g Brennnesseln (nur junge Blätter)
4 El Crème fraîche
15 g Butter
1 l Fleischbrühe
500 g Kartoffeln
Salz
Pfeffer aus der Mühle

Kartoffeln schälen, in Stücke schneiden und kochen.

Brennnesseln 10 Minuten in Butter schwenken, danach mit der Fleischbrühe löschen.

Gekochte Kartoffeln dazugeben, alles pürieren. Crème fraîche unterheben, mit Pfeffer und Salz würzen.

Elchfilet mit Pflaumensoße

600 g Elchfilet
Majoran
Thymian
Salz
Grob gemahlener Pfeffer
Butter
100 g geriebener Schnittkäse
1 Zwiebel
200 g Pflaumen
100 ml Rotwein
250 ml Fleischbrühe
Soßenbinder
100 ml Sahne
1 EL Honig
2 EL Obstessig
Zimt

Das Elchfilet waschen, trocken tupfen, pfeffern und salzen. Anschließend mit Majoran und Thymian einreiben. Butter in einer Pfanne erhitzen, Filet von allen Seiten anbraten. Mit dem Schnittkäse bestreuen und im Backofen überbacken, bis der Käse geschmolzen ist.

Inzwischen die Zwiebel hacken und in Butter glasig dünsten. Pflaumen entsteinen, klein schneiden und mit der Zwiebel kurz andünsten. Wein und Fleischbrühe dazugeben, mit dem Soßenbinder abbinden. Mit Sahne, Honig, Essig, Zimt, Pfeffer und Salz nach Geschmack würzen.

Elchfilet in Scheiben schneiden, mit der Soße servieren.

Himbeerdessert mit Krokant

1 kg Himbeeren
500g Quark
100 g Zucker
500 ml Sahne
170 g Zucker
1 Prise Salz
½ EL Honig
50 g Butter
100 g Mandelstifte

170 g Zucker, Salz und Honig in einem Topf miteinander vermischen und erhitzen. Butter und Mandelstifte dazugeben, weiter erhitzen, bis eine cremige Masse entstanden ist. Auf Backpapier geben und abkühlen lassen.

Beeren putzen. Quark mit 100g Zucker verrühren. Sahne steif schlagen und unterheben.

Beeren und Quarksahne in Dessertgläser schichten. Abgekühlte Krokantmasse klein stoßen und den Krokant zum Schluss über das Dessert geben.

— 28 —

Svea hatte sich durchgesetzt. Diesmal waren sie nicht mit öffentlichen Verkehrsmitteln unterwegs, sondern in Ingvars schnittigem Sportwagen. Sie saß vorn neben Ingvar auf dem Beifahrersitz, Finn auf der schmalen Rückbank, die so gut wie keine Beinfreiheit bot. Auch wenn Svea sich nicht umdrehte, wusste sie, dass er ein langes Gesicht zog. Sie spürte regelrecht, wie sich seine finsteren Blicke durch die Lehne ihres Sitzes in ihren Rücken bohrten. Seit sie in den Wagen gestiegen waren, hatte er nichts mehr gesagt. Svea war es egal. Wenn sie es recht bedachte, war ihr Finn inzwischen komplett egal. Verglichen mit Ingvar, kam er denkbar schlecht weg.

Ingvar war in ihren Augen ein erwachsener, erfahrener Mann, und natürlich imponierte ihr nicht nur sein Sportwagen, sondern vor allem sein Verhalten. Er tat so, als würde er Finns Benehmen überhaupt nicht bemerken, konzentrierte sich nur auf sie und ließ immer wieder Komplimente einfließen.

Es war spät, als sie Umeå erreichten. Ingvar hatte ein Chalet für sie und Finn gemietet, das mit mehreren anderen Häusern zu einem großen Campingplatz gehörte.

Svea war ein bisschen enttäuscht. Eigentlich hatte sie gehofft, in einem guten Hotel zu übernachten – natürlich nicht in einem Doppelzimmer mit Finn –, den Abend in einem netten Restaurant zu verbringen – am liebsten auch ohne Finn – und sich von Ingvar mit einem guten Abendessen und weiteren Komplimenten verwöhnen zu lassen.

Ingvar erledigte die Formalitäten, fuhr sie zum Chalet, lud Sveas Rucksack aus und verabschiedete sich, während Finn seinen eigenen Rucksack in die Hütte brachte, ohne sich umzusehen oder sich bei Ingvar für dessen Mühe zu bedanken.

»Bis morgen«, sagte Ingvar.

Svea überlegte, wie sie ihn zum Bleiben überreden konnte, oder noch besser dazu, sie mitzunehmen. Sollte Finn doch allein in der Hütte vor sich hinschmollen.

»Ich dachte, wir essen noch zusammen zu Abend«, sagte sie mit sehr enttäuschter Stimme.

Ingvar tätschelte ihr die Wange, als wäre sie ein kleines Mädchen, und Svea beschlich in diesem Augenblick der Verdacht, dass sie genau das für ihn auch war. »Ein anderes Mal vielleicht«, wich er aus. Nicht mehr als eine vage Aussage, die mehr Ablehnung als Zustimmung enthielt. Hatte sie seine Komplimente überbewertet?

Svea, die sich den ganzen Tag wie eine erwachsene und sehr attraktive Frau gefühlt hatte, wurde schlagartig wieder zum verunsicherten Teenager. »Schade«, sagte sie und kam sich dabei sehr kindisch vor. Wie würde eine erwachsene Frau in einer solchen Situation reagieren? Souverän, kühl und sehr selbstbewusst. Okay, das klang gut, aber wie stellte eine Frau so etwas an?

Svea fühlte sich hilflos, sie war unglücklich und musste sich zusammenreißen, um nicht in Tränen auszubrechen. Aber das wäre natürlich noch kindischer. Sie riss sich zusammen, straffte sich und probierte einen Augenaufschlag, wie sie ihn neulich in der Werbung für Mascara gesehen hatte.

Svea hatte keine Ahnung, wie sie auf Ingvar wirkte, aber zumindest strich er ihr nicht mehr über die Wange, sondern beugte sich zu ihr hinunter und küsste sie auf die Stirn. Das war auch nicht das, was sie sich erhofft hatte, aber vielleicht ein vielversprechender Anfang.

»Sehen wir uns morgen?« Sie versuchte, sehr erwachsen und abgeklärt zu klingen, so als wäre ihr die Antwort nicht wirklich wichtig.

»Das weißt du doch.« Ingvar lachte. Lachte er sie etwa aus? »Wir haben morgen einen Termin für unsere Fotosession. Du und Finn.«

Ach ja, das hatte sie total vergessen. Dafür, dass er sie in seinem Wagen mitgenommen hatte, wollte er sie und Finn am nächsten Tag fotografieren. Für eine Zeitung hatte er gesagt. Landschaftsfotos wollte er machen, und sie beide sollten als Paar dekorativ herumstehen, damit die Fotos nicht so eintönig würden.

Finn hatte zuerst gestreikt, bis sie richtig sauer geworden war. Svea fand, ein bisschen dankbar konnten sie sich schon zeigen, dass Ingvar sie in seinem Wagen mitgenommen hatte und sie so die Fahrtkosten sparen konnten. Sogar das Chalet hier bezahlte er – als Honorar sozusagen, hatte er gesagt.

Diese Argumentation hatte Finn, diesen Geizkragen, der sich bei jeder Öre, die sie ausgeben wollte, anstellte, als hinge sein Leben davon ab, schließlich überzeugt. Hätte sie doch nur vorher gewusst, wie Finn wirklich war. Nie wäre sie mit ihm …

… aber dann hätte ich auch Ingvar nicht kennengelernt, schloss sie folgerichtig, noch bevor sie den ersten Satz zu Ende gedacht hatte. Mit sehnsuchtsvollen Augen blickte sie dem Fotografen nach, als er in seinen Sportwagen stieg und davonbrauste. Was für ein Mann!

Svea stieß einen tiefen Seufzer aus und ging ins Chalet.

»Ist der Angeber endlich weg?« Unfreundlich sah Finn sie an.

»Du kannst mich mal.« Svea schnappte sich ihren Rucksack und verschwand hinter der ersten Tür gleich neben dem Eingang, ohne zu wissen, welcher Raum sich dahinter befand.

Ein Schlafzimmer. *Mein* Schlafzimmer, beschloss sie gleich darauf. Sie wusste nicht, ob es einen zweiten Schlafraum in dem Chalet gab. Wenn nicht, musste Finn eben auf dem Sofa im Wohnraum übernachten. Sie würde jedenfalls nicht mit ihm in einem Bett schlafen. Nie wieder!

Selmas Welt

Ich bin müde! Ich habe Hunger! Ich habe einfach keine Lust mehr!

Erik würde ihr fristlos kündigen, wenn sie das so veröffentlichte, und wenn es tausendmal genau dem entsprach, was sie gerade empfand.

Selma hatte wirklich keine Lust mehr! Die Reiselust von Romeo und Julia wurde allmählich zum Albtraum für sie. Sie stieß einen tiefen Seufzer aus, schaute aus dem Fenster ihres Zugabteils und beschloss, dass sie endgültig genug hatte von tiefen Wäldern, angeblich pittoresken Landschaften und idyllischen Seen. Sie wollte zurück nach Stockholm, dorthin, wo das Leben pulsierte. Wo sie Menschen traf und keine Elche, Wölfe oder sogar Bären. Wobei Selma zugeben musste, dass ihr solche Begegnungen bisher erspart geblieben waren, weil sich diese Tiere wohl eher selten in Hotels oder Zügen herumtrieben. Jedenfalls nicht die vierbeinigen.

Einen zweibeinigen Wolf gab es in ihrer Nähe, einen Wolf im Schafspelz sozusagen. Selma hatte das sichere Gefühl, dass der auf die weibliche Protagonistin ihrer Kolumne ziemlich scharf war. Sie hatte sich genötigt gesehen, ihn darauf hinzuweisen, dass Julia erstens zu Romeo gehörte und zweitens viel zu jung für einen knipsenden Möchtegern-Don-Juan war. Was ihn wiederum zu der Frage veranlasst hatte, ob sie womöglich eifersüchtig war.

Eifersüchtig, pah!

Na ja, vielleicht schon. Ein wenig mehr männliche Beachtung würde ihr Leben bereichern. Oder war es vielleicht doch mehr, was ihr fehlte?

Selma spürte tief in sich eine Unzufriedenheit, die stetig zunahm, mit jedem Tag, jedem Kilometer, den sie zurücklegte. Das hier war nicht ihr Leben, das war nicht das, was sie wollte. Sie schaute aus dem Fenster, sah die Bäume des dichten Fichtenwaldes vorbeiziehen und nahm doch nichts wahr.

Auch wenn junge Männer wie Ingvar sie für alt hielten und sie in Sveas und Finns Augen das Verfallsdatum wahrscheinlich schon längst überschritten hatte, so war sie doch immer noch jung genug, um ihr Leben in eine andere Richtung zu lenken. Es war an der Zeit, Entscheidungen zu treffen. Diesen Auftrag wollte sie noch zu Ende bringen, gut zu Ende bringen, aber danach musste sich einfach etwas ändern.

Ein Lächeln flog über Selmas Gesicht. Das erste Mal seit langer Zeit fühlte sie sich gut. So richtig gut. Sie hatte sich schon oft vorgenommen, ihr Leben zu ändern, aber diesmal wusste sie ganz tief in ihrem Inneren, dass sie ihren Vorsatz in die Tat umsetzen würde. Kein leeres Gerede mehr, kein Verschieben auf später. Dieser Auftrag, die Geschichte über Romeo und Julia, waren sozusagen der Anfang vom Ende.

Neue Energie durchflutete sie. Sie schaute nicht mehr nach rechts, nicht mehr nach links. Spürte nicht mehr das Ruckeln des Zuges, der sie in den hohen Norden Schwedens brachte, und hörte auch nicht mehr das Rattern der Räder auf den Gleisen. Sie löschte die Zeilen, die sie bereits geschrieben hatte, ließ nur noch den Titel stehen und begann von vorn:

Romeo und Julia sind auf dem Weg nach Kiruna. Was gibt es über Kiruna zu berichten, außer dass wir dort den höchsten Berg des Landes haben, den Kebnekaise? Vielleicht etwas über die Men-

schen in Kiruna, die dem Leben und allen Ereignissen gelassen gegenüberstehen und deshalb den Spitznamen »Kein-Problem-Volk« haben.

Okay, liebe Leser, das wollt ihr alles nicht wissen. Ihr wollt lesen, wie es mit Romeo und Julia weitergeht, mit unserm jungen Liebespaar, das sich nach wie vor auf der Flucht befindet.

Wahrscheinlich fragen sich jetzt alle, warum die beiden ausgerechnet auf dem Weg nach Kiruna sind. Offen gestanden, ich habe keine Ahnung. Möglicherweise wollen sie eine möglichst große Entfernung zwischen sich und ihre Verfolger bringen, um den Vorsprung ein wenig zu vergrößern.

Vielleicht haben die Eltern der beiden ja bald ein Einsehen und akzeptieren die junge Liebe. Bis es so weit ist, bleibt uns nur die Hoffnung – und die Freude daran, wie sehr unser Paar zusammenhält. Es gibt nichts und niemanden, der diese Liebe zerstören könnte.

Selma hielt inne, dachte an Ingvar und an die kleine Svea alias Julia, an der er Gefallen gefunden hatte. Während sie bisher verletzte Eitelkeit und sogar so etwas wie Eifersucht empfunden hatte, entwickelte sich plötzlich Schadenfreude. Wenn ausgerechnet Ingvar das Liebespaar auseinanderbrachte – und Svea und Finn schienen längst nicht so glücklich miteinander, wie sie es in ihrer Kolumne darstellte – würde das für den Fotografen ein heftiges Donnerwetter bedeuten. In Gedanken notierte sie bereits, Erik Asmussen einen entsprechenden Hinweis zukommen zu lassen.

Und dann hatte sie eine, wie sie fand, geniale Idee, um diese verflixte Tour durch Schweden entscheidend abzukürzen …

Selma lachte befreit auf. Wenn sie es so machte, erhielt sie die Chance auf ein neues Leben schneller, als sie es noch vor einer halben Stunde für möglich gehalten hatte.

In diesem Sinne verabschiede ich mich fürs Erste.
Wir lesen uns später wieder!

— 29 —

Clara verabschiedete sich mit einem Händedruck von Kristina, wünschte ihr alles Gute für die weitere Suche nach den Kindern und versprach, sie im *Kristinas* zu besuchen, wenn sie das nächste Mal in Stockholm war.

Kristina hatte das Gefühl, dass das nicht allzu lange dauern würde, so ausgiebig, wie sich Clara danach von Hendrik verabschiedete. Mit einer Umarmung und einem Kuss, der sich, wie Kristina fand, so gar nicht schickte. Jedenfalls nicht in aller Öffentlichkeit. Es war ihr peinlich, und sie wusste nicht, wohin sie schauen sollte. Sie sagte kein Wort mehr und schwieg auch auf den ersten Kilometern, als sie endlich wieder unterwegs waren.

»Was ist los?«, fragte Hendrik schließlich.

»Nichts«, behauptete sie steif.

Hendrik lachte. »Sie können mir nichts vormachen, dazu kenne ich Sie inzwischen zu gut. Also, raus damit, was ist los?«

»Musste das eben sein? Diese Küsserei vor meinen Augen?«

Eine Weile war es still.

»Wenn ich es nicht besser wüsste, würde ich vermuten, dass Sie eifersüchtig sind«, sagte Hendrik dann.

Kristina schnappte hörbar nach Luft. »Bilden Sie sich nur ja nichts ein. Ich fand es nur ziemlich peinlich. Wir Schweden sind immerhin dafür bekannt, dass wir uns mit Gefühlsäußerungen zurückhalten.«

»Aha«, sagte Hendrik erst einmal, dann sagte er lange Zeit

überhaupt nichts mehr. Schließlich stimmte er ihr zu: »Sie haben recht, so etwas machen wir Schweden nicht!«

Es war das unterdrückte Lachen in seiner Stimme, das sie misstrauisch machte. Sie schaute ihn an, sah das Zucken um seine Mundwinkel. Er wandte ihr aber nicht den Kopf zu, sondern sah starr geradeaus durch die Windschutzscheibe.

»Sie nehmen mich nicht ernst«, beschwerte sich Kristina.

»Doch«, behauptete er und schüttelte gleichzeitig den Kopf. »Schweden küssen sich nicht in der Öffentlichkeit, und sie brüllen sich während einer Live-Schaltung auch nicht durchs Telefon an.«

»Nicht zu vergessen, dass wir Schweden auch nicht in Restaurants herumpöbeln«, ergänzte Kristina trocken.

Diesmal wandten sie beide den Kopf, schauten sich an und lachten laut auf.

Hendrik konzentrierte sich wieder auf die Straße vor ihnen. »Ich finde, wir sollten uns endlich duzen«, schlug er wie beiläufig vor.

»Warum nicht?«, antwortete Kristina ebenso betont beiläufig, obwohl ihr selbst dieser Gedanke auch schon gekommen war. Hendrik war ihr vertraut geworden, und dieses überflüssige »Sie« stand immer noch zwischen ihnen und erinnerte an die unangenehmen Umstände ihrer ersten Begegnung.

Stille machte sich breit. Kristina wusste nicht, was sie sagen sollte, und Hendrik ging es wahrscheinlich genauso.

Sie war richtig erleichtert, als ihr Handy den Eingang einer SMS ankündigte.

Weißt du schon, wo du in Östersund übernachtest?, fragte Bengt.

»Wissen wir schon, wo wir in Östersund übernachten?«, gab sie die Frage gleich an Hendrik weiter. »Ich meine, hast du eine Idee, wo wir übernachten könnten?« Sie machte eine kurze Pause und fügte kleinlaut hinzu: »Möglichst preiswert.«

»Ich kann dir ...«

»Nein«, fiel Kristina ihm ins Wort.

»Schon gut«, sagte er. »Also, ich kenne da ein günstiges Vandrarhem.«

»Gut«, sagte Kristina schnell. Vandrarhem waren meistens sehr preiswert, wenn auch unterschiedlich im Komfort. Sie vertraute da allerdings ganz auf Hendrik.

Es war bereits Abend, als sie Östersund erreichten. Ihre Unterkunft befand sich innerhalb des Freilichtmuseums Jamtli, einer ganz besonderen Attraktion Östersunds. Ein Museum, das Geschichte belebte, indem Schauspieler in den passenden Trachten regionale Traditionen erklärten und einige Szenen aus der jeweiligen Zeit vorspielten.

Kristina hatte schon viel davon gehört, und Hendrik bestätigte ihr, dass es wirklich beeindruckend war, aber sie würden kaum dazu kommen, es sich anzusehen. Heute Abend waren die Führungen vorbei, und morgen wollten sie schon ganz früh wieder aufbrechen. Sobald sie wussten, wo sich ihre Kinder aufhielten.

Kristina stand allerdings noch eine ganz besondere Überraschung bevor.

Nachdem sie im Vandrarhem eingecheckt hatten, stand sie in ihrem Zimmer, einem einfachen, zweckmäßig eingerichteten Raum, als es an der Tür klopfte.

In dem Glauben, dass Hendrik davorstand, riss sie die Tür auf. »Schön, dass ...« Sie brach ab, als sie erkannte, wer da vor der Tür stand und sie fröhlich angrinste.

»Überraschung!«, rief Bengt laut und schwenkte eine einzelne rote Rose vor ihrer Nase.

»Was machst du denn hier?«

Er zog eine Augenbraue in die Höhe. »Ich dachte, du freust dich.«

»Ich freue mich«, erwiderte sie und fragte sich insgeheim, ob das wirklich stimmte oder ob sie es einfach nur sagte, um ihm eine Freude zu machen. Sie war müde von der Fahrt und erschöpft von der Suche nach ihrem Sohn. Wäre alles ganz anders, wäre das ein normales Treffen zwischen einem attraktiven Mann und einer Frau, die sich oft sehr einsam fühlte, könnte sie sich auch richtig freuen. Über seine SMS oder seine Anrufe hatte sie sich immer gefreut, dass er jetzt leibhaftig vor ihr stand, war aber eine ganz andere Nummer.

Sie standen voreinander, schienen beide nicht so recht zu wissen, was sie jetzt tun und wie sie miteinander umgehen sollten.

»Was hältst du davon, wenn wir erst mal etwas essen gehen?«, schlug Bengt schließlich vor.

»Gute Idee«, stimmte Kristina zu. »Ehrlich gesagt, ich bin ziemlich hungrig.«

»Ich kenne da ein nettes Restaurant«, sagte Bengt lächelnd.

Bei diesen Worten musste sie automatisch an Hendrik denken. Es waren seine Worte, mit denen er sie schon in viele gute Restaurants gelockt und denen sie ihre stetig wachsende Rezeptsammlung zu verdanken hatte.

Als hätten ihre Gedanken ihn herbeigerufen, trat Hendrik aus der Tür zum Nachbarzimmer. Sein Blick pendelte zwischen Bengt und Kristina hin und her. Was er dachte, konnte Kristina seiner Miene nicht entnehmen. Sie stellte die beiden Männer einander vor. Höflich und distanziert reichten sie einander die Hand.

»Wir wollten gerade essen gehen«, sagte Kristina zu Hendrik. »Kommst du mit?« Erst nachdem sie die Frage ausgesprochen hatte, fiel ihr ein, dass Bengt damit auch einverstanden sein musste. »Du hast doch nichts dagegen?«, fragte sie ihn.

Das war wahrscheinlich auch die falsche Frage. Bengt konnte gar nicht anders, als zuzustimmen, auch wenn sein säuerlicher Gesichtsausdruck verriet, dass es ihm überhaupt nicht passte. »Ja klar, kommen Sie mit.« Seine Stimme klang wenig einladend.

»Vielen Dank, aber ich habe schon etwas anderes vor«, sagte Hendrik schnell. Er verabschiedete sich, reichte Bengt diesmal nicht die Hand, drehte sich um und ging. Er ließ Kristina mit einem Gefühl zurück, dass sie nicht richtig einordnen konnte. Ob Bengt spürte, was in ihr vorging?

»War es ein Fehler, dass ich zu dir gekommen bin?«, fragte er.

Er hatte wahrscheinlich mit mehr Freude, mehr Begeisterung gerechnet, und Kristina verstand sich selbst nicht mehr. Sie hatte so viel an Bengt gedacht, hatte sich so darauf gefreut, ihn besser kennenzulernen, sobald die Suche nach Finn beendet und sie wieder in Stockholm wäre. Sobald ihr Leben ganz normal und entspannt verlaufen würde …

Also nie!

Ihr Leben würde nie entspannt und normal verlaufen, und wenn sie wirklich auf den perfekten Moment warten wollte, bis aus ihr und Bengt etwas wurde, konnte sie ihn auch gleich wieder wegschicken.

»Tut mir leid, dass ich so unentspannt bin«, sagte sie und hängte sich bei ihm ein. »Ich finde es schön, dass du die weite Fahrt auf dich genommen hast, nur um mich zu sehen. Sobald ich etwas gegessen habe, bin ich auch wieder besser drauf.«

Sie schien genau den richtigen Ton getroffen zu haben. Bengt strahlte sie an, und zusammen zogen sie los.

Östersund war eine trubelige Stadt mit vielen Cafés und Kneipen am Wasser. Bengts Ziel war die Insel Frösön, eine der größten Inseln im See Storsjön.

Als sie über die Fußgängerbrücke spazierten, die von Östersund über den See nach Frösön führte, sah Kristina zum ersten Mal den nördlichsten Runenstein Schwedens. Sie fand ihn jedoch weniger spektakulär als die Geschichte, die sie mit ihm verband: Er erinnerte an die Ankunft des Christentums in Schweden.

Bengts erstes Ziel war der Aussichtsturm von Frösön. Kristina, ein wenig genervt durch die lange Wanderung und ihren knurrenden Magen, sagte nicht, dass sie dazu eigentlich keine Lust hatte, und als sie dann auf dem Turm stand und bis zu den schneebedeckten Bergen Norwegens blicken konnte, war sie froh, dass sie sich darauf eingelassen hatte.

Das Restaurant, von dem Bengt ihr erzählt hatte, lag nicht weit vom Aussichtsturm entfernt, und auch diesmal hatte er ihr nicht zu viel versprochen. Das Essen, serviert von einem sehr knurrigen Wirt, war hervorragend.

Nach Hagebuttensuppe, Schweinerücken und einem köstlichen Käsekuchen zum Dessert war Kristina so pappsatt, dass sie sich kaum noch bewegen konnte. »Keine Ahnung, wie ich jetzt zurück zum Vandrarhem kommen soll«, sagte sie und rieb sich den Bauch. Am liebsten hätte sie den obersten Knopf ihrer Jeans geöffnet.

Bengt griff über den Tisch nach ihrer Hand. »Es gibt ganz in der Nähe ein sehr schönes Hotel mit Seeblick.«

Kristina ahnte, was er damit sagen wollte. Sie schüttelte den Kopf und widerstand der Versuchung, ihre Hand aus seiner zu ziehen.

»Sei mir nicht böse, Bengt, aber das geht mir dann doch zu schnell.«

Er war nicht böse, drückte ihre Hand und lächelte. »Natürlich. Ich hoffe vielmehr, dass du mir meinen Vorschlag nicht übel nimmst. Ich habe nur an dich gedacht, seit wir uns kennengelernt haben, und ich muss zugeben, ich hatte ziemliche Sehnsucht nach dir.«

Kristina fand das alles ein bisschen übertrieben, sie kannten sich doch kaum. Sie wusste nicht, was sie sagen sollte, und war froh, dass der Wirt in diesem Augenblick zu ihnen an den Tisch kam, um die leeren Dessertteller abzuräumen.

»Das war ausgezeichnet!«, lobte Kristina, obwohl er sie überhaupt nicht gefragt hatte, ob es ihnen geschmeckt hatte.

»Ja«, war alles, was der Wirt daraufhin mürrisch antwortete.

Das Restaurant war gut besetzt, und das konnte nur an der exquisiten Küche liegen. Die unfreundliche Art des Wirtes wirkte jedenfalls wenig einladend, und dafür schien er bekannt zu sein, wie Bengt ihr beim ersten Gang anvertraut hatte.

Kristina musste allen Mut zusammennehmen, um ihre Bitte zu äußern. »Könnte ich vielleicht die Rezepte haben? Ich habe ein Restaurant in Stockholm und ...«

»Nein!«, fiel der Wirt ihr barsch ins Wort. Mehr sagte er nicht. Er schaute sie dabei nicht mal an, sondern räumte in aller Seelenruhe die Teller vom Tisch.

»Ich verspreche Ihnen, ich ...«

»Nein!«, sagte er wieder.

Kristinas Ehrgeiz war geweckt. »Darf ich bitte ausreden?«, fragte sie streng. »Ich ...«

Diesmal schaute ihr der Wirt direkt in die Augen. »Du kannst dir jedes weitere Wort sparen! Du bekommst die Rezepte nicht.«

Bengt sagte kein Wort, blickte nur ziemlich unbehaglich

drein. Erst als der Wirt gegangen war, atmete er tief durch und fragte: »Musste das sein? Das war richtig peinlich.«

»Tut mir leid, dass ich dir peinlich bin!« Kristina war eingeschnappt und ließ ihn das auch merken.

»Nein, nein!« Er fuhr sich mit beiden Händen durchs Haar. »Mir tut es leid. Ich glaube, das läuft hier alles irgendwie aus dem Ruder.« Er blickte sie an, eine gewisse Verzweiflung lag in seiner Stimme, als er fragte: »War es ein Fehler, dass ich heute zu dir gekommen bin?«

»Ich weiß es nicht«, erwiderte Kristina ehrlich. »Möglicherweise war es einfach nur der falsche Zeitpunkt.«

»Ich bringe dich jetzt zurück und fahre danach nach Hause«, sagte Bengt niedergeschlagen. »Lass es uns einfach zu einem anderen Zeitpunkt noch einmal versuchen.«

»Du willst heute Nacht noch nach Hause fahren?«, fragte Kristina besorgt. Sie hielt das für keine gute Idee.

Bengt aber nickte. »Ich kann sowieso noch nicht schlafen. Keine Sorge, ich werde nicht die ganze Nacht durchfahren. Sobald ich müde werde, suche ich mir unterwegs ein Quartier.«

Kristina hätte beim Hinausgehen gerne noch einen Versuch gewagt, den Wirt um die Rezepte zu bitten, und hatte sich sogar überlegt, ihn in ihr Restaurant nach Stockholm einzuladen, aber sie hatte Angst, dass es Bengt wieder peinlich sein könnte, und verzichtete zum ersten Mal auf ihrer Irrfahrt auf die Rezepte zu einem wirklich köstlichen Gericht.

Als sie die Mitte der Fußgängerbrücke erreicht hatten, blieb Kristina stehen. Es dämmerte bereits, und der Blick auf Östersund war unglaublich. Die vielen Lichter, die flanierenden Menschen, eine ganz besondere Stimmung schien die Stadt einzuhüllen.

»Das ist so schön!«, sagte Kristina und wandte sich Bengt

zu. Ganz dicht stand er vor ihr, und plötzlich war sie wieder da, die Magie zwischen ihnen, die sie schon in Gränna empfunden hatte.

Seine Hand legte sich sanft auf ihre Wange, seine Augen forschten ängstlich in ihrem Gesicht, als würde er befürchten, dass sie ihn zurückstieß. Als er sie küsste, war es so schön wie beim ersten Mal.

Kristina schloss die Augen und ließ sich gefangen nehmen von der Zärtlichkeit des Augenblicks.

»Genau so habe ich es mir vorgestellt«, flüsterte er ihr ins Ohr.

Kristina öffnete die Augen und lächelte ihn an. »Genau so habe ich mir unser Wiedersehen auch vorgestellt«, sagte sie leise. »Lass uns die letzten Stunden einfach vergessen.«

Eng aneinandergeschmiegt gingen sie langsam weiter.

»Ist dein Restaurant heute geschlossen?«, wollte Kristina wissen. Es wäre ein ganz besonderes Zeichen seiner Zuneigung, wenn er seinen Laden nur wegen ihr geschlossen hätte. Gerade sie selbst konnte ermessen, was das bedeuten würde.

»Nein«, sagte er. »Meine Frau führt das Restaurant heute alleine.«

Kristina blieb abrupt stehen und befreite sich aus seiner Umarmung. Sie trat einen Schritt zurück, starrte ihn entsetzt an. »Du hast mir nicht gesagt, dass du verheiratet bist!«

»Ja ... Nein ...« Er geriet ins Stammeln und schien völlig überrascht, dass sie diese Tatsache so sehr aus der Fassung brachte.

»Meine Ehe besteht eigentlich nur noch auf dem Papier«, sagte er hilflos.

Kristina lachte böse auf. »Natürlich! Die übliche Ausrede aller untreuen Ehemänner.«

Er hob beschwichtigend beide Hände. »Bitte, Kristina, du

musst mir glauben. Meine Frau und ich, wir sind nur noch gute Freunde. Wir führen das Restaurant zusammen. Ich habe nicht daran gedacht, dir von ihr zu erzählen, weil es einfach nicht wichtig ist.«

Vielleicht stimmte es, vielleicht auch nicht. Für Kristina spielte es keine Rolle. Niemals, das hatte sie sich damals nach der Sache mit Dag geschworen, würde sie sich mit einem verheirateten Mann einlassen. Selbst wenn er wirklich nur noch auf dem Papier verheiratet war, blieb immer noch die Frage offen, warum er es ihr nicht erzählt hatte. Dass er es einfach vergessen hatte, fand sie wenig glaubhaft. Man vergaß doch keine Ehefrau, mit der man Tag für Tag zusammenarbeitete.

»Hast du vielleicht auch noch Kinder?«, fragte sie scharf. »Hast du die auch vergessen?«

Bengt senkte den Kopf, er sagte nichts mehr.

Kristina wandte sich um und ließ ihn einfach stehen. Nach ein paar Metern hörte sie hastige Schritte hinter sich. Eine Hand griff nach ihrer Schulter. »Kristina, warte!«

Sie blieb stehen, wandte sich aber nicht um. Seine Hand lag immer noch auf ihrer Schulter. Schwer, belastend.

»War es das jetzt?« Seine Stimme klang unsicher. »Ich könnte es nicht ertragen, dich wegen so einer dummen Sache zu verlieren.«

Langsam wandte Kristina sich um. »Du kannst nichts verlieren, was du nicht besitzt«, sagte sie leise. »Und ja, das war es.«

»Ich hätte wirklich nicht hierherkommen sollen«, stieß er hervor. »Dieser Abend hat alles verändert.«

»Nein«, widersprach Kristina. »Deine Unehrlichkeit hat alles verändert.« Sie holte tief Luft. »Leb wohl, Bengt, und ruf mich bitte nicht mehr an.«

Kristina drehte sich um und ging. Dabei zog sie ihr Handy

aus der Tasche und löschte seine Nachrichten und seine Nummer.

Kristina war völlig erschöpft, als sie zum Vandrarhem zurückkam. Sie wollte nicht sofort reingehen, sondern setzte sich auf die kleine Bank vor dem Haus und genoss die Stille, die ringsum herrschte. Irgendwo trillerte eine Amsel ihr einsames Abendlied.

Kristina versuchte, nicht mehr an Bengt zu denken, doch es gelang ihr nicht. Als ein dunkler Schatten auf sie fiel, zuckte sie erschrocken zusammen. Sie schaute hoch und erkannte Hendrik, der sie besorgt anblickte.

»Das Date mit deinem blonden Hünen ist wohl nicht so gut gelaufen«, sagte er leise.

»Er ist nicht mein blonder Hüne und wird es auch niemals werden.«

Hendrik zog eine Augenbraue hoch.

»Der gute Bengt hat vergessen zu erwähnen, dass er verheiratet ist.« Die Worte brachen voller Verachtung aus Kristina heraus.

»Autsch, das tut weh.« Hendrik setzte sich neben sie.

Kristina dachte kurz über seinen Kommentar nach und stellte verwundert fest: »Nein, überhaupt nicht.«

»Wirklich nicht?« Hendrik schaute sie von der Seite an. Er hatte wieder dieses freche Grinsen im Gesicht, das sie am Anfang so verabscheut und an das sie sich jetzt gewöhnt hatte. So sehr, dass es ihr wahrscheinlich fehlen würde, wenn sie es nicht mehr jeden Tag sah.

Kristina musste ebenfalls grinsen. »Dass mir der unfreundliche Wirt die Rezepte nicht gegeben hat, macht mir mehr zu schaffen.«

Sie berichtete Hendrik von dem Restaurant auf Frösön und schilderte gerade die barsche Ablehnung des Wirtes, als ihr Handy klingelte. Die Nummer war ihr fremd. Sie meldete sich und hörte am anderen Ende Gunnars Stimme.

»Kristina, ich habe ein großes Problem. Unser Koch ist ausgefallen, und wir sind in den nächsten Wochen ausgebucht.«

»Das tut mir sehr leid für dich«, sagte sie steif und ahnte bereits, worauf das Gespräch hinauslaufen würde.

»Du hast doch gerade nichts zu tun. Anita hat mir erzählt, dass dein Restaurant wegen Reparaturarbeiten geschlossen ist.«

»Das heißt aber nicht, dass ich nichts zu tun habe«, erwiderte sie.

»Bitte, Kristina, ich brauche deine Hilfe«, sagte Gunnar flehend.

»Wieso kommst du ausgerechnet auf mich? Wir haben bis gestern seit Jahren nichts mehr voneinander gehört.«

»Ich hätte wahrscheinlich nicht an dich gedacht, wenn wir uns nicht zufällig bei Anita begegnet wären.«

»Wie auch immer, ich will es nicht«, sagte Kristina entschieden. »Ich habe damals beschlossen, nie wieder nach Göteborg zu kommen. Diesen Vorsatz habe ich leider gebrochen, aber ich werde ganz bestimmt nie wieder in euer Hotel kommen, um zu kochen.«

»Schlaf erst einmal eine Nacht darüber«, sagte Gunnar niedergeschlagen, »vielleicht überlegst du dir es ja doch noch anders. Ich würde dich auch gut bezahlen.«

Kristina atmete tief durch. Natürlich konnte sie das Geld gebrauchen, aber für eine Hilfeleistung für ihre Familie oder für Freunde würde sie sich nie bezahlen lassen. Trotzdem konnte sie Gunnar einfach nicht helfen. Er wusste ganz genau, dass sie ihrer Schwester nicht begegnen wollte, was zwangsläufig passieren würde, wenn sie im Hotel arbeitete.

»Tut mir leid, Gunnar, ich kann dir wirklich nicht helfen. Vielleicht findest du ja schnell einen Aushilfskoch.«

Kristina beendete das Gespräch und steckte das Handy ein. Nachdenklich starrte sie vor sich hin.

»Du würdest ihm aber gern helfen«, sagte Hendrik neben ihr.

Kristina schüttelte unschlüssig den Kopf. »Ja«, gab sie aber schließlich zu. »Gunnar ist ein netter Kerl. Es tut mir leid, dass ich ihm nicht helfen kann.«

»Warum eigentlich nicht?«

»Das ist eine lange Geschichte«, sagte sie zögernd. Sie machte eine wegwerfende Handbewegung. »Ich will nicht darüber reden.«

»Verstehe.« Hendrik nickte, aber sie sah ihm an, dass er überhaupt nichts verstand. Nach ein paar Sekunden des Schweigens sagte er leise: »Wir könnten deinem Schwager beide helfen.«

»Du willst im Hotel meines Schwagers kochen?«

»Warum nicht?« Er lächelte. »Es hat mir Spaß gemacht, mit dir zusammen zu kochen. Dir doch auch, oder?«

»Ja, es war toll.« Sie nickte und schüttelte gleich darauf den Kopf. »Aber es geht trotzdem nicht. Göteborg, das Hotel, Ulrika ...«

»Manchmal muss man mit den Dingen, die einen belasten, auch abschließen können«, sagte er leise. »Und das gelingt nur, wenn du verzeihst.«

»Es gibt aber Dinge, die unverzeihbar sind«, widersprach sie. »Oder hast du deiner Frau je verzeihen können, was sie dir angetan hat?«

Zu ihrer Überraschung nickte Hendrik. »Ja, das habe ich.

Es hat gedauert, und zuerst waren da nur Schmerz und Wut, aber irgendwann kamen auch die Erinnerungen an schöne Zeiten zurück. Und ich bin ihr dankbar für das wundervolle Kind, das sie mir geschenkt hat.« Seine Stirn umwölkte sich. »Auch wenn mir besagtes Kind gerade eine ganze Menge Ärger bereitet.«

»Ich kann nicht einfach so verzeihen.« Kristina schüttelte den Kopf.

»Einfach so geht das auch nicht«, widersprach Hendrik. »Aber vielleicht fällt es dir leichter, wenn du dir klarmachst, dass du dich mit deiner Haltung selber einschränkst. Wenn du es erst einmal geschafft hast, zu verzeihen, dann ist es so, als würde dir eine Zentnerlast von der Seele fallen.«

Kristina dachte noch über seine Worte nach, als Hendrik ihr einen Vorschlag machte. »Wenn ich es schaffe, dir die Rezepte von diesem unfreundlichen Wirt zu beschaffen, dann fährst du mit mir zurück nach Göteborg, und wir kochen zusammen im Hotel deines Schwagers.«

Kristina sah ihn zweifelnd an. »Das schaffst du nie«, prophezeite sie.

Hendrik stand auf und streckte ihr die Hand entgegen. »Wenn du dir so sicher bist, kannst du ja unbesorgt auf diesen Deal eingehen.«

Kristina sah ihn misstrauisch an. »Du kennst den Wirt«, sagte sie.

Hendrik schüttelte den Kopf. »Noch nie gesehen, noch nie bei ihm gegessen. Ich hatte noch nie mit ihm zu tun. Ehrenwort.«

Kristina dachte kurz nach, rief sich das unfreundliche Verhalten des Wirts noch einmal vor Augen, und weil sie sich sicher war, dass Hendrik nicht die geringste Chance hatte, schlug sie ein.

Während Hendrik sich auf den Weg zum Restaurant machte, blieb Kristina noch eine Weile auf der Bank vor dem Haus sitzen und ließ ihre Gedanken schweifen. Es kam ihr vor, als wäre sie schon seit Wochen mit Hendrik unterwegs, dabei waren es erst ein paar Tage. Nichts war mehr so wie vorher, und Kristina hatte das Gefühl, dass es auch nie mehr so werden würde. War es schlecht, war es gut?

Das Klingeln ihres Handys riss sie aus ihren Gedanken. Es war Ole Håkansson.

»Wir werden in drei Tagen fertig«, sagte er.

»In drei Tagen schon?« Kristina fragte nicht, wieso es auf einmal doch so schnell ging. »Ach, Ole, ich freue mich so!«

»Na ja, hoffentlich freust du dich auch dann noch, wenn ich dir die Rechnung schicke«, sagte Ole. »Aber bald ist alles okay. Du kannst wieder kochen, ohne dass dir die Sicherungen um die Ohren fliegen.«

Kristina rief Mikael an, unterhielt sich eine Weile mit ihm und erzählte ihm, was sie auf ihrer Reise erlebt hatte. Dann informierte sie ihn über Oles Anruf, aber Mikael wusste bereits von Ole, dass die Arbeiten in ein paar Tagen abgeschlossen sein würden, und war bereits voller Pläne für die Neueröffnung des *Kristinas*.

»Ich bringe tolle Rezepte mit«, versprach Kristina. Sie war voller Elan. Am liebsten wäre sie sofort nach Stockholm aufgebrochen, aber das ging ja noch nicht.

»Ich rufe Elin und Maj an«, versprach Mikael. »Wir bringen das *Kristinas* gemeinsam auf Vordermann, damit wir nächste Woche wieder eröffnen können.«

Kristina war fast glücklich, als sie das Gespräch beendete. Was ihr jetzt noch fehlte, war ihr Sohn. Sie nahm sich fest vor, demnächst mehr Zeit mit Finn zu verbringen und mehr auf ihn einzugehen.

Sie ging hinauf in ihr Zimmer, setzte sich aufs Bett und überlegte, ob es Sinn machte, noch länger auf Hendrik zu warten. Sie döste allmählich ein, als es an der Tür klopfte. Sie fuhr hoch und rief laut: »Herein!«

Hendrik kam ins Zimmer und schwenkte triumphierend einige Blätter über seinem Kopf.

»Nein!« Kristina schüttelte den Kopf. »Du hast das nicht wirklich geschafft!«

»Wir werden zusammen kochen!« Er strahlte, als würde er sich richtig darauf freuen. Er kam näher und reichte Kristina die Blätter. Tatsächlich, es waren genau die Gerichte, die sie gegessen hatte.

»Rufst du deinen Schwager an, oder soll ich das machen?«, fragte Hendrik.

Bevor Kristina antworten konnte, meldeten ihre Handys gleichzeitig den Eingang einer SMS. Kristina nahm ihres vom Nachtisch, Hendrik zog seines aus der Tasche seiner Jeans.

»Unbekannte Nummer!« Sie sprachen gleichzeitig, schauten sich überrascht an und öffneten ihre SMS.

»Ihre Tochter fährt morgen weiter nach Jönköping. Beste Grüße von Selma Anders«, las Hendrik laut vor.

»Ihr Sohn fährt morgen weiter nach Jönköping. Beste Grüße von Selma Anders«, las nun auch Kristina. Sie sah auf. »Und jetzt? Holen wir die Kinder?«

Hendrik dachte eine Weile nach, schüttelte den Kopf und grinste. »Ich finde, wir sollten die beiden noch ein bisschen sich selbst überlassen. Selma Anders passt ja gut auf sie auf.«

Kristina grinste. »Wahrscheinlich hat sie die Nase voll von ihrem Babysitterjob. Jedenfalls deute ich die Nachricht mal so.«

»Und unsere Sprösslinge haben möglicherweise die Nase voll voneinander. Du hast doch auch die Fotos im *Morgonbladet* gesehen. Sehr glücklich sahen sie nicht aus.«

»Also lassen wir sie noch ein bisschen schmoren?« Kristina konnte sich durchaus mit dem Gedanken anfreunden.

»Und wir werden zusammen kochen«, sagte Hendrik.

»Wir kochen zusammen«, seufzte Kristina. »Ich rufe Gunnar gleich zurück, aber zuerst will ich die Rezepte lesen.«

Hagebuttensuppe

600 g Hagebutten
1,5 l warmes Wasser
Saft von einer Zitrone
100 g Zucker
½ Zimtstange
1 Prise Salz
2,5 EL Speisestärke
125 ml Weißwein
50 g gemahlene Mandeln
1 Eigelb
1 EL Butter

Die Hagebutten in warmem Wasser mehrere Stunden einweichen.

Zitronensaft, Zucker, Zimt und Salz zufügen. Aufkochen und danach bei mittlerer Hitze köcheln lassen, bis die Beeren weich sind.

Die Beerenmasse durch ein Sieb passieren. Mit Speisestärke binden und mit Weißwein abschmecken. Die gemahlenen Mandeln unterziehen und nochmals abschmecken. Mit Eigelb legieren und zum Schluss mit Butter verfeinern.

Die Hagebuttensuppe kann sowohl heiß als auch kalt gegessen werden.

Schwedischer Schweinerücken

600 g Schweinerücken
150 g Trockenpflaumen
Salz
Pfeffer
Olivenöl
2 EL Crème fraîche
125 ml Weißwein
2 EL Preiselbeermarmelade

Den Schweinerücken mit einem Messer der Länge nach aufschneiden. Die Trockenpflaumen hineinfüllen und andrücken, damit sich das Fleisch nicht zu hoch wölbt. Mit Salz und Pfeffer würzen, mit Olivenöl beträufeln und im Ofen bei 220 °C ca. 35 Minuten garen.

Den Bratfond mit Weißwein ablöschen, umfüllen und mit Preiselbeeren und der Crème fraîche verkochen. Ebenfalls mit Salz und Pfeffer würzen.

Schwedischer Käsekuchen Ostkaka

4 Eier
50 g Zucker
100 g gemahlene Mandeln
50 g Mehl
400 g Hüttenkäse
300 g Schlagsahne
Butter
Kompott nach Geschmack
Schlagsahne

Die Eier schlagen, den Zucker dazugeben und so lange rühren, bis eine cremige Masse entstanden ist. Nach und nach die gemahlenen Mandeln, das Mehl und den Hüttenkäse einrühren. Die Sahne steif schlagen und unter den Teig heben. Eine Springform (26 cm) mit Butter einfetten. Den Teig hineingießen.

Den Ostkaka auf der mittleren Schiene im vorgeheizten Ofen bei 175 °C ca. eine Stunde backen, bis die Oberfläche angebräunt ist. Serviert wird er warm mit Kompott und geschlagener Sahne.

— 30 —

Ausgerechnet Jönköping!« Finn schäumte vor Wut. »Da willst du doch nur hin, weil dieser Angeber dir erzählt hat, dass er aus Jönköping stammt.«

»Na und?«, gab Svea ebenso wütend zurück. Finn ging ihr inzwischen so entsetzlich auf die Nerven, dass sie am liebstem alleine weitergezogen wäre. Wenn sie nur Geld gehabt hätte …

Unvorstellbar, dass sie in diesen Typen mal verliebt gewesen war!

»Du kannst mitkommen oder du kannst es lassen«, sagte sie von oben herab. »Ingvar und ich werden dich ganz bestimmt nicht vermissen.«

Finn starrte sie an und schüttelte langsam den Kopf. »Du bist so fies! Ich bin nur deinetwegen zu Hause abgehauen.«

»Och, der arme kleine Finn. Heul doch!«, verhöhnte sie ihn. »Ruf deine Mami an, und kriech ganz schnell zurück unter ihre Schürze.«

»Du blöde, verwöhnte Pute!« Finn wurde jetzt richtig wütend. »Ohne Papis Kohle kriegst du doch überhaupt nichts auf die Reihe. Und wenn du glaubst, du kannst mich einfach so abschieben, dann hast du dich getäuscht. Ich komme mit nach Jönköping.«

Mist! Sie wäre lieber alleine mit Ingvar gefahren. Der Fotograf beeindruckte sie immer mehr. Er war ein richtiger Mann, nicht so ein lächerlicher kleiner Junge wie Finn.

»Vielleicht wollen Ingvar und ich dich aber nicht dabeihaben«, konterte sie böse.

»Das ist mir egal«, sagte Finn bestimmt. »Ich kann dich zwar nicht mehr ertragen, und sobald wir wieder in Stockholm sind, war es das mit uns beiden, aber ich lass dich nicht mit einem fremden Typen alleine fahren. Wer weiß, was dann passiert.«

Er kam mit, weil er sich Sorgen um sie machte? Gegen ihren Willen war Svea gerührt, aber Finn zerstörte dieses positive Gefühl ganz schnell wieder.

»Und wenn ihr mich hier einfach sitzenlasst«, drohte er, »rufe ich deinen Vater an und sage ihm, mit wem du wohin unterwegs bist. Ich bin sicher, das wird ihn sehr interessieren.«

Svea fiel darauf keine Antwort mehr ein. Sie hob einfach die Hand und zeigte ihm den Mittelfinger.

Selmas Welt

Teenager sind anstrengend!

Das werden wahrscheinlich die letzten Worte einer genervten Kolumnistin sein, die kreuz und quer durch Schweden gehetzt wird, nur weil es zwei pubertierenden, unreifen Teenangern und einem gewissenlosen Chefredakteur so gefällt!

Ich habe keine Lust mehr!

Kiruna könnt ihr übrigens vergessen, liebe Leser. Es geht wieder in den Süden, nach Jönköping genauer gesagt.

Warum? Ich habe keine Ahnung, und wenn ich ehrlich sein soll, interessiert es mich auch nicht.

Ich habe genug, ich mache nicht mehr mit, ich steige aus! Und nie wieder werde ich über irgendwelche blöden Kaninchenzuchtvereine schreiben, es sei denn, der preisgekrönte Rammler stürzt sich auf den gebisslosen Vorsitzenden.

Ob wir uns später wieder lesen, weiß ich noch nicht!

Selma drückte auf »Senden« und hätte es am liebsten sofort wieder rückgängig gemacht. Doch es war zu spät.

War ja klar, dass es keine fünf Minuten dauerte, bis ihr Handy klingelte. Am anderen Ende war aber kein völlig aufgebrachter Erik Asmussen, wie sie es erwartet hatte, sondern dessen Sekretärin Monica.

»Erik hatte eine akute Blinddarmentzündung«, klärte Monica sie auf. »Er liegt im Krankenhaus und wird heute operiert.«

»Das tut mir leid«, behauptete Selma, obwohl es nicht stimmte.

»Sag mal, soll der Artikel wirklich so erscheinen?«, fragte Monica völlig verunsichert.

Es war an der Zeit, eine Entscheidung zu treffen. Hier und jetzt. Entweder machte sie weiter wie bisher, oder sie begann endlich damit, ihr Leben neu zu ordnen.

»Genau so soll er gedruckt werden«, sagte sie entschlossen. »Wort für Wort!«

»Okay, dann gebe ich ihn in den Druck.«

Die Würfel waren gefallen!

— 31 —

Seit zwei Tagen kochten sie jetzt miteinander – und es bereitete Kristina sehr viel Freude. Endlich wieder am Herd stehen, Gäste verwöhnen, Zuspruch erhalten. Aber ganz besonders genoss sie die Zusammenarbeit mit Hendrik.

Kristina war so entspannt wie lange nicht mehr, zumal Ulrika ihr aus dem Weg ging. Nur einmal war sie ihrer Schwester im Hotelfoyer begegnet, und da hatte Ulrika sofort kehrtgemacht. Wahrscheinlich hatte Gunnar ihr entsprechende Anweisungen erteilt, denn er war Kristina wirklich sehr dankbar für ihre Hilfe – und überglücklich, dass sogar der berühmte Gastrokritiker Hendrik Lundgren bei ihm kochte.

Hendrik hatte inzwischen seine Beziehungen spielen lassen und dafür gesorgt, dass Gunnar in der nächsten Woche einen neuen Koch bekam. Das war auch nötig, denn Kristina wollte ihr Restaurant unbedingt wieder eröffnen. Mikael hatte ihr mitgeteilt, dass sie für die nächsten Wochen vollkommen ausgebucht waren, offenbar eine Reaktion auf die Berichterstattung im *Morgonbladet*.

Heute Morgen war Kristina besonders früh in der Küche. Hendrik und sie wollten ein völlig neues Gericht ausprobieren.

Hendrik kam ein paar Minuten später. In der Hand hielt er frische Kräuter, die er im Garten ihrer Mutter gepflückt hatte. Sie wohnten beide wieder bei Anita.

»Du solltest dir auch einen Kräutergarten hinter deinem Restaurant anlegen«, schlug Hendrik vor.

»Gute Idee!« Kristina nickte. Sie hatte in den vergangenen beiden Tagen einiges von Hendrik gelernt.

Er stellte die Kräuter in ein Glas Wasser, drehte sich um, und plötzlich standen sie ganz dicht voreinander. In den letzten Tagen war es schon einige Male passiert, dass ihr Herzschlag sich beschleunigte, wenn er sie ansah. So wie jetzt.

»Kristina, ich …«

»Hendrik …«, begann sie gleichzeitig und musste lachen, bis er ihr Gesicht mit beiden Händen umfasste. Seine Lippen suchten ihren Mund.

»Oh, Entschuldigung!«

Hendrik und Kristina fuhren auseinander. In der Tür stand ein Mädchen mit blondem Lockenkopf. Es war ungefähr in Sveas und Finns Alter und kam jetzt langsam näher.

»Ich wollte dich unbedingt kennenlernen«, sagte das Mädchen mit weicher, melodischer Stimme. »Papa hat zwar gesagt, ich darf dich nicht stören, aber ich war trotzdem neugierig.«

»Emma?«, fragte Kristina und ihr Herz klopfte heftig.

Das Mädchen nickte und streckte ihr lächelnd die Hand entgegen. »Hallo, Tante Kristina.«

Kristina spürte, wie etwas von ihr abfiel. Nicht der ganze Brocken, aber ein Stück davon. Ihre Mutter hatte sie vor ein paar Tagen gefragt, ob sich ihr Hass auch auf das Mädchen erstrecken würde. Kristina hatte es nicht gewusst. Sie war Emma noch nie begegnet, aber hier und jetzt wusste sie, dass sie dieses Mädchen nicht hassen konnte.

»Ich will nicht länger stören«, sagte Emma und ging wieder.

»Du kanntest sie nicht?« Ungläubig schaute Hendrik Kristina an.

Kristina seufzte. »Das ist …«

»Ich weiß«, fiel Hendrik ihr ins Wort, »eine lange Geschichte. Erzählst du sie mir trotzdem irgendwann?«

»Versprochen!« Sie nickte und lächelte ihn an.

Er kam wieder näher, umfasste ihre Taille und zog sie an sich. Sein Lächeln war verheißungsvoll, alles war so, wie es sein sollte …

… und genau in diesem Moment piepsten ihre Handys. Alle beide.

Hendrik stöhnte auf. »Wenn das wieder diese Selma Anders ist …« Er ließ den Satz unvollendet.

Kristina schaute bereits auf ihr Handy. »Von Finn«, sagte sie und las die Nachricht vor. *»Ich bin in Jönköping. Ich halte es nicht mehr aus! Kannst du mich abholen?«*

Die Nachricht von Svea an ihren Vater lautete ähnlich.

»Die Sache erledigt sich ganz von selbst«, sagte Kristina. »Wir hätten uns den ganzen Stress sparen können.«

Hendrik sah sie mit einem langen und sehr zärtlichen Blick an. »Ich möchte keine Sekunde missen.«

Kristina erwiderte seinen Blick. »Und jetzt?«, fragte sie.

»Kommst du ein paar Stunden ohne mich klar? Ich fahre nach Jönköping und hole die beiden Ausreißer. In drei bis vier Stunden müsste ich wieder zurück sein.«

Kristina nickte.

Als Hendrik weg war, begann sie mit den Vorbereitungen für das Abendessen. Gunnar bot zurzeit keinen Mittagstisch an, bis sein neuer Koch da war. So blieb Kristina ein wenig mehr Zeit, und sie beschloss, für die beiden Ausreißer einen Kuchen zu backen. Sie hatte hier in der Küche ein Rezept gefunden, dass sie gerne ausprobieren und dann gleich für sich abschreiben wollte.

Eigentlich haben Finn und Svea keinen Kuchen verdient, dachte Kristina. Trotzdem war sie froh, dass sie ihren Sohn bald wiederhaben würde, und Hendrik ging es mit seiner Tochter bestimmt nicht anders.

Die Arbeit ging ihr schnell und leicht von der Hand. Immer wieder schaute sie auf die Uhr. Sie konnte es kaum erwarten, Finn endlich wiederzusehen. Als der Kuchen im Ofen war, war die Zeit beinahe um. Jeden Moment konnte sie mit Hendrik und den Ausreißern rechnen …

»Es ist mir egal, wenn du mich behandelst wie eine Verbrecherin, aber halte dich gefälligst von meiner Tochter fern!« Wie eine Furie kam Ulrika in die Küche gestürmt.

Kristina spürte, wie ihr Blutdruck stieg. In ihrem Kopf pochte es.

»Lass mich in Ruhe, Ulrika!« Sie wandte ihrer Schwester den Rücken zu.

Ulrika griff heftig nach ihrer Schulter und grub ihre Finger so tief hinein, dass Kristina vor Schmerz aufschrie und sich wieder umdrehte.

»Ich habe es satt!«, schleuderte Ulrika ihr entgegen. »Ich habe auch die ganzen Jahre gelitten. Ich habe mich geschämt, und ich leide heute noch unter dem, was ich dir angetan habe.«

»Du hast mit meinem Mann geschlafen!«, brüllte Kristina sie an. »Du hast ein Kind von ihm bekommen! Weiß Emma eigentlich, dass Dag ihr Vater ist?«

»Papa ist Emmas Vater?«, kam es von der Tür. »Das heißt, ich habe eine Schwester?«

Kristina sah auf. Hendrik stand mit Finn und seiner Tochter in der Tür. Vor allem Finn und Hendrik schauten sie und Ulrika entgeistert an.

»Ja, das war das große Geheimnis«, sagte Kristina später zu Hendrik. »Dag hat mich mit meiner Schwester betrogen, sie wurde schwanger, und das zu einer Zeit, als ich gerade mit Finn schwanger war.«

»Das ist übel«, sagte Hendrik. »Aber mir kommt es so vor, als würdest du in erster Linie deiner Schwester die Schuld daran geben.«

»Ja, das tue ich wohl auch«, sagte Kristina leise.

»Kristina, das alles ist lange her. Vergifte nicht dein Leben damit. Dag bedeutet dir doch nichts mehr, und das, was damals passiert ist, hat dich zu der Frau gemacht, die du heute bist: alleinerziehende Mutter und stolze Restaurantbesitzerin. Ist es wirklich unmöglich für dich, deiner Schwester zu verzeihen?«

Kristina dachte über seine Worte nach, dann sprang sie auf. »Warte hier auf mich, ich bin gleich wieder da«, sagte sie.

Sie fand Ulrika in dem kleinen Büro hinter der Rezeption. Ihre Schwester saß am Schreibtisch, das Gesicht in beiden Händen vergraben. Ihre Schultern zuckten.

Auf einmal hatte Kristina Mitleid mit ihrer Schwester. »Ulrika, ich …«

Als Ulrika aufsah, wusste Kristina nicht mehr, was sie eigentlich sagen wollte.

»Weißt du eigentlich, dass ich seit Jahren nur einen Wunsch habe?«, flüsterte Ulrika. »Ich wünsche mir so sehr, dass du mir irgendwann einmal verzeihen kannst.«

»Ich verzeihe dir«, sagte Kristina, und dann geschah genau das, was Hendrik ihr prophezeit hatte. Der ganze Brocken löste sich, eine Last fiel ihr von der Seele.

Ulrika stand auf. Sie schien nicht glauben zu können, was sie da eben gehört hatte. »Kannst du mir wirklich verzeihen? Bist du dir ganz sicher?«

Kristina nickte und lächelte ihre Schwester an. »Das mit Dag ist so lange her. Es tut nicht mehr weh, und wenn ich ihm verzeihen konnte, dann kann ich auch dir verzeihen.«

Ulrika flog auf sie zu und fiel ihr um den Hals. Sie hatte Tränen in den Augen, und dann konnte auch Kristina nicht mehr an sich halten. All das, was die ganzen Jahre zwischen ihnen gestanden hatte, spülten ihre Tränen weg.

»Was für ein aufregender Tag!«, sagte Kristina leise zu Hendrik. Sie standen auf dem Balkon des Hotels, unten im Garten saß die ganze Familie vereint und aß die letzten Reste des hervorragenden Kuchens, den Kristina gebacken hatte.

Auch Anita hatte geweint, als sie von der Versöhnung ihrer Töchter erfahren hatte. Gunnar hatte den Speisesaal zur Feier des Tages geschlossen, und sie hatten die Rückkehr von Finn und Svea sowie die Versöhnung von Kristina und Ulrika mit einem leckeren Essen gefeiert.

»Der Kuchen war toll!«, sagte Hendrik.

»Stimmt, ich muss mir noch schnell das Rezept aufschreiben«, sagte Kristina und wollte an ihm vorbei. Er aber hielt sie fest und zog sie in seine Arme.

»Das hat später auch noch Zeit«, sagte er. »Ich will mit dir jetzt endlich über uns sprechen. Ich habe noch so viel mit dir vor!«

»Du willst mit mir kochen?«, neckte ihn Kristina.

»Das auch«, sagte er zärtlich.

»Was denn noch?«

»Unaussprechliche Dinge«, flüsterte er ihr ins Ohr, und dann suchten seine Lippen ihren Mund.

Prinzessinnentorte

Für den Teig:
4 Eier
200 dl Zucker
60 g Weizenmehl
60 g Kartoffelstärke
2 TL Backpulver

Für die Füllung:
200 g Johannisbeergelee
4 Blatt Gelatine
½ Packung Vanillepudding-Pulver
200 ml Milch
1–2 EL Zucker
2 TL Vanillezucker
300 ml Schlagsahne

Für die Verzierung:
300 g Marzipan
Grüne Lebensmittelfarbe
Puderzucker

Für den Teig:

Die Eier mit dem Zucker schaumig schlagen. Mehl, Kartoffelstärke und Backpulver mischen, zur Ei-Zucker-Mischung geben und gut verrühren. Den Teig in eine gefettete runde Backform geben. Im vorgeheizten Ofen auf der unteren Schiene bei 175 °C ca. 40 Minuten backen. Den Teig aus der Form holen, abkühlen lassen und anschließend in 3 Böden teilen. Der oberste Boden sollte ca. 1 cm dick sein.

Für die Füllung:

Die Blattgelatine in kaltes Wasser legen. Den Vanillepudding gemäß Packungsanleitung zubereiten. Die Blattgelatine auswringen und in den warmen Pudding rühren. Die Sahne steif schlagen und zusammen mit dem Vanillezucker unter den Pudding geben, bevor dieser fest wird. Den Pudding fast steif werden lassen.

Einen Tortenboden gleichmäßig mit Johannisbeergelee bestreichen. Den zweiten Tortenboden darauflegen und mit einem Teil der Vanillepuddingmasse bestreichen. Den dritten Boden darauflegen und mit der restlichen Vanillepuddingmasse bestreichen, ebenso den gesamten Rand.

Für die Verzierung:

Das Marzipan mit Lebensmittelfarbe grün einfärben und zu einem flachen, runden Fladen ausrollen, bis dieser so groß ist, dass er die gesamte Torte bedecken kann. Den Fladen auf die Teigrolle aufrollen und vorsichtig über der Torte ablegen, ohne dass sich Falten bilden. Mit Puderzucker bestreuen.

— 32 —

Und dieser Ingvar ist von der Zeitung und wollte nur Fotos von euch? Ist ja krass!«, sagte Emma.

»Ich finde es viel krasser, dass ihr beide Bruder und Schwester seid.« Svea schaute neugierig zwischen Finn und Emma hin und her. »Ich finde, ihr seht euch auch ein bisschen ähnlich.«

»Ich freue mich jedenfalls, dass ich einen Bruder habe«, sagte Emma.

»Hast du das eigentlich gewusst?«, fragte Finn. »Ich meine, vorher?«

»Ja.« Emma nickte. »Ich habe mal gehört, wie Papa und Mama sich darüber unterhalten haben. Dann wollte ich es natürlich wissen, und sie haben mir die Wahrheit gesagt.«

»Aber trotzdem nennst du Gunnar ›Papa‹?« Svea war neugierig, und Emma schien keine Scheu zu haben, darüber zu reden.

»Er *ist* mein Papa«, sagte sie schlicht. »Dag habe ich nur einmal gesehen. Ich finde ihn nett, aber wenn ich Probleme habe, gehe ich zu meinem Papa.«

Svea, Finn und Emma schlenderten gemeinsam durch den Garten des Hotels. Als Svea den Blick hob, sah sie ihren Vater und Finns Mutter eng umschlungen auf dem Balkon stehen.

Sie blieb stehen und begann plötzlich laut zu lachen. »Also, wenn das was gibt mit Finns Mama und meinem Papa, sind wir dann alle drei Geschwister?«

Auch Finn und Emma sahen jetzt zum Balkon.

Emma stimmte in Sveas Lachen mit ein. »Cool, dann kriege ich an einem Tag nicht nur einen Bruder, sondern auch gleich eine Schwester!«

»Und ich bin mal wieder in der Minderheit«, stöhnte Finn. »Zwei Schwestern, konnte nicht wenigstens ein Bruder dabei sein?«

Emma zuckte mit den Schultern. »Warte doch mal ab, vielleicht präsentiert unser Erzeuger uns da noch die eine oder andere Überraschung. Ich freue mich jedenfalls, dass du die ganzen Ferien über in Göteborg bleibst und wir uns richtig kennenlernen können.«

Kristina hatte dem Drängen von Anita und Ulrika nachgegeben und Finn erlaubt, die restlichen Ferien in Göteborg zu verbringen. Sie würde in ihrem Restaurant in nächster Zeit ohnehin sehr viel zu tun haben.

Emma wandte sich Svea zu. »Bleib doch auch, das würden bestimmt coole Ferien!«

Svea zögerte. »Ich würde ja gerne«, sagte sie und sah Finn an. »Hast du damit ein Problem?«

Finn schüttelte den Kopf.

»Es tut mir leid, dass ich so fies zu dir war«, entschuldigte sie sich.

»Ich war ja auch nicht immer nett«, erwiderte Finn, »und ich würde mich freuen, wenn du hierbleibst. Solange du nie wieder von mir verlangst, mit dir abzuhauen.«

Svea streckte ihm die Hand entgegen. »Freunde?«

Finn ergriff sie. »Freunde!«, bestätigte er.

Emma hängte sich rechts und links bei den beiden ein. »Ich zeige euch mal, wo wir in den nächsten Tagen abhängen. Und dann müsst ihr mir alles über eure Reise erzählen.«

Svea schaute sich noch einmal um und sah ihren Vater

immer noch mit Kristina auf dem Balkon stehen. Ist schon komisch, dachte sie. Finn und ich, wir dachten, wir hätten die große Liebe gefunden, und Papa und Kristina, die sich anfangs nicht ausstehen konnten, verstehen sich auf einmal bestens.

»Kommst du?«, rief Emma, die mit Finn schon weitergegangen war.

Svea lief hinter den beiden her. »Wisst ihr, was das Beste ist?«, fragte sie freudestrahlend. »Dass wir noch ganz, ganz lange Ferien haben.«

Selmas Welt

Liebe Leser, manchmal geht das Leben seltsame Wege, und manchmal braucht es genau diese Wege, um zu erkennen, dass man irgendwo vergessen hat, eine Abbiegung zu nehmen. Weil man nicht weiß, was sich hinter der Abbiegung verbirgt oder Angst vor der Ungewissheit hat, und weil der gerade Weg, der vor einem liegt, so schön übersichtlich erscheint

Ich habe beschlossen, eine dieser Abzweigungen zu nehmen und endlich das zu tun, was ich schon immer wollte: einen Roman schreiben!

Es ist also kein Abschied für immer, nur einer auf Zeit, und damit ihr wisst, worauf ihr euch freuen könnt: Es geht um eine Restaurantbesitzerin und einen Gastrokritiker, die auf der Suche nach ihren Kindern und vor allem auf der Suche nach sich selbst sind.

Wir lesen uns also wieder – irgendwann!

Selma las den Text noch einmal durch, nickte zufrieden und schickte ihn an Monica. Danach las sie die Notizen durch, die sie sich auf der Reise gemacht hatte, legte die Finger auf die Tasten und begann, die Geschichte aufzuschreiben, die in ihrem Kopf steckte, in ihrem Herzen saß und in ihren Fingern kribbelte:

Sommerglück auf Reisen ...

Ende

Durch ein Jahrhundert getrennt, durch eine gemeinsame Geschichte vereint

Christine Kabus
TÖCHTER DES NORDLICHTS
Norwegenroman
560 Seiten
ISBN 978-3-404-16884-2

Finnmark, 1915. Mit gerade einmal neun Jahren wird das Sami-Mädchen Áilu brutal ihren Eltern entrissen. Beinah verliert sie den Kontakt zur Sprache und Traditionen ihrer Familie, aber die Sehnsucht nach ihrer Heimat lässt sie nicht los …
Oslo, 2011. Nora ist schon lange erwachsen, als sie von ihren samischen Wurzeln erfährt. Instinktiv spürt sie, dass sie ihr Glück erst finden wird, wenn sie in das Land ihrer Urahnen reist. Dennoch erscheinen ihr die Sami und ihre Kultur lange fremd. Bis sie auf den charismatischen Hundezüchter Mielat trifft …
Die bewegende Familiengeschichte verbindet zwei Jahrhunderte und die faszinierenden Schicksale zweier ganz außergewöhnlicher Frauen.

Bastei Lübbe

Ein wahrer Mittsommernachtstraum

Christiane Stella Bongertz / Joakim Montelius
VERLIEBT IN SCHWEDEN
Eine Geschichte ohne Elch, aber mit Herz
288 Seiten
ISBN 978-3-404-60740-2

Im Juli ist Schweden ein Märchen: magisches Licht, überbordende Natur und fröhliche Menschen. Stella sucht hier Zuflucht, weil daheim alles den Bach runter geht: Job, Mann und Wohnung. Als sie ihrer Gastwirtin erzählt, dass sie bis zum Winter eine neue Bleibe gefunden haben muss, bietet die Schwedin ihr ein kleines Strandhaus an. Damit verändert sich Stellas Leben für immer. Denn sie verliebt sich in das skandinavische Land - und in Joakim, der ganz in der Nähe wohnt. Doch bis beide zueinander finden, muss noch einiges geklärt werden. Etwa warum das Reißverschlussverfahren den Schweden gegen die Ehre geht. Aber vor allem, warum sie sich zur Paarungszeit so merkwürdig verhalten …